LANA ROTARU

ALL THESE *Broken* STRINGS

CARLSEN

Für zweite Chancen und die Liebe.

Und für Anja. Du hast jeden Schritt dieser Geschichte von der ersten Sekunde an begleitet. Danke, dass du in mein Leben getreten bist und entschieden hast zu bleiben. Du bist meine Sadie.

MACKENZIE

Mein Grandpa sagte immer: »Leben heißt nicht, warten, bis der Sturm vorüberzieht, sondern lernen, im Regen zu tanzen.« Ich hatte diesen Satz sehr oft von ihm gehört, aber niemals wirklich begriffen. Erst als jene Weisheit zum Songtitel meines eigenen Lebens wurde, hat sich das geändert.

Aber damit ihr versteht, wovon ich rede, sollte ich wohl am Anfang der Geschichte beginnen ...

One Direction

CAMP MELODY, MONTANA, USA
SECHS JAHRE ZUVOR

MACKENZIE

»Klopf, klopf.« Ein warmes, weiches Timbre erklang anstelle des typischen Fingerknöchel-auf-Holz-Geräusches, als ein vertrauter dunkelhaariger Lockenschopf in der geöffneten Tür meiner Holzhütte auftauchte. »Störe ich?«

Beim Anblick des Überraschungsgastes wanderten meine Mundwinkel gen Ohren.

»Nein, komm ruhig rein.« Ich zog den Reißverschluss meiner Reisetasche zu. »Ich bin gerade fertig geworden.«

Vincent folgte meiner Einladung. Wie ich es nicht anders von ihm gewohnt war, trug er eine beigefarbene Cordhose, ein dunkles, locker sitzendes Band-T-Shirt und darüber ein offenes rot kariertes Flanellhemd. In Kombination mit dem schwarzen Stofftuch, das stets um sein linkes Handgelenk gewickelt war, der verbeulten und inzwischen leicht verwaschen aussehenden Beanie auf seinem Kopf und der schwarz gerahmten Brille auf seiner Nase erinnerte er mich an eine Mischung aus Hipster und Rockstar.

»Womit bist du gerade fertig geworden?« Vincent durchquerte die rund dreißig Quadratmeter große, aus Rundhölzern erbaute

Blockhütte und ließ sich auf die zerwühlten Laken meiner Mitbewohnerin Dakota Kinley fallen.

Da Dakota und ich uns gemeinsam mit Sadie, meiner besten Freundin, eine der wenigen Behausungen ohne Doppelstockbetten teilten, wurde der überschaubare Raum mit den drei aus schlichten Holzbettgestellen und dünnen Matratzen bestehenden Schlafplätzen, dem einfachen Schreibtisch unter dem kleinen Fenster und dem Kleiderschrank auf der anderen Seite fast vollständig ausgereizt. Dennoch mochte ich die warme, urige Atmosphäre, die das viele Tannenholz in Kombination mit den altmodischen Gardinen, die zu der karierten Bettwäsche passten, ausstrahlte. Granny hatte sich sehr viel Mühe gegeben, die Hütten so heimelig und wohnlich wie möglich zu gestalten, sodass man sich trotz der zum Teil enormen Entfernung zum eigenen Zuhause nicht völlig verloren fühlte.

Vincent entdeckte meine prall gefüllte Reisetasche und seine Augenbrauen schossen in die Höhe. »Du hast schon gepackt? Wieso das denn? Abreise ist doch erst morgen nach dem Frühstück.«

Obwohl ich mich am liebsten neben ihn gesetzt hätte, ließ ich mich auf meine eigene Matratze nieder und kreuzte die Beine zu einem Schneidersitz. Den Saum meines gelb geblümten Sommerkleides drapierte ich geschickt über meine Knie und begann automatisch an dem goldenen Notenschlüssel zu spielen, der an einer Kette um meinen Hals hing. Beides hatten mir meine Eltern zu meinem letzten Geburtstag geschenkt.

»Du sagst es! Morgen ist Abreisetag. Da haben die Angestellten des Camps immer besonders viel zu tun. Und auch wenn Granny und Pops mich niemals darum bitten würden, möchte ich ihnen und den anderen so viel wie möglich zur Hand gehen, ehe mich Mom abholt.« Meine Worte klangen melancholischer als beabsichtigt. Gleichzeitig spiegelten sie nicht ansatzweise die Traurigkeit wider, die ich in diesem Moment empfand.

Den Fokus auf meine ehemals schneeweißen Chucks gerichtet, ließ ich meine Kette los und strich über die bunten Buchstaben und

Symbole auf dem hellen Stoff. Im Laufe des Sommers hatte ich alle meine Camp-Freunde gebeten, sich auf meinen Schuhen zu verewigen, sodass sie nun von verschiedenen Namen, Sprüchen oder Zeichen geziert wurden. Nur bei dem Jungen, der mir von allen Campern am wichtigsten war, hatte ich mich bisher nicht getraut – und ich bezweifelte, dass ich bis zum offiziellen Camp-Ende morgen früh die Courage dafür finden würde.

Vincent senkte ebenfalls den Blick und ich war mir sicher, dass ihm dieselben Gedanken durch den Kopf jagten wie mir: Heute war nicht nur der letzte Abend des diesjährigen Campsommers, für ihn würde auch eine Camp-Ära zu Ende gehen. Er war vor wenigen Tagen achtzehn geworden und würde nächstes Jahr nicht mehr ans Camp Melody zurückkehren können.

Stille breitete sich in der Hütte aus, doch ich empfand sie nicht als unangenehm. Im Gegenteil sogar. Es gab nicht viele Leute, mit denen ich schweigen konnte, ohne dass es merkwürdig wurde. Vincent war einer von ihnen, weshalb die Vorstellung, nie wieder die Gelegenheit dazu zu bekommen, mir Luftnot bereitete.

Warum musste ich mein fünfzehnjähriges Teenagerherz auch ausgerechnet an ihn verlieren?! Das war nicht fair!

Obwohl ich Vincent seit inzwischen drei Campsommern kannte und wir uns von Beginn an super verstanden hatten, war mir das Funkeln in seinen ozeanblauen Augen in diesem Jahr zum ersten Mal so richtig aufgefallen.

Er räusperte sich und riss mich aus meinen Gedanken.

»Ich wollte eigentlich auch nur nachschauen, wie es dir geht. So kurz vor unserem Auftritt, meine ich«, fügte er hinzu und schenkte mir ein schüchternes Lächeln.

Ich zwang mich, die Geste zu erwidern. Das Letzte, was ich gebrauchen konnte, war, dass Vincent den wahren Grund herausfand, weshalb ich ihn zu Beginn des Sommers gefragt hatte, ob er gemeinsam mit mir beim Final Jam, dem berühmten Abschluss-Event des Camps, auftreten wollte. Die Schar überaktiver Schmetterlinge, die jedes Mal in meinem Bauch eine Party à la Woodstock veranstaltete, wenn Vincent mich anlächelte und dabei diese anbetungswürdigen Grübchen zur Schau trug, war ein Geheimnis, das ich nur mit Sadie teilte.

»Du weißt doch, der Begriff ›Lampenfieber‹ existiert nicht in meinem Wortschatz«, gab ich betont lässig zurück, strich mir eine Strähne meiner blonden Haare hinters Ohr und lehnte mich anschließend mit hinter dem Rücken ausgestreckten Armen zurück. »Du musst dir also keine Sorgen machen, dass ich kneife.«

Vincent erwiderte mein Lächeln. Er wusste, dass meine Worte der Wahrheit entsprachen. Seit meine Großeltern das Camp vor fünfundzwanzig Jahren eröffnet und es von da an mit Liebe und Hingabe geführt hatten, war kein Sommer vergangen, in dem ich nicht hier gewesen war. Meinen ersten Auftritt auf der hiesigen Bühne hatte ich mit drei Jahren gehabt – kein Wunder, denn mein Grandpa hatte mir die Leidenschaft für Musik in die Wiege gelegt. Der Mann, der von jedem liebevoll »Pops« genannt wurde, hatte mich und meinen Traum, eine berühmte Sängerin zu werden, von meiner ersten schief gesungenen Note an in einem Maß unterstützt, für das es keine Worte gab. Ich verdankte ihm so viel mehr als nur meine erste Gitarre.

»Das freut mich zu hören«, sagte Vincent mit seiner ihm so eigenen Stimme, die nicht nur unglaublich weich und gleichzeitig voll, tief und rein klang, sondern die in mir auch die Assoziation von Erdbeereis mit Schokosoße weckte und meinen Puls jedes Mal in die Basstrommel von Eric Carr verwandelte. In meinen Augen war Vincent Kennedy schlichtweg die Grunddefinition eines Traumtypen. Leider war diesem Gedanken die Problematik geschuldet, dass mir allein bei der Vorstellung, heute Abend mit ihm unser selbst komponiertes Lied zu performen, die Kehle eng wurde.

»Ich bin übrigens echt froh, dass du mich gefragt hast, ob wir zusammen einen Song komponieren wollen«, sagte Vincent plötzlich, als hätte er meine Gedanken gelesen. »Es ist ein überaus beruhigender Gedanke, dass es hier im Camp tatsächlich noch Mädchen gibt, die immun gegen Jamies vermeintlichen Charme sind.«

Seine Züge erweichten und in seine Augen trat ein warmer, liebevoller Ausdruck. Sadie behauptete, dass so nur ein verliebter Junge dreinschaute. Aber wir wussten beide, dass sie das nur sagte, weil sie meine beste Freundin war. Für Vincent war ich nicht mehr als eine Camp-Kumpeline. Wäre es anders gewesen, hätte er beim Komponieren am See, bei den gemeinsamen Abenden am Lagerfeuer oder bei einer der vielen anderen Camp-Aktionen die Gelegenheit gehabt, mir das zu zeigen. Aber das hatte er nicht getan und ich musste es schweren Herzens akzeptieren.

Als Antwort auf Vincents Worte stieß ich ein lautes Prusten aus, das von deutlichen Würgegeräuschen abgelöst wurde. Jamie Owen war der mit Abstand arroganteste Typ hier im Camp – aber mit seinem Boyband-Surfer-Look und dem perfekten Zahnpastawerbelächeln leider auch der beliebteste. Dabei verstand ich nicht, wieso ihn die ganzen Mädchen anschmachteten. Abgesehen davon, dass sein Ego größer war als der Mount Rushmore, würde er sich nicht einmal nach hundert Jahren Gesangsunterricht so gut anhören, wie Vincent es bei seinen Stimmübungen tat.

Meine Reaktion ließ Vincents Lächeln strahlender werden. Am liebsten hätte ich mir die Hand auf die Brust gepresst. Wie war es möglich, dass ein und dasselbe Herz zur gleichen Zeit vor Liebe überquellen und vor Schmerz zu zerbrechen drohen konnte?

»Na gut, dann will ich dich nicht länger stören.« Vincent erhob sich von Dakotas Bett. Sie war die Einzige von uns drei Mädchen, die ihre Laken nie ordentlich herrichtete. Es sah immer aus, als wäre sie gerade erst aufgestanden, weshalb es auch nicht auffallen würde, dass Vincent dort gesessen hatte. »Der Final Jam beginnt ja schon in einer Stunde und ich habe Hendrik versprochen, zuvor noch einmal seine Performance mit ihm durchzugehen.«

Er steuerte die offen stehende Hüttentür an, warf mir jedoch einen letzten Blick zu, als lastete ihm noch etwas auf der Seele.

Wollte er mich vielleicht um meine Handynummer bitten? Da Vincent fast zweihundert Meilen von meiner Heimatstadt Bozeman entfernt wohnte, wäre das die einzige Möglichkeit für uns, in Zukunft in Kontakt zu bleiben. Aber was es auch gewesen war, das ihn noch einmal hatte zu mir herübersehen lassen, blieb sein Geheimnis. Ohne ein weiteres Wort von sich zu geben, verließ er meine Hütte – und bekam gar nicht mit, dass ihm mein Herz als blinder Passagier folgte. Währenddessen raste in meinem Kopf ein einziger Gedanke in Dauerschleife umher: *Verflixter Kuhmist! Wie kann man nur so unfassbar feige sein?*

VINCENT

Verdammt! Wie kann man nur so unfassbar feige sein?
Dieser Gedanke raste seit über einer Stunde in Dauerschleife durch meinen Verstand. Selbst als ich meine Stirn wiederholt gegen einen der hinteren Holzpfähle der Open-Air-Bühne schlug, der glücklicherweise in Schatten gehüllt lag und damit vor den Augen des Publikums verborgen war, wollte das Karussell in meinem Schädel nicht stoppen.
Wieso kann ich MacKenzie nicht einfach gestehen, dass ich mich in sie verliebt habe?
War es wirklich so schwer, jemandem zu beichten, dass sich die eigenen Gefühle im Laufe der letzten Wochen verändert hatten? War das nicht ein riesiges Kompliment?
Vielleicht wäre es das gewesen, wenn es nicht von einem Typen gekommen wäre, der bisher in seinem Leben nur von zwei Frauen geküsst worden war: seiner Mom und seiner Grandma.

Hinzu kam, dass MacKenzie Jordan das witzigste, begabteste und schönste Mädchen im gesamten Camp war. Mit ihren strahlend mitternachtsblauen Augen, den langen goldblonden Haaren und der zierlichen Figur sah sie nicht nur aus wie ein Engel, sie besaß auch die Stimme eines solchen Himmelsgeschöpfes – von ihrem Talent beim Schreiben von Songtexten ganz zu schweigen!

Tosender Applaus rollte vom Publikum über die Bühne hinweg und riss mich aus meinen Gedanken. Sofort richtete ich mich auf und schaute an den Lautsprecherboxen vorbei auf das in Rampenlicht gehüllte Podest. Rund fünfzig Camper tummelten sich davor und nutzten den lauen Sommerabend, um sich enthusiastisch den Final Jam anzuschauen. Solarbetriebene Gartenfackeln, bunte Lampions und Lichterketten in den Bäumen sowie ein großes Camp-Melody-Banner, das quer über dem Showbereich angebracht war und von Scheinwerfern beleuchtet wurde, untermalten die feierliche Atmosphäre des heutigen Abends. Nicht zum ersten Mal in diesem Sommer wünschte ich mir, dass meine Eltern heute hätten hier sein können. Aber leider gab es auf dem Campgelände keine Übernachtungsmöglichkeit für Gäste und sie würden bereits morgen die mehrstündige Fahrt auf sich nehmen müssen, um Hendrik und mich abzuholen. Außerdem war es vermutlich sogar besser, wenn mich meine Mom nicht auf der Bühne sah. Ihr Stolz bezüglich ihres, laut ihren eigenen Worten, extrem talentierten Sohns konnte manchmal ziemlich peinliche Ausmaße annehmen.

Mich umsehend registrierte ich mit Erschrecken, dass sämtliche Show-Acts, die vor MacKenzie und mir dran gewesen waren, bereits performt hatten.

Wir waren als Nächste an der Reihe!

Hastig schluckte ich meine Nervosität herunter und wagte mich mit weichen Knien aus meinem Versteck. Die anderen Camper, die auf ihren eigenen Auftritt warteten, hatten sich am Seitenrand der Bühne eingefunden, also gesellte ich mich zu ihnen. Hier würde mich MacKenzie am leichtesten finden.

Apropos MacKenzie …

Wo war meine Duettpartnerin?

Mit gerunzelter Stirn scannte ich den in Dämmerlicht gehüllten Backstagebereich ab. Ich war wie selbstverständlich davon ausgegangen, dass sie den Final Jam von diesem Rasenplatz aus verfolgen würde, da dies die einzige Möglichkeit war, über eine kleine Treppe hoch zum Showbereich zu gelangen. Dabei, so wurde mir in dieser Sekunde bewusst, hatte ich sie seit meinem Besuch in ihrer Hütte nicht mehr zu Gesicht bekommen.

Nervös rieb ich mir den Nacken. Eigentlich war es nicht ungewöhnlich, dass MacKenzie für gewisse Zeit verschwand. Ich wusste, dass sie es liebte, den Camp-Angestellten bei jeder sich bietenden Gelegenheit unterstützend unter die Arme zu greifen. Aber doch nicht heute Abend. Nicht, wenn unser Auftritt unmittelbar bevorstand. Oder?

Sofort verfluchte ich mich dafür, dass ich sie nicht nach ihrer Handynummer gefragt hatte. Sonst hätte ich sie jetzt anrufen können.

»Danke! Ich danke euch! Ihr seid die Besten!« Mein Kumpel Hendrik stand mit weit ausgebreiteten Armen vor seinem Publikum und sonnte sich mit einem fetten Grinsen im Gesicht im Sound seines Erfolgs. Er gehörte ebenso wie MacKenzie zu den Personen, die für das Showbusiness geboren waren, weshalb ich jede Wette eingegangen wäre, dass er später für irgendwelche Megastars als Backgroundtänzer arbeiten würde. Das nötige Talent dafür besaß er allemal.

»Na, wen haben wir denn hier?« Dakota Kinley, MacKenzies Hüttenmitbewohnerin und das beliebteste Mädchen im gesamten Camp, erschien vor mir, gerade als ich mich auf die Suche nach meiner Gesangspartnerin machen wollte. Mit ihren mahagonifarbenen Locken, den großen grünen Augen und den vollen Lippen war Dakota der Traum vieler Männer. Doch im Gegensatz zu den gängigen Klischees war sie kein zickiges Biest, sondern wirklich nett und herzlich. Ich mochte sie ehrlich gern.

»Ungeduldig wegen deines großen Auftritts?« Schmunzelnd deutete sie auf meine Finger, mit denen ich gedankenverloren auf meinen Oberschenkeln trommelte. »Oder mache *ich* dich so nervös?« Sie zwinkerte mir zu, was mir ein verlegenes Lachen entlockte.

»Eine Mischung aus beidem vielleicht?« Ich schob meine Hände in die Taschen meiner Hose und scannte erneut die Menge vor und neben der Bühne ab. Doch ganz gleich wie gründlich ich dabei auch vorging, MacKenzie war weit und breit nicht zu sehen.

»Wow, jetzt fühle ich mich aber geschmeichelt.« Dakota lachte leise, weshalb ich mich wieder zu ihr herumdrehte.

Am liebsten hätte ich meine Suche nach MacKenzie fortgeführt, aber ich wollte Dakota auch nicht vor den Kopf stoßen. Außerdem würde MacKenzie, wo auch immer sie gerade steckte, unweigerlich an mir vorbeimüssen, wenn sie auf die Bühne wollte. Aus diesem Grund wäre es am besten, wenn ich einfach hier auf sie wartete.

»Ich habe mir schon Sorgen gemacht, dass du uns alle nach heute Abend einfach vergisst«, sprach Dakota weiter und lächelte mich auf warme Weise an. »Wenn du ein berühmter Rockstar geworden bist, meine ich.«

Dieses Mal war ich derjenige, der ein leises Lachen nicht zurückhalten konnte. Ein berühmter Rockstar? Ich? Na klar! Und morgen stünde überall in der Zeitung, dass Schweine fliegen konnten.

Dabei war die Wahrscheinlichkeit, nach einem Auftritt beim Final Jam in der Musikbranche Fuß zu fassen, gar nicht so abwegig. Seit Jahren luden Granny und Pops ausgewählte Musikagenten ein, um den Campern die Gelegenheit zu geben, Kontakte zu knüpfen. Meines Wissens waren auf diese Weise seit Gründung des Camps fast ein Dutzend wirklich talentierte Sänger und Sängerinnen entdeckt worden, von denen man selbst heute noch hörte. Es war also kein Wunder, dass das Sommerprogramm stets viele Monate im Voraus ausgebucht war. Jedes musikbegeisterte Kind im Alter von sechs bis achtzehn träumte davon, hierherkommen zu dürfen.

Leider gehörte ich zu der Sorte Camper, die die Aussicht abschreckte, einen der Agenten auf sich aufmerksam zu machen, weshalb ich in der Vergangenheit nie bei einem der Abschluss-Events mitgemacht hatte. Allein MacKenzie war es geschuldet, dass ich mich dieses Jahr trotz Bauchschmerzen und Herzrasen auf die Bühne wagen würde. Denn im Gegensatz zu mir war es nicht nur ihr größter Traum, eines Tages eine berühmte Sängerin zu werden, es war ihr *Schicksal*.

Ich schüttelte zur Antwort auf Dakotas Worte den Kopf. »Was das angeht, musst du dir bei mir keine Sorgen machen. Ich liebe es zwar, auf meiner Gitarre zu spielen und neue Musik zu kreieren, aber das war's auch schon. Der Traum, Rockstar zu werden, steht auf meiner ›Was will ich werden, wenn ich groß bin‹-Liste nicht sehr weit oben.«

»Nicht?« Dakota wirkte verblüfft, konnte ihre Meinung diesbezüglich aber nicht weiter erläutern, da soeben Carmen, eine der Kursleiterinnen, die Bühne betrat. Sofort schenkten ihr alle Anwesenden ihre Aufmerksamkeit. Nur ich konnte der Lobeshymne auf Hendriks Auftritt nicht konzentriert lauschen. Die Frage, wo MacKenzie blieb, ließ mir einfach keine Ruhe.

»Was ist los?« Dakota schien meine Anspannung nicht zu entgehen. »Hast du einen Blackout und kennst euren Songtext nicht mehr? Oder hast du vergessen, wie du deine Gitarre halten sollst?« Sie stieß mir frech grinsend den Ellbogen in die Seite.

»Um ehrlich zu sein, suche ich MacKenzie. Wir sind als Nächste dran, aber ich kann sie einfach nirgends entdecken.«

»Oh.« Dakotas Augen weiteten sich und ein undefinierbarer Ausdruck zeichnete sich auf ihrer Miene ab. »Das ist … ja ärgerlich.«

Die Art und Weise, wie sie das letzte Wort aussprach, ließ mich hellhörig werden.

»Was ist los?«, fragte ich alarmiert.

Der Ausdruck auf ihrem Gesicht verstärkte sich. Sie wirkte merkwürdig betroffen. »Na ja, ich hatte eigentlich nichts sagen wollen, weil ich weiß, wie sehr du Mac magst, und …«

Mein Magen zog sich zusammen. Als wäre es nicht peinlich genug, dass meine Gefühle für MacKenzie kein so gut gehütetes Geheimnis waren, wie ich angenommen hatte, bestätigten Dakotas Worte meine unheilvolle Vorahnung. Irgendetwas stimmte nicht.

»Los, sag schon«, drängte ich, angeheizt durch Carmens schwärmende Anmoderation von MacKenzies und meinem Song. Gleichzeitig bemerkte ich aus den Augenwinkeln vereinzelte Camper, die in unsere Richtung sahen und hinter vorgehaltener Hand miteinander tuschelten. Ich wollte lieber nicht wissen, worüber sie sprachen.

»Was verheimlichst du mir?«, hakte ich mit gesenkter Stimme nach und sah Dakota flehend an. Wir waren Freunde. Sie konnte mich unmöglich einfach hängen lassen.

Dakota biss sich auf die Lippe und ich las ihr in den Augen ab, dass sie mit sich rang. Doch dann ließ sie mit einem Seufzen die Schultern herabsacken. »Ich habe MacKenzie vor wenigen Minuten hinter unserer Hütte gesehen. Mit Jamie. Sie haben miteinander rumgemacht.«

»Wie bitte?« Meine Augen weiteten sich. »Du hast MacKenzie und Jamie …?« Meine Sicht begann zu verschwimmen und mir war auf einmal ganz flau im Magen.

MacKenzie und … Jamie?!

Nur langsam bahnte sich die Erkenntnis einen Weg in mein Bewusstsein. Doch als ich schließlich realisierte, was Dakota da von sich gegeben hatte, ballten sich meine Hände zu Fäusten und ich musste meine Lippen fest aufeinanderpressen, um keinen wüsten Fluch auszustoßen.

Wollte mich MacKenzie verarschen? Hatte sie nicht vorhin über die Möglichkeit gelacht, ebenfalls Jamies Fanklub anzugehören? Hatte sie mir etwas vorgemacht, um meine Gefühle nicht zu verletzen? Wenn Dakota bemerkt hatte, dass ich mir mehr von MacKenzie wünschte als nur Freundschaft, war es nicht auszuschließen, dass es MacKenzie ebenfalls aufgefallen war. Oder war ich am Ende einfach nur blind vor Liebe gewesen und hatte ihre Reaktion missverstanden? Bisher hatte ich geglaubt, dass MacKenzie viel zu klug war, um auf Jamie und seine Sonnyboy-Show hereinzufallen. Aber wie es schien …

»Vince?« Dakotas Stimme bohrte sich qualvoll in meinen Kopf und riss mich grob zurück in die Realität. »Ist alles okay bei dir? Du bist auf einmal ganz blass.« Sie legte mir eine Hand auf die Schulter und ich zuckte reflexartig zusammen.

»Sorry, was hast du gesagt?«

Dakota verstärkte ihren Griff und musterte mich besorgt. »Du siehst echt nicht gut aus, Vincent. Willst du dich vielleicht hinsetzen? Ich kann dir etwas zu trinken holen.«

»Nein, nein, schon gut. Mir geht's gut. Ich … ich muss auf die Bühne.« Mein Mund agierte ohne mein Zutun und erst als ich die Silben hörte, offenbarte sich mir das gesamte Ausmaß der Situation. MacKenzie zog nicht nur Jamie, diesen Lackaffen, mir vor. Nein, sie ließ mich auch im Stich, was unseren Auftritt anging.

Ihr ist unser Song total egal.

Ich *bin ihr völlig egal.*

Mein Herz verkrampfte sich und in meinem Hals bildete sich ein Kloß. Meine Augen begannen zu brennen, und wenn ich mich nicht auf der Stelle zusammenriss, würde ich als der Kerl in die Geschichte des Camp Melody eingehen, der vor Dakota Kinley in Tränen ausgebrochen war.

»Ich muss auf die Bühne«, wiederholte ich und räusperte mich, während Carmen erneut MacKenzies und meinen Namen ausrief. Mir blieb keine Zeit, länger zu warten. »Ich muss Bescheid sagen, dass …« … *mir MacKenzie das Herz aus der Brust gerissen hat und ich jetzt unmöglich singen kann.* »… dass wir unsere Teilnahme am Final Jam zurückziehen.«

Ich wollte mich bereits an Dakota vorbeischlängeln, als sie ihren Griff an meiner Schulter verstärkte.

»Du willst deine Teilnahme zurückziehen?« Unglaube und Fassungslosigkeit vermischten sich in ihrem Blick. »Weil MacKenzie mit Jamie rummacht? Das ist doch hoffentlich nicht dein Ernst! Ich meine, abgesehen davon, dass du zu den wenigen Glücklichen gehörst, die überhaupt einen Platz in der Show bekommen haben, wäre es geradezu sträflich dumm, eine solche Chance zu verpassen!«

Dakotas freundschaftliche Strenge verblüffte und rührte mich derart, dass ich kurzzeitig den Schmerz von MacKenzies Verrat vergaß. Vor allem mit dem Argument, dass ich im Gegensatz zu vielen anderen willigen Campern überhaupt auftreten durfte, sprach Dakota etwas Wichtiges an. In diesem Jahr hatte es zum ersten Mal mehr Anmeldungen für den Final Jam gegeben, als Zeitslots zur Verfügung standen. Aus diesem Grund hatten Granny – so wurde Elisabeth Groover, die Leiterin des Camps, von allen genannt – und ihr Ehemann Pops die Teilnehmer für die Show auslosen müssen. Dakota, die dieses Jahr ebenso wie ich altersbedingt zum letzten Mal am Camp teilnahm, hatte kein Glück gehabt.

»Dein Engagement in allen Ehren«, zwang ich mich zu sagen, nachdem ich sicher war, dass meine Stimme nicht das wahre Ausmaß meiner Emotionen verraten würde. »Aber wie soll ich ohne eine Partnerin ein Duett singen?«

»Wer sagt denn, dass du keine Partnerin hast?« Dakota lächelte mich an, wirkte jedoch plötzlich ... unsicher? Verlegen? Nervös? »Ich singe mit dir. Ich habe dir und Mac so oft beim Proben zugehört, dass ich den Song auswendig kann. Außerdem«, ihre Hand wanderte von meiner Schulter über meine Brust hinab zu meinem Arm, wo sie schließlich liegen blieb, »sind nicht alle Mädchen hier im Camp so blind und dumm wie deine Angebetete. Manche von uns wissen dein Talent – und vor allem dich – durchaus zu schätzen.« Ihre Augen funkelten, als sie sich zu mir vorbeugte und mich durch dichte Wimpern scheu anblickte. Noch nie war ich von einem Mädchen auf diese Weise angesehen worden.

Carmen rief ein weiteres – und ihrem Drängen nach auch letztes – Mal nach MacKenzie und mir.

Ich musste eine Entscheidung treffen.

Jetzt!

»Also? Was meinst du, Vincent? Erlaubst du mir, unsere Camp-Ära mit einem unvergesslichen Auftritt angemessen zu beenden?«

Boulevard of Broken Dreams

Green Day

BOZEMAN, MONTANA, USA
GEGENWART

MACKENZIE

»Houston, wir haben ein Problem!« Ich begrüßte meine beste Freundin Sadie völlig außer Atem, nachdem ich mit einer fünfzehnminütigen Verspätung in das kleine, gemütliche Kitsch-Café geeilt war, das sich durch seine übertrieben rosafarbenen Prinzessinnen-Polsterstühle, die von der Inhaberin selbst gehäkelten Zierdeckchen und die altmodischen Emaille-Tassen auszeichnete.

Sadie, die an unserem Stammtisch an der langen Fensterfront saß und mit ihrem Handy beschäftigt gewesen war, hob den Kopf und zog eine dunkle, perfekt in Form gezupfte und mit einem Ring durchstochene Augenbraue in die Höhe.

»Auch dir ein fröhliches Hallo, Sonnenschein.« Mit einem gezielten Griff brachte sie ihre Kaffeetasse in Sicherheit, damit ich sie nicht mit meiner Tasche umwarf, die ich gedankenlos auf die Tischplatte donnerte.

Seufzend ließ ich mich auf den leeren Stuhl gegenüber von Sadie sinken.

»Möchtest du einen Kaffee?«, fragte sie, wartete aber keine Antwort ab, sondern reckte ihre viel beringte Hand samt Handy in die Höhe. Sadie wusste, dass ich ebenso wie sie ein hoffnungsloser Anhänger der Kaffeebohne war und ohne das dunkle Gold nicht leben konnte.

Der Barista, der Sadie und mir seit fast drei Jahren jeden Mittwochnachmittag dieselben Getränke zubereitete, bestätigte die wortlose Bestellung mit einem Nicken und meine Freundin wandte sich wieder mir zu.

»Also? Wo brennt es?« Sie steckte das Handy in die Tasche ihrer Lederjacke, die über ihrer Stuhllehne hing, beförderte anschließend mit der freien Hand meine Tasche auf den Boden und stellte hinterher ihre Tasse zurück auf den Tisch. »Ich meine, abgesehen von deiner chronischen Unpünktlichkeit und dem damit einhergehenden Chaoswesen«, fügte sie hinzu und ihr perlweißes Grinsen, das durch ihre sinnlichen, heute in einem dunkelvioletten Ton angemalten Lippen besonders frech wirkte, blitzte auf.

Ich überging ihren Kommentar bezüglich meiner Verspätung und schälte mich aus Jacke, Wollschal und Mütze. Obwohl es Ende März war, hielten die eisigen Temperaturen meine Heimatstadt noch immer fest in der Hand.

Sadie wartete mit auf dem Tisch verschränkten Armen geduldig darauf, dass ich sie in jenes Geheimnis einweihte, das meinen Herzschlag seit heute Morgen wie ein Rennpferd galoppieren ließ.

»Ich war vor der Uni bei Granny im Büro«, begann ich meine Erzählung, musste mich jedoch gleich wieder unterbrechen, da mein Kaffee serviert wurde. Nachdem ich die Tasse entgegengenommen und mich bei der Kellnerin bedankt hatte, sprach ich weiter. »Ich wollte ihr bei der Ablage helfen, die in den letzten Wochen wegen der bevorstehenden Steuerprüfung liegen geblieben war. Dabei stieß ich auf ein Schreiben.«

Seit Pops vor sechs Jahren verstorben war, half ich meiner Grandma bei der Organisation des Camp Melody. Einerseits wollte ich ein Auge auf sie haben, weil sie sich in letzter Zeit immer mehr von ihrem Umfeld und den Dingen, die ihr einst Freude bereitet hatten, zurückzog. Andererseits konnte ich diese Tätigkeit als Praktikum deklarieren und meinen Lebenslauf damit ein wenig aufwerten. Da ich in meinem Wirtschaftsstudiums bisher eher mittelmäßige Noten vorzuweisen hatte – und das trotz intensiver Lerneinheiten und sogar Tutoren-Nachhilfestunden –, hatte ich diese Form der Unterstützung im Hinblick auf meine berufliche Zukunft bitter nötig.

»Mr Jenkins, Grannys Steuerberater, hat eine Terminbestätigung für ein Treffen nächsten Monat auf dem Campgelände geschickt. Ein gewisser Thomas Hankes von der *Hankes Real Estate Group* soll dabei anwesend sein.« Als Sadie mich nur verständnislos ansah, beugte ich mich über den Tisch und senkte verschwörerisch die Stimme. »Du weißt schon. Das ist die Firma, die in den letzten drei Jahren fast zwanzig Prozent aller Gebäude in Montana erbaut hat.«

Noch immer bestand Sadies einzige Reaktion aus einem Stirnrunzeln. »Na und? Was ist daran so schlimm?« Sie nippte seelenruhig an ihrem Heißgetränk. Wie immer ließ sie sich nicht im Geringsten von meiner Unrast anstecken.

Ich antwortete nicht sofort, sondern umklammerte den weißen Becher zwischen meinen Fingern. Vielleicht gelang es mir, einen Teil meiner Anspannung darauf ableiten.

»Ich glaube, Granny will das Camp verkaufen«, flüsterte ich und hörte in meinem Kopf ein animationsfilmähnliches *Ba-Ba-Bam!* ertönen.

Dass meine Worte nicht spurlos an Sadie vorbeigingen, war daran zu erkennen, dass meine Freundin mitten in der Bewegung erstarrte, als hätte jemand die Pausetaste bei einem YouTube-Video gedrückt.

»Wie kommst du darauf? Nur wegen dieses Schreibens? Oder hat sich Granny irgendwie dazu geäußert?«

Als ich den Kopf schüttelte und mich wieder gerade hinsetzte, schürzte Sadie die Lippen.

»Dann versteh ich nicht, wieso du dich so verrückt machst. Granny würde das Camp niemals verkaufen, ohne vorher mit dir darüber zu reden. Am besten fragst du sie einfach, was es mit dem Schreiben und dem Treffen auf sich hat. Ich bin mir sicher, es gibt eine völlig logische und vor allem harmlose Erklärung dafür.«

»Und die wäre?«, hakte ich wenig überzeugt nach.

»Keine Ahnung. Vielleicht plant sie, das Camp umzubauen?«

»Ein Umbau? Ernsthaft?« Nun hob ich eine Augenbraue. Obwohl sich Sadie offenkundig dagegen wehrte, den Ernst der Lage zu realisieren, spürte ich dennoch, wie sich die Last auf meiner Brust reduzierte. Jetzt, da meine beste Freundin eingeweiht war, fühlte ich mich gleich ein wenig besser.

»Abgesehen von der Finanzierungsfrage – du weißt, dass auf dem Camp-Grundstück zwei horrende Hypotheken lasten –, wüsste ich nicht, für *wen* Granny das Camp umbauen sollte. In den letzten drei Jahren haben die Einnahmen durch die angemeldeten Camper gerade so gereicht, um die Fixkosten zu decken. Aber den kontinuierlich sinkenden Anmeldezahlen nach zu urteilen, schaffen wir das dieses Jahr nicht noch einmal.«

Ich schaute auf das Heißgetränk zwischen meinen Händen. »Nein, Sad. Ich bin mir sicher, dass Granny aufgegeben hat. Sich *und* das Camp.« Die Worte, meine schlimmsten Befürchtungen, laut auszusprechen trieb mir Tränen in die Augen. Meine Grandma war früher eine so fröhliche und lebensbejahende Person gewesen. Stets hatte sie ein Liedchen geträllert – sie und Pops waren sogar Mitglieder in einem Chor gewesen –, und ich erinnerte mich noch genau daran, wie es gewesen war, mit den beiden in ihrem Wohnzimmer zu sitzen und Musik zu machen. Pops hatte entweder am Klavier oder auf seiner Gitarre gespielt, und Granny und ich waren tanzend durch den Raum gewirbelt.

Bei dem Gedanken, dass ich Granny seit Pops' Tod nicht einmal mehr eine Melodie hatte summen hören, überkam mich ein Schmerz, als würde mir jemand das Herz aus der Brust reißen. Ich fühlte mich genauso leer und hilflos wie damals, als mein Grandpa gestorben war. Nur kam es mir dieses Mal so vor, als würde ich nicht nur ihn ein zweites Mal verlieren, sondern meine Grandma gleich dazu.

»Sie haben das Camp vor über dreißig Jahren gemeinsam gegründet«, sprach ich mit erstickter Stimme weiter. »Es war ihr Herzensprojekt. Ich verstehe einfach nicht, wie Granny es jetzt so einfach verkaufen kann.«

Sadie erwiderte nichts auf meine Worte, sondern streckte einen Arm über den Tisch hinweg und legte ihre warmen Finger auf meine Hand. Unweigerlich hob ich den Kopf und schaute in die Augen meiner Freundin, in denen sich ihr sanftes Lächeln widerspiegelte.

»Granny verkauft das Camp bestimmt nicht *einfach so*«, meinte Sadie mit einfühlsamer Stimme. »Wenn du wirklich recht hast und sie diesen Schritt gehen will, muss sie sehr lange und gründlich darüber nachgedacht haben. Und wenn du ehrlich zu dir selbst bist, wirst du sie vielleicht sogar verstehen können. Ich meine, überleg doch mal. Sie hat das Camp die letzten Jahre nicht nur allein führen, sondern auch mit ansehen müssen, wie ihr und Pops' gemeinsames Vermächtnis unaufhaltsam auf einen Abgrund zusteuerte. Ich kann mir nicht vorstellen, was das für eine Last für sie gewesen sein muss.«

Ich seufzte schwerfällig. Natürlich hatte meine Freundin recht. Das wusste ich selbst. Ich hatte meinen Grandpa vielleicht geliebt, bewundert und verehrt. Aber meine Liebe zu ihm hatte nie an die Intensität herangereicht, die zwischen meiner Grandma und ihm geherrscht hatte. Die beiden waren beste Freunde gewesen. Seelenverwandte.

Das war vermutlich auch der Grund, wieso Granny trotz der rückläufigen Anmeldequoten, der sich stapelnden Mahnungen sowie der jedes Jahr vermehrt abspringenden Kursleiter, Küchenmitarbeiter und Technikgurus konsequent jeden Sommer die Tore des Camps geöffnet hatte.

»Sie muss unglaublich müde sein, Mac«, sagte Sadie weiter und strich mir mit dem Daumen über den Handrücken. »Vielleicht ist es am besten, wenn sie das Camp verkauft. Möglicherweise ist es an der Zeit, loszulassen.«

»Das kann ich nicht«, quälte ich hervor und wischte mir mit der freien Hand über die tränenfeuchten Wangen.

Seit Grandpas Tod hatte ich weder Musik gemacht noch das Campgelände betreten. Und auch wenn ich dankbar war, dass Granny das Geschäft außerhalb der Saison von einem kleinen Bürozimmer in ihrem Haus aus führte, bereitete mir die Vorstellung Übelkeit, dass dieser wundersame Ort nie wieder von jemandem besucht werden würde.

Sadie und ich sahen einander an. Dann stieß meine Freundin ein tief aus dem Inneren kommendes Seufzen aus.

»Du wirst nicht lockerlassen, oder?« Obwohl ihre Worte als Frage formuliert waren, war Sadies Tonlage deutlich anzuhören, dass sie die Antwort bereits kannte. Dennoch schüttelte ich den Kopf.

»Du weißt, wie viel mir das Camp bedeutet«, schniefte ich. »Es ist alles, was ich von Pops noch habe.«

Sadie ließ ergeben den Kopf sinken, und ich wusste, dass ich sie überzeugt hatte. »Na gut«, stöhnte sie, schaute wieder auf und ließ meine Hand los, um sich aufrecht hinzusetzen. Ein entschlossener Zug lag um ihre Lippen und ihre Augen funkelten herausfordernd. »Dann lass uns mit der Mission ›Rettet das Camp Melody‹ beginnen!«

Die nächsten Stunden verbrachten Sadie und ich damit, bei literweise Kaffee alle möglichen Ideen unter die Lupe zu nehmen, womit wir unser anvisiertes Ziel erreichen konnten. Leider war das Finden einer geeigneten Lösung nicht so einfach, wie ich gehofft hatte. Wir standen nicht nur unter Zeitdruck, sondern mussten auch etliche Hürden überwinden. So schieden beispielhaft alle Punkte aus, bei denen es um reine Finanzspritzen ging. Diese hätten zwar kurzfristig die Kuh vom Eis geholt, indem offene Rechnungen hätten beglichen, neue Mitarbeiter angestellt und eine kleine regionale Werbekampagne gestartet werden können. Aber nichts davon garantierte den Zufluss begeisterter und hoffentlich auch in Zukunft loyaler Camper.

»Wir brauchen etwas, das schnell und möglichst kostenlos sehr viel Aufmerksamkeit auf das Camp lenkt«, sagte Sadie, nachdem wir das Café verlassen hatten und den Weg zu meinem Auto einschlugen. Da Sadie in der Nähe der Uni wohnte, brauchte sie keinen fahrbaren Untersatz – was mich automatisch zu ihrer Chauffeurin machte, wenn wir zusammen unterwegs waren. »So etwas wie ein Benefizkonzert zum Beispiel.«

»Die Idee hattest du bereits«, murmelte ich gegen meinen dicken Winterschal, der die untere Hälfte meines Gesichts verbarg. Die Temperaturen waren im Laufe des Nachmittags noch weiter gesunken, sodass sich der eisige Wind auf meiner Gesichtshaut wie tausend Nadelstiche anfühlte. »Und wir haben sie abgeschrieben, weil ein solches Konzert eben weder schnell noch kostenlos organisiert werden kann. Ganz zu schweigen davon, dass niemand von uns beiden die Zeit oder die Erfahrung für eine solche Aktion mitbringt.«

Sadie stieß ein frustriertes Stöhnen aus und rollte mit den Augen. Dabei bildete sich ihr Atem in weißen Wölkchen vor ihren Lippen, und ich fragte mich nicht zum ersten Mal, wie meine Freundin bei solchen Temperaturen in ihrer dünnen Lederjacke, den absichtlich mit großen Löchern versehenen Jeans und dem freizügigen Top nicht erfror.

»Das ist doch zum Mäusemelken! Ein Benefizkonzert wäre die optimale Lösung.« Beleidigt schritt Sadie weiter. »Wenn der Sänger oder die Sängerin dann vielleicht sogar noch damit einverstanden wäre, für einen oder zwei Abende bei uns im Camp vorbeizuschauen, hätte jeder, der auch nur vage an Musik interessiert ist, gar keine andere Wahl, als sich sofort anmelden zu wollen.«

Ich nickte. Sadie hatte die Lösung unseres Problems treffsicher auf den Punkt gebracht. Nur leider war die Umsetzung in der Realität um Welten komplizierter.

Die Hände tief in die Taschen meines Parkas geschoben und meine Handtasche fest an meine Seite gepresst, zog ich die Schultern gen Ohren. Gleich, wenn ich zu Hause war, würde ich als Erstes heiß duschen. Vielleicht würde mir dabei eine halbwegs praktikable Lösung in den Sinn kommen. Denn gerade war mein Hirn viel zu tiefgefroren, um vernünftig nachdenken zu können. Hinzu kam, dass ich meine Konzentration mit den bevorstehenden Semesterabschlussprüfungen und den damit verbundenen Uni-Lerneinheiten teilen musste. Denn sosehr ich das Camp auch liebte und es unbedingt retten wollte, musste ich an meine eigene Zukunft denken. Diese würde jedoch, sollte ich aufgrund von Kursen, in denen ich durchfiel, noch mehr Zeit und Geld in mein Studium investieren müssen, noch schwärzer aussehen, als sie es ohnehin schon tat.

»Und was wäre«, sagte Sadie nach einiger Zeit und klang dabei ähnlich verschwörerisch wie ihr zehnjähriges Ich, das mich dazu hatte überreden wollen, uns gegenseitig Ohrlöcher zu stechen, »wenn wir *wirklich* einen Stargast ins Camp einladen würden?«

»Was?«, lachte ich. Während Sadie anscheinend noch immer an ihrer völlig verrückten Konzert-Idee festhielt, hatte ich versucht, gedanklich weiterzuziehen. Doch mir war beim besten Willen keine anständige Alternative eingefallen. Jedes von uns bisher in Erwägung gezogene Szenario endete zwangsläufig in einer Sackgasse.

Hatte ich die Lage womöglich unter- und mich selbst überschätzt? Hatte Sadie recht und es war an der Zeit, sich vom Camp Melody zu verabschieden, weil eine Rettung unmöglich war?

Sadie sah mich weiterhin mit diesem Blick an, den ich nur allzu gut kannte. Sie hatte eine derart verrückte Idee ausgetüftelt, dass sie selbst nicht wusste, ob sie mir davon erzählen sollte oder ob es zu abgedreht war. Zu ihrem Glück war ich inzwischen verzweifelt genug, um mir ihren Gedanken zumindest anzuhören.

»Du meinst das wirklich ernst, oder?«, hakte ich vorsichtig nach.

»Du willst einen Superstar ins Camp einladen, damit er neue Camper anlockt? Wow, ja klar! Warum eigentlich nicht? Ich rufe gleich Robbie an und sage ihm, er soll Gary und den anderen Jungs Bescheid geben, dass sie ihre Sachen packen sollen. Sie werden es bestimmt kaum erwarten können, im Camp einzuziehen.«

Sadie ließ sich von meinem Sarkasmus nicht im Geringsten abschrecken.

»Ja, ich meine das in der Tat ernst – im Gegensatz zu dir offenbar. Ganz ehrlich, Mac. Take That? Hast du mal wieder die alten Platten deiner Eltern im Keller entdeckt?« Sie schüttelte den Kopf.

»Nein, ich rede von einem Superstar, der nicht bereits auf der Bühne stand, als sich unsere Eltern mit gefälschten Ausweisen in Klubs geschlichen haben. Immerhin«, sie beugte sich verschwörerisch in meine Richtung und wackelte übertrieben mit den Augenbrauen, »hatte eine von uns mal einen heißen Draht zu Mr Vincent Kennedy himself.«

Steif wie ein Eiszapfen blieb ich mitten im Weg stehen.

»Wie bitte?« Mit geweiteten Augen starrte ich meine Freundin an. »Schlägst du gerade ernsthaft vor, Vincent um Hilfe zu bitten? Ausgerechnet *ihn*?« Ich hoffte inständig, dass sich Sadie einen dummen Witz mit mir erlaubte.

Meine Freundin, die sofort wusste, dass der Spaß vorbei war, wurde ebenfalls ernst und stellte sich vor mich.

»Hör mir erst mal zu«, sagte sie und legte mir einfühlsam die Hände auf die Oberarme. »Ich weiß, dass das verrückt klingen mag. Aber Vincent ist nicht nur einer der bekanntesten und erfolgreichsten Rockstars der letzten Jahre, er hat seine Wurzeln auch im Camp. Kannst du dir vorstellen, was das für eine Publicity wäre, wenn er zustimmen würde, ein paar Tage bei uns zu verbringen, mit den Kids am Lagerfeuer zu sitzen und ihnen einige Kniffe an der Gitarre beizubringen?«

Ihr Blick intensivierte sich. »Bereits ein einzelner Post auf seinem Instagram-Account wäre werbewirksamer als jede Anzeige, die wir jemals schalten könnten. Überleg doch mal, Mac! Das ist die perfekte Lösung – ganz zu schweigen davon, dass ihr beiden früher ein unschlagbares Team gewesen seid. Die Dynamik zwischen euch war so funkensprühend, dass es ein Wunder ist, dass ihr beim Singen nicht das Camp abgebrannt habt!« Sie näherte sich mir einen winzigen Schritt. »Diese Energie würde unsere Rettungsmission nicht nur befeuern, sie würde sie zu einem echten Feuerwerk mutieren lassen.«

Ich sah Sadie fest in die Augen, in der Hoffnung, dass sie mir meine Wut, Abscheu und Fassungslosigkeit über ihren Vorschlag im Gesicht ablas. Wie konnte sie es nur wagen, von einem unschlagbaren Team, sprühenden Funken und meisterhafter Energie zu reden? Nichts davon traf auf das Verhältnis zwischen Vincent Kennedy und mir zu. Zumindest nicht mehr.

»Hast du völlig den Verstand verloren?«, keifte ich los, um meine Meinung bezüglich ihres Vorschlags unmissverständlich klarzumachen. »Hast du vergessen, was mir dieser Arsch angetan hat?« Meine Stimme schrillte viel zu laut über die gut besuchte Straße, aber es war mir egal. Selbst wenn ich auf dem Times Square in New York gestanden hätte, hätte ich meinen Zorn nicht gedrosselt. Wäre es nach mir gegangen, hätte die ganze Welt die Wahrheit über Vincent Kennedy und seinen Erfolg erfahren sollen.

»Er ist mit unserem – *unserem!* – Song beim Final Jam aufgetreten, während ich …« Der Schmerz, den ich mit jenem letzten Camp-Abend vor sechs Jahren verband, machte es mir unmöglich, den Rest meiner Worte über die Lippen zu bringen.

»Nein, Sadie!«, sagte ich unnachgiebig, nachdem ich meine aufsteigenden Tranen mit reiner Willenskraft unter Kontrolle gebracht hatte. »Niemals und unter keinen Umständen, werde ich Vincent, dieses Egoisten-Verräterschwein, um Hilfe bitten! Nur über meine

Leiche!« Trotzig verschränkte ich die Arme vor der Brust und wandte den Kopf zur Seite ab.

Wie konnte Sadie es nur wagen, diesen Gedanken überhaupt in Erwägung zu ziehen? Sie war doch in jenem Sommer vor Ort gewesen. Sie hatte miterlebt, was geschehen war und wie stark und andauernd ich unter den einschneidenden Ereignissen gelitten hatte. Sie hatte mich stundenlang weinend im Arm gehalten, weil ich nicht nur alles verloren hatte, was mir jemals etwas bedeutet hatte, sondern weil ich auch von dem Jungen verraten worden war, für den ich zum ersten Mal aufrichtig romantische Gefühle empfunden hatte. Glaubte sie wirklich, eine derartige Wunde würde jemals verheilen?

»Bist du fertig?«, fragte Sadie und strich mir mit einem sanftmütigen Lächeln über die Arme. Ihr war bewusst, dass sie mit ihrem Vorschlag eine gewaltige Bombe in mir hatte hochgehen lassen. Doch anstatt zurückzurudern und zu retten, was zu retten war, hielt sie an ihrer mich in dieser Sekunde zur Weißglut treibenden Zen-Ruhe fest.

»Natürlich habe ich nicht vergessen, was Vincent dir angetan hat. Und denkst du wirklich, ich könnte *jemals* vergessen, wie man dich schreiend und wild um dich schlagend aus Pops' Krankenzimmer getragen hat, damit du den Ärzten bei ihren Reanimationsversuchen nicht im Weg stehst?« Ihre Augen füllten sich ebenfalls mit Tränen, doch es war eine andere Art von Trauer. Sie war älter, reifer und endgültiger. Im Gegensatz zu mir hatte Sadie gelernt, mit Pops' Tod zu leben.

»Pops war vielleicht nicht mein leiblicher Großvater, aber ich habe ihn wie meinen eigenen Grandpa geliebt. Und es hat auch mir das Herz zerrissen, als er starb. Aber genau aus diesem Grund, weil ich weiß, wie sehr du ihn geliebt hast und wie sehr dich die Vorstellung quält, das Camp zu verlieren, versuche ich, dir zu helfen.« Sie drückte liebevoll meine Arme. »Und so ungern du es auch hören magst, ändert es nichts an der Tatsache, dass Vincent der beste und womöglich auch einzige Schlüssel zu diesem Vorhaben ist.«

Als ich Sadie bei der erneuten Nennung von Vincents Namen nicht sofort wieder an die Gurgel ging, atmete sie erleichtert auf und sprach weiter. »Es steht außer Frage, dass er sich wie ein verfluchter Riesenarsch benommen hat. Und ganz ehrlich, das hätte ich niemals von ihm erwartet. Nicht nachdem er damals im Camp so …« Sie unterbrach sich, animiert durch mein erbostes Augenfunkeln. Hätte sie es gewagt, ihre vollkommen verblendete Ansicht über die vermeintlich romantische Beziehung zwischen Vincent und mir ein weiteres Mal anzusprechen, hätte ich ihr vermutlich doch noch den Hals umgedreht.

»Aber glaubst du nicht, dass es gerade *deswegen* eine gute Idee ist, ihn um Hilfe zu bitten? Nach dem, was er dir angetan hat, schuldet er dir diesen Gefallen. Außerdem«, sagte sie weiter, »denk doch nur einmal an die Chance, die sich dir damit bietet! Ihr habt euch jahrelang nicht gesehen, Sweety. Damals warst du ein flachbrüstiger Teenie, der jeden Tag auf seine erste Periode gehofft hat. Aber jetzt …« Sie ließ ihren Blick vielsagend über meinen Körper gleiten und pfiff anerkennend durch die Zähne.

Unweigerlich musste ich schmunzeln, kaschierte das jedoch mit einem deutlichen Kiefermahlen. Die Wahrheit war, derselbe Gedanke war mir kurz zuvor ebenfalls durch den Kopf geschossen. Doch ich hatte ihn sofort verdrängt, weil ich nicht der Typ Frau war, der Spielchen spielte. Weder, um einen Kerl auf sich aufmerksam zu machen, noch um Rache zu üben. Aber jetzt, als Sadie es von sich aus ansprach, konnte ich den kleinen Teufel auf meiner Schulter nicht länger ignorieren.

Vincent trug nicht nur eine Teilschuld daran, dass die Musik, meine einstige Leidenschaft – mein *Lebensmittelpunkt* –, zu einer mit Schmerz und Bitterkeit erfüllten Giftblase geworden war, die mir sämtliche Luft abschnürte, sobald ich auch nur wagte, in ihre Nähe zu kommen. Nein, indem Vincent mir damals mein junges Herz gebrochen hatte, hatte er mir auch die Möglichkeit geraubt, jemals wieder Vertrauen zu einem Mann aufzubauen und mich emotional zu öffnen. Er hatte mich sozusagen zu meinem unglücklichen Dauersingle-Dasein verbannt.

Aus diesem Grund hatte ich vor Jahren beschlossen, Vincent Kennedy für den Rest aller Tage für seine bloße Existenz zu hassen. Doch nun geriet dieser Vorsatz ins Wanken, was nicht zuletzt an Sadies folgenden Worten lag, die sie mit einem wissenden, ja fast schon siegessicheren Unterton verlauten ließ.

»Du willst nicht, dass Vincent uns hilft, das Camp zu retten? Okay, das kann ich akzeptieren. Aber kannst du mit der Gewissheit leben, dass dein dämlicher Stolz der Grund dafür sein wird, dass das Camp keine Chance auf ein Überleben haben wird?«

Mit fest aufeinandergepressten Kiefern und grob in die Oberarme gekrallten Fingern stierte ich Sadie an. Das kleine Biest wusste genau, dass sie mich am Haken hatte.

»Fein«, sagte ich. »Ich denke darüber nach. Aber sollte ich mich wirklich dazu durchringen und Vincent schreiben, und sollte er – entgegen jeder Wahrscheinlichkeit – zusagen, dann ist es deine heilige Pflicht als meine beste Freundin, mir moralisch zur Seite zu stehen – und zwar buchstäblich! Ich will deinen sexy Tänzerinnenarsch die ganzen sechs Wochen an mir kleben sehen, als wären wir siamesische Zwillinge! Verstanden?«

»Du willst, dass ich einen ganzen Sommer mit dir im Camp verbringe? So wie früher?« Ihre Augen weiteten sich, ehe sie in schallendes Gelächter ausbrach und mir die Arme für eine feste Umarmung um den Hals warf. »Oh, Baby, denkst du wirklich, ich lasse mir die Fortsetzung der Vincent-und-MacKenzie-Show entgehen? Von wegen! Ich werde mir dafür sogar einen verdammten VIP-Backstagepass und kiloweise Popcorn organisieren.«

Ich bedachte Sadie mit einem giftigen Blick, musste aber insgeheim grinsen.

Nachdem ich meine Arme gelöst und ihre Knuddelattacke erwidert hatte, machten wir uns wieder auf den Weg zu meinem Auto. Dabei dachte ich unweigerlich an all die wundervollen Sommer zurück, die Sadie und ich gemeinsam im Camp erlebt hatten. Die Streiche, die wir einander und anderen gespielt, und die Abenteuer, die wir gemeinsam erlebt hatten.

Irgendwann, zwischen all diesen Erinnerungen, wurde mir bewusst, dass ich das Camp nicht allein wegen Pops und meiner Liebe zu ihm retten wollte. Ich wollte es für alle Kids tun, damit sie ebenfalls die Chance auf eine so unvergessliche Kindheit bekamen, wie ich sie gehabt hatte. Und wenn ich dafür mit Vincent Kennedy in Kontakt treten und ihn um Mithilfe bitten musste, würde ich das schon hinkriegen.

Ich tue das Richtige!

Blieb nur zu hoffen, dass Vincent das auch so sah und mitmachte.

Sam Smith

HOLLYWOOD, KALIFORNIEN, USA

VINCENT

Ich tue das Richtige!, rief ich mir in Erinnerung, während Wyatt, mein Fahrer, den schwarzen SUV mit den getönten Scheiben durch die Straßen von Hollywood lenkte. Seine Finger trommelten im Takt der Radiomusik auf dem Lenkrad und seine Lippen pfiffen leise, wenn auch vollkommen schief, die Melodie mit. George, mein Bodyguard, der gemeinsam mit mir im Fond des Wagens saß, schaute aus dem Fenster, und ich war mir sicher, dass der Zweimetermann in Gedanken die verschiedenen Möglichkeiten durchging, wo er seine heutige Mittagspause verbringen konnte.

George und Wyatt arbeiteten inzwischen seit sechs Jahren für mich, und obwohl die beiden zusammen fast einhundert Jahre alt waren – und damit jeder für sich doppelt so alt war wie ich –, zählten sie zu meinen engsten Freunden. Diese Konstellation war dem Umstand geschuldet, dass wir tagein, tagaus mehrere Stunden Zeit miteinander verbrachten. So etwas verband nun mal.

»In fünf Minuten erreichen wir unser Ziel«, flötete Wyatt gut gelaunt und warf mir über den Rückspiegel einen Blick zu. Seine dunklen, von Falten umgebenen Augen funkelten immer ein wenig schelmisch, was zu dem Grinsen passte, das ihm ins Gesicht getackert schien. Ich hatte den Kerl noch nie schlecht gelaunt erlebt. Wenn er sich nicht ein Mal im Monat einem Drogentest unterzogen hätte, hätte mich das skeptisch gemacht. Aber meine Agentin Morgan, zu deren Büro wir gerade unterwegs waren, bestand darauf, dass jeder Angestellte, der im direkten Kontakt zu mir stand, sich alle vier Wochen testen ließ. Demnach schien Wyatt zu jener Sorte Mensch zu gehören, die sich am Leben selbst anstatt an irgendwelchen Substanzen berauschte.

»Hast du inzwischen eine Entscheidung getroffen?«, fragte George völlig unvermittelt und brachte mich dazu, mich ihm zuzuwenden. Seine Miene wirkte neutral und sogar seinem tiefen Bariton war nicht anzuhören, welche Art von Antwort er favorisiert hätte. Hätte ich nicht gewusst, dass mein Bodyguard entgegen seiner einschüchternden Erscheinung und knallharten Ausstrahlung ein Herz aus Gold besaß, hätte ich seinetwegen nachts Albträume bekommen. George war nicht nur wie ein Schrank gebaut, er hatte auch diese tiefe, raue Stimme, die von jahrelangem Zigaretten- und Alkoholkonsum herrührte. In Kombination mit dem glatt rasierten Schädel und den Tattoos, die sich über seine Arme und an seinem Stiernacken emporschlängelten, hatte ich bei unserer ersten Begegnung nicht gewusst, ob ich ihm die Hand reichen oder mich ehrfürchtig vor ihm verbeugen sollte.

Gedanklich abwesend knibbelte ich an den Lochfransen meiner Jeans herum. »Ja, ich werde Big Dees Angebot annehmen«, sagte ich.

George nickte, dann widmete er sich wieder dem Seitenfenster, ohne sich anmerken zu lassen, was er von meiner Entscheidung hielt. Früher hatte mich das Ausbleiben jeglicher Art von Reaktion seinerseits in den Wahnsinn getrieben. Doch inzwischen wusste ich, dass hinter dieser Geste kein Desinteresse oder gar Arroganz steckte. Mein Bodyguard besaß eine verdammt gute Menschenkenntnis. Er schien zu spüren, dass mir dieses Thema unangenehm war, also sprachen wir nicht länger darüber.

Immer noch an dem tennisballgroßen Loch an meinem Knie zupfend, wandte ich mich ebenfalls der vorbeiziehenden Metropol-Landschaft zu. Es war früher Nachmittag an einem sonnigen Apriltag und die frühlingshaften Sonnenstrahlen schienen nicht nur Touristen mit ihren Kameras und Handys auf die Straßen gelockt zu haben. Auch Anzugträger sowie Künstler jeglicher Ausdrucksformen hatten sich unter das Volk gemischt und brachten die Stadt mit ihrer Vielfalt zum Pulsieren.

Wyatt bog in eine Straße ein, an deren Ende ein hohes, komplett aus verspiegeltem Glas bestehendes Gebäude stand. Mir war der Bau ebenso vertraut wie das Bild, das sich vor dessen Eingang zeigte. Frauen jeden Alters drängten sich von zwei Seiten gegen Metallgeländer, deren Zweck es war, die vier Security-Mitarbeiter dabei zu unterstützen, den Angestellten der in dem Gebäude ansässigen Firmen sowie deren Klienten einen problemlosen Zugang ins Gebäudeinnere zu gewährleisten.

»Alles klar?«, fragte George, und als ich ihn erneut ansah, lag Sorge in seinen Augen. Natürlich war ihm weder die Menschenmasse noch meine Anspannung diesbezüglich entgangen. »Soll Wy in die Tiefgarage fahren? Die letzten Tage waren auch ohne diesen zusätzlichen Stress ziemlich anstrengend.«

Ein wehmütiges Lächeln umspielte meine Lippen. Eigentlich hätte ich inzwischen daran gewöhnt sein müssen, dass mein Bodyguard bessere Sinne besaß als jeder Marvel-Superheld. Trotzdem verlor mein Wunsch, mein Herzrasen und die Schweißausbrüche, die mich regelmäßig bei solchen Situationen ereilten, wenigstens *ein* Mal vor George verbergen zu können, niemals an Intensität.

»Nein, das ist nicht nötig.« Ich nahm einen tiefen Atemzug. Obwohl mein Puls schneller trommelte als Keith Moons Drumsticks, wollte ich die Leute, die mit hoher Wahrscheinlichkeit seit Stunden an diesem Ort verharrten, nur weil sie irgendwo aufgeschnappt hatten, dass ich mich heute hier blicken lassen würde, nicht hängen lassen.

Das ist Teil meines Jobs, rechtfertigte ich meine Entscheidung vor mir selbst. Doch die erhoffte beruhigende Wirkung blieb aus.

George musterte mich noch kurz, dann nickte er ergeben. Ich konnte nicht sagen, ob er aufgab, weil er wusste, dass er mich ohnehin nicht von meiner Meinung abbringen konnte, oder weil Wyatt den Wagen soeben vor dem Gebäude zum Stehen gebracht hatte und es für einen Rückzieher sowieso zu spät war.

Unter tosendem Kreischen und hysterischen Rufen, die zum Teil aus meinem Namen, zum Teil aus unanständigen Angeboten bestanden, sprang George aus dem Wagen.

Ich nutzte die Zeit, die er brauchte, um das Heck des Autos zu umrunden, um die verspiegelte Pilotensonnenbrille aus dem Ausschnitt meines eng anliegenden T-Shirts zu ziehen, sie aufzusetzen und mir mit den Händen durch meine zum Undercut geschnittenen Haare zu fahren.

C'mon, Vince! Du schaffst das! Es ist nur ein kurzer Weg und George ist die ganze Zeit bei dir!

Ich genehmigte mir einen weiteren tiefen Atemzug, ehe George an meiner Wagentür erschien und sie öffnete. Strahlender Sonnenschein umfing mich, und die Rufe meiner Fans schwollen zu einem ohrenbetäubenden Lärm an, der Wyatts Verabschiedung schluckte.

Um mir mein Unbehagen nicht anmerken zu lassen, pappte ich mir mein überzeugendstes *Da bin ich!*-Grinsen ins Gesicht, klappte den Kragen meiner Lederjacke hoch und glitt von meinem Sitz. George warf die Tür hinter mir zu und gab Wyatt damit das Zeichen, dass er abhauen konnte. Doch das nahm ich schon gar nicht mehr wahr. Das immer lauter werdende Heischen um meine Aufmerksamkeit hatte mich in Rekordzeit in eine Blase gezogen, in der die Welt außerhalb nicht mehr existierte. Es gab nur noch mich und meine Fans.

Meine Beine trugen mich wie ferngesteuert tiefer in das Meer aus grapschenden Händen und schreienden Mündern, bis es in meinen

Ohren rauschte und in meinem Kopf dröhnte. Mein Herzschlag verzweifelte bei dem Versuch, einen harmonischen Rhythmus beizubehalten, weshalb es den viel zu schnellen und unregelmäßigen Beat der Menschen um mich herum adaptierte. Mein Blut kochte, Adrenalin und die vibrierenden Klänge der »Vincent, wir lieben dich«-Rufe stürmten durch meine Adern, bis jede einzelne Zelle meines Körpers pulsierte.

Manisch signierte ich alles, was man mir unter die Nase hielt. CDs. Plüschtiere. Autogrammkarten. Ja sogar nackte Körperteile wie Hände, Arme oder Dekolletés. Ich posierte für Fotos und Selfies und versuchte, jedem Fan wenigstens fünf Sekunden meiner ungeteilten Aufmerksamkeit zu schenken. Doch lange bevor ich auch nur einem Viertel der Anwesenden ihre investierte Zeit hatte honorieren können, schob mich George aus der Menge. Kurz darauf fanden wir uns im Gebäudeinneren wieder, wo eine dicke Glastür hinter uns ins Schloss fiel und uns von der tosenden Meute trennte. Die Geräusche von außerhalb drangen nur noch gedämpft zu mir hervor, und der Rausch begann sich zu verziehen. Zurück blieben nur die Echos all der unangebrachten Berührungen, die überall auf meinem Körper brannten.

»Geht es?« George bedachte mich mit seinem Laserblick, als wollte er mein Innerstes nach einer Antwort durchleuten.

Zu gern hätte ich ihn mit einem lässig-coolen »Klar, alles super!« beruhigt. Aber dazu war ich nicht in der Lage. In meiner Brust trommelte es noch immer, mein Shirt klebte mir schweißfeucht am Rücken und meine Hände zitterten ebenso wie meine Beine.

Als ich nicht antwortete, zog er seine Augenbrauen zusammen. Doch George wäre nicht George, wenn er die Lage nicht binnen eines Wimpernschlags erkannt und analysiert hätte. Anstatt auf eine Erwiderung zu pochen, legte er mir freundschaftlich einen Arm um die Schulter, drückte mich schützend an seine Seite und führte mich zielsicher in Richtung Fahrstuhlkabinen. Dabei erzählte er von einer Footballmannschaft, auf die er seit frühester Kindheit stand.

Obwohl mich sein ungewohnter Redeschwall überraschte, dankte ich meinem Bodyguard im Stillen für seinen Beistand. Auch wenn ich mir gelegentlich wünschte, der Hüne wäre weniger aufmerksam, waren es Situationen wie diese, in denen ich Gott für Georges Feingefühl dankte.

Wir durchquerten das hellbeige und nobel eingerichtete Foyer, das sich durch spiegelglatte Boden- und Wandfliesen sowie unzählige in der hohen Decke eingelassene Spotlights auszeichnete, die jeden auf Hochglanz polierten Zentimeter des Eingangsbereichs zum Strahlen brachten.

Der geschniegelte Portier, der auf halber Höhe hinter seinem schwarzen Marmor-Empfangstresen saß, nickte uns lächelnd zu und griff gleichzeitig zum Telefonhörer, um Morgan über meine Ankunft zu informieren.

Schweigend fuhren George und ich in den siebten Stock, wo wir einen schmalen, aber lang gezogenen Flur erreichten, der im gleichen Stil erstrahlte wie das Erdgeschoss. Diesem folgten wir, bis wir vor einer Milchglastür mit dem Logo der Agentur zum Stehen kamen.

Eigentlich gehörte es zu Georges Aufgaben, mich zu Terminen jeglicher Art zu begleiten. Aber nachdem ich mich die ersten Male bei meinen Meetings mit Morgan gefühlt hatte, als wäre ich ein kleines Kind, dessen Vater ihm das Händchen während eines Zahnarztbesuchs halten musste, hatte ich George von dieser speziellen Verpflichtung entbunden. Meine Agentin war diesbezüglich zwar nicht sonderlich begeistert gewesen, aber ich war standhaft geblieben. Es genügte, wenn sich einer von uns bei diesen Meetings zu Tode langweilte. Außerdem war es gut für Georges und meine Beziehung, wenn wir nicht rund um die Uhr aneinanderklebten – auch wenn mir natürlich bewusst war, dass genau darin sein Job bestand.

»Soll ich heute mit reinkommen?«, bot mein Bodyguard an und seine sturmgrauen Augen zeugten erneut von Sorge. Unweigerlich musste ich daran denken, wie er während unserer Kennenlernzeit ganz klischeehaft schwarze Anzüge, undurchsichtige Sonnenbrillen und ein Headset im Ohr getragen hatte. Zum Glück hatte ich ihm diesen Spleen im Laufe der Zeit erfolgreich austreiben können, sodass er sich inzwischen frei fühlte, seine überraschend vielfältige Auswahl an Nirvana-Shirts zu präsentieren.

»Nein, das ist nicht nötig«, antwortete ich aufrichtig. Es ging mir tatsächlich schon etwas besser.

Georges Augenbrauen gerieten erneut in Bewegung und eine von ihnen wanderte in Richtung Haaransatz. Natürlich glaubte er mir kein Wort.

»Wirklich«, sagte ich lachend und klopfte ihm freundschaftlich auf die Schulter. Manchmal fragte ich mich, ob ich auch nur annähernd so lange in dem Haifischbecken namens Showbiz durchgehalten hätte, wenn George nicht an meiner Seite gewesen wäre. »Es geht wieder. Alles gut.«

»Wie du meinst. Aber ich bin um Punkt drei zurück. Solltet Morgan und du wider Erwarten früher fertig werden, schickst du mir eine SMS und wartest genau hier«, er deutete mit seinem Zeigefinger auf den Boden, »auf mich.« Sein unausgesprochenes »Verstanden?!« war deutlich in seinen Augen abzulesen.

Ich nickte brav. Exakt dieselben Worte bekam ich jedes Mal von ihm zu hören, als wäre ich ein unartiger Junge, den man ständig im Auge behalten musste. Aber da ich den Grund für seine Sorgen kannte, machte ich ihm keine Vorwürfe. Außerdem war es schön zu wissen, dass es neben meinem besten Freund Hendrik, meiner Ex Dakota und Morgan noch eine weitere Person gab, der ich wichtig war.

»Lass dir Zeit, Großer. Du weißt, Morgan setzt immer eine Stunde für unsere Meetings an, aber ich kann von Glück reden, wenn ich bis zum Start meiner Best-of-Tour im Herbst freikomme.«

George kommentierte meine Worte mit einem unbestimmten Brummen, dann kehrte er mir den Rücken und ging zurück zum Lift. Ich hingegen drehte mich in die entgegengesetzte Richtung. Zum Eingang der Höhle des Löwen.

»Mr Kennedy.« Candice, Morgans aktuelle Vorzimmerdame, begrüßte mich, nachdem ich die Milchglastür passiert und hinter mir geschlossen hatte. Candice war bereits die vierte Person, die diesen Posten in den letzten zwölf Monaten besetzt hatte, und die Einzige, die sich weigerte, mich bei meinem Vornamen anzusprechen, was zweifelsfrei an ihrer Furcht vor Morgan lag.

»Ihre Tante befindet sich noch in einer Telefonkonferenz. Aber sie bat mich, Ihnen auszurichten, dass Sie nach Ihrer Ankunft bitte umgehend in ihr Büro gehen sollen.«

Ich bedankte mich mit einem höflichen Nicken, obwohl ich innerlich mit den Zähnen knirschte. Ebenso taub, wie sich Candice bezüglich meiner Bitte stellte, mich nicht ständig »Mr Kennedy« zu nennen, hörte sie auch nicht darauf, dass sie Morgan nicht als meine Tante bezeichnen sollte.

Es stimmte zwar, dass meine Agentin die Schwester meiner Mom war. Aber abgesehen davon, dass unsere familiäre Beziehung bis vor meinem Karrierebeginn aus jährlichen Grußkarten zum Geburtstag und zu Weihnachten bestanden hatte, wollte ich nicht, dass jemand dachte, ich würde bevorzugt werden. Die Agentur, in der Morgan Partnerin war, war eine der größten, bekanntesten und exklusivsten in ganz Los Angeles. Hier wurde einem nichts geschenkt. Man musste hart für seinen Erfolg arbeiten, wie ich inzwischen aus eigener Erfahrung zu bestätigen wusste.

Ich verließ den Vorraum in Richtung Büro, das ich nach einem leisen Anklopfen, auf das ich jedoch keine Reaktion erwartete, betrat.

Candice hatte gesagt, dass Morgan in einer Telefonkonferenz steckte, also nahm ich an, dass ich das Büro für mich allein haben würde. Doch als ich durch die Tür schlüpfte, stellte ich zu meiner Überraschung fest, dass Morgan in ihrem gigantischen Chef-Ledersessel lehnte und mit vor der Brust verschränkten Armen auf ihren Siebenundzwanzig-Zoll-Monitor starrte.

»Das kann ich Ihnen nicht versprechen, John«, sagte sie gerade, bemerkte jedoch meine Anwesenheit und winkte mich mit einem

Lächeln zu sich. »Ich bin gleich für dich da«, formte sie lautlos mit ihren Lippen und deutete mit einem Fingerzeig auf den freien Stuhl ihr gegenüber.

Ich folgte der Aufforderung und setzte mich an den exorbitant großen Schreibtisch, während ich mich aus Gewohnheit im Raum umsah. Morgans Büro entsprach dem Bild, das sich einem unweigerlich aufdrängte, wenn man sich das Herrschaftsgebiet einer der erfolgreichsten Musikagenturen des Landes vorstellte. Es war angeberisch groß, lichtdurchflutet, und sämtliche Möbel waren entweder aus Chrom, italienischem Leder oder Glas.

»John, es tut mir leid, aber ich muss Sie an dieser Stelle unterbrechen. Mein nächster Termin ist gerade eingetroffen.« Sie lächelte ihren Bildschirm an, doch es lag keine Wärme in ihren Augen. »Am besten wäre es, wenn Sie noch einmal in Ruhe über mein Angebot nachdenken und sich melden, wenn Sie eine Entscheidung getroffen haben. In Ordnung?« Sie nickte, als ihr Gesprächspartner etwas erwiderte, das ich nicht hören konnte. »Sehr gut. So machen wir das.« Noch ein Lächeln, noch ein Nicken. Dann folgte eine knappe Verabschiedung und schon drückte Morgan eine Taste auf ihrer Computertastatur, die nicht nur das Gespräch beendete, sondern auch ihre Miene in sich zusammenfallen ließ.

»Du hast gerade ein Menschenleben gerettet«, sagte sie an mich gerichtet, zog ihr Headset aus dem Ohr, das ich zuvor wegen ihrer braunen Lockenpracht – ein deutliches Wiedererkennungszeichen meiner Familie – nicht gesehen hatte, und schloss erschöpft seufzend die Augen. »Hätte ich diesen arroganten Schnösel noch eine Minute länger ertragen müssen, wäre ich noch heute nach Washington gereist, um ihn mit seiner hässlichen senfgelben Krawatte zu erwürgen.«

Sie atmete ein paarmal tief durch, ehe sie mir ein Lächeln zuwarf, das um ein Vielfaches aufrichtiger wirkte. »Schön, dass du da bist, mein Lieber.«

Sie erhob sich von ihrem Sessel, umrundete ihren Schreibtisch und kam auf mich zu. Nach zwei Luftküssen auf meine Wangen ließ sie sich auf die Kante ihres Schreibtisches sinken, überschlug ihre langen Beine und faltete ihre Arme vor der Brust. Obwohl Morgan in ihren Vierzigern war, wagte sich keine Falte auf ihre Gesichtszüge, und ihre schlanke Silhouette, die sie einer disziplinierten Ernährung sowie regelmäßigen Yoga- und Pilatesstunden zu verdanken hatte, war in klassische Businesskleidung gehüllt.

»Du siehst fertig aus«, sagte sie nach einem kritischen Blick. »Geht es dir nicht gut? Wirst du etwa krank?«

Kurz war ich versucht, ihr die Wahrheit zu sagen: dass die letzten Wochen äußerst kräftezehrend gewesen waren und dass ich mich vor wenigen Momenten wieder einer Horde Fans hatte stellen müssen, die, woher auch immer, ständig genau zu wissen schienen, wo sie mich antreffen konnten. Aber ich entschied mich dagegen. Morgan hatte auch so genug um die Ohren, sodass ich ihr keine unnötigen Sorgen bereiten wollte. Außerdem nervte es mich ungemein, dass mich alle seit jenem Vorfall vor vier Jahren wie ein rohes Ei behandelten.

»Bist du zu all deinen Klienten so charmant oder zähle ich endlich zu deinen Topscorern und werde bevorzugt behandelt?«, witzelte ich, was Morgan ein leises Lachen entlockte.

»Ach, Darling, wenn ich könnte, würde ich die Agentur nach dir umbenennen. Aber meine langweiligen Partner bestehen darauf, dass ihre Namen auf dem Briefbogen stehen.« Sie rollte amüsiert grinsend mit den Augen. »Ich glaube, Edward und Anton brauchen diese Bestätigung, um etwas anderes zu kompensieren.«

Während ich dieses Mal herzlich lachte, erhob sich Morgan von ihrem Platz und kehrte zurück zu ihrem Sessel auf der anderen Seite des Schreibtisches. Anschließend zog sie eine Schublade auf und holte einen Stapel Papiere hervor.

»Aber nun genug der Witzchen, mein Lieber. Es wartet viel Arbeit auf uns und wir haben nur wenig Zeit.« Sie schob mir den Papierstapel über den Tisch hinweg zu. »Das sind die Dokumente, über die wir gesprochen haben. Der Anwalt hat sie geprüft und mir sein Okay gegeben. Du musst also nur noch unterschreiben. Die jeweiligen Stellen habe ich dir markiert.«

Ich nahm den Papierberg an mich, während Morgan sich wieder hinter ihrem Computerbildschirm versteckte. »Außerdem habe ich eine E-Mail von Alyshee bekommen, in der sie noch einmal nachhakt, ob du dich inzwischen wegen Big Dees Angebot entschieden hast.« Ihre Finger mit den künstlich in die Länge gezogenen Nägeln klackerten geräuschvoll auf der Tastatur.

Den Fokus fest auf die Papiere vor mir gerichtet, tat ich so, als würde ich ihren Inhalt studieren. Doch in Wahrheit kämpfte ich verbissen darum, mir meine Anspannung bezüglich Morgans Worten nicht anmerken zu lassen. Obwohl ich George im Wagen gesagt hatte, dass ich meine Wahl getroffen hatte, brachte ich es nicht über mich, die Entscheidung mit meiner Agentin zu teilen.

»Du weißt selbst, dass es eine unglaublich große Ehre ist, von Big Dee für ein gemeinsames Projekt auserwählt zu werden«, sprach Morgan weiter und wiederholte damit ihren Monolog von damals, als sie mir das erste Mal von dem Angebot erzählt hatte. »Er ist einer der absoluten Megastars in der Branche und die Diversität eurer bisherigen Arbeiten kann für euren gemeinsamen Song nur von Vorteil sein.«

Morgan beugte sich an ihrem Bildschirm vorbei, um mich anzusehen, und ich hob unweigerlich den Kopf. »Dieses Projekt kann dich zurück in die richtigen Kreise katapultieren, Vince. Dein letztes Album ist fast zwei Jahre alt und hat sich gerade einmal vier Wochen in den Top-Ten-Charts gehalten. Das ist im Vergleich zu deinen Erfolgen von früher eine Katastrophe.« Der Ausdruck in ihren Augen wurde ebenso wie ihre Stimme weicher. »Deine Karriere hat sich von dem Vorfall vor vier Jahren nie wirklich erholt, mein Lieber. Dir läuft die Zeit davon. Wenn du in Zukunft nicht nur vom Musikmachen *träumen* willst, musst du endlich aktiv werden.«

Ich schluckte und widmete mich wieder den Papieren in meinen

Händen. Morgan hatte recht. Und genau aus diesem Grund hatte ich mir auch vorgenommen, Big Dees Angebot anzunehmen.

Trotzdem konnte ich mich nicht dazu überwinden, Morgan meinen Entschluss mitzuteilen. Vermutlich, weil ich wusste, dass es anschließend kein Zurück mehr geben würde. Denn auch wenn Big Dee in der Tat der Superstar war, als der er von Morgan angepriesen wurde, änderte es nichts daran, dass ich seine Musik grauenhaft fand und die Methoden, die er benutzt hatte, um sich einen Ruf als größter Gangster-Rapper der Welt zu verschaffen, nicht guthieß. In mir sträubte sich einfach alles dagegen, mit einem Typen zusammenzuarbeiten, zu dessen Partystandardprogramm Prostituierte, Drogen und Polizeirazzien gehörten.

Mit den Gedanken noch immer bei Big Dee blätterte ich durch die Papiere. Dabei entdeckte ich ein Schreiben, das sich deutlich von den anderen unterschied.

Meine Stirn furchte sich, als ich die ausgedruckte E-Mail aus dem Stapel zog und sie genauer betrachtete.

Sehr geehrter Mister Kennedy,

vielleicht erinnern Sie sich noch an das Camp Melody, in dem Sie früher als Teilnehmer Ihre Sommer verbracht haben. Eben dieses Camp benötigt nun Ihre Unterstützung. Durch die rückläufigen Anmeldezahlen in den letzten Jahren droht dem einst von jedem musikbegeisterten Kind geliebten Camp die Schließung. Das möchten wir mit allen Mitteln verhindern und wenden uns deshalb an Sie. Als erfolgreicher Künstler, dessen Karriere ihren Ursprung im Camp fand, möchten wir Sie dazu einladen, ein paar Tage als Ehrengast dem Camp Melody beizuwohnen. Ihre Anwesenheit können Sie frei nach Ihrem Terminkalender planen. Der zur Verfügung stehende Zeitraum ist der 16.07. bis 29.08.

Für Kost und Logis wird selbstverständlich gesorgt, ein gesondertes Honorar kann jedoch aus oben genannten Gründen nicht gezahlt werden.

In Erwartung einer zeitnahen Antwort verbleibt das Camp mit freundlichen Grüßen,

MacKenzie Jordan

– Assistentische Leitung des Camp Melody –

Immer wieder las ich die Zeilen, bis die Buchstaben vor meinen Augen zu verschwimmen begannen. Aber der Inhalt hatte sich bereits in meinen Kopf gebrannt – ebenso wie der Name, mit dem die E-Mail unterschrieben worden war.

MacKenzie Jordan.

Seit Jahren hatte ich diesen Namen weder gehört noch ihn irgendwo gelesen. Nur in meinen Gedanken war er immer mal wieder aufgetaucht.

MacKenzie Jordan.

Mein Herz begann zu wummern und meine Finger verkrampften sich um das Papier. Ich wusste nicht, was ich denken sollte. Über die E-Mail. Über das Camp. Über MacKenzie. Dieses Schreiben hatte mich eiskalt erwischt und trotzdem erfüllte plötzlich eine zuvor ungekannte Hitze mein Innerstes.

Erinnerungen an meine Zeit im Camp tauchten vor meinem geistigen Auge auf, vor allem an den Sommer, in dem ich gemeinsam mit MacKenzie an unserem Song gearbeitet hatte. Ich wusste noch genau, wie ihr langes blondes Haar in der Sonne geschimmert hatte, wie ihre blauen Augen beim Komponieren gestrahlt und wie sie mich immer angelächelt hatte, wenn wir einander begegnet waren.

Gott, war ich damals in MacKenzie verknallt gewesen – und verflucht, hatte sie mir das Herz gebrochen!

Der Schmerz der Vergangenheit, den ich längst vergessen geglaubt hatte, flammte von Neuem in mir auf, und ich ballte die Finger so stark um das Papier, dass ich es leise einreißen hörte.

Seit jenem Abend des Final Jam vor sechs Jahren hatte ich nichts mehr von MacKenzie gehört. Dabei hatte ich Morgan extra in den ersten Tagen nach meinem Karrierestart damit beauftragt, MacKenzies Nummer für mich zu besorgen, damit ich die Enkelin der Campleitung kontaktieren konnte. Mir hatte der plötzliche Bruch zwischen uns so stark zugesetzt, dass ich unbedingt hatte herausfinden wollen, was vorgefallen war, dass mich MacKenzie völlig unvermittelt im Stich gelassen und mit einem anderen Typen rumgemacht hatte. Doch bis heute war die Frage unbeantwortet geblieben, denn sie hatte weder auf meine Anrufe noch auf meine Nachrichten reagiert. Selbst als ich rund drei Wochen später von Hendrik, der zu der Zeit noch immer in Montana bei seinen Eltern lebte, erfahren hatte, dass MacKenzies Großvater verstorben war, hatte sie meine Kontaktversuche abgewiesen. Nicht einmal auf meine Kondolenzkarte hatte ich eine Reaktion erhalten.

»Vince? Hörst du mir überhaupt noch zu?« Morgan sah mich mit gefurchter Stirn an, wie ich erkannte, als ich ertappt den Kopf hob, den frisch zurückgekehrten Schmerz einer längst vergessenen Wunde vermutlich deutlich ins Gesicht geschrieben. »Was ist denn los?«

»Was ist das?«, unterbrach ich meine Agentin unwirsch und hielt MacKenzies E-Mail in die Höhe. »Wieso hast du mir nicht von diesem Schreiben erzählt? Die Mail ist über zwei Wochen alt.«

Morgan, die mein abrupter und für sie vermutlich völlig zusammenhangloser Stimmungsumbruch zu verwirren schien, verengte die Lider, um zu erkennen, was ich ihr da zeigte. Dann zog sie die Nase kraus und rollte mit den Augen.

»Candice muss das aus Versehen mit in die Unterlagen für den Anwalt gesteckt haben.« Sie schüttelte den Kopf und streckte ihre Hand aus, um das Blatt Papier an sich zu nehmen. »Tut mir leid, dass du es gesehen hast.« Sie wollte nach dem Schreiben greifen, aber ich zog es an meine Brust.

Sofort verstärkte sich Morgans irritiert-verärgerte Miene, doch darauf nahm ich keine Rücksicht. Mit der Entdeckung dieser Anfrage war etwas in mir aufgebrochen, dessen Existenz ich nicht einmal erahnt hatte. Eine Art emotionale Büchse der Pandora, die sich trotz aller Vernunft, Seriosität und Respekt meiner Agentin gegenüber unmöglich wieder schließen ließ.

»Warum hast du mir diese E-Mail nicht gezeigt?«, wiederholte ich meine Frage, dieses Mal vernehmbar erregter.

»Wieso hätte ich das tun sollen?« Morgan wirkte inzwischen ebenfalls latent echauffiert. »Ich meine, abgesehen davon, dass jede Woche ein Dutzend solcher Anfragen in meinem Postfach landen und es rein organisatorisch unmöglich ist, sie dir alle zu zeigen, finde ich, dass es an Dreistigkeit nicht mehr zu überbieten ist, dich nach Jahren der Funkstille einfach so anzuschreiben, nur um dich um eine Gefälligkeit zu bitten – ganz zu schweigen von diesem unverschämten Ton! Für wen hält sich das Mädchen eigentlich?!« Erneut schüttelte Morgan den Kopf, die Lippen missbilligend aufeinandergepresst. »Vergiss die Nachricht, Vincent. Candice hat längst eine Absage verschickt.«

»Sie hat *was*?« Ich drängte meine chaotischen Gedanken und Gefühle bezüglich MacKenzie zur Seite. Mit ihnen würde ich mich später in Ruhe befassen. »Warum hast du das getan? Du weißt genau, was mir das Camp bedeutet hat!«

Was mir MacKenzie bedeutet hat!

Vermutlich war es dumm und unfair, mein durch MacKenzies elektronischen Brief ausgelöstes Gefühlswirrwarr auf Morgan zu projizieren, schließlich war sie nicht der wahre Ursprung meines Ärgers. Doch mit der übereilten Entscheidung, eine Absage zu verschicken, ohne das vorher mit mir abzuklären, hatte meine Agentin zum ersten Mal eine Grenze überschritten.

Morgans Irritation intensivierte sich, während sich auch in ihre Stimme eine unterdrückte Erregtheit mischte. »Vincent, ich will wirklich nicht die Ich-bin-deine-Agentin-und-weiß-am-bestenwas-gut-für-dich-und-deine-Karriere-ist-Karte spielen. Aber diese Anfrage kommt für dich unter keinen Umständen infrage. Erstens kannst du deinen Job nicht einfach für ein paar Tage auf Eis legen, um nach Montana zu reisen und dein Talent an eine Horde Ameisen zu verschwenden. Zweitens fällt der Zeitraum genau in die Festival-Hauptsaison. Wenn du Big Dees Angebot annimmst, werdet ihr im Sommer bereits auf Promotour für euren Song sein.«

»Dann trifft es sich ja gut, dass ich gerade eben beschlossen habe, sein Angebot abzulehnen.« Rational betrachtet, war es vermutlich völlig verrückt, meine Karriere wegen eines Mädchens aufs Spiel zu setzen, das mir einst das Herz gebrochen hatte. Doch ich konnte MacKenzies Mail nicht einfach ignorieren. Ihren Namen zu lesen hatte zwar eine Qual ans Tageslicht befördert, die ich längst überwunden geglaubt hatte, aber es war unser gemeinsam komponierter Song, der mir dieses Leben ermöglicht hatte.

Dafür schuldete ich MacKenzie etwas.

Zudem – und das konnte ich beim besten Willen nicht leugnen – war ich neugierig, was aus ihr geworden war. Offenkundig arbeitete sie im Camp. Das war nicht weiter verwunderlich. Was mich hingegen stutzig machte, war, dass sie nicht ihrem Traum gefolgt war, Sängerin zu werden. Zumindest hatte ich ihren Namen bisher nirgendwo in der Branche aufgeschnappt.

Morgans Miene wirkte von Sekunde zu Sekunde entsetzter, weshalb ich berechtigte Zweifel daran hegte, dass mir die Antwort meiner Agentin in Bezug auf meine Entscheidung gefallen würde. Dennoch dachte ich gar nicht daran, mich umstimmen zu lassen.

»Ich werde ins Camp fahren«, wiederholte ich entschieden und steckte das Schreiben in die Tasche meiner Jacke. Um sicherzugehen, dass MacKenzie meine Zusage erhielt, würde ich ihr persönlich antworten. »Und ich werde dort so lange bleiben, wie ich es für nötig halte«, fügte ich hinzu.

Obwohl das Thema an dieser Stelle für mich beendet war, konnte und wollte ich Morgans Übergriffigkeit nicht einfach so im Raum stehen lassen. Meine Agentin sollte wissen, dass ich ein derartiges Verhalten in Zukunft nicht mehr einfach so abhaken würde.

»Aus diesem Grund solltest du lieber jetzt schon anfangen, meinen Terminkalender für den Sommer freizuschaufeln. Nicht dass am Ende noch weitere Fehler passieren und erneut Absagen an die falschen Leute rausgeschickt werden.«

Morgans Miene verdüsterte sich und ich wusste, dass ich mich auf eine ordentliche Standpauke einstellen konnte. Doch das machte mir ebenso wenig aus wie die Aussicht, meine Karriere gefährlich nah an einen bodenlosen Abgrund gelotst zu haben.

Ich tue das Richtige!, wiederholte ich meine Gedanken von vorhin im Auto. Nur fühlte es sich dieses Mal auch richtig an. Abgesehen davon, dass ich dem Camp und MacKenzie den Start meiner Karriere zu verdanken hatte, verursachte mir die Vorstellung, das Mädchen von früher an jenem Ort von früher wiederzusehen, ein flatterndes Gefühl in der Magengegend, das ich sonst nur von dem Moment kannte, kurz bevor ich auf einer Bühne auftrat.

Ich werde zurück ins Camp Melody fahren und ich werde MacKenzie Jordan wiedersehen.

Und einfach so, ganz plötzlich, war sämtlicher Stress und Ärger der letzten Wochen vergessen und ich konnte mein Herz nicht davon abhalten, aus einem völlig anderen Grund viel zu schnell zu schlagen.

Phillip Phillips

PARADISE VALLEY, MONTANA, USA
DREI MONATE SPÄTER

MACKENZIE

Ich werde zurück ins Camp Melody fahren und ich werde Vincent Kennedy wiedersehen.

Seit Wochen rief ich mir diese Worte wie ein Mantra ins Gedächtnis. Doch anstatt dass ich mich auf diese Weise an die Vorstellung gewöhnt hatte, war mir mit jedem Tag, den der Camp-Start näher gerückt war, unbehaglicher zumute geworden. Bis ich mich heute Morgen, am berüchtigten Tag X, hatte übergeben müssen.

»Alles okay bei dir, mein Kind?« Grannys warme, weiche Stimme unterbrach die Stille im Auto und riss mich aus meinen Gedanken. Ertappt drehte ich mich zu ihr herum.

»Natürlich, wieso fragst du?« Mein betont unbekümmertes Lächeln ließ meine vorherigen Worte, die eine Spur zu enthusiastisch geklungen hatten, vermutlich noch verdächtiger erscheinen. Aber Granny hatte mich eiskalt erwischt. Dabei wollte ich – nein, ich *musste* sogar – um jeden Preis verhindern, dass sie herausfand, welche Überlegungen ich gerade angestellt hatte. Ansonsten hätte mich meine Grandma die restliche Fahrt einem Kreuzverhör unterzogen, auf dessen Kreativität selbst das FBI neidisch gewesen wäre.

»Bist du sicher?« Granny intensivierte den prüfenden Blick ihrer saphirblauen Augen, was meine vorherige Annahme bestätigte. Meine Grandma war ein sechzig Jahre alter, ein Meter fünfundsechzig kleiner, blond frisierter Lügendetektor mit der Figur von Jennifer Aniston. Der Versuch, Granny etwas vorzumachen, war in etwa so empfehlenswert wie ein Fallschirmsprung ohne Fallschirm. »Du bist ein bisschen blass um die Nase. Vielleicht sollten wir kurz anhalten und etwas frische Luft schnappen.«

Trotz meiner verknoteten Innereien zwang ich mich, an meinem Lächeln festzuhalten. Wenn ich jetzt wie ein gefolterter Spion in den Fängen der Feinde einknickte und alle Staatsgeheimnisse ausplapperte, würden meine grauenerregendsten Albträume wahr werden. Und das, noch bevor ich auch nur einen Fuß auf das Campgelände gesetzt hatte.

»Nein, das ist nicht nötig, Granny. Mir geht es gut. Wirklich«, schob ich schnell nach, als sie nicht den Eindruck erweckte, als hätte meine Aussage sie überzeugt. »Ich bin nur aufgeregt, das ist alles.« In der Hoffnung, dass ich Granny durch den Einwurf einer wahrhaftigen Aussage beschwichtigen konnte, widmete ich mich wieder der Seitenscheibe.

Ein wolkenloser Himmel zog im strahlendsten Blau über uns hinweg und untermalte die idyllische Schönheit der sich um uns herum ausbreitenden, in goldenes Sonnenlicht getauchten Landschaft. Die weitläufige und unangetastete Schönheit des Paradise Valley, in dem sich das Campgelände befand, hatte mich mit seinen saftig grünen Hügeln, den monumental in die Höhe ragenden Gelbkiefern sowie den mit Schnee bedeckten Berggipfeln am weit entfernten Horizont schon immer zu verzaubern gewusst. Doch als ich jetzt zum ersten Mal nach über einem halben Jahrzehnt wieder hier entlangfuhr, raubte mir die natürliche Eleganz und gleichzeitig anmutige Stärke meines Heimatbundesstaates schlichtweg den Atem.

Wie hatte ich es nur fertigbringen können, diesem magischen Ort so lange fernzubleiben?

Die Antwort auf diese Frage bildete sich prompt, als meine Gedanken zurück zu jener Ursprungsüberlegung glitten, bei der mich Granny unterbrochen hatte. Denn auch wenn es vielleicht nicht den Anschein hatte, ging es mir tatächlich gut. Das lag vor allem an dem Gedanken, dass Sadies und meine Mission entgegen jeglichen Erwartungen aufgegangen war und morgen zweiundsechzig musikbegeisterte Kids im Alter von sechs bis achtzehn ins Camp Melody einziehen würden – zwölf mehr, als eigentlich für die Maximalbelegung vorgesehen war.

Dabei hatte gerade zu Beginn, als ich unter Sadies Argusaugen eine E-Mail an Vincent verfasst und sie an die Mailadresse seines Managements geschickt hatte, niemand von uns mit einer derartigen Schicksalswendung gerechnet. Schließlich war kaum zwei Tage nach dem Versenden meines elektronischen Briefes von der Empfängeradresse, die ich im Internet gefunden hatte, eine überaus unfreundliche Absage in meinem Postfach eingetroffen. Sie hatte mich zwar nicht wirklich überrascht, war aber dennoch mehr als niederschmetternd gewesen. Denn bereits zu diesem Zeitpunkt hatte ich einsehen müssen, dass Sadie recht hatte und Vincent unsere einzige Chance war, das Camp zu retten.

Aus genau diesem Grund hatte mich die zweite E-Mail, die ich knapp drei Wochen später mit demselben Betreff, jedoch von einer anderen Adresse empfangen hatte, völlig von den Socken gerissen. Ich hatte den Text dreimal lesen müssen, um sicherzugehen, dass ich den Inhalt auch wirklich richtig erfasst hatte. Denn nicht nur, dass die Nachricht von Vincent persönlich gestammt hatte, er hatte sich auch für das Missverständnis mit seiner Agentin entschuldigt und betont, dass er – sofern das Angebot noch stand – sehr gern dabei helfen würde, das Camp zu retten. Dafür wollte er nicht nur tatkräftig die Werbetrommel rühren, sondern seinen Aufenthalt im Camp so lange ausdehnen, wie es notwenig sein würde.

Sadie war über diese Zeilen derart in Verzückung geraten, dass sie sich gar nicht mehr hatte einkriegen wollen. Eine volle Woche hatte ich mir ihr Schwärmen über Vincent und seine Antwort sowie die damit verbundene Kausalitätskette anhören müssen. Denn tatsächlich, in den Wochen nach Vincents Zusage hatte es in der Klatschpresse kein anderes Thema mehr gegeben als seinen Aufenthalt im Camp Melody. Dadurch waren wir von Neuanmeldungen regelrecht überflutet worden, sodass wir nicht nur in Rekordzeit ausgebucht gewesen waren, sondern sogar eine Warteliste hatten erstellen müssen. Nach reiflicher Überlegung und einigem Umorganisieren hatten wir auch noch extra Zeltschlafplätze in unser Angebot aufgenommen, die jedoch ebenfalls binnen kürzester Zeit ausgebucht waren.

Granny schielte verstohlen zu mir herüber, wie ich anhand eines unangenehmen Kribbelns in meinem Nacken spürte. Ich wusste, dass sie wusste, dass ich ihr zwar die Wahrheit gesagt, aber gleichzeitig so viel mehr für mich behalten hatte. Trotzdem drängte sie mich nicht dazu, ihr mein Herz auszuschütten, wofür ich ihr dankbar war. Denn ein Gespräch würde nichts an meiner Befangenheit ändern, in weniger als einer Stunde nach langjähriger Abwesenheit zum ersten Mal wieder das Campgelände zu betreten. Von meiner Furcht vor meiner morgigen Begegnung mit Vincent ganz zu schweigen.

Ich muss das mit mir allein ausmachen. Granny hat genug eigene Probleme.

Zwar kannte ich nicht einmal einen Bruchteil der Sorgen meiner Grandma, aber der Berg musste enorm sein. Denn als ich endlich den Mut gefunden hatte, Granny auf die Mail von Mr Jenkins anzusprechen, war sie meiner Frage bezüglich ihrer Camp-Verkaufspläne ungewohnt wirsch ausgewichen. Als ich ihr daraufhin eher aus Reflex von Sadies und meinem Rettungsplan und Vincents bestätigter Teilnahme daran erzählt hatte, hatte sie mich völlig perplex angestarrt und war anschließend fluchtartig zu einem Termin aufgebrochen.

Bis heute wusste ich nicht, ob Granny mir einfach nur hatte aus dem Weg gehen wollen oder ob sie tatsächlich eine Verabredung gehabt hatte. Einen Eintrag in ihrem Kalender hatte ich dazu jedenfalls nicht finden können. Da ich jedoch wenige Tage später eine Terminabsagebestätigung der *Hankes Real Estate Group* in der Post entdeckt hatte, hatte ich das Thema nicht erneut aufgegriffen. Wenn meine Grandma noch nicht bereit war, mit mir darüber zu reden, würde ich dies akzeptieren müssen.

Zurück im Hier und Jetzt, legte mir Granny ihre Hand auf den Oberschenkel und bedachte mich mit einem sanften Lächeln. Ohne von der Landstraße wegzusehen, meinte sie: »Ich bin auch aufgeregt, mein Kind. Irgendwie sagt mir mein Bauchgefühl, dass dieser Sommer ein Wendepunkt für uns alle sein wird.«

Da war es.

Das Camp Melody.

Mit trommelndem Herzschlag öffnete ich die Wagentür und stieg mit zitternden Knien aus. Wie von selbst glitt mein Blick umher und ich registrierte mit einer Mischung aus Erleichterung und Wehmut, dass sich trotz meiner jahrelangen Abwesenheit nichts an diesem Ort verändert hatte. Alles sah noch genauso aus wie vor sechs Jahren.

Auf einem weitläufigen Grundstück, das südöstlich von einem Wald und auf der anderen Seite von einem See eingerahmt wurde, prangte zwischen Büschen und Gelbkiefern ein Dorf aus fünfundzwanzig dunkelbraunen verschieden großen Holzhütten, deren Zwecke ebenso mannigfaltig waren wie ihre Größen und Formen. Im Norden waren die Mehrbett-Behausungen der Mädchen und weiblichen Angestellten aufgebaut, im Süden die der männlichen Camper und Erwachsenen. Die einzige Einzelhütte, die in früheren Jahren als Büro gedient hatte, würde Granny in diesem Jahr wegen der hohen Nachfrage an Betten zusätzlich als ihre Schlafstätte nutzen.

Im Zentrum des Camps gab es zwei Hütten für Sanitätseinrichtungen und Gruppenduschen sowie eine riesige Mehrzweckhütte, die von allen liebevoll Deli Corner genannt wurde, weil sie hauptsächlich zur Nahrungsaufnahme genutzt wurde. Die in diesem Jahr stattfindenden Kurse verteilten sich auf die vier Hütten, denen in der Vergangenheit aufgrund ihres im Vordergrund stehenden Nutzens die Namen Music Dome, Dance Hall, Rhythm Box und Varioke gegeben worden waren. Letzteres war ein Wortspiel der Begriffe »Varieté« und »Karaoke« und die dazugehörige Hütte befand sich, wegen ihrer überschaubaren Größe, in der Nähe der campeigenen Freilichtbühne, der Stage of Melody.

»Ah, ich liebe diesen Geruch«, sagte Granny mit einem breiten Lächeln im Gesicht und in die Hüften gestemmten Händen. »Riechst du das, mein Kind?« Sie wandte sich mit glitzernden Augen zu mir herum, wie ich am Rand meiner Wahrnehmung bemerkte. »Diesen besonderen, einmaligen Duft? Das ist die Magie der Vorfreude, bevor das Camp seine Tore öffnet.«

Ich nickte, um nicht verbal antworten zu müssen. Auch vermied ich es, Granny direkt in die Augen zu sehen, weshalb ich so tat, als würde ich meine Umgebung gründlich inspizieren. Während meine Grandma mit jeder Meile, die wir uns dem Camp genähert hatten, mehr und mehr aufgeblüht war, bis sie jetzt kaum noch wiederzuerkennen war, drückte die Last der Erinnerungen immer schwerer auf meine Schultern. Ich fühlte mich, als wäre ich in eine Art Zeitschleife gesogen worden und stünde hier nun an meinem letzten ersten Camp-Tag vor sechs Jahren – jedoch mit dem Wissen, wie der Sommer für uns alle enden würde.

Blut rauschte mir in den Ohren, meine Kehle war wie zugeschnürt und meine Handflächen nass geschwitzt. Vor meinem geistigen Auge sah ich fröhlich gestimmte Kinder im Sonnenschein zwischen den Hütten umherlaufen und hörte ihre enthusiastischen Rufe, die teils aus überschwänglicher Freude über das Wiedersehen mit alten Bekannten und teils aus gedanklich abwesenden Verabschiedungen in Richtung ihrer Eltern die Luft erfüllen. Ich bildete mir sogar ein, den schwachen Schall des früheren Willkommenssongs wahrzunehmen, der einem stets das Gefühl von Zusammengehörigkeit und grundlegender Akzeptanz vermittelt hatte.

Blinzelnd vertrieb ich die aufsteigenden Tränen aus meinen Augen und wischte meine klebrig feuchten Handflächen an meiner Hose ab.

»Ja, es ist wirklich schön«, sagte ich und kaschierte mein leises Schniefen mit einem verhaltenen Räuspern. Aber natürlich war Granny der belegte Klang meiner Stimme nicht entgangen.

»Es ist okay.« Sie legte sanft ihre Hand auf meinen Arm, und als ich mich ihr zuwandte, sah ich, dass auch in ihren Augen Tränen schwammen. »Es ist okay, das zu fühlen, was du gerade fühlst, Mac-Kenzie. Es ist okay, traurig und wütend zu sein. Selbst nach all den Jahren.«

Der Kloß in meinem Hals schwoll unweigerlich an. Seit Pops' Tod hatten Granny und ich nicht über ihn gesprochen. Dass sie ausgerechnet hier und jetzt an dem Schloss rüttelte, hinter dem ich meine Emotionen bezüglich meines Großvaters eingesperrt hatte, kam ebenso überraschend wie unwillkommen.

»Geh du schon mal ins Büro und bereite alles für das Team Meeting vor«, brachte ich mit erstickter Stimme über die Lippen und entzog Granny meinen Arm.

Es war keine bewusste Geste, eher ein Reflex und der plötzlich eingelenkten Gesprächsrichtung geschuldet. Da ich mich jedoch in knapp einer Stunde einer Gruppe zum Teil fremder Menschen würde stellen müssen, mit denen ich die nächsten Wochen zusammenarbeiten würde, war jetzt der falsche Zeitpunkt für diese Art von Unterhaltung.

»Ich bringe unser Gepäck in die Hütten und fahre den Wagen zum Parkplatz.« Ohne eine Antwort abzuwarten, schwang ich mich hinters Steuer und startete mit dem noch im Zündschloss steckenden Schlüssel den Motor.

Während der Fahrt in Richtung Camp-Parkplatz kämpfte ich verbissen gegen eine erneute Flut Tränen an. Augenscheinlich mochte es zwar den Eindruck machen, als hätte sich hier im Camp nichts verändert. Aber das stimmte nicht. Ganz und gar nicht. *Alles* hatte sich verändert. Weil Pops tot war und nie wieder über diese Pfade schlendern, mit den Kindern alberne Späße treiben oder ihnen etwas am Klavier vorspielen würde. Mit Pops' Tod hatte das Camp seine Seele verloren. Und völlig egal, wie erfolgreich Sadies und mein Rettungsplan auch zu laufen schien, würde sich dieser Umstand niemals ändern.

Mit einem Mal hatte ich nicht mehr das Gefühl, die richtige Entscheidung getroffen zu haben. Denn wie sollte etwas richtig sein, wenn sich mein Herz dadurch anfühlte, als würde es mit jedem Schlag eine Spur mehr brechen?

Gavin DeGraw

PARADISE VALLEY, MONTANA, USA

VINCENT

Konnte ein Herz brechen, obwohl man hoffte, die richtige Entscheidung getroffen zu haben?

Diese Frage beschäftigte mich, als George den gemieteten Ford Explorer ST, den Candice für uns zur Abholung am *Bozeman Yellowstone International Airport* gebucht hatte, über den holprigen Feldweg lenkte, der uns zum Camp Melody führte. Die Landschaft, die mir so schmerzlich vertraut war, dass sich mein Herz immer wieder stechend zusammenzog, glitt in gemächlichem Tempo an uns vorbei und fachte meine Anspannung mit jeder Meile, die wir uns dem Camp näherten, weiter an.

»Es ist schön hier«, lautete der knappe, aber aufrichtig klingende Kommentar von George. »Ruhig und idyllisch. Völlig anders als in L.A.«

Er saß hinter dem Steuer, weil er dank Morgan für die nächsten Wochen nicht nur meinen Bodyguard, sondern auch meinen Fahrer mimen würde. Meine Agentin hatte darauf bestanden, dass George mich zum Camp begleitete und dort während meines Aufenthalts an meiner Seite blieb. Wyatt bekam unterdessen bezahlten Urlaub. Ich hatte zwar erst ein ernstes Gespräch mit Morgan führen müssen, in dem ich ihr klargemacht hatte, dass ich ihn unter keinen Umständen wegen der Lohneinbußen an die Konkurrenz verlieren wollte, aber am Ende hatte ich mich durchsetzen können.

Ich kommentierte Georges Worte mit einem Nicken und sah weiter stur aus dem Seitenfenster. Seit wir unsere Reise heute Morgen am Flughafen von Los Angeles begonnen hatten, war meine Kehle mit jeder Stunde ein Stückchen trockener und enger geworden, weshalb sich meine Stimmbänder inzwischen anfühlten, als hätte man zwei Scheiben Schmirgelpapier mit extrastarkem Sekundenkleber miteinander verbunden.

Dabei konnte ich nicht einmal sagen, weshalb ich derart nervös war. Die letzten Wochen hatte ich mich wirklich auf dieses Abenteuer gefreut. Doch inzwischen plagte mich die Frage, wieso ich dieser ganzen Aktion überhaupt zugestimmt hatte.

Eine mögliche Antwort darauf bildete sich just vor meinem geistigen Auge und besaß mitternachtsblaue Augen, lange blonde Haare und das anbetungswürdigste Lächeln, das ich jemals gesehen hatte. Leider hatte genau dieses Bild meine Nerven in den letzten Wochen stark strapaziert. Aus diesem Grund konnte ich nicht sagen, ob meine plötzliche Nervosität dem Umstand geschuldet war, dass ich MacKenzie Jordan trotz intensivster Suche auf keiner Social-Media-Plattform hatte finden können und demnach nicht wusste, wie sie und ihr Leben sich in den letzten Jahren entwickelt hatten. Oder ob es daran lag, dass ich nicht begreifen konnte, wie verflucht dämlich ich eigentlich war. Wieso rannte ich einem Mädchen nach, das mir erst das Herz brach, anschließend sämtliche Kontaktversuche meinerseits ignorierte und ausgerechnet dann wie ein längst vergessener Albtraum aus Kindheitstagen zurückkehrte, als ich sie endlich aus meinem Kopf vertrieben hatte? Denn anstatt dass

MacKenzie den frisch zwischen uns entstandenen Kontakt nutzte, um unsere Vergangenheit als abgeschlossen zu betrachten und unser bevorstehendes Wiedersehen als Basis für einen Neuanfang zu wählen, agierte sie exakt genauso wie früher: Sie ignorierte meine Nachricht, die ich ihr als Antwort auf ihre Anfrage geschickt hatte. Stattdessen gab sie mich wie ein unliebsames Spielzeug an ihre Großmutter weiter, um die Details meines Camp-Aufenthalts abzuklären.

Um meinen erneut hochkochenden Groll nicht in einem wüsten Fluch hinauszuposaunen, ballte ich die Hände in meinen Jackentaschen zu Fäusten. Mein Kumpel Hendrik betitelte mich bereits als hoffnungslosen Masochisten. Und so ungern ich es auch zugab, der Kerl hatte recht. Entgegen jeder Logik, die dafürsprach, MacKenzies erneut deutlich abweisendes Verhalten als das anzuerkennen, was es war – nämlich die grausame Wahrheit, dass ich ihr als Person völlig egal war und sie mich nur brauchte, um das Camp zu retten –, ließ ich alles stehen und liegen, um hierherzueilen. Und das nur, weil ich hoffte, vielleicht endlich die Wahrheit zu erfahren, was damals vor sechs Jahren zwischen uns schiefgelaufen war.

»Du bist so still. Ist alles klar bei dir?« Georges Stimme riss mich aus meinen Überlegungen und ich wandte mich ihm zu. Die Miene meines Bodyguards war wie immer ein perfektes Pokerface, doch in seinen Augen blitzte der Anflug von Sorge auf.

»Klar, alles bestens.« Ich schenkte ihm mein breitestes Grinsen. George und ich hatten nie darüber gesprochen, was er von dieser Reise hielt, weshalb ich ihn nicht mit meinen Gedanken belasten wollte. Immerhin war ich nicht nur wegen MacKenzie hergekommen. Granny und das Camp brauchten mich. Und ihnen schuldete ich mindestens ebenso viel wie MacKenzie.

George nickte knapp und lenkte seinen Fokus wieder auf den Weg vor uns. Laut Navigationsgerät war es bis zum Camp nur noch eine halbe Meile. Es wurde also langsam Zeit, mein Herzrasen unter Kontrolle zu bringen.

Ich angelte mein iPhone aus der Tasche meiner Lederjacke und öffnete meine überschaubare Kontaktliste. Ich hatte nur eine Handvoll Nummern gespeichert. Morgan, George, Wyatt, Hendrik und Dakota.

»Hast du schon Sehnsucht nach mir, Baby?«, erklang es aus dem Lautsprecher, als ich einen der Namen ausgewählt hatte, und meine Mundwinkel kräuselten sich automatisch.

»Du hast ja keine Vorstellung«, säuselte ich verliebt, womit ich mir einen fragenden Blick von George einhandelte. Doch ich ignorierte ihn und sprach ungeniert weiter. »Ich weiß wirklich nicht, wie ich die nächste Zeit überleben soll, wenn ich nicht jeden Morgen von deinen fellbewachsenen Beinen oder von deinem fauligen Mundgeruch geweckt werde.«

Ein schallendes Lachen dröhnte aus dem Telefon und ließ sogar George zusammenzucken.

»Alter, ich hoffe inständig für dich, dass MacKenzie nicht gerade in deiner Nähe ist und dich gehört hat.« Hendriks Stimme wurde vom Rauschen eines vorbeirasenden Autos unterbrochen. Er musste mein Apartment verlassen und sich auf den Weg zu seinem aktuellen Job gemacht haben.

Hendrik war Tänzer und arbeitete zurzeit mit einer Band zusammen, die ihn für den Dreh eines Musikvideos engagiert hatte. Aus diesem Grund hatte er mich nicht nach Montana begleiten können, sondern verbrachte seine Zeit in Beverly Hills. Offiziell wohnte er zwar mit seiner Freundin Addison in Pasadena, aber da ich aus eigener Erfahrung wusste, wie lange ein Musikvideodreh dauern konnte und wie früh solche Aufnahmen begannen, hatte ich meinem Kumpel angeboten, dass er in meinem Loft wohnen konnte, wenn er in der Stadt zu tun hatte. Auf diese Weise sparte er sich die nervige Pendelei und ich bekam meinen besten Freund öfter zu Gesicht.

»Wir erreichen das Camp in …«, ich schaute flüchtig auf das Navi, »… etwa drei Minuten.«

»Aaahhh.« Hendrik zog die Silbe unnötig in die Länge, wodurch ich sein wissendes Grinsen unmöglich überhören konnte. »Daher rührt also die plötzliche Sehnsucht nach mir. Du hast Schiss und willst, dass dich dein großartiger bester Freund ablenkt. Okay, dann spitz mal die Lauscher, Buddy.« Hendrik räusperte sich, was von einem Glöckchenklingeln begleitet wurde. Auch meinte ich, gedämpfte Stimmen aus dem Lautsprecher kommen zu hören. Hendrik hatte offenbar sein Stammcafé betreten, um sich mit seiner täglichen Portion Koffein zu versorgen. »Addison hat mir erzählt, dass Maddy ihre Verlobung gelöst hat.«

»Ach wirklich?« Meine Überraschung hielt sich in Grenzen. Maddy war Addisons Freundin und seit unserer ersten Begegnung vor einem halben Jahr hinter mir her, wenn ich das bescheiden einwerfen darf. Dabei hatte sie einen festen Freund.

»Wieso hat sie den Antrag überhaupt angenommen, wenn sie nicht vorhat zu heiraten?«

Maddys Freund – Trevor, Trevis oder so ähnlich – hatte vor zwei Monaten in einer groß inszenierten Show inklusive choreografiertem Flashmob um ihre Hand angehalten. Ich erinnerte mich so genau daran, weil Hendrik mich damals angefleht hatte, ebenfalls in den Klub zu kommen, in dem die Party stattfinden sollte. Seit einigen Jahren vermied ich es zwar, Diskotheken zu besuchen, aber wenn einem in Aussicht gestellt wurde, dass eine der größten Nervensägen des Planeten endlich einen Grund hatte, sich von einem fernzuhalten, konnte man eine solche Einladung schlecht ablehnen.

»Das fragst du doch nicht ernsthaft!« Hendrik lachte, während George den Wagen auf einen Schotterparkplatz lenkte. Völlig in die Unterhaltung mit Hendrik vertieft, war ich jedoch zu abgelenkt, um dem Stopp größere Beachtung zu schenken. »Sie hat den Antrag nur angenommen, weil sie dich in dem Klub gesehen hat. Sie wollte dich eifersüchtig machen.«

George verließ den Wagen und ich tat es ihm automatisch nach. Nach der Bombe, die Hendrik hatte platzen lassen, konnte ich ein wenig frische Luft sehr gut gebrauchen.

Das Smartphone weiterhin an mein Ohr gepresst, glitt ich von dem Beifahrersitz und fand mich urplötzlich in einer völlig anderen Welt wieder. Geschrei von wild umherlaufenden Kindern drang an mein freies Ohr und die hellen Sonnenstrahlen, die mir zuvor wegen der getönten Fensterscheiben im Mietwagen nicht so stark vorgekommen waren, blendeten mich.

Irritiert blinzelnd sah ich mich um. Hatten wir das Camp etwa bereits erreicht? Verflucht, wieso war ich nur schon ausgestiegen?

Darauf konzentriert, die Umgebungsgeräusche auszublenden, um Hendrik, der nach seiner Coffee-to-go-Bestellung ungerührt weiterplapperte, noch zu verstehen, zog ich mir die Sonnenbrille aus dem Auschnitt meines T-Shirts und versteckte zumindest einen Teil meines Gesichts dahinter. Es musste mich ja nicht gleich jeder zufällig vorbeilaufende Camper sofort erkennen.

»… du dich nie bei ihr gemeldet hast, ist ihr klar geworden, dass sie tatsächlich kurz davorstand, einen Steuerberater mit dem Namen Trovur zu ehelichen.«

»Bitte sag mir, dass das ein Witz ist«, flehte ich Hendrik an, lehnte mich mit der Brust gegen den Wagen und legte beide Arme auf das Autodach. Die Augen hinter der Brille zusammengekniffen, massierte ich mir mit Daumen und Zeigefinger die Nasenwurzel.

Hendrik schwieg, was einerseits Antwort genug war, mir jedoch gleichzeitig die Gelegenheit bot, meinem Unmut weiter Luft zu machen.

»Verfluchte Scheiße! Glaubt denn wirklich jede Frau, dass ich ihr gleich den roten Teppich zu meinem Herzen ausrolle, nur weil sie single ist?«

»Ich denke, den meisten würde der Weg in dein Bett reichen«, warf Hendrik ein, was mir im Normalfall ein Lächeln entlockt hätte. Doch gerade war ich viel zu frustriert, um über einen solchen Kommentar zu lachen.

»Ich meine es ernst, Rik. Haben sämtliche Frauen kollektiv ihre Würde und Selbstachtung abgelegt, weil sie denken, es wäre sexy, sich einem Kerl derart niveaulos anzubiedern? Halt mich für altmodisch, aber ich will nicht ständig und bei jeder Gelegenheit unter die Nase gerieben bekommen, dass eine Frau frei und willig ist!«

Ein Lachen auf der anderen Seite der Leitung erklang, das von einem leisen Wortwechsel begleitet wurde. Hendrik hatte seinen Kaffee erhalten.

»Das ist ein sehr schönes Schlusswort«, erwiderte mein Freund. »Lass uns bei unserer nächsten Therapiesitzung an diesem Punkt anknüpfen. Denn leider ist unsere Zeit für heute vorbei und die Praxis von Dr. Hendrik muss jetzt schließen, damit er sich seinem zweiten Job, der sein Überleben sichert, widmen kann. Halt die Ohren steif, Bro. Ich bin mir sicher, du wirst in den nächsten Tagen genug zu tun haben, um nicht länger über Maddy nachdenken zu müssen.«

Ich rollte mit einem unverständlichen »Grmpf« die Augen.

Hendrik lachte erneut. Heute schien er bester Laune zu sein. Ganz im Gegensatz zu mir. »Grüß MacKenzie von mir«, sagte er und ich hörte ihn das Café verlassen.

»Und du Addison«, entgegnete ich, ohne ein festes Versprechen abzugeben, und legte auf. Anschließend schob ich mein iPhone zurück in die Tasche meiner Jacke und ließ meinen Kopf mit der Stirn auf das angenehm warme Autodach sinken.

Ein verhaltenes Räuspern, das von einem tiefen Bariton zeugte und somit nur von George kommen konnte, erklang hinter mir und erinnerte mich daran, dass ich mich mehr oder weniger in der Öffentlichkeit befand. Zum Glück war der Parkplatz des Camps am Rand des Geländes angelegt, sodass sich hier nicht viele Kinder hinverirrten.

Schnell gönnte ich mir noch einen tiefen Atemzug, ehe ich mich mit einer professionellen Miene herumwandte und …

… mir auf der Stelle ein gigantisches Loch im Erdboden wünschte.

»Hallo, Vincent«, begrüßte mich Granny, die lächelnd neben

George und einer jungen Frau stand, bei der es sich zweifelsfrei um MacKenzie handelte und die mit sehr hoher Wahrscheinlichkeit jedes Wort gehört hatte, das ich soeben von mir gegeben hatte.

Fuck!

Capone

CAMP MELODY, MONTANA, USA

MACKENZIE

Shit!

Ich hatte mir in den vergangenen Wochen ungewollt oft Gedanken darüber gemacht, wie wohl mein erstes Aufeinandertreffen mit Vincent aussehen würde. Wie und wo wir uns begegnen und was mir dabei als Erstes durch den Kopf gehen würde. Doch niemals, nicht einmal in meinen abgedrehtesten Vorstellungen, hätte ich mir *das* hier ausmalen können.

Vincent stand da wie Gottes Geschenk an die Menschheit, für das ihn die ganze Welt hielt, und strahlte diese unglaubliche Coolness aus, von der andere nur träumten. Seine weißen, topmodernen Sneakers bildeten einen starken Kontrast zu seiner abgewetzten und zerrissenen Jeans, und das dunkle, eng anliegende T-Shirt spannte sich über Brustmuskeln, die es früher in diesem Ausmaß nicht gegeben hatte. Sein Gesicht, das ich bis auf die letzten Tage mit Feuereifer aus meinem Leben verbannt und mich dafür sogar jahrelang von allen Social-Media-Plattformen ferngehalten hatte, war über die Jahre schmaler, kantiger und reifer geworden war, wodurch das von einem leichten Bartschatten überzoge Kinn markanter wirkte.

»Vincent, mein Junge! Wie schön, dass du da bist! Ich freue mich so, dich wiederzusehen.« Granny trat auf Vincent zu und zog ihn mit einer Selbstverständlichkeit, die nur sie in einer Situation wie dieser fertigbrachte, an ihre Brust. Dabei erweckte sie den Eindruck, als stünde ihr nicht ein weltbekannter Rockstar, sondern jener Teenager gegenüber, der mit fünfzehn Jahren das erste Mal einen Fuß auf dieses Grundstück gesetzt hatte.

»Danke. Ich freue mich auch, wieder hier zu sein.« Vincent erwiderte die Umarmung herzlicher, als ich erwartet hatte. Sein Kopf, der Wange an Wange mit dem meiner Grandma ruhte, war in meine Richtung gedreht, weshalb ich so tat, als würde ich ein paar spielende Kinder beobachten. Er sollte auf keinen Fall den Eindruck gewinnen, dass ich ihn nur kontaktiert hatte, weil ich insgeheim einer seiner Groupies war und wegen seiner Anwesenheit kurz vor einem hysterischen Kreischanfall stand.

Granny und Vincent lösten sich voneinander, und im Gegensatz zu meiner Grandma schien unser Rocksternchen nicht recht zu wissen, was es sagen oder tun sollte.

»Sie sind sicherlich George«, sagte Granny, die die Situation wie gewohnt professionell im Griff hatte, und widmete sich dem Hünen, der gemeinsam mit Vincent aus dem Wagen gestiegen war. Er hatte während des Telefonats so getan, als wäre er schwer damit beschäftigt, die Gepäckstücke im Kofferraum zu kontrollieren, sodass wir bisher keine Gelegenheit gehabt hatten, uns einander vorzustellen.

»Exakt, Ma'am.« Der Hüne – George – deutete eine Verbeugung an, was Granny herzlich auflachen ließ.

»Ma'am? Ich bitte Sie! So alt bin ich nun auch wieder nicht.« Sie lächelte auf ihre warme und herzliche Granny-Art und reichte George ihre Hand. »Ich bin Elisabeth.«

»Es freut mich sehr, Elisabeth.« Der Bodyguard nahm die zarten Finger meiner Grandma zwischen seine Pranken. Doch anstatt Grannys Hand zu schütteln, hielt er ihre Finger, wie es Gentlemen in alten Klassikerfilmen taten. Fast erwartete ich einen angedeuteten Handkuss.

Granny schien mit dieser Geste ebenso wenig gerechnet zu haben wie ich, denn sie gab ein verlegenes Kichern von sich, das ich, da war ich mir sicher, seit Jahren nicht mehr gehört hatte.

Mit einem nur schwer unterdrückbaren Lachen starrte ich meine Grandma an und vergaß dabei kurzzeitig meinen Ärger darüber, dass ich auf den Hinweis eines Campmitarbeiters reagiert hatte, der uns mitgeteilt hatte, dass unser Stargast eingetroffen war.

Vincent schien die Situation ebenso zu verblüffen, denn auch er schien Mühe zu haben, seine zuckenden Mundwinkel zu kaschieren.

»Was halten Sie davon, George, wenn wir die Kinder allein lassen und ich Ihnen das Camp und die Hütte zeige, in die wir Sie und Vincent einquartiert haben?« Sie hakte sich bei dem Bodyguard unter und verdeutlichte, dass ihr freundliches Angebot keinerlei Widerspruch duldete.

Ungläubig, fassungslos und gleichzeitig über alle Maßen erheitert sah ich dem ungleichen Paar nach, wie es davonging und mich allein zurückließ.

Na ja, *fast* allein.

Vincents Anwesenheit kam mir erst wieder in den Sinn, als er ein leises Lachen ausstieß und ich mich ihm mit gekräuselten Lippen zuwandte. Dabei fiel mein Blick auf diese zwei anbetungswürdigen Grübchen, die früher mein zartes Teenagerherz völlig aus dem Rhythmus gebracht hatten. Als er sich dann auch noch in einer Geste, die an Lässigkeit nicht mehr zu überbieten war, die Sonnenbrille in die Haare schob, verkrampfte sich mein Herz und mein Lächeln verblasste. Wie konnte sich ein Moment gleichzeitig so behaglich vertraut und beklemmend fremd anfühlen? Es war, als würden sich die letzten sechs Jahre mit jedem meiner Atemzüge Stück für Stück in Luft auflösen, bis Gegenwart und Vergangenheit miteinander kollidierten und zu einem kruden Mix verschmolzen, der es mir unmöglich machte, zu unterscheiden, welche Gedanken, Gefühle und Erinnerungen von der jungen MacKenzie stammten und welche von der jetzigen.

»Hey«, sagte Vincent nach einigen Sekunden des stillen, aber eindeutig viel zu intimen Blickkontakts mit leiser Stimme und einem so undeutbaren Unterton, dass ich unmöglich einschätzen konnte, was er mit dieser einen Silbe zum Ausdruck bringen wollte. War das die Einleitung für seine extrem verspätete Entschuldigung aus der Vergangenheit? Ein peinlicher Versuch des Small Talks? Oder wollte Vincent deutlich machen, dass ein waschechter Superstar das Camp betreten hatte und wir alle vor Ehrfurcht und Dankbarkeit darüber, dass er seine kostbare Zeit mit uns verbrachte, auf die Knie fallen sollten?

Ich wusste es beim besten Willen nicht. Was ich hingegen überdeutlich registrierte, war sein samtiges Timbre, das sich im Gegensatz zu seinem Äußeren im Laufe der Zeit kein bisschen verändert hatte. Auch das sanftmütige Lächeln, das sein zuvor breites Grinsen ablöste und seine Iriden auf diese schmerzhaft vertraute Art und Weise zum Strahlen brachte, entging mir nicht.

Meine Lippen öffneten sich, um auf Vincents Begrüßung zu reagieren, als ein aufgeregtes »O mein Gott! Da ist er! Da ist Vincent Kennedy!« von irgendwoher ertönte.

Ruckartig drehten Vincent und ich uns zu der Quelle herum. Dabei bemerkte ich aus den Augenwinkeln, dass er fast panisch wirkte, als er die Gruppe Kinder entdeckte, die ihn ausfindig gemacht hatte und nun darüber zu diskutieren schien, wer von ihnen mutig genug war, als Erstes herzukommen.

Nervös lächelnd hob er die Hand und winkte der Gruppe zu, ehe er sich wieder mir zuwandte und seine Hand zurück in die Taschen seiner Jacke steckte.

»Sorry«, sagte er.

»Kein Problem.« Ich achtete darauf, dass meine Stimme höflich, aber professionell distanziert klang. Denn auch wenn ich Vincent tatsächlich dankbar war, dass er Sadie und mir half, das Camp vor einer Schließung zu bewahren, konnte ich entgegen allen Vorsätzen, die ich mir die letzten Wochen tagtäglich wie ein Mantra aufgesagt hatte, nicht so tun, als hätte ich ihm seinen damaligen Verrat verziehen. Dafür saß der Schmerz einfach zu tief, wie der beklemmende Druck in meiner Brust, meine weichen Knie und die Gänsehaut auf meinen Armen deutlich machten.

Wofür hatte ich mich eigentlich auf dieses Wiedersehen vorbereitet, wenn Vincent es noch immer allein mit einem Lächeln schaffte, mich völlig aus dem Konzept zu bringen?

Mich räuspernd sah ich zur Seite. Ich musste hier weg. Und zwar dringend!

»Ich sollte mal nach Granny und George sehen«, sagte ich so beiläufig wie möglich und schob meine Hände in die Hosentaschen.

Normalerweise trug ich meine Hosen gern eine Spur weiter, aber Sadie hatte darauf bestanden, dass ich bei meiner ersten Begegnung mit Vincent heißer den je aussehen musste, weshalb sich der Stoff so eng um meine Beine schmiegte, als wäre er aufgemalt.

»Ich gehe davon aus, dass du dich zurechtfinden wirst? Ansonsten gibt es hier bestimmt genug *willige* Personen, die dich herumführen.« Meine Stimme hatte einen bitteren Unterton angenommen, was meinen Groll gegen mich selbst zusätzlich anfachte. Ich musste meine Emotionen wirklich dringend unter Kontrolle bekommen, wenn ich nicht wollte, dass dieser Sommer zum zweitschlimmsten meines bisherigen Lebens wurde.

»Wir sehen uns später«, verabschiedete ich mich und wollte mich bereits auf den Weg machen, als mir meine gute Kinderstube einen Strich durch die Rechnung machte. Besser, ich brachte den unangenehmen Teil meiner heutigen To-do-Liste gleich hinter mich. Meinen Fokus wieder auf Vincent gelenkt sagte ich so neutral, wie ich konnte: »Willkommen zurück. Und danke für deine Hilfe.«

Ohne ihm die Chance zu geben, seinen zusammengezogenen Augenbrauen, die von Verwirrung zeugten, eine verbale Äußerung folgen zu lassen, wandte ich mich endgültig ab und schaffte genau drei Schritte, ehe Vincent das Wort ergriff und mich unweigerlich in der Bewegung innehalten ließ.

»Das, was ich vorhin am Telefon gesagt habe, das habe ich nicht so gemeint. Also, doch, klar habe ich es so gemeint, aber …« Mit einem Mal klang er merkwürdig hilflos. »Aber es sollte nicht so arrogant klingen, wie es vermutlich rübergekommen ist.«

Mit einem gezwungenen Lächeln drehte ich mich erneut zu Vincent herum. Ich hatte mir selbst das Versprechen gegeben, mich unserem Gast gegenüber so professionell wie irgendwie möglich zu verhalten, um den Kids, die extra seinetwegen hergekommen waren, nicht den Sommer zu verderben, weil ich das Rocksternchen frühzeitig aus dem Camp vergraulte. Aber wie sollte mir das gelingen, wenn sich Vincent für ein solch oberflächliches und egozentrisches Missverständnis rechtfertigte, aber gleichzeitig so tat, als hätte er mir vor sechs Jahren nicht das Herz gebrochen, indem er mit *unserem* Song aufgetreten war und in all den Jahren seines Welterfolges nicht ein Mal daran gedacht hatte, meinen Namen im Kontext mit den Lyrics zu erwähnen?

Stattdessen hatte er die gesamte Menschheit in dem Glauben gelassen, dass er das Lied für seine damalige It-Freundin Dakota Kinley geschrieben hatte, mit der er nach seinem Sieg im Camp ein Jahr lang liiert gewesen war. Natürlich hätte ich versuchen können, rechtliche Schritte gegen Vincent einzuleiten, aber ich war damals minderjährig und von Trauer gezeichnet gewesen. Ganz zu schweigen davon, dass ich ohnehin keine Beweise für mein Mitwirken an dem Song vorzuweisen gehabt hätte.

»Du musst dich vor mir weder erklären noch rechtfertigen«, sagte ich mit betont gelassener Stimme, ballte dabei jedoch meine Hände so stark zu Fäusten, dass sich meine Fingernägel schmerzhaft in meine Handflächen bohrten. »Abgesehen davon, dass uns nichts mehr miteinander verbindet, was diese Geste nötig machen würde, habe ich mich nicht angesprochen gefühlt. Es mag dich zwar überraschen, aber es gibt tatsächlich noch Frauen, für die du nicht mehr als ein völlig gewöhnlicher Mann bist. Außerdem«, ich zuckte mit den Schultern, als mir ein Gedanke kam, der all meine Vincent-Probleme mit einem Schlag lösen und den Sommer vielleicht doch nicht in eine absolute Katastrophe verwandeln würde, »ist es mir egal, ob du deine Worte ernst gemeint hast oder nicht. Da ich seit zwei Jahren in einer sehr glücklichen Beziehung bin, falle ich weder unter die Kategorie ›frei‹ noch ›willig‹. Dementsprechend interessiert mich dein Geschwätz nicht.«

Mercy

Shawn Mendes

VINCENT

»Dementsprechend interessiert sie dein Geschwätz nicht?« Hendrik klang ähnlich betroffen, wie ich mich fühlte. »Das hat MacKenzie gesagt?«

»Jep. Und zwar wortwörtlich.« Das Smartphone fest an mein Ohr gepresst, spazierte ich durch die rund zwanzig Quadratmeter kleine Blockhütte, die Granny George und mir zugeteilt hatte. Es war eine der wenigen Zwei-Einzelbett-Hütten, die das Camp besaß, und sie befand sich in der Nähe des Parkplatzes am äußeren Rand des Geländes. Auf diese Weise würden George und ich zwar jedes Mal, wenn wir zum Deli Corner oder zu einer der vier Kurshütten gelangen wollten, fast das halbe Camp durchlaufen müssen, aber zumindest erhielten wir so eine gewisse Privatsphäre.

»Autsch«, war der einzige und dennoch vortrefflich passende Kommentar meines Freundes. »Soll ich dir ein Flugticket zurück nach L.A. buchen?«

Da ich wusste, dass Hendrik sein Angebot nicht ernst meinte, beziehungsweise nur dann ernst gemeint hätte, wenn auch nur die geringste Chance bestanden hätte, dass ich diese Möglichkeit aufrichtig in Erwägung zog, sparte ich mir eine Erwiderung. Stattdessen ließ ich mich rücklings auf das frisch bezogene Bett fallen, das unter einem kleinen Fenster stand. Die altmodischen Blümchengardinen, die vermutlich seit Gründung des Camps hier hingen, wehten sachte im Wind und übten eine beruhigende Wirkung auf mich aus. Ich hatte es schon immer geliebt, bei offenem Fenster zu schlafen. Und da beide Schlafplätze dieser Behausung ansonsten mit identischen Nachtschränkchen, Lampen samt zartrosafarbenen Schirmen und Emaille-Wasserkrügen ausgestattet waren, bezweifelte ich, dass es für George einen Unterschied machte, auf welcher Seite der Hütte er sich die nächsten Wochen ausbreitete.

Ich kniff mir mit geschlossenen Augen in die Nasenwurzel, um etwas gegen die Spannung zwischen meinen Schläfen zu unternehmen. Nachdem mich MacKenzie stehen gelassen hatte, war die Gruppe Kids, die uns zuvor unterbrochen hatte, zögerlich auf mich zugekommen und hatte sich, zu einer menschlichen Traube arrangiert, vor mir postiert. Die bunte Mischung aus Jungen und Mädchen, von denen meiner Schätzung nach niemand älter als zehn Jahre alt war, hatte mich angestarrt, als wäre ich ein Alien – und somit das Coolste, was sie jemals zu Gesicht bekommen hatten. Mit großen, glänzenden Augen hatten sie zu mir hochgeschaut und ihre teils durch große Zahnlücken bestechenden Münder schamlos aufgeklappt. Niemand von ihnen hatte einen Ton gesagt, weshalb auch ich die latent befremdliche Situation nicht einzuschätzen wusste.

Klar, ich war es gewohnt, dass Fans, die mich irgendwo entdeckten, meinen Namen riefen und auf mich zueilten. Doch wegen des völlig unplanmäßig verlaufenen Aufeinandertreffens mit MacKenzie war ich nicht in der Verfassung gewesen, mich übergangslos auf die neue Situation einzustellen. Die wirren Gefühle und Gedanken, die MacKenzies Anblick in mir ausgelöst hatte, hatten zu einer Art Kurzschluss in meinem Kopf geführt, sodass ich nicht wusste, wie ich mit dieser mir bisher völlig unbekannten Lage umgehen sollte. Wie agierte man noch mal fremden Menschen gegenüber, die kein Autogramm, Selfie oder Ähnliches von einem wollten?

Irgendwann hatte ich die beharrliche Stille nicht länger ausgehalten und unbeholfen die Hand gehoben. Mein an die Gruppe gerichtetes »Na, wie geht's?« hatte die Kinder dazu animiert, wild kreischend vor mir zu flüchten, als hätte ich gedroht, ihnen für den Rest des Sommers den Nachtisch wegzunehmen.

Daraufhin hatte ich mich panisch auf die Suche nach Granny und George gemacht, um herauszufinden, welche Hütte mein Bodyguard und ich für die kommenden Wochen beziehen würden. Ich brauchte dringend einen geschützten Rückzugsort, um erst einmal gedanklich und emotional im Camp anzukommen. Da meine Taschen sowie meine geliebte Gitarre noch im Wagen lagen, hatte ich meine innere Unruhe auf anderem Weg ableiten müssen und versucht, Hendrik zu erreichen. Glücklicherweise hatte ich ihn während einer kurzen Drehpause erwischt.

Nach meiner Beschreibung der jüngsten Ereignisse musste mein Freund so herzlich lachen, dass es kurzzeitig den Eindruck machte, er könnte an seinem eigenen Atem ersticken. Erst nachdem sich Hendrik so weit beruhigt hatte, dass er mir wieder zuhören konnte, erzählte ich ihm von MacKenzie.

»Und was willst du jetzt machen?«, fragte er mich und zog geräuschvoll an einer Zigarette. Im Gegensatz zu mir war es Hendrik nie gelungen, mit dem Rauchen aufzuhören.

»Was soll ich schon machen? Ich werde einen tollen Sommer mit ein paar coolen Kids verbringen und gemeinsam mit ihnen Musik machen. Schließlich bin ich hergekommen, um das Camp vor einer Schließung zu bewahren, und nicht nur, um MacKenzie wiederzusehen.«

In meinem Magen zog es verräterisch. Zwar hatte ich nicht gelogen, trotzdem entsprach es nicht der Wahrheit, dass mir MacKenzies Abfuhr so gleichgültig war, wie ich es Hendrik – und insgeheim auch mir selbst – weiszumachen versuchte. Nicht nur, dass aus dem kindlichen und zierlich wirkenden Mädchen mit den unschuldig geblümten Sommerkleidern eine überaus attraktive Frau mit verlockenden Rundungen und einer scharfen Zunge geworden war. Ich hatte in MacKenzies großen Augen, die sich kein bisschen verändert hatten, einen quälend vertrauten Funken Schmerz ausgemacht, der mir nicht mehr aus dem Kopf gehen wollte.

»Außerdem«, sprach ich schnell weiter, um mir mein Gedankenkarussell sowie das viel zu intensive Pochen in meiner Brust nicht anmerken zu lassen, »ist es besser so, dass sie vergeben ist. So besteht zumindest keine Gefahr, dass sich die peinliche Situation von vorhin wiederholt. MacKenzie war früher nicht an mir interessiert, und sie ist es auch heute nicht. Was gut ist, denn ich habe ebenfalls nicht vor, meinen Fehler aus der Vergangenheit zu wiederholen und mich noch einmal in sie zu verlieben.«

Nichtsdestotrotz konnte ich nicht leugnen, dass ich ehrlich erleichtert war, dank Dakota, mit der ich nach unserer Trennung noch regelmäßigen Kontakt hielt, zu wissen, dass Jamie Owen seit Jahren mit einer Marissa Wieauchimmer verheiratet war. So musste ich mir zumindest keine Gedanken darüber machen, dass aus der Knutscherei zwischen MacKenzie und ihm nach dem Sommerende mehr geworden war.

»Oh, Dude!« Hendrik lachte traurig. »Ernsthaft? Glaubst du wirklich, das kaufe ich dir ab? Ich meine, dir rennen Frauen scharenweise hinter, aber du bekommst ausgerechnet *die eine* nicht aus dem Kopf, die dich weder als schüchternen, jungfräulichen Teenager wollte noch dich als weltbekannten Rockstar ranlässt. Echt jetzt, wenn du nicht mein bester Freund wärst und ich dich nicht seit Kindertagen kennen würde, würde ich dich für vollkommen bescheuert halten.« Er seufzte und ich hörte, wie sich seine Umgebungsgeräusche änderten. Hendrik musste zurück vor die Kamera. »Aber vielleicht hat das Ganze auch etwas Gutes und diese dir selbst aufgebürdete Folter hilft dir, endlich mal wieder einen Song zu schreiben.«

Ungewollt kräuselten sich meine Mundwinkel. Hendrik war einer der wenigen Außenstehenden, die wussten, dass sämtliche Songs auf meinen Alben – bis auf jenen, mit dem ich damals den Final Jam gewonnen hatte – nicht von mir selbst stammten.

»Die Chancen, dass du recht behältst, stehen nicht schlecht«, ging ich dankbar auf den Themenwechsel ein. Es stimmte zwar, dass mich das Wiedersehen mit MacKenzie stärker aus der Bahn warf, als ich bereit war zuzugeben. Doch das hatte nichts damit zu tun, dass mein Herz in Gefahr war. Nein, allein der tiefgehende Schmerz, der MacKenzie so deutlich in den Augen gestanden hatte und, warum auch immer, offenbar mir zu gelten schien, war der Grund, wieso ich unentwegt an die Begegnung mit der Campleitungs-Enkelin zurückdenken musste.

»So, wie mich MacKenzie vorhin angesehen hat, gleicht es einem Wunder, dass sie mich überhaupt um Hilfe gebeten hat. Ich meine es ernst, Rik. Hätte sie eine andere Möglichkeit gefunden, ihr Ziel zu erreichen und die Bekanntheit des Camps zu steigern, so bin ich mir sicher, wäre ich jetzt nicht hier. Sie muss verdammt verzweifelt gewesen sein, sich an mich zu wenden.«

Ebenso wie ich, wenn ich ernsthaft dachte, dass dieser Sommer emotional spurlos an mir vorüberziehen würde.

MACKENZIE

»Scheiße, MacKenzie! Wie verzweifelt kann man sein?«

Sadies Stimme dröhnte unangenehm laut aus den Lautsprechern meines Smartphones, das ich mir ans Ohr hielt, während ich wie ein eingesperrtes Tier durch die Holzhütte streifte, die ich mir die nächsten Wochen mit meiner besten Freundin hätte teilen sollen. Aber wie es schien, würde ich vorerst wohl oder übel einen Singlehaushalt führen müssen.

»Glaubst du wirklich, einen Typen wie Vincent – reich, berühmt und gewohnt, jede Frau zu bekommen, die er will – interessiert es, dass du vergeben bist?« Ihr missbilligendes Schnauben schwang in jeder ihrer Silben mit. Für ihre Verhältnisse war Sadie wirklich verärgert. »Wenn du dir Vincent vom Hals hättest schaffen wollen – wobei ich nicht begreife, wieso du das wollen würdest, weil es ja wohl ganz offensichtlich noch Gefühle gibt, die deine jahrelange Wut auf ihn überlebt haben –, hättest du behaupten sollen, dass du Nonne geworden bist. Oder dass du inzwischen auf Frauen stehst.«

»Du warst nicht dabei, Sad«, verteidigte ich mich und meine einer panischen Kurzschlussreaktion geschuldete Notlüge. »Du hast nicht gehört, wie er über uns Frauen geredet hat. So herablassend und machohaft. Als wären wir ...« Ich schüttelte den Kopf und verdrängte das schmerzhafte Ziehen in meiner Brust. Noch immer hatte ich mit den durch die Begegnung mit Vincent frisch an die Oberfläche meines Bewusstseins gespülten Gefühlen zu kämpfen, von denen ich angenommen hatte, dass sie aufgrund der mangelnden Zuwendung in den letzten Jahren längst eingegangen waren. »Ich wollte ihm einfach den Wind aus den Segeln nehmen, genau aus dem Grund, weil er es gewohnt ist, jede Frau zu bekommen, die er will.«

Nicht dass ich davon ausgehe, zu dieser Gruppe zu gehören.

Ein tiefes Stöhnen unterdrückend, ließ ich mich schwerfällig auf den Rand des einzigen Bettes in der Hütte fallen und schloss die Augen. Da Vincent und George die letzte Einzelbettenhütte erhalten hatten, war Sadie und mir die Hütte mit dem Doppelbett zugeteilt worden.

Wieso lasse ich nur zu, dass mir Vincent nach all den Jahren noch immer so unter die Haut geht?

Hatte meine perfide ausgearbeitete Vorbereitung der letzten Wochen gar nichts gebracht? Waren die Stunden an Qual und Leid, die ich mir selbst zugefügt hatte, indem ich so viel wie irgendwie erträglich über Vincent im Internet recherchiert hatte, völlig umsonst gewesen?

Anscheinend. Denn das Treffen mit ihm hatte mich so aus dem Konzept gebracht, dass ich mich, anstatt wie behauptet loszuziehen, um nach Granny und George zu sehen, hier verschanzt hatte, um meine Freundin anzurufen.

»Ich will einfach nicht, dass du leidest«, sagte Sadie und ich hörte aufrichtig gemeinte Sorge in ihren Silben mitschwingen. »Dieser Sommer sollte etwas ganz Besonderes werden. Ein Neuanfang sozusagen.«

»Das wird er auch. Und zwar sobald du deinen Arsch hierherbewegt hast«, wechselte ich galant das Thema. In zehn Minuten begann das Abendessen und ich wollte die Zeit nicht damit zubringen, länger über Vincent zu sprechen.

Da Sadie nicht auf meine Worte einging, wechselte ich abermals das Thema.

»Wie geht es deiner Grandma? Hat sich ihr Zustand inzwischen gebessert?«

Sadies Großmutter war vor drei Tagen wegen hohem Fieber ins Krankenhaus eingeliefert worden. Zwar vermisste ich meine Freundin, aber ich hatte natürlich Verständis dafür, dass sie bei ihrer Familie sein wollte und deswegen nicht mit mir ins Camp gefahren war.

»Unverändert.« Sadie klang müde und niedergeschlagen.

Sie stand ihrer Familie ebenso nah wie ich meiner, weshalb die Aussicht, ihre Großmutter würde das Krankenhaus womöglich nicht mehr lebend verlassen, wie eine gigantische Gewitterwolke über ihr schwebte.

»Die Ärzte sagen, ihr Zustand ist kritisch und wir können nichts anderes tun als abwarten.«

Ich nickte schweigsam, auch wenn Sadie es nicht sehen konnte. Leider gab es nichts, was ich hätte sagen oder tun können, um die Furcht und Hilflosigkeit abzumildern, die ihr sicherlich, wie mir damals, eisgleich durch die Venen flossen und sie von innen heraus zum Frösteln brachten. Das Einzige, was ich Sadie im Moment bieten konnte, war, ihr das Gefühl zu geben, dass ich für sie da war und sie sich mit ihren Ängsten und Sorgen jederzeit an mich wenden konnte.

»Ich sollte wieder reingehen«, schniefte sie nach einer längeren Pause in den Hörer und ich sah meine Freundin bildlich vor mir, wie sie sich mit spitzen Fingern die Tränen von den Wangen wischte, um ihr Make-up nicht zu ruinieren. Sadie hasste es zu weinen, weshalb sie jedes Mal, wenn ein Gespräch zu emotional wurde, insbesondere wenn es um sie selbst ging, schneller die Schotten dichtmachte als eine Schiffscrew auf stürmischer See. »Sawyer erzählt Dad schon den ganzen Tag dumme Witze, um ihm wenigstens ein Lächeln abzuringen. Wenn ich Dad nicht bald von dieser Folter erlöse, haben wir vermutlich am Ende des Tages zwei Mitglieder der Familie Whistlefield auf der Intensivstation liegen.«

Unweigerlich zuckten meine Mundwinkel. Sadie war in einem

Haushalt mit fünf größeren Brüdern aufgewachsen, von denen jeder eine andere völlig bescheuerte Macke hatte. Ich liebte jeden einzelnen der Chaoten.

»Halt mich auf dem Laufenden, Big Mac«, sagte Sadie und ich nickte erneut.

»Mach ich, Silly-Sad.«

Sadie beendete unser Telefonat und ich warf mit schweren Schultern mein Handy neben mich auf die Matratze. Es war für mich qualvoll genug, meine beste Freundin leiden zu hören. Aber die Vorstellung, mich irgendwann an ihrer Stelle zu befinden und Abschied von *meiner* Grandma nehmen zu müssen, katapultierte mich an diesem ohnehin viel zu gefühlsintensiven Tag an den Rand meiner Selbstbeherrschung. Meine Kehle verengte sich, ich bekam kaum noch Luft und in meinem Kopf begann es zu schwindeln. Ich wusste beim besten Willen nicht, was ich tun sollte, wenn ich Granny irgendwann verlor.

Beruhige dich, MacKenzie! Granny geht es bestens. Sie hat noch viele gesunde und glückliche Jahre vor sich.

Sosehr ich mir auch wünschte, meinen eigenen Worten Glauben schenken zu können, wollte es mir nicht gelingen. Pops hatte sich ebenfalls bester Gesundheit gerühmt. Doch dann, urplötzlich, hatten ihn Kurzatmigkeit und Schmerzen in der Brust zu einem Arzt und von dort gleich weiter in ein Krankenhaus geführt.

Die Erinnerung an jenen Abend, als die grauenhafteste Zeit meines Lebens ihren Anfang genommen hatte, jagte wie ein Elektroschock durch meine Adern und katapultierte mich auf die Beine. Ich verließ meine Schlafhütte und eilte quer über das Campgelände zum Speisesaal. Dort würde Granny in wenigen Minuten ihre jährliche Willkommensrede halten, und ich musste mich einfach selbst davon überzeugen, dass es ihr so gut ging wie bei unserer letzten Begegnung vor wenigen Stunden.

Ich erreichte die große Mehrzweckhütte, als sich die neun Kursleiter, von denen einige dieses Jahr das erste Mal mitwirkten, auf die improvisierte Bühne begaben. Diese machte gemeinsam mit den sechs längs davor arrangierten Tischreihen den Großteil der Hütteneinrichtung aus, sodass man die in die Jahre gekommene, aber immer noch urgemütliche Sitzlounge auf der anderen Raumseite schnell übersehen konnte. Dabei war dieser Bereich mit dem Steinkamin, dem Klavier sowie den altmodischen Polstermöbeln und Tischlampen, die ein warm-weiches Licht verströmten, mein persönliches Herzstück des Camps.

Ich zwang meinen Fokus zurück auf die bis an die Ränder gefüllten Tischreihen. Nur der Tisch in der Mitte, der für die Angestellten reserviert war, hatte noch freie Sitzkapazitäten. Das lag daran, dass wir dieses Jahr erst recht spät erfahren hatten, dass wir mit Campern voll ausgebucht sein würden, sodass wir nicht mehr genug Personal hatten finden können und dadurch alle gezwungen waren, mehr als eine Funktion zu übernehmen.

Tanner teilte sich zum Beispiel neben seinem Gitarrenkurs für Fortgeschrittene gemeinsam mit Rebekka die Kinderbetreuung jener Kids, die entweder noch zu jung waren, um das volle Camp-Angebot zu nutzen, oder einfach keine Lust hatten, sich jeden Tag mit Musik zu beschäftigen. Sadie würde bei ihrer Rückkehr ins Camp Rebekka bei den Jazz-Tanzkursen und Carmen bei den Modern-Dance-Kursen entlasten, die die beiden im Moment noch allein stemmen mussten. Dafür waren sie von den Küchendiensten befreit worden, die wir anderen uns fair aufgeteilt hatten, weil die diesjährige Stammküchencrew ebenfalls nur gefährlich dünn hatte besetzt werden können. Insgeheim glaubte ich sogar, dass unsere Gesangslehrerin Luisa und unser Chorleiter Omar sowie unser Instrumente-Guru Brady, der mit seinen zweiunddreißig Jahren wirklich jedes Musikinstrument spielen konnte, das wir hier im Camp besaßen, ganz glücklich damit waren, in der Küche aushelfen zu müssen. Da Mike, der Küchenchef, ein wahrer Meister seines Handwerks war, konnte man sicherlich den ein oder anderen Handgriff von ihm lernen.

Ich entdeckte Vincent und George, die beide am Kopfende des

Mitarbeitertisches saßen und sich unterhielten, während sich Granny in unmittelbarer Nähe zu ihnen hinter einem mobilen Mikrofonständer postiert hatte und mit funkelnden Augen aufgeregt in die Runde lächelte.

Trotz der erleichternden Gewissheit, dass es meiner Grandma tatsächlich so zu gehen schien, wie ich gehofft hatte, schoss mein Puls in die Höhe. Dank meiner durch Vincent und das Telefonat mit Sadie geschuldeten gedanklichen Abwesenheit hatte ich eine der wichtigsten Änderungen des diesjährigen Sommers vergessen: Anstatt dass das Camp wie in der Vergangenheit mit dem offiziellen Camp-Melody-Willkommenssong eröffnet wurde, den alle Anwesenden im Deli Corner gemeinsam sangen, würden die Kursleiter den Song *We Rock* aus dem Disney-Film *Camp Rock* performen.

Die Idee war Luisa gekommen, die ein fast schon ungesundes Faible für Filme und Serien des US-amerikanischen Medienunternehmens besaß und damals, als *Camp Rock* zum ersten Mal über die Fernsehbildschirme geflackert war, wochenlang über nichts anderes mehr gesprochen hatte. Ihrer felsenfesten Überzeugung nach war der Film eine Hommage an unser Camp Melody.

Um nicht von meinen Kollegen entdeckt und gegen meinen Willen auf die Bühne gezerrt zu werden, schlich ich mich schnell aus der Hütte und lehnte mich draußen rücklings an das von der Sonne erwärmte Holz. Die Mittagshitze war einer angenehm erträglichen Temperatur gewichen, trotzdem überzog eine zentimeterdicke Gänsehaut meine Arme und Beine, die sich noch einmal intensivierte, als die ersten Bass-Klänge des Songs das Holz hinter mir zum Vibrieren brachten.

»'Cause we rock! We rock! We rock on! We rock! We rock on!«

Meine Atmung beschleunigte sich mit jedem Takt, mein Herz hämmerte wie verrückt und meine Knie zitterten wie Espenlaub.

Wie hatte ich das nur vergessen können? Die letzten Wochen hatte ich mich so tief in die Organisation des Camps vergraben, dass ich jeden einzelnen Kursinhalt, jede Aufgabe von jedem Angestellten und jeden noch so unbedeutenden Punkt des Camp-Tagesablaufs in- und auswendig kannte.

Aber ausgerechnet *das* vergaß ich?

Über mich selbst den Kopf schüttelnd verfluchte ich Vincent und Sadie dafür, dass sie mich derart abgelenkt hatten. Vor allem meine beste Freundin mit ihrer Meinung über meine angeblich nie ganz verschwundenen Gefühle für Vincent hatten mich völlig aus dem Konzept gebracht. Und das hatte ich nun davon. Meine ganz persönliche Vorhölle.

Die erste Strophe kämpfte sich trotz aller Gegenwehr bis in mein Bewusstsein und mir wurde die Kehle eng. Ich konnte nicht alle Sänger und Sängerinnen differenzieren, aber ein paar bekannte Stimmfarben kristallisierten sich deutlich aus dem Chor heraus und lockten mich damit in eine Erinnerung, die so schmerzhaft war, dass ich sie am liebsten für alle Ewigkeit aus meinem Verstand verbannt hätte:

Es war später Abend, die Sonne war bereits komplett untergegangen. Über dem Camp hing der nächtliche Himmel wie eine marineblaue Decke, die mit funkelnden kleinen Diamantensplittern überzogen war. Die meisten Camper hatten sich bereits in ihre Hütten zurückgezogen, doch eine Handvoll von uns war noch nicht bereit, dem Tag Lebwohl zu sagen. Aus diesem Grund saßen wir gemeinsam mit Pops auf den in einem eckigen Kreis angeordneten Bänken rund um das lodernde Lagerfeuer verteilt und hatten uns, um der frisch-klaren Nachtluft zu trotzen, in Decken oder zusätzliche Kleidungsschichten gekuschelt. Das atmosphärische Gitarrenspiel meines Grandpas, das, je später es wurde, immer deutlicher eine melancholische Schwere annahm, die ich erst seit seinem Tod richtig zu begreifen wusste, umwehte uns wie eine extra für diesen Moment komponierte Backgroundmusik.

Ich wusste noch genau, wie die züngelnden Flammen des durch einen Steinkreis gesicherten Lagerfeuers die Finsternis zerschnitten und neben behaglicher Wärme auch ein wundersames Licht gespendet hatten, das die Dunkelheit samt all ihren Monstern vertrieben und eine Hoffnung hinterlassen hatte, dass selbst das Unmögliche möglich werden konnte, wenn wir nur fest genug an uns glaubten.

Mist! Mist! Mist!

Der Refrain schwoll ein weiteres Mal an und nun schlossen sich neue Stimmen dem Chor an, vermutlich weil sie den Song bereits kannten oder weil sie von der Melodie einfach mitgerissen wurden.

Das Zittern meiner Knie intensivierte sich, breitete sich auf meinen gesamten Körper aus, bis ich keine Kraft mehr hatte, aufrecht stehen zu bleiben. Immer noch mit dem Rücken gegen die Wand gelehnt, rutschte ich in die Hocke und presste mir die Handballen gegen die Ohrmuscheln.

Pops hatten mir mit seiner Liebe zur Musik eine Welt voller Gefühl, Liebe und Leidenschaft eröffnet – und mir ebendiese mit seinem Ableben wieder gewaltsam entrissen. War es da wirklich verwunderlich, dass jeglicher Versuch meinerseits, erneut Kontakt zu dieser Welt aufzunehmen, zwangsläufig in Schmerz endete? Dass jegliche Versuche unweigerlich zum Scheitern verurteilt waren?

In meiner Brust wurde es immer enger und schwarze Punkte begannen vor meinen Augen zu tanzen. Ich musste mich auf etwas konzentrieren, das nichts mit der Musik zu tun hatte, die drohte, mich gleich am ersten Abend zusammenbrechen zu lassen.

Leider war das leichter gesagt als getan. Der Beat war so eindringlich, dass er meine Schutzmauern problemlos niederriss und mich komplett ausfüllte, bis Trauer die Flut meiner Tränen anreicherte und sie auf diese Weise unaufhaltsam machte.

Stumm, einsam und erfüllt von Emotionen, die ich nicht mehr spüren wollte, weinte ich, bis das Lied zum Ende kam und mich lautstarker Applaus, Jubelrufe sowie Euphoriepfiffe zurück in die Realität führten.

Kurz war ich versucht, mich einfach davonzumachen, in meiner Hütte zu verschwinden und mich für den Rest des Abends nicht mehr blicken zu lassen. Doch Granny würde meine Abwesenheit auffallen, und das wollte ich ihr nicht antun. Es war verflixt noch mal meine Idee gewesen, dem Camp eine zweite Chance zu geben. Jetzt durfte ich nicht bei dem ersten Stolpern gleich aufgeben und den Schwanz einziehen.

Ich erhob mich aus meiner Kauerhaltung, wischte mir mit dem Handrücken über die feuchten Wangen und begab mich nach ein paar tiefen Atemzügen zurück ins Deli Corner.

Meine Knie zitterten noch immer, aber es gelang mir, mir einen Weg zwischen den langen Holzbänken hindurchzubahnen, auf denen die Camper sowie nun auch wieder meine Kollegen saßen und gespannt in Richtung Bühne schauten.

»Da bist du ja endlich«, begrüßte mich Luisa mit leiser Stimme, als ich mich auf den freien Platz neben sie setzte. Es gab noch eine kleine Lücke zu meiner Rechten, welche ich Granny überließ, die soeben mit Unterstützung von Sam, dem Kursleiter für Streetdance, mit dem mobilen Mikrofonständer die Bühne erklomm. Sie hatte sicherlich kein Problem damit, Seite an Seite mit George zu sitzen.

»Du hast unseren Auftritt verpasst«, sprach Luisa weiter. »Außerdem dachte ich, du würdest als Erste hier sein, um dir die Chance zu sichern, neben unserem Stargast sitzen zu können.« Sie schaute über meine Schulter in Vincents Richtung. Dem verräterischen Funkeln in ihren Augen nach zu urteilen, gefiel ihr, was sie zu sehen bekam. »Mensch, wenn ich nur ein paar Jahre jünger wäre …«

Sie beendete ihren Satz mit einem leisen, sinnlich angehauchten Schnurren, was mich die Augen rollen ließ. Luisa war eine der wenigen Angestellten – wenn nicht sogar die letzte –, die jeden Sommer seit der Gründung hier gearbeitet hatte. Eigentlich war sie Grundschulmusiklehrerin und inzwischen Mitte fünfzig, aber manchmal erinnerte mich ihr Benehmen an das eines hormongesteuerten Teenagers.

»Dann wärst du noch immer glücklich verheiratet«, erinnerte ich sie, ehe ich mich ebenfalls nach vorne drehte. Dabei kam ich nicht umhin, am Rand meiner Wahrnehmung Vincent zu bemerken, der grinsend auf sein Handy starrte. Sicherlich hatte ihm irgendein Groupie ein Nacktselfie geschickt.

»Wow! Was war das bitte für eine wahnsinnig tolle Begrüßung?!« Granny klatschte aufgeregt in die Hände. »Ich danke euch von Herzen für diese unglaubliche Darbietung. Sicherlich bin ich nicht die Einzige, die nach diesem Intro den Start des Sommers kaum noch erwarten kann.«

Einige Bestätigungsrufe erklangen, die Grannys Lächeln noch breiter werden ließen. »Das habe ich mir gedacht. Nun freue ich mich jedoch erst einmal aus tiefster Seele, euch alle dieses Jahr im Camp Melody begrüßen zu dürfen. Eure zahlreiche Anwesenheit erfüllt mich mit einer Wärme, wie ich sie nicht in Worte fassen kann. Zum Glück, befinden wir uns hier in einem Camp für Musikbegeisterte. Vielleicht ergibt es sich ja, dass jemand eine neue Hymne für das Camp komponiert. Schließlich sehen wir diesen Sommer als eine Art Neustart an, und da würde sich ein neuer Camp-Melody-Song sehr gut eignen.« Ihr Augenzwinkern entlockte dem Publikum ein leises Lachen und ließ meine Brust vor Stolz und Zuneigung anschwellen.

»Wie ihr vielleicht an der ein oder anderen Stelle bereits mitbekommen hat, wird sich dieser Campsommer von den bisherigen unterscheiden. Das hat unter anderem etwas mit dem jungen Mann hier vorne«, sie deutete mit einer Handbewegung auf Vincent, was zu tosendem Applaus und lauten Jubelrufen führte, »zu tun. Doch bevor ich das Wort an unseren Ehrengast übergebe, möchte ich euch ein paar Einblicke in das gewähren, was euch in den nächsten Wochen erwartet.« Granny machte eine dramatische Pause, ehe sie weitersprach.

»Die erste Änderung, auf die ich mich persönlich sehr freue, bezieht sich auf unser erweitertes Kursangebot in diesem Sommer. Getreu dem Motto ›Camp Melody 2.0 – Kreativität kennt keine Grenzen‹ haben wir uns im Team lange Gedanken darüber gemacht, welcher frische neue Look zum Camp passen könnte. Doch irgendwie wollte der Funke bei keinem Vorschlag so richtig überspringen.

Aus diesem Grund haben wir beschlossen, *euch* die Wahl zu überlassen.« Sie lächelte breit in die Runde. »Aber wir wollen nicht nur eure Meinung hören, sondern wir laden euch auch dazu ein, euch selbst aktiv an diesem künstlerischen Projekt zu beteiligen. Schwingt Pinsel, Malerrolle oder was auch immer ihr mögt, und lasst eurer Kreativität freien Lauf. Und wer weiß, vielleicht erwartet den ein oder anderen von euch eine Überraschung, die ihr niemals für möglich gehalten hättet.« Mit bedeutungsschwangerer Miene sah sie durch die Menge, die ihr still entgegenschaute.

Meine Befürchtungen, was diese Aktivität anging, schienen sich zu bewahrheiten. Doch kurz darauf brandeten erneut begeisterte Jubelrufe durch den Saal, und Granny, die die Idee zum Malerkurs gehabt hatte, nickte zufrieden.

»Ich wusste doch, dass euch das gefallen wird. Immerhin saue ich selbst noch gern bis zu den Ellbogen in Farbe herum.« Ihr Schulmädchenkichern wurde von einer Welle zustimmenden Gelächters untermalt.

»Die zweite, vielleicht nicht ganz so coole, aber mindestens ebenso bedeutsame Änderung des diesjährigen Campsommers betrifft den Final Jam.« Granny wurde ernst und auch der Rest des Saals verstummte umgehend. Eine nervöse Stille legte sich über die Anwesenden und verlieh der Atmosphäre eine hauchfeine Anspannung. »Wie die alteingesessenen Teilnehmer unter euch wissen, war es bisher immer so, dass ihr euch im Laufe des Sommers einfach zur Teilnahme anmelden konntet. Leider hat es in der Vergangenheit vermehrt unschöne Situationen gegeben, denen wir dieses Jahr auf ganz speziellem Weg entgegenwirken möchten.«

Es folgte eine weitere kurze Pause, was die angespannte Aufregung im Saal zusätzlich schürte.

»Getreu dem Motto der beliebten Musiksendung *American Idol* wird es ab sofort eine Art Casting für die begehrten Plätze beim Final Jam geben. Jede Woche steht unter einem eigenen Motto, das ihr jeweils am Sonntag nach dem Frühstück erfahrt. So erhaltet ihr die

Gelegenheit, euch Gedanken darüber zu machen, ob ihr die Chance eines Auftritts wahrnehmen wollt und ob ihr allein, im Duett oder als Gruppe performen wollt. Am Samstagabend der darauffolgenden Woche wird es dann draußen auf der Stage of Melody einen bunten Abend mit hoffentlich vielen wundervollen Auftritten geben, die *ihr* bewerten und so die Top-drei-Kandidaten jeder Woche küren dürft. Diese erhalten dann einen Platz im Final Jam.«

Die Stille, die während Grannys Erläuterungen eingekehrt war, dauerte weiter an und ich glaubte mich erneut in der Gewissheit bestätigt, dass die neuen Regelungen auf wenig Gegenliebe stoßen würden. Aber ebenso, wie ich mich zuvor getäuscht hatte, bewies mir auch dieses Mal tosender Applaus, wie falsch ich lag. Die ausgelassene Stimmung, die nach der Ankündigung von Grannys Künstlerprojekt durch den Saal gewabert war, kehrte nicht nur in Schallgeschwindigkeit zurück, sie brachte auch eine nicht zu leugnende Nuance Aufgeregtheit mit sich, die so ansteckend war, dass sogar ich mir ein erleichtertes Lachen nicht verkneifen konnte.

»Wie ich sehe, könnt ihr den Start des diesjährigen Camps ebenso wenig erwarten wie ich«, sagte Granny sichtlich erfreut über die positiven Reaktionen, »deswegen möchte ich eure Geduld auch nicht länger auf die Probe stellen. Aber bevor ich mich endgültig von der Bühne verabschiede, möchte ich euch noch um einen Gefallen bitten.«

Erneut wurde Granny ernst.

»Ich weiß, im Zeitalter von Smartphones, Instagram und TikTok ist der Begriff ›offline‹ ein Schimpfwort. Deswegen möchte ich gar nicht so weit gehen und euch auffordern, eure Handys in euren Hütten zu lassen. Aber ich möchte euch *höflichst* darum bitten, Rücksicht aufeinander zu nehmen und Respekt vor den Entscheidungen eurer Mitcamper zu haben. Nicht jeder möchte mit seinen ersten Gesangs- oder Tanzversuchen im Internet landen. Das gilt vor allem, aber eben nicht nur, für unseren überaus geschätzten Gast Vincent Kennedy, der ebenso wie wir alle hier ein Mensch ist und damit ebenfalls ein

Recht auf Privatsphäre und paparazzifreie Zeit verdient. Ich möchte wirklich ungern Klagen über Belästigungen jeglicher, aber vor allem digitaler Art zu Ohren bekommen. Ich hoffe, das versteht ihr.«

Granny ließ ihre Worte kurz nachklingen, dann setzte sie wieder ihr warmes und herzliches Lächeln auf und klatschte einmal in die Hände. »Nun aber auch genug von mir. Ich verabschiede mich mit dem letzten Hinweis, dass ihr jederzeit zu mir kommen könnt, ganz gleich was euch bedrückt. Glaubt mir, nach dreißig Jahren Camp-Erfahrung gibt es nichts, was ich noch nicht erlebt habe. Das gilt auch für siebzehnjährige Gangster-Rapper mit Heimweh.« Sie zwinkerte in die Runde, was ihr verhaltene Lacher einhandelte.

»Und nun, meine Lieben, lasst uns gemeinsam mit einem von Herzen kommenden Applaus unseren campgemachten Rockstar Vincent Kennedy willkommen heißen!«

Troublemaker (feat. Flo Rida)

Olly Murs

VINCENT

»Und nun, meine Lieben, lasst uns gemeinsam mit einem von Herzen kommenden Applaus unseren campgemachten Rockstar Vincent Kennedy willkommen heißen!« Granny deutete mit einer ausladenden Handbewegung auf mich und ihre Worte wurden von tosendem Klatschen und Jubelrufen begleitet.

Natürlich war ich solche Hymnen von meinen Konzerten und anderen Events gewohnt, dennoch fühlte es sich merkwürdig an, nach der Performance der anderen mit einem solchen Lärm in Empfang genommen zu werden, ohne irgendetwas dafür getan zu haben.

Ich legte mein Handy mit dem Display nach unten auf den Tisch und erhob mich mit meinem über die Jahre perfektionierten Star-Lächeln. Das Bild, das mir Hendrik kurz zuvor geschickt hatte, welches eine schielende, völlig zerzauste Katze zeigte, deren Zunge seitlich aus ihrem Mund hing, begleitete mich gedanklich auf das Podest.

Stell dir vor, MacKenzie sieht morgens nach dem Aufwachen so aus, hatte mit einem Augenzwinker-Smiley unter dem Foto gestanden.

»Danke für den herzlichen Empfang«, sprach ich in das Mikro und widmete mich den erwartungsvollen Gesichern der Anwesenden. Einigen von ihnen war ich bereits während meiner Erkundungstour durch das Camp begegnet, die ich nach meinem Telefonat mit Hendrik gestartet hatte. Dadurch hielt sich meine Nervosität nun in Grenzen. Vor meiner Ankunft in Montana hatte meine größte Sorge darin bestanden, dass die Camp-Teilnehmer zu jener Sorte überaktiver und Grenzen missachtender Fans gehörten, wie ich sie immer öfter bei Konzerten oder vor Morgans Büro antraf. Doch bisher schienen meine Ängste unbegründet zu sein. Die meisten Kids, auf die ich gestoßen war, hatten sich als neugierige, aber eher schüchterne Zeitgenossen entpuppt.

Eine überaus angenehme Überraschung.

Natürlich gab es auch hier die ein oder andere Gruppe Mädchen oder Jungen, die hysterisch zu kreischen begonnen hatte, als sie mich gesehen hatten. Doch anstatt auf mich zuzueilen und mich mit Autogrammwünschen, auf Selfiesticks gespießten Handys oder Ähnlichem zu bedrängen, hatten sie nur kichernd die Köpfe zusammengesteckt und sich übertrieben Luft zugefächert, als ich an ihnen vorbeigeschlendert war.

»Hey, Leute. Wie geht's euch?!« Ich hob die Hand zum Gruß.

Granny hatte in ihrer letzten Mail geschrieben, dass sie mich beim ersten Abendessen offiziell vorstellen wollte und dass ich dann die Gelegenheit haben würde, ein paar Worte an die Camper zu richten. Doch wegen MacKenzie war mein Kopf nun wie leer gefegt. All die Jahre – und insbesondere die letzten Wochen – war ich felsenfest davon überzeugt gewesen, dass allein *ich* berechtigt war, mich verraten und verletzt zu fühlen. Dass MacKenzie den Kontakt zu mir abgebrochen hatte, weil sie mich nicht wollte. Weder als Kumpel noch für mehr.

Weil ich ihr egal bin.

Doch heute Nachmittag, als wir uns nach Jahren der Funkstille wiedergesehen hatten, war keine Gleichgültigkeit in ihren großen

Augen zu entdecken gewesen. Nur dieser bittere Schmerz, der mit grenzenloser Enttäuschung einherging.

Aber wie war das möglich?

Die letzten Stunden war ich immer wieder im Kopf die Wochen im Camp vor sechs Jahren durchgegangen. Doch mir hatte sich keine Erklärung aufzeigen wollen, die MacKenzies Verhalten rechtfertigte. Keine, bis auf die Möglichkeit, dass sie *tatsächlich* von meinen damaligen Gefühlen für sie erfahren hatte und dass ihr diese Vorstellung so zuwider gewesen war, dass sie mir mehr als deutlich hatte zeigen wollen, was sie davon hielt.

»Ich weiß gar nicht so recht, was ich euch noch sagen soll«, sprach ich weiter, als ich MacKenzies Blick auffing.

Ihre großen Augen wirkten traurig, ja regelrecht verweint, und ihre gesamte Körperhaltung merkwürdig angespannt. In Kombination mit ihrer Verspätung und der latenten Hektik, die sie beim Hereinkommen ausgestrahlt hatte, konnte ich mich nicht des Eindrucks erwehren, dass die junge Frau von heute nichts mit dem allzeit fröhlichen und sorglosen Mädchen von früher gemein hatte. MacKenzie schien auf eine Art und Weise gebrochen zu sein, die sich nicht in Worte fassen ließ. Und obwohl ich keinen richtigen Grund dazu hatte, kroch die beklemmende Furcht meinen Nacken empor, dass ich womöglich etwas damit zu tun hatte.

»Granny hat schon alles ziemlich treffend zusammengefasst. Es ist echt cool, dass ihr alle da seid, und ich bin mir sicher, ihr werdet die Zeit hier ebenso genießen, wie ich es als Camper getan habe. Zwar hatte ich nur die Gelegenheit, drei Sommer hier zu verbringen, aber ich kann euch versichern, es war die geilste Zeit meines Lebens.« Erneut brandete eine Welle johlender Bestätigungsrufe und tosenden Applauses über mich herein, die mich daran erinnerte, dass jetzt ein guter Zeitpunkt für ein breites Lächeln wäre. Die Camper schienen gut drauf zu sein und Bock auf einen tollen Sommer zu haben. Es wäre nicht fair gewesen, ihre Euphorie mit meinen finsteren Gedanken zu dämpfen.

Als ich weitersprach, hielt ich den Blick trotzdem fest mit Mac-Kenzies verkeilt. Sie sollte verstehen, dass meine folgenden Worte speziell ihr galten. »Aus diesem Grund könnt ihr euch sicherlich vorstellen, dass ich keinen Moment gezögert habe, die Einladung für diesen Sommer anzunehmen, nachdem ich von ihr erfahren habe.«

MacKenzie verengte mit gerunzelter Stirn die Augen und richtete ihre Aufmerksamkeit auf ihre Sitznachbarin, die mir in einem vorherigen Treffen, das extra dazu gedient hatte, mich mit den anderen Angestellten bekannt zu machen, als Luisa vorgestellt worden war.

»Na ja, wie auch immer.« Ich hielt tapfer an einer unbeschwerten Miene fest und schaffte es endlich, meinen Blick von MacKenzie zu lösen und ihn durch den Saal schweifen zu lassen. Wenn ich die kommenden Wochen halbwegs unbeschadet und ohne größere Peinlichkeiten hinter mich bringen wollte, musste ich mir dringend eine Strategie überlegen, wie ich mit MacKenzie umgehen wollte. Sehr viel länger würde ich dieses ewige Auf und Ab meiner eigenen Gefühle nicht mehr durchhalten.

»Ich wünsche uns allen einen unvergesslichen Sommer!« Mit einem Nicken beendete ich meine kleine Rede und trat einen Schritt vom Mikro weg. Die Jubelrufe und Klatschgeräusche wurden dieses Mal von wildem Fußgestampfe begleitet, was den Lärmpegel in der Hütte drastisch ansteigen ließ und die Wände zum Vibrieren brachte.

Ich sah zu Granny, um zu überprüfen, ob sie noch etwas hinzufügen wollte, doch ihr Fokus war auf MacKenzie gerichtet und ihre Stirn ähnlich gefurcht wie die ihrer Enkelin.

Ich räusperte mich verhalten und Granny drehte sich zu mir herum. Kurz wirkte sie irritiert, dann lächelte sie. Jedoch wirkte die Geste wenig überzeugend.

Mit einer Kopfbewegung in Richtung Tische beantwortete sie meine unausgesprochene Frage und begab sich zum Bühnenrand. Dabei schien sie über irgendetwas zu stolpern, denn mit einem Mal geriet sie ins Straucheln. In erschreckender Geschwindigkeit näherte sie sich dem Rand des über einen Meter in die Höhe ragenden Holzpodestes.

»Granny!«, hörte ich MacKenzies Stimme durch die Hütte schallen, im selben Moment, als ich vorgesprescht war, um die Campleiterin am Arm zu packen. Leider war ich den Bruchteil einer Sekunde zu langsam, sodass ich den Stoff ihrer kurzärmeligen Bluse zwar an den Spitzen meiner Finger spüren, aber ihn nicht ergreifen konnte.

Alle Anwesenden stießen einen Laut des Entsetzens aus, als Granny einen unkontrollierten Schritt ins Leere machte und endgültig das Gleichgewicht verlor. Mit einem filmreifen Schrei rumpelte sie von der Bühne.

Genau in Georges Arme.

Während der Großteil der Anwesenden die Schreckensszenerie nur mit weit aufgerissenen Augen und offen stehenden Mündern beobachtet hatte, war mein Bodyguard seinen berühmten Superman-Reflexen gerecht geworden und hatte mit einer blitzschnellen Geste gehandelt.

»George!« Granny starrte ihren Retter mit großen Augen an, als würde sie, ebenso wie alle anderen Anwesenden, selbst nicht so recht begreifen, was soeben geschehen war. »Also, an *Sie* könnte ich mich wirklich gewöhnen.«

Shallow

Lady Gaga & Bradley Cooper

MACKENZIE

»Also, an *Sie* könnte ich mich wirklich gewöhnen.« Grannys Stimme so fest und klar zu hören, war in der aktuellen Situation sowohl das Schönste als auch das Schlimmste, was mir hätte zu Ohren kommen können. Gleichwohl ich über alle Maßen erleichtert war, dass Vincents Bodyguard die Reflexe eines Superhelden zu besitzen schien und er meine Grandma vor einem schlimmen Sturz bewahrt hatte, bewiesen mir Grannys Worte, dass das eben Geschehene wahrhaftig stattgefunden hatte und kein fantasiegeschwängerter Albtraum gewesen war.

Mein Herzschlag, der bereits zuvor wie eine Horde Mustangs in der Prärie gerast hatte, beschleunigte sein Tempo noch eine Spur, und eine Gänsehaut überzog meinen gesamten Körper. Meine Knie zitterten wie nie zuvor und ich besaß nicht länger die Kraft, mich aufrecht zu halten. Schwerfällig ließ ich mich zurück auf meinen Platz fallen, von dem ich unbewusst aufgesprungen war.

Luisa legte mir tröstend einen Arm um die Schulter, sparte sich jedoch einen Kommentar, wofür ich ihr aufrichtig dankbar war. Mir fiel es auch so bereits schwer genug, die erneut aufsteigenden Tränen unter Kontrolle zu halten. Nach den aufwühlenden Momenten der letzten Stunden war diese Schocksekunde eindeutig zu viel gewesen – insbesondere, als George auf Grannys Worte mit einem tiefen, aber von Herzen kommenden Lachen antwortete, das die angespannte Stille in der Hütte wie einen Eiszapfen, der von einem Hochhaus fiel, zerbersten und alle Anwesenden mit einstimmen ließ.

Zumindest fast alle.

Luisas Mitgefühl fand sein Ende und sie verpasste mir unsanft einen Knuff in die Seite, um meinen Fokus in Richtung Bühne zu lenken. Dort schien sich auch Vincent zu sträuben, in die wiedergekehrte Hochstimmung mit einzufallen. Stattdessen sah er unumwunden in meine Richtung, noch immer erstarrt in der Pose, in der er versucht hatte, nach Granny zu greifen.

»Geht es dir gut?« Carmen, die Vincent am Ende des Tisches gegenübergesessen hatte, war aufgestanden und zu George und meiner Grandma geeilt.

Alle Kursleiter hatten vor Vertragsunterzeichnung die Bestätigung eines frisch absolvierten Erste-Hilfe-Kurses vorlegen müssen, dennoch galt Carmen als inoffizielle Krankenschwester des Camps, da sie, bevor sie das Tanzen zu ihrem Beruf gemacht hatte, als Pflegekraft in einem Krankenhaus tätig gewesen war.

»Ist dir schwindelig oder bekommst du schlecht Luft?«

»Mir geht es gut, Carmen.« Granny legte ihr beschwichtigend eine Hand auf den Arm. Dann bat sie George, sie runterzulassen. Nachdem sie wieder auf eigenen Beinen stand und Carmens weiterhin kritische Miene bemerkte, fügte sie hinzu: »Ich bin nur über meine eigenen Füße gestolpert. Mach dir bitte keine Gedanken. Du weißt doch, wie tollpatschig ich sein kann.«

»Das weiß ich sehr wohl. Und genau aus diesem Grund möchte ich auf Nummer sicher gehen und dich kurz untersuchen.« Carmen erwiderte Grannys Lächeln sanft, aber unerbittlich. Und dafür liebte ich die Latina! Ich selbst würde mich ebenfalls erst besser fühlen, wenn Granny durchgecheckt worden war.

Meine Grandma schaute Unterstützung suchend in meine Richtung, doch ich gab Carmen mit einem sachten Kopfnicken recht.

Auch die meisten anderen an unserem Tisch vertraten diese Meinung, wie sie mit leise zugerufenen Bestätigungen kundtaten.

Seufzend ergab sich Granny dem Urteil. »Gut, gehen wir in meine Hütte. Aber wehe, ich verpasse euretwegen den Nachtisch.« Mit einem Augenzwinkern in meine Richtung ließ sich meine Grandma von Carmen aus der Hütte führen.

Vincent, der inzwischen die Bühne verlassen hatte, redete unterdessen leise auf George ein. Ich konnte zwar kein Wort der Unterhaltung verstehen, aber nachdem das Gespräch beendet war, verabschiedete sich George mit einem knappen Kopfnicken und folgte meiner Grandma und Carmen hinaus.

Verblüfft sah ich ihm nach. Ich hatte angenommen, er würde dafür bezahlt werden, unserem musikalischen Starlet nicht von der Seite zu weichen.

»Darf ich?« Vincents weiches Timbre riss mich aus meinen Überlegungen und mein Kopf wirbelte ruckartig zu ihm herum. Er stand im Gang zwischen den beiden Sitzbankreihen und deutete auf den freien Platz neben mir.

Wie ein Reh, das vom Autoscheinwerferlicht erfasst wurde, starrte ich Vincent an. Am liebsten hätte ich den Kopf geschüttelt. Nach allem, was ich heute bereits durchgemacht hatte, konnte ich getrost auf eine weitere Konfrontation mit ihm verzichten. Doch dann registrierte ich, dass alle Personen, die mit Vincent am Kopfende des Tisches gesessen hatten, das Deli Corner inzwischen verlassen hatten, sodass er ziemlich losgelöst von unserer Gruppe dastehen würde, wenn ich ihn abwies.

Also gab ich mir einen Ruck und nickte.

Erleichterung zeichnete sich auf seinen Zügen ab, als er sich hinsetzte und leise Gespräche die Stille in der Hütte zu verdrängen begannen. Auch bei uns am Tisch verfielen die Camp-Angestellten in Unterhaltungen, während das Schweigen zwischen Vincent und mir immer präsenter und unangenehmer wurde. Mit jeder anderen Person hätte ich längst ein unverfängliches Thema gefunden, über das wir sprechen konnten. Aber diese Art von Small Talk hatte es zwischen Vincent und mir nie gegeben, und ich wusste nicht, wie wir nach allem, was zwischen uns vorgefallen war, jetzt damit anfangen sollten.

»Und, ähm, wie geht es dir?«, fragte Vincent im selben Moment, in dem ich mir ein »Hast du dich inzwischen gut eingelebt?« abringen konnte.

Peinlich berührt sahen wir uns an, dann lachten wir beide leise. Bevor ich Vincent kennengelernt hatte, hatte ich solche Situationen stets für alberne Klischees gehalten, die sich die Filmindustrie ausdachte. Aber er und ich hatten schon immer das Talent besessen, solche Momente zu kreieren, sodass diese Situation weniger unangenehm als viel eher ein winziger Trip in unsere gemeinsame Vergangenheit war.

Meine Verlegenheit schmolz ein Stück, und ich begann mich etwas zu entspannen. Vincent hatte schon immer diese Wirkung auf mich gehabt, wie ich nur äußerst widerwillig zugab.

»Du zuerst«, forderte er mich lächelnd auf. Vermutlich hatte er meine Frage ebenso wenig verstanden wie ich seine.

»Ich wollte wissen, ob du dich inzwischen gut eingelebt hast«, wiederholte ich meine Worte mit warmen Wangen.

Er antwortete nicht sofort, sondern dachte erst einen Moment über die Frage nach. Das hatte er auch früher so gehandhabt, wie ich mich nun erinnerte. Er hatte nie irgendwelche leeren Floskeln von sich gegeben, sondern war immer aufrichtig mit mir gewesen.

»Es ist merkwürdig, wieder hier zu sein«, sagte er. »Obwohl alles noch ganz genauso aussieht wie früher, fühlt es sich trotzdem anders an. Irgendwie fremd. Fast so, als fehlte dem Camp etwas Elementares.« Ein leises, verlegenes Lachen entfloh ihm und er senkte den Blick. »Sorry, das klingt bestimmt total bescheuert.«

»Nein, gar nicht. Im Gegenteil sogar. Ich weiß genau, was du meinst.« Unweigerlich musste ich an Pops denken. Als ich gestern angereist war, waren mir ähnliche Gedanken durch den Kopf gegangen. Auch ich hatte das Gefühl gehabt, als fehlte es dem Camp an etwas überaus Wichtigem. Etwas wie einer Seele.

»Du weißt, was ich meine?« Vincent sah verblüfft auf. »Wie kommt's? Ich meine, du bist doch sicherlich jeden Sommer hier, oder? Fallen einem dann überhaupt noch derartige Dinge auf?«

Ertappt biss ich mir auf die Innenseite meiner Wange. Wie hatte das eigentlich als harmlos geplante Gespräch binnen weniger Sekunden eine Richtung einschlagen können, die mir in etwa so lieb war wie Zahnschmerzen? Vincent sollte nicht erfahren, dass ich diesen Sommer selbst zum ersten Mal seit Jahren das Campgelände wieder betreten hatte. Dieses Thema war zu intim, um es mit ihm zu teilen.

Glücklicherweise erlöste mich die heutige Küchencrew aus der Verpflichtung einer Antwort, da sie soeben mit Servierwagen und Schüsseln den Essenssaal betrat.

Mike ließ es sich selbstverständlich nicht nehmen, das Essen an unserem Tisch höchstpersönlich zu servieren. Nachdem er sich nach Grannys Wohlergehen erkundigt hatte – in der Küche hatten sie nur am Rande mitbekommen, was geschehen war –, brachte er anschließend Vincents kulinarische Vorlieben in Erfahrung. Granny hatte zwar im Vorfeld nachgefragt, ob es Lebensmittel gab, die Vincent nicht vertrug oder aus anderen Gründen nicht zu sich nahm, aber wie es schien, wollte der Küchenchef auf Nummer sicher gehen.

»Wo ist George eigentlich?«, wechselte ich das Thema, nachdem Mike gegangen war.

Ich hoffte, dass Vincent seine vorherige Frage durch die Unterbrechung vergessen hatte, und schnappte mir die Nudelzange samt dampfender Schüssel Spaghetti bolognese. Mit vor Vorfreude jubilierenden Geschmacksnerven tat ich mir etwas von den Nudeln auf meinen Teller. Mike war wirklich ein Meister in der Küche, weshalb selbst das simpelste Gericht bei ihm Restaurantqualität besaß.

»Ich habe ihm gesagt, er soll Granny und Carmen nachgehen, um deine Grandma im Auge zu behalten.«

Vincent nahm die von mir gereichte Spaghettizange entgegen

und unsere Finger streiften einander dabei kurz. Die Berührung war kaum der Rede wert, dennoch jagte ein zarter Stromschlag durch meinen Körper, sodass die feinen Härchen auf meinen Armen sofort stramm in die Höhe schossen. Mein Blick glitt an Vincent empor, traf auf seinen und es war deutlich, dass ihm dieser Moment ebenfalls nicht entgangen war. Seine dezent geweiteten Augen verrieten ihn, ehe er mit einem verhaltenen Räuspern begann, seinen Teller zu füllen. Anschließend gab er das Besteck samt Schüssel weiter.

»Ich liebe Granny wie meine eigene Großmutter«, führte er seine Aussage fort, als hätte es die kurze Unterbrechung zuvor nicht gegeben. Doch seiner angerauten Stimme war anzuhören, dass ich nicht die Einzige war, die mit den Nachwehen des vorangegangenen Moments zu kämpfen hatte. »Und ich hätte keine Ruhe, wenn ich sie nicht in guten Händen wüsste.«

Unsicher, was ich von diesen Worten und dem damit einhergehenden Kribbeln in meinem Inneren halten sollte, widmete ich mich meinem Essen. Vor Aufregung hatte ich den ganzen Tag noch nicht viel zu mir genommen, trotzdem fehlte es mir auch jetzt an Appetit.

»Granny hat mir erzählt«, ergriff Vincent erneut das Wort, »dass Sadie Whistlefield diesen Sommer ebenfalls als Kursleiterin hätte antreten sollen, ihr aber etwas Privates dazwischengekommen ist.« Seine Gabel in den Nudeln vergraben, schielte er vorsichtig zu mir herüber. »Heißt das, dass ihr beiden noch immer miteinander befreundet seid?«

Ich nickte. »Sie ist seit jeher meine beste Freundin.«

Ein zartes, aber aufrichtig wirkendes Lächeln stahl sich auf Vincents Lippen. »Das freut mich. Wie geht es ihr? Trägt sie noch immer die Klamotten ihrer großen Brüder, weil sie gegen das Frauenbild, das die Barbiepuppe verkörpert, rebelliert?« Das Lächeln wurde zu einem Schmunzeln und ich bildete mir ein, dass die dicke Eisschicht zwischen uns ein wenig schmolz.

Als ich an meine Freundin dachte, die etwa zwei Jahre lang nur weite, ausgeleierte T-Shirts, Skaterjeans und Basecaps getragen hatte, um ihre weiblichen Rundungen zu verdecken, die sich bei ihr, im Gegensatz zu meiner Wenigkeit, sehr früh geformt hatten, zuckten auch meine Mundwinkel.

»Nein, diese Phase hat sie irgendwann nach ihrem sechzehnten Geburtstag abgelegt.« Ich wickelte ein paar der langen, köstlich weich gekochten Nudeln auf die Gabel. »Ich bin mir nicht einmal sicher, ob du sie jetzt noch wiedererkennen würdest.«

»Vielleicht bekomme ich im Laufe des Sommers noch die Gelegenheit dazu, diese Frage zu beantworten.« Vincent rollte ebenfalls ein paar Nudeln auf, doch er steckte sie sich nicht in den Mund. Stattdessen sah er mich nachdenklich an. »Wenn Sadies Sinneswandel bezüglich ihres Kleidungsstil keinen Einfluss auf eure Freundschaft genommen hat, bedeutet das, dass ihr beiden all eure Frienship-Goals erreicht habt?« Als ich Vincent irritiert anblickte, bildete sich eine dezente rosa Färbung auf seinen Wangenknochen. »Na ja, ich meine mich erinnern zu können, dass ihr beiden vorhattet, nach dem Schulabschluss gemeinsam nach Europa zu reisen, ehe ihr euer Studium an der Juilliard School in New York beginnen und euch in Manhattan eine gemeinsame Wohnung nehmen wolltet. Oder wohnt ihr inzwischen beide mit euren festen Freunden zusammen?«

Ich blinzelte einmal. Zweimal. Dreimal. Erst dann schaffte ich es, von Vincent wegzuschauen. Mein Hals war plötzlich wie zugeschnürt und in meinem Kopf überschlugen sich die Gedanken. Dabei konnte ich nicht sagen, was mich an seinen Worten am meisten aus der Bahn warf. Dass er sich diese Details über all die Zeit hinweg gemerkt hatte oder dass seine Fragen unangenehm Sadie-lastig waren und den Eindruck erweckten, als wollte er auf unauffällige Weise herausfinden, ob meine beste Freundin in festen Händen war?

Mein Magen verknotete sich und ich musste hart schlucken, um den Anflug von Eifersucht aus meiner Stimme zu verbannen, ehe ich zu einer Antwort ansetzte.

»Sadie ist nach dem Schulabschluss mit ihrer Mutter ein paar Wochen durch Europa gereist. An der Juilliard hat sie sich jedoch nie beworben. Sie meinte, sie will nicht so weit weg von ihrer Familie leben. Jetzt studiert sie an der Montana State University Tanz und wohnt in der Nähe des Campus in einer kleinen, niedlichen Dachgeschosswohnung – als Single«, würgte ich am Ende qualvoll heraus.

»Und was ist mit dir?«, fragte Vincent, kaum dass meine letzte Silbe verklungen war. Fast meinte ich einen eindringlichen, ja geradezu ungeduldigen Ton herauszuhören, der meine vorherigen Gedanken wie die alberne Kinderei eines eifersüchtigen Teenagers erscheinen ließ. »Wie ist es dir in den letzten Jahren ergangen?«

Ich hob den Kopf und traf erneut Vincents Blick. Ein weiteres Mal musste ich schlucken, nun jedoch wegen der Intensität, die ich in seinen Augen erkannte. Hatte gerade eben noch ein Funken Zweifel darüber bestanden, ob Vincent die Antwort auf seine letzte Frage überhaupt interessierte oder ob er nur aus Höflichkeit fragte, verpuffte dieser sofort.

»Ich habe das erste Jahr nach meinem Schulabschluss pausiert, weil ich nicht wusste, was ich mit meinem Leben anfangen wollte«, antwortete ich automatisch, fast wie unter Hypnose. »Jetzt studiere ich im vierten Semester Betriebswirtschaftslehre und wohne im Haus meiner Eltern. Nebenbei unterstütze ich Granny bei der Büroarbeit, die fürs Camp so anfällt«, fügte ich hinzu, als mir bewusst wurde, wie erschreckend unspektakulär und peinlich die Zusammenfassung meines Lebens klang. Und mit wie wenig Elan und Freude ich darüber sprach.

»Du studierst *BWL*?« Als Vincent das Kürzel über die Lippen kam, hörte es sich wie ein Schimpfwort an. Auch hatten sich seine Augen geweitet, was das Entsetzen und die Fassungslosigkeit in seinen Iriden besonders deutlich machte. »Wieso? Ich meine, warum ausgerechnet *Betriebswirtschaft*? Was ist aus deinem Traum geworden, Sängerin zu werden?«

Hitze schoss meine Wangen empor und ich fühlte mich, als hätte mich Vincent geschlagen. Dabei konnte ich nur schwer ausmachen, was mich härter traf: der anklagende Ton in seiner Stimme oder die

Frechheit, die sich dieser Kerl herausnahm, über meinen eingeschlagenen Lebensweg zu urteilen.

»Träume können sich ändern«, brachte ich in mühsam beherrschter Tonlage hervor und ballte die Finger fest um die Gabel in meiner Hand. Ich durfte jetzt auf keinen Fall eine Szene machen. »Gerade du solltest das verstehen. Immerhin warst du einst das Paradebeispiel für jemanden, der niemals ins Rampenlicht wollte. Und sieh an, womit du jetzt dein Geld verdienst.«

Betont ruhig legte ich das Besteck auf den Tisch und quetschte ein Bein zwischen Vincent und mir hindurch, um es über die Sitzbank zu schwingen. Nun saß ich ihm im Reitersitz gegenüber. Ich musste meine Finger um die Außenränder der Bank klammern, um mich davon abzuhalten, mein Gegenüber wie eine durchgedrehte Furie anzuspringen.

»Träume können sich ändern«, wiederholte ich bitter und mit einer unüberhörbaren Nuance Zorn in der Stimme. »Ebenso wie Menschen.« Nach einem letzten abschätzigen Blick erhob ich mich und verließ mit einem in Luisas Richtung gemurmelten »Ich geh nach Granny sehen« das Deli Corner.

Bad Liar

Imagine Dragons

VINCENT

Träume können sich ändern. Ebenso wie Menschen.

MacKenzies Worte hallten mir selbst am nächsten Morgen noch im Ohr wider, als hätte sie sie mir gerade eben erst hineingebrüllt. Dabei hatte sie gestern beim Abendessen ihre Stimme nicht einmal erhoben – was die ganze Sache nur noch schlimmer machte.

George und ich waren gerade mit unserem allmorgendlichen Sportprogramm beschäftigt und joggten durch den an das Camp angrenzenden Wald. Mein Bodyguard überwand dabei die auf dem Boden befindlichen Äste und Steine mit einem angeberischen Double-Knee-Jump, was seine geradezu ekelhaft gute Laune besonders hervorhob. Zu gern hätte ich ihn nach dem Grund für sein Sonnenscheingemüt gefragt, aber da George mich nicht auf meine schlechte Laune ansprach, schwieg auch ich.

Stattdessen fokussierte ich meine Gedanken zurück auf den gestrigen Abend, der so durchwachsen gewesen war, dass ich unaufhörlich an die einzelnen Ereignisse denken musste. Nach meiner Erleichterung, dass Granny ihren Absturz von der Bühne ohne jeglichen Schaden überstanden hatte, dominierte mein Gespräch mit MacKenzie, das ich durch meine große Klappe mit Vollkaracho gegen die Wand gefahren hatte, meinen Verstand.

Wie konnte man nur so ein Volltrottel sein?

Ich hatte zwar keine Ahnung, was ich getan hatte, um MacKenzie bereits vor meiner Ankunft hier im Camp gegen mich aufzubringen, aber die Möglichkeit, dass sie mir wegen meiner damaligen Gefühle für sie grollte, hatte ich inzwischen verworfen. Diese Begründung hätte vielleicht ihr Verhalten am Final-Jam-Abend erklärt, jedoch nicht ihren Zorn, der offenbar über all die Jahre hinweg gegoren hatte.

Und ich Idiot muss die ganze Situation auch noch schlimmer machen, indem ich ab der ersten Sekunde meiner Ankunft hier im Camp von einem Fettnäpfchen ins nächste stapfe!

George und ich beendeten unsere Joggingrunde und suchten uns ein sonniges Rasenplätzchen, um unsere Muskeln zu dehnen. Es war erst sieben Uhr, doch die Sonne war bereits aufgegangen und warf lange Schatten auf den Boden. In einer Stunde begann das Frühstück, das ich jedoch bereits überlegte ausfallen zu lassen, um MacKenzie nicht über den Weg laufen zu müssen. Dadurch, dass sie sich gestern nach dem Abendessen vom Lagerfeuer ferngehalten hatte, hatte sie sehr deutlich gemacht, dass sie mich noch immer nicht sehen wollte.

Um meinem überhitzten Verstand wie auch meiner schweißnassen Haut eine erfrischende Morgenbrise zu gönnen, zog ich mir das durchgeschwitzte Shirt über den Kopf und begab mich in Sit-up-Position. Ich hoffte, dass ein paar kräftezehrende Sportübungen meine Gedanken sowie MacKenzies von Gram gezeichnete Miene aus meinem Kopf vertreiben würden.

Mit geschlossenen Augen fokussierte ich mich voll und ganz auf mein Training, bis ich ein Kribbeln im Nacken wahrnahm. Jemand beobachtete mich.

Mitten in der Übung verharrend, wirbelte mein Kopf abrupt herum. Hatte irgendein überdreister Paparazzo tatsächlich sämtliche Warnhinweise und Klagedrohungen meiner Agentur ignoriert und sich auf dieses Privatgrundstück gewagt, um mich in einer vermeintlich kompromittierenden Lage abzulichten? War die Klatschpresse in den letzten Jahren nicht genug mit Geschichten über mich gefüllt gewesen?

Mein durch Kontaktlinsen unterstützter Blick stellte sich scharf und mir fiel ein Stein vom Herzen, als ich erkannte, dass ich nicht ins Objektiv einer Kamera schaute, sondern in ein paar mitternachtsblaue Augen.

MacKenzie stand vor dem Eingang des Deli Corner und hielt einen dampfenden Becher in den Händen. Ihre Kleidung bestand aus einem XL-Footballtrikot, das ihr bis zur Mitte der Oberschenkel reichte und den Eindruck erweckte, als trüge sie nichts darunter. Zusammen mit ihrem ungeschminkten Gesicht, das von ungekämmten Haarsträhnen umrahmt wurde, schien es, als wäre sie gerade erst aufgestanden.

Unsicher, wie ich mich verhalten sollte, wägte ich meine Möglichkeiten ab. Ich hätte zu ihr rübergehen können, um mich bei ihr wegen gestern zu entschuldigen. Aber abgesehen davon, dass ich verschwitzt war und dringend eine Dusche gebrauchen konnte, wollte ich sie nicht bedrängen – ganz gleich, wie stark der Wunsch, dem Grund ihrer Wut auf mich auf die Spur zu kommen, in mir brannte.

Wir schauten einander an, beide sichtlich ratlos, was wir tun sollten. Dann hob sich meine Hand ganz ohne mein Zutun und winkte sachte.

In der ersten Sekunde geschah nichts, aber schließlich reagierte MacKenzie. Sie runzelte die Stirn und ich verfluchte mich umgehend für meine Tat. Was hatte ich mir nur dabei gedacht? Doch noch während ich panisch überlegte, wie ich möglichst ohne weitere Katastrophe aus dieser Begegnung herauskommen sollte, löste sie ebenfalls eine Hand von ihrer Kaffeetasse und erwiderte mein Winken.

Ich glaubte, meine Augen spielten mir einen Streich. Aber selbst nach mehrmaligem Blinzeln änderte sich nichts an dem sich mir bietenden Bild, und meine Mundwinkel wagten sich minimal zu heben. Vielleicht hatte ich diesen Sommer doch noch nicht versaut, bevor er überhaupt richtig begonnen hatte.

Das Frühstück hatte sich seit meiner Ära als Camper nicht verändert. In einem Zeitfenster von neunzig Minuten konnte man sich im Deli Corner an einem reichhaltigen Buffet bedienen. Neben Brot und Brötchen, gekochten Eiern und Rührei mit Speck gab es auch Wurst, Käse, Marmelade, Honig, Joghurt und natürlich verschiedene Müsli- und Cornflakes-Sorten. Dazu standen Karaffen mit Saft, Milch und Kakao bereit. Auch an Tee und Kaffee war gedacht worden.

George und ich betraten als zwei der Ersten den Speisesaal. Das erklärte ich mir damit, dass die meisten Camper neu waren und die Wartezeit vor den Duschräumen unterschätzten. Aber auch von den Angestellten schienen nur Granny und zwei Kursleiter, Tomy und Luisa, zur Kategorie Frühaufsteher zu gehören. MacKenzie konnte ich jedenfalls trotz der Gewissheit, dass sie bereits wach war, nirgendwo entdecken. Dabei hatte ich es nach unserem Treffen vorhin kaum erwarten können, zum Frühstück zu kommen, in der Hoffnung, meinen Fauxpas von gestern geradezubügeln.

Darum bemüht, mir meine Enttäuschung nicht anmerken zu lassen, folgte ich George an den Angestelltentisch, wo wir uns neben die bereits Anwesenden setzten. Sofort knüpften wir an das gestrige Gespräch vorm Lagerfeuer an, und ich merkte erneut, wie angenehm es war, sich mit Leuten zu unterhalten, mit denen man dieselbe Leidenschaft teilte. Zwar war Tomy in etwa in Georges Alter, dennoch verstanden wir uns so gut, dass ich sein Angebot, ihn heute Nachmittag bei seinem Gitarrenanfängerkurs zu besuchen, sehr gern annahm. Auch Luisa, die mir gestern beim Abendessen ein wenig *zu* neugierig erschienen war, hatte sich als überaus lustige und herzliche Person herausgestellt.

Nach dem Essen und einer inspirierenden Unterhaltung über die

Wandlung des Rocks im Laufe der Jahrzehnte verriet uns Granny, welches Thema für die kommende Woche geplant war.

Grease!

Da es sich bei dem Klassiker um einen von MacKenzies Lieblingsfilmen handelte, überraschte mich diese Wahl nicht sonderlich. Viel eher weckte sie in mir die Frage, welchen Song Grannys Enkelin performen würde. Immerhin würde jede Mottowochenparty mit einem Angestelltenauftritt beginnen, um das Eis für die Kids zu brechen.

Granny und ich sprachen noch kurz über mein vereinbartes Konzert heute Abend, dann verließen George und ich den Speisesaal, um auf ihren Wunsch Farbeimer und Malerutensilien, die nach dem Frühstück für die Verschönerungsaktion benötigt wurden, aus dem Schuppen zu holen.

Draußen trafen wir auf MacKenzie, die zum Deli Corner gerannt kam, als sorgte sie sich, ihre liebste Müslisorte könnte bereits leer sein. Doch als sie uns bemerkte, blieb sie keuchend stehen.

»Oh, guten Morgen. Seid ihr schon fertig mit Essen?«, fragte sie und ich bildete mir ein, einen enttäuschten Tonfall aus ihrer Stimme herauszuhören.

Noch immer in das Trikot gekleidet, trug sie nun knappe Jeansshorts, in deren Bund der vordere Saum des Oberteils steckte. Ihre Haare waren noch nass, ich nahm an, vom Duschen, und zu einem lockeren Knoten gebunden. Sie hatte nur Wimperntusche aufgelegt und ich ertappte mich bei dem Gedanken, dass sie heute Morgen noch besser aussah als gestern mit dem ganzen Make-up. Gleichzeitig keimte in mir die Frage auf, ob das Trikot, das sie trug, ihrem Freund gehörte. Da ich erneut keinen Mann an MacKenzies Seite entdecken konnte, war es nicht unwahrscheinlich, dass sie seine Sachen anzog, um sich ihm auf diese Weise näher zu fühlen.

Die Vorstellung versetzte mir einen Stich.

»Ja, wir sind fertig«, antwortete George und holte mich zurück in die Gegenwart. Erst jetzt wurde mir bewusst, dass ich MacKenzie wie der letzte Idiot angestarrt hatte.

»Granny hat uns gebeten, die Malersachen aus dem Schuppen zu holen«, sagte ich, um nicht völlig grenzdebil zu erscheinen.

MacKenzie nickte und begann auf ihrer Unterlippe zu kauen. Dabei schaute sie umher, als wollte sie es tunlichst vermeiden, mir in die Augen zu sehen.

Einen Moment standen wir da und die Peinlichkeit der Situation wurde mit jeder Sekunde unangenehmer.

»Ähm, wir sollten dann mal gehen«, presste ich schließlich hervor. »Wir sehen uns bestimmt später.«

Erneut nickte MacKenzie, dann eilte sie in den Speisesaal, als könnte sie gar nicht schnell genug von hier wegkommen.

Mit gerunzelter Stirn sah ich ihr nach.

Scheiße! Warum musste das Leben nur so kompliziert sein?

Everything Has Changed

Taylor Swift & Ed Sheeran

MACKENZIE

Warum musste das Leben nur so scheiße kompliziert sein?

Während alle um mich herum plapperten, lachten und sich rundum wohlzufühlen schienen, stocherte ich appetitlos in meinem Müsli herum. Früher war es anders gewesen. Da war ich eine von ihnen gewesen. Fröhlich, stets gut gelaunt und voller Tatendrang. Und auch wenn es mir schwerfiel, es zuzugeben, hatte das unter anderem an Vincent gelegen. Seine Anwesenheit, unsere Gespräche und das gemeinsame Lachen mit ihm hatten die Zeit hier im Camp zu etwas Besonderem gemacht.

Doch jetzt?

Jetzt war alles so ... *wirr.*

Seufzend ertränkte ich meinen Löffel in der Müslischale und spielte gleichzeitig gedankenverloren an dem Notenschlüsselanhänger meiner Kette herum. Die letzten Wochen hatte ich mir eingeredet, dass ich die nötige Reife und Stärke besaß, um meinen Groll Vincent gegenüber zugunsten des Camps auszublenden. Doch unsere bisherigen Begegnungen hatten bewiesen, dass ich eine Meisterin darin war, mich selbst zu belügen. Denn tief sitzende Wut und das Gefühl, von jemandem verraten worden zu sein, dem man vertraut hatte, waren offenkundig nicht die einzigen Empfindungen, die über all die Jahre in mir gegoren und sich nun in mein Bewusstsein zurückgedrängt hatten. Da war auch etwas nicht genauer Benennbares, das eine unbestreitbare Anziehung zwischen Vincent und mir verursachte.

Dabei wollte ich nichts in diese Richtung empfinden. Nicht für ihn. Die Erinnerungen an unsere gemeinsame Zeit durften mich nicht noch einmal einlullen, sodass ich erneut Gefahr lief, die Augen vor der Wahrheit zu verschließen.

Verflixt! Wieso habe ich mich nur von Sadie breitschlagen lassen und Vincent angeschrieben?

Es hätte mir von Anfang an klar sein müssen, dass dies eine saudämliche Aktion war, die mir früher oder später entweder das Genick oder ein weiteres Mal das Herz brechen würde. Denn anstatt dass dieser vermaledeite Mistkerl seinen Mann stand und sich nach der langen Sendepause zwischen uns ein Herz fasste, um sich für sein Verhalten aus der Vergangenheit zu entschuldigen, besaß er die Frechheit, mich wegen meines eingeschlagenen Lebenswegs zu verurteilen.

Klar, für Mister Superstar ist es leicht, von seinem hohen und mit Platin-CDs besetzten Ross auf andere herabzublicken. Aber leider hat nicht jeder das Glück, einfach in den Tag hineinzuleben, ohne sich Gedanken über die Zukunft machen zu müssen.

Seufzend schob ich mir einen Löffel Müsli in den Mund. Wie gern hätte ich Vincent für all das Negative gehasst, das ich seinetwegen hatte durchmachen müssen. Aber leider war das nicht so einfach. Anstatt dass der Blödmann mit Arroganz, Selbstverliebtheit und Starallüren um sich schmiss, hatte ich gestern mit eigenen Augen mit ansehen müssen, wie er sich Granny und den anderen Camp-Angestellten ebenso wie den Kids gegenüber verhalten hatte. Warmherzig, fürsorglich und aufrichtig interessiert.

Ich seufzte innerlich auf. Bis zu jenem Abend vor sechs Jahren hätte ich ohne Probleme sagen können, wer Vincent Kennedy war. Doch mittlerweile war ich mir nicht sicher, ob ich den wahren Vincent jemals wirklich gekannt hatte. Ganz zu schweigen davon, dass ich unmöglich sagen konnte, wie er sich im Laufe der letzten Jahre verändert hatte.

Ebenjener inneren Zerrissenheit war es auch geschuldet gewesen, dass ich die halbe Nacht wach gelegen und dem Engel und dem Teufel auf meiner Schulter gelauscht hatte, die unaufhörlich Vincents Vorzüge beziehungsweise Nachteile aufgelistet hatten, bis ich meine eigenen Überlegungen nicht länger ausgehalten hatte und heute Morgen aus dem Bett geflüchtet war. Und zwar noch in meinen Schlafklamotten, die aus rosafarbenen Seidenshorts und einem Footballtrikot bestanden, das mir Sadie nach dem Ende ihrer Affäre mit einem Profispieler aus der NFL überlassen hatte. Eigentlich hatte ich nur vorgehabt, meine übermüdeten Hirnzellen mit einem heimlich hinter Mikes Rücken gemopsten Kaffee und ein wenig frischer Luft aus ihrem Zombiezustand zu locken. Doch dann war ich auf Vincent und George gestoßen – ungeschminkt, mit Frisch-aus-dem-Bett-Frisur und vom Schlaf verknitterten Klamotten.

Peinlicher ging es fast gar nicht mehr.

Aber eben nur fast.

Denn während ich noch unentschlossen dagestanden und darüber gegrübelt hatte, wie ich mich Vincent gegenüber zukünftig am klügsten verhalten sollte, hatte mein Unterbewusstsein begonnen, seinen nackten Oberkörper zu betrachten, der schweißfeucht im Sonnenschein geglänzt hatte, als wäre er mit Öl eingerieben worden.

Und natürlich hatte meine Anwesenheit genau dann auffliegen und Vincent sich zu mir herumdrehen müssen.

Mein Herz hatte noch nie so stark gepocht und fast hatte ich geglaubt, es würde mir jeden Moment aus der Brust hüpfen.

Doch je länger wir einander angesehen hatten, umso deutlicher war mir Vincents Reaktion auf mich bewusst geworden. Er hatte mich angesehen. Einfach so. Ganz simpel.

Weder hatte er überheblich gegrinst noch irgendwelche machohaften Sprüche von sich gegeben. Er hatte nicht einmal den Eindruck erweckt, als wäre es ihm unangenehm oder peinlich gewesen, dass er beim Training beobachtet worden war. Stattdessen hatte er die Hand gehoben und mir zugewunken.

Ganz zart und vorsichtig, als wüsste er nicht so recht, ob diese Art von Geste angebracht war.

Die Schamesröte in meinen Wangen hatte sich zu verflüchtigen begonnen und mein Wunsch, auf der Stelle im Erdboden zu versinken, war ihr gefolgt. Auch sämtliche Überlegungen der letzten Nacht, wie zum Beispiel mir ein Bein zu brechen, um eine Ausrede zu haben, das Camp verlassen zu können, waren zum Erliegen gekommen. Stattdessen hatte sich mir der Gedanke aufgedrängt, dass ich vielleicht bisher keine Ahnung gehabt hatte, wer Vincent war, aber dass das nicht zwangläufig so bleiben musste. Denn auch wenn ich mich in der Vergangenheit oft mit der Frage beschäftigt hatte, wieso er mich verraten hatte, war mir niemals eine plausible Erklärung in den Sinn gekommen.

Das ist meine Chance, endlich die Wahrheit zu erfahren und mit der Vergangenheit abzuschließen.

Also hatte ich all meinen Mut zusammengenommen, meinen Ärger hinuntergeschluckt und Vincents Winken erwidert.

»MacKenzie, Liebes?« Grannys Stimme lotste mich aus meiner Grübelei. »Könntest du mir einen Gefallen tun und die Aufsicht über die Kinder übernehmen, die sich für die Kunstarbeiten an der ersten Hütte eingetragen haben?« Meine Grandma, die neben Luisa und Tomy saß, sah mich mit sanftem Ausdruck an. »Ich habe gestern Abend noch einen wichtigen Telefontermin reinbekommen, der in fünfzehn Minuten beginnt. Und ich würde die Kids ungern gleich am ersten Morgen vertrösten müssen.«

»Klar, kein Problem«, erwiderte ich automatisch und meine unbewusst angespannten Schultern lockerten sich umgehend. Ein Teil von mir hatte befürchtet, dass Granny mich bitten würde, einen der Musikkurse zu übernehmen, obwohl sie genau wusste, dass ich seit Pops' Tod weder Songs geschrieben noch eine Gitarre in den Händen gehalten hatte.

»Ich danke dir.« Auf ihrem Gesicht breitete sich ein warmherziges Lächeln aus, während es in ihren Augen verschmitzt funkelte. »Ich komme auch so schnell nach, wie ich es schaffe. Aber ich bin mir sicher, du und Vincent, ihr werdet alles ganz prima im Griff haben.«

Der zweite Löffel Müsli, den ich mir gerade in den Mund geschoben hatte, drohte mir, begleitet von einem Hustenanfall, wieder von der Zunge zu springen.

Wie bitte?

Vincent sollte mir helfen? Ich hatte gedacht, er war hergekommen, um mit den Kids Musik zu machen!?

Ich kaute um mein Leben, um meine Gedanken – inklusive Veto – hervorzubringen. Aber je mehr ich mit meinen Zähnen malmte, umso mehr dehnte sich das Essen in meinem Mund aus. Als Tomy Granny dann auch noch in ein neues Gespräch verwickelte, war meine Chance, meinen Einwand vorzubringen, verstrichen.

Ich schluckte die Worte samt Müsli hinunter und ließ kraftlos die Schultern hängen. Wie es schien, hatte das Schicksal beschlossen, mir bei meinem heute früh gefassten Plan ein wenig unter die Arme zu greifen. Unabhängig davon, ob ich dafür bereit war oder nicht.

Nach dem Frühstück eilte ich zurück in meine Hütte, um mich umzuziehen. Da meine Garderobe zum Großteil aus von Sadie geliehenen Sachen bestand, war es schwer, etwas zu finden, das nicht den Eindruck erweckte, als käme ich frisch von einer durchzechten

Partynacht. Doch schließlich entdeckte ich das marineblaue Camp-T-Shirt. Es war zwar etwas knapp, aber in der aktuellen Lage meine beste Option.

Mich selbst dafür verfluchend, Sadies Plan zugestimmt zu haben, Vincent mit aufreizender Kleidung unter die Nase zu reiben, was ihm in den letzten Jahren entgangen war, beschloss ich, während ich das Trikot gegen das Shirt tauschte, heute Nachmittag im Haus meiner Eltern meine gewohnten Klamotten einzupacken. Auch wenn mich die Hin- und Rückfahrt den gesamten Nachmittag kosten würde.

Nach einer Nachricht an meine Eltern, in der ich sie über meinen späteren Besuch informierte, schickte ich auch Sadie eine Sprachnachricht. Ich erkundigte mich nach ihrer Großmutter und berichtete ihr von meinem Treffen heute Morgen mit Vincent. Anschließend flocht ich meine noch feuchten Haare zu einem Zopf und begab mich mit einer zehnmütigen Verspätung zur Dance-Hall-Kurshütte, die als Erstes für einen neuen Anstrich auserkoren worden war.

Ein gutes Dutzend Camper verschiedener Altersklassen erwartete mich – oder besser gesagt, hätte mich erwartet, hätte die Aufmerksamkeit aller Anwesenden nicht auf Vincent gelegen, der ein Stück abseits stand und stur auf sein Handy starrte.

Unsicher, was ich von diesem Bild halten sollte, nahm ich ihn näher in Augenschein. Lässig lehnte er rücklings an der Hüttenwand, einen Fuß gegen das Holz gestützt. Sein Gesicht war größtenteils von seiner Sonnenbrille verdeckt, trotzdem meinte ich einen angespannten Zug um seine Mundwinkel zu erahnen.

Die Frage verdrängend, was ihm wohl so früh am Morgen bereits die Laune verhagelt hatte, widmete ich mich den Campern.

»Guten Morgen. Ich freue mich, dass so viele von euch Interesse an den Malerarbeiten haben. Für alle, die mich noch nicht kennen: Ich bin MacKenzie Jordan und ich darf euch heute dabei helfen, die erste Hütte anzupinseln.« Mit jedem Wort, das meinen Mund verließ, beruhigte sich mein nervositätsbedingtes Herzrasen und es gelang mir sogar, Vincent zu ignorieren, der mich trotz Sonnenbrille unleugbar anschaute.

»Da ich davon ausgehe, dass ihr im Laufe der nächsten Tage noch zur Genüge mit peinlichen Kennenlernspielchen gefoltert werdet, schlage ich vor, wir überspringen diesen Punkt und kommen gleich zur Sache. Immerhin sind wir alle aus demselben Grund hier, nicht wahr?« Augenzwinkernd deutete ich mit einer ausschweifenden Handbewegung zur Seite, wo sich zu Vincents Füßen diverse Farbeimer, Planen, Kittel, Putzlappen, Schalen, Pinsel und Farbrollen tummelten.

Einige Camper begannen zu kichern, andere liefen tomatenrot an. Irritiert, was der Grund für diese Reaktion war, folgte ich den Blicken der Kids – und wünschte mir auf der Stelle eine Verschiebung der Erdplatten, um in einem der daraus resultierenden Löcher verschwinden zu können.

Meine noch immer in der Luft schwebende Hand deutete wie eine Wünschelrute zielgerichtet auf Vincents Schritt.

Hitze schoss mir die Wangen empor und ich sah unweigerlich nach oben, als wäre die Peinlichkeit des Moments erst perfekt, wenn ich Vincents deutlich erheitertes Grinsen gesehen hatte.

Da mein Wunsch nach einem Erdbeben oder einer anderen ablenkenden Naturkatastrophe nicht erhört wurde, blieb mir nichts anderes übrig, als so zu tun, als wäre dies gerade nicht wirklich passiert.

Eine kaum zu lösende Mammutaufgabe.

Räuspernd deutete ich hinab auf die Farbeimer, die ich eigentlich gemeint hatte, und sprach schnell weiter.

»Wie Granny gestern bereits erwähnte, sind eurer Kreativität keine Grenzen gesetzt«, plapperte ich mit Minnie-Mouse-Stimme. »Ihr könnt pinseln, streichen und malen, wie und was ihr mögt. Trotzdem bitte ich euch, bleibt anständig und fair. Wir sind ein Musikcamp. Hier werden anzügliche oder beleidigende Schmierereien nicht geduldet.«

Einige der älteren Camper, denen die Ironie meiner Worte natürlich nicht entgangen war, rollten kichernd mit den Augen, was meine ohnehin glühenden Wangen in leuchtende Lava verwandelte.

»Nun wünsche ich uns allen viel Spaß«, presste ich hervor und schloss tief durchatmend die Lider.

Lieber Gott, wieso tust du mir das an?!

Welcome to My Life

Simple Plan

VINCENT

Lieber Gott, ich danke dir!

Nach MacKenzies Ansprache begannen die Anwesenden die Maler-Utensilien unter sich zu verteilen. Ich schloss mich ihnen mit schlagartig gebesserter Laune an, nachdem ich mein Handy in meine Hosentasche gesteckt und die Sonnenbrille in die Haare geschoben hatte.

Vermutlich war es unfair, mich über das Fettnäpfchenbad von Grannys Enkelin zu amüsieren. Aber diese vermeintliche Peinlichkeit hatte mir so abrupt den Morgen versüßt, dass ich nichts gegen mein Grinsen unternehmen konnte. Es glich einem Wunder, dass es nach der Mail, die ich kurz nach dem Frühstück von meiner Agentin erhalten hatte, noch etwas gab, das mir die Laune retten konnte.

Darum bemüht, mein Grinsen nicht allzu offensichtlich zu präsentieren, half ich einer jüngeren Camperin dabei, einen großen Farbeimer zu öffnen und den Inhalt in eine kleinere Schale umzufüllen. Dass mein Blick dabei verstohlen zu MacKenzie glitt, lag außerhalb meiner Kontrolle. Ich konnte einfach nicht anders. Ihre geröteten Wangen waren zu niedlich, um sie nicht anstarren zu wollen.

»Ich weiß, dass dich Granny darum gebeten hat, hier auszuhelfen«, richtete MacKenzie das Wort an mich und kam zögerlich auf mich zu. Ich hatte gerade einem anderen Mädchen – ich glaubte, ihr Name sei Matilda – geholfen, einen der Kittel anzuziehen, bei denen es sich meiner Vermutung nach um Altkleiderspenden älterer Herren handelte, da ich vor allem in die Jahre gekommene Flanellhemden entdeckte. »Aber du musst nicht bleiben. Du bist schließlich nicht hergekommen, um das Camp zu renovieren.«

Mit zusammengezogenen Augenbrauen musterte ich MacKenzie. Versuchte sie mir gerade auf höfliche Weise klarzumachen, dass sie mich nicht in ihrer Nähe haben wollte? Hatte ich mir die hauchfeine Annäherung zwischen uns heute Morgen etwa nur eingebildet?

Ich weigerte mich, das zu glauben oder zu akzeptieren.

»Ich fühle mich nicht verpflichtet«, erwiderte ich. »Im Gegenteil sogar. Als mich Granny gefragt hat, ob ich gemeinsam mit dir die Aufsicht übernehmen will, war ich ihr dankbar.«

MacKenzie krauste die Stirn und mir wurde bewusst, dass ich mich verplappert hatte.

»Ich meine«, lachte ich verlegen und rieb mir den Nacken, »ich bin Granny für die Möglichkeit dankbar, mal etwas anderes mit meinen Händen anzustellen, als nur auf meiner Gitarre zu spielen. Tomy und Luisa haben mich zu ihren heutigen Nachmittagskursen eingeladen. Und dann steht am Abend noch das Konzert an. Ich bin also ganz froh, wenn ich nicht den ganzen Tag an den Saiten meines Instruments klebe.«

MacKenzie nickte und ein undefinierbarer Ausdruck huschte über ihr Gesicht. Es war eine Mischung aus Überraschung, Erleichterung, Verständnis und … sah ich da eine Nuance Enttäuschung?

»Zudem«, fügte ich hinzu, um nicht allzu intensiv über diese Möglichkeit nachzudenken, »wäre es den Kids gegenüber nicht fair, wenn ich einfach abhaue. Ein paar von ihnen wollten mich vorhin ansprechen, aber ich …« *Habe mich wie ein egoistischer Mistkerl hinter meinem Handy verschanzt.* »… war mit den Gedanken woanders.«

Ich schaute über MacKenzies Schulter zu der Truppe Camper,

die mit dem Malen begonnen hatte. Die meisten von ihnen waren in die Arbeit vertieft, aber zwei Mädchen – diejenigen, die vorhin schüchtern mit ihren Handys auf mich zugekommen waren – schauten zu uns herüber, als hätten sie mitbekommen, dass ich über sie sprach. Umgehend schenkte ich ihnen ein freundliches Lächeln, das sie strahlend erwiderten.

Als ich mich wieder MacKenzie widmete, blickte sie zwischen den Mädchen und mir hin und her. Ihre Miene war ungewohnt schwer zu lesen.

»Gut, dann wäre das ja geklärt.« Sie nickte knapp, dann begab sie sich mit einem Pinsel und einem Eimer, gefüllt mit lindgrüner Farbe, zu einem der Hüttenfenster. Ohne zu zögern, folgte ich ihr.

Kurz wirkte sie verblüfft, doch dann begann sie mit der Arbeit und ich machte es ihr nach. Die Stimmung zwischen uns war noch immer steif, aber ich war bereit, mich der Herausforderung zu stellen und die Lage zwischen uns zumindest so weit aufzulockern, dass ich es wagen konnte, sie auf unsere Vergangenheit anzusprechen.

Einige Zeit werkelten wir schweigsam nebeneinander, während Musik, Gesang, Gesprächsfetzen sowie Gelächter aus allen Himmelsrichtungen zu uns herüberwehten. Lieder aus unterschiedlichen Genres vermischten sich zu einem musikalischen Kauderwelsch, das durch die in den verschiedenen Kursen falsch gespielten und schief gesungenen Töne der Camper besonders disharmonisch wirkte.

Gott, wie sehr hatte ich diesen Sound vermisst!

Das Bedürfnis, meine glückseligen Erinnerungen an unsere gemeinsame Campzeit mit MacKenzie zu teilen, ließ mich den Kopf zu ihr herumdrehen. Dabei bemerkte ich, dass sie mich beobachtete.

»Ähm, wo ist eigentlich George?«, fragte MacKenzie, als hätte sie mich nur angesehen, um diese Information zu erhalten. »Sollte er als dein Bodyguard nicht ununterbrochen an deiner Seite sein und dich vor Gefahren schützen?«

»Meinst du Gefahren wie, dass ich mich für den falschen Farbton entscheiden könnte?« Meine Mundwinkel kräuselten sich und ich tunkte meinen Pinsel demonstrativ in ihren Farbeimer, ehe ich mich meinem Fensterrahmen und den dazugehörigen Fensterläden widmete. »Nein, du hast natürlich recht. Normalerweise weicht mir George nicht von der Seite. Aber gerade weiß ich tatsächlich nicht, wo er sich rumtreibt, weil ich ihm heute bis zum Abendessen freigegeben habe.«

MacKenzie blickte mich fragend an. Interessierte sie sich etwa für mein Leben?

»Ich liebe George«, erklärte ich. »Er ist wie ein Bruder für mich. Aber gelegentlich, vor allem in Situationen wie diesen, wo wir einander nicht einmal nachts aus dem Weg gehen können, brauche ich eine Pause von meinem Schatten. Und er ebenso von mir. Aus diesem Grund habe ich auch nicht gewollt, dass George mich hierher begleitet. Aber ich konnte Morgan, meine Agentin, nicht davon überzeugen, ihm während meines Aufenthalts bezahlten Urlaub zu gewähren.« Ich zuckte mit den Schultern. »Keine Ahnung, wovor sie sich fürchtet. Vielleicht, dass ich eine plötzliche Amnesie erleide, mich für ein Eichhörnchen halte und im Wald wohnen bleibe.«

Obwohl meine Worte witzig gemeint waren, schwang eine deutlich vernehmbare Nuance Missmut darin mit. Mir war bewusst, dass Morgan nur mein Wohl im Sinn hatte. Dennoch war mir ihre Fürsorge in manchen Belangen ein wenig zu viel. Ich war mir sicher, würde sie erfahren, dass ich George ab und zu von seinen Pflichten befreite und ohne ihn unterwegs war, würde er seinen Job verlieren. Und mich würde Morgan mit Handschellen an seinen Nachfolger ketten.

»Aber vermutlich ist ihre Sorge berechtigt, wenn man bedenkt, dass sie sowohl meine Agentin als auch meine Tante ist«, setzte ich hintenan, um das schlechte Gewissen zu dämpfen, das meine gehässigen Gedanken geweckt hatten.

MacKenzie, die sich inzwischen ebenfalls ihrer Arbeit gewidmet hatte, sah überrascht zu mir herüber. Doch dankenswerterweise verfolgte sie das Thema nicht weiter, weshalb auch ich in Schweigen verfiel.

Still gingen wir unserer Tätigkeit nach und mit jeder verstrichenen Sekunde wurde mir ein Stück mehr bewusst, wie sehr ich MacKenzies Gegenwart vermisst hatte. Das Schweigen zwischen uns war zwar noch immer ungewohnt beklommen, völlig anders als früher, aber allein ihre Präsenz wahrzunehmen, wirkte sich positiv auf mich aus. Ich fühlte mich sehr viel ruhiger und geerdeter.

»Hör mal«, ergriff ich das Wort, als ich die Stille zwischen uns nicht länger ertrug. Es war nicht richtig, nicht mit MacKenzie zu reden, obwohl sie unmittelbar neben mir stand. Fast als müsste ich viel zu lange die Luft anhalten. »Es tut mir leid, wie ich gestern auf deine Studienwahl reagiert habe. Ich habe kein Recht, irgendeine deiner Entscheidungen infrage zu stellen. Das war falsch von mir.«

Sie drehte ihren Kopf in meine Richtung und erneut las ich Verblüffung an ihren großen Augen ab. Die Gewissheit, dass sie meine Entschuldigung derart überraschte, bestätigte meinen Gedanken, dass sie eine verdammt schlechte Meinung von mir haben musste.

»Schwamm drüber«, sagte sie dann und lächelte. *Lächelte.* »Ich habe ebenfalls überreagiert. Das vorangegangene Telefonat mit Sadie und dann später Grannys Sturz haben mich ziemlich mitgenommen. Normalerweise gehe ich nicht wie eine Furie auf andere los.«

Erleichterung überkam mich und ließ meine Mundwinkel gen Ohren wandern. »Schon vergessen.«

MacKenzie und ich sahen einander an, dann zwang ich meinen Fokus zurück auf die Holzhütte.

Einige Minuten verstrichen, die wir, jeder in seine eigenen Gedanken versunken, still vor uns hin arbeiteten. Obwohl das Schweigen zwischen uns dieses Mal angenehmer war, spürte ich weiterhin die Enge in meiner Brust, die sich stetig verstärkte, bis ich den Druck nicht mehr aushielt und das Erstbeste sagte, was mir in den Sinn kam.

»Ich bin übrigens froh, dass der Grund für deine Betroffenheit gestern Abend kein Streit mit deinem Freund gewesen ist.« Kaum hatten die Silben meinen Mund verlassen, wünschte ich mir, ich könnte sie zurücknehmen. Wieso im Namen von Kurt Cobain hatte ich das gesagt?

MacKenzie schienen meine Worte ähnlich zu verwirren, denn sie sah mich an, als wüsste sie nicht, wovon ich sprach.

»Mein Freund?«, hakte sie nach und klang dabei merkwürdig irritiert. Hatte sie etwa vergessen, dass sie mir von ihrer Beziehung berichtet hatte?

»Ja, nein, du weißt schon.« Hitze schoss in mein Gesicht und ich bereute es, den Mund aufgemacht zu haben. Ich wollte MacKenzie weder ein weiteres Mal auf den Schlips treten, noch wollte ich mit ihr über diesen Typen sprechen. Aber ich konnte mein Mundwerk nicht davon abhalten, immer weiterzuplappern.

»Vergiss es. Ich hätte nicht davon anfangen sollen. Dein Privatleben geht mich nichts an. Das weiß ich. Auch wenn ich anscheinend nicht aufhören kann, diese Grenze zu übertreten.« Schnell widmete ich mich wieder meinen Fensterläden. In betont gleichmäßigen Bewegungen führte ich den Pinsel auf und ab, in der Hoffnung, dass sich meine innere Unruhe ein Beispiel daran nehmen würde. »Ich wollte nur sagen, dass es mich freut, dass deine Beziehung offenbar gut läuft.« *Was zur Hölle rede ich da eigentlich? Mayday! SOS! Wieso hilft mir denn niemand?*

»Du hast es verdient, glücklich zu sein. Das ist alles, was ich damit sagen wollte«, schloss ich meinen grenzenlos peinlichen Monolog und wünschte mir nicht zum ersten Mal in den letzten vierundzwanzig Stunden, dass mich ein Erdrutsch von der Bildoberfläche tilgte.

MacKenzie starrte mich an, als wüsste sie nicht, ob sie mich einweisen oder bemitleiden sollte. Erst als sie sich ebenfalls ihrem Fensterrahmen zuwandte, erinnerte ich mich wieder daran, wie man atmete.

»Sadies Grandma liegt im Krankenhaus«, sagte sie auf einmal, vermutlich darum bemüht, das Thema zu wechseln. Dabei klang sie merkwürdig angespannt. »Gestern Abend, als ich mit Sadie telefoniert habe, sagte sie mir, dass es nicht gut um ihre Grandma steht.« Ihre Stimme war beim Sprechen immer dünner geworden, bis sie am Ende brach.

MacKenzie kehrte mir den Rücken zu und tat so, als suchte sie etwas auf dem Boden. Vermutlich einen Lappen, um ihre mit Farbe beschmierten Finger sauber zu wischen. Aber ihre hochgezogenen Schultern und ihre ungelenke Körperhaltung verrieten, dass sie um Fassung rang. Man musste kein Genie sein, um zu erraten, dass die schwere Zeit ihrer Freundin MacKenzie an ihren eigenen Verlust von vor sechs Jahren erinnerte.

Der Wunsch, sie tröstend in den Arm zu nehmen, flammte in mir auf. Leider war ich nicht in der Position, ihr auf diese Weise nah zu sein, weshalb ich mich zur Ablenkung meiner Arbeit widmete. Dabei kam ich nicht umhin, mich zu fragen, was gerade geschehen war. Hatte MacKenzie sich mir emotional geöffnet? Bei den Saiten meiner Gitarre, ich hatte keine Ahnung, was ich davon halten oder wie ich darauf reagieren sollte.

Nachdem sich MacKenzie wieder gefangen hatte, begab sie sich zurück an den Fensterrahmen und dieses Mal drängte ich sie nicht zu einem Gespräch. Stattdessen nutzte ich die Gelegenheit und ließ meine Gedanken zu Sadie wandern. Da ich sie das letzte Mal vor sechs Jahren gesehen hatte, erschien das Bild eines frisch sechzehn Jahre alt gewordenen Mädchens vor meinem geistigen Auge, das kurze Haare sowie viel zu weit geschnittene Hosen und T-Shirts trug. Obwohl sie und MacKenzie augenscheinlich wie Tag und Nacht gewesen waren, waren sie unzertrennlich gewesen. Wie Pech und Schwefel hatte man nur selten eine von ihnen allein angetroffen.

»Das mit Sadies Großmutter tut mir leid. Aber ich finde es toll, dass ihr beiden noch immer so eng miteinander befreundet seid. So was ist selten.«

MacKenzie nickte, als traute sie ihrer Stimme nicht. Erst nach mehrmaligem Räuspern ergriff sie das Wort.

»Hast du noch Kontakt zu jemandem von früher?«, fragte sie, vermutlich um den Fokus des Gesprächs von sich zu lenken. Bereitwillig kam ich ihrem Wunsch nach.

»Nur zu Hendrik und –« Ich unterbrach mich. Dakotas Name lag mir auf der Zunge, doch etwas hielt mich davon ab, ihn laut auszusprechen. MacKenzie anzulügen war das Letzte, was ich wollte. Aber Dakota hatte mir anvertraut, dass sie und ihre ehemaligen Hüttenmitbewohnerinnen nicht so gut miteinander ausgekommen waren, wie ich immer angenommen hatte. Und das Einzige, was ich noch weniger wollte, als MacKenzie anzulügen, war, sie in ihrer aktuellen Verfassung vor den Kopf zu stoßen.

»Nur zu Hendrik«, schloss ich meinen Satz und verstärkte den Griff um den Pinsel.

MacKenzie warf mir unter zusammengezogenen Augenbrauen einen Blick zu. Fast schien es, als wüsste sie, dass ich nicht ganz ehrlich zu ihr war.

»Klar, es muss schwer sein, Freundschaften aufrechtzuerhalten, wenn man ständig durch die Weltgeschichte tourt oder Tag und Nacht im Aufnahmestudio verbringt.« Ihre Stimme hatte sich gewandelt. Ebenso wie ihre Körpersprache zeugte sie von Kälte und Distanziertheit.

Irritiert über den abrupten Temperaturabfall zwischen uns, versuchte ich, an ihren Augen zu erkennen, was der Grund für ihre plötzliche Reserviertheit war. Doch es gelang mir nicht. Stattdessen verspürte ich aufgrund ihres latent provokanten Tons meine eigene Wut und Enttäuschung von früher hochkochen.

Wie kann sie mir vorhalten, dass ich keinen Kontakt mehr zu den Leuten aus dem Camp habe, wenn sie selbst dazu beigetragen hat, dass unsere Verbindung zerbrochen ist?

»Hendrik und ich sehen uns jobbedingt nicht sehr oft, das stimmt«, sagte ich mit hartem Ton und wandte mich nach vorn zu dem erst halb fertig gestrichenen Fensterladen. »Aber wir telefonieren oder texten jeden Tag miteinander. Wenn einem die Freundschaft wichtig genug ist, dann schafft man es, selbst unter schwierigsten Bedingungen den Kontakt aufrechtzuerhalten.«

Der Seitenhieb war mir ungewollt über die Lippen gekommen, aber ich hätte ihn nicht zurücknehmen wollen, selbst wenn ich gekonnt hätte. Stattdessen stach ich noch fester in das Hornissennest.

»Leider teilt nicht jeder diese Meinung. Es soll Leute geben, die lieber alle Brücken hinter sich abbrechen, indem sie andere auf grausame Art vor den Kopf stoßen.«

MacKenzie stieß ein abfälliges Schnauben aus, das mich unweigerlich zu ihr schauen ließ. Als sie keine Anstalten machte zu antworten, hob ich fragend eine Augenbraue.

»Ach, sorry, du meintest das ernst?!« Sie lachte affektiert und widmete sich wieder ihrem Streichprojekt. Genauso gut hätte sie mich ohrfeigen können. »Ja, nein, du hast natürlich recht. Freundschaften pflegen anstatt Leute vor den Kopf stoßen ist genau dein Ding. Absolut. Und es freut mich zu hören, dass sich deine Wertvorstellungen durch dein Leben im Rampenlicht nicht verändert haben. Aber natürlich verstehe ich, dass man als Berühmtheit nicht mehr die Zeit und Muße besitzt, sich um alles und jeden zu kümmern, dem man zuvor das Gefühl gegeben hat, wichtig zu sein. Man muss seine Prioritäten neu setzen, keine Frage.«

Ich starrte MacKenzies Profil an, unsicher, wie ich ihren Angriff werten sollte. Wollte sie mir durch die Blume verdeutlichen, dass sie sauer war, weil ich beim Final Jam ohne sie aufgetreten war und mir dadurch einen Namen in der Musikbranche erarbeitet hatte? Aber was wäre die Alternative gewesen? Schließlich hatte *sie mich* versetzt. Hätte ich all unsere Mühen in den Wochen davor einfach so in den Wind schießen und wie ein getretener Hund abziehen sollen? Das war Irrsinn! Im Nachhinein war ich ziemlich froh darüber, dass mich Dakota vom Auftreten überzeugt hatte. Wer weiß, wie sich dieser Abend sonst auf mein Selbstwertgefühl ausgewirkt hätte.

Ich malmte mit den Kiefern, als mir eine andere Option in den Sinn kam, worauf MacKenzie womöglich anspielte.

*Denkt sie, ich hätte mich nicht genug um sie und unsere Freund-
schaft bemüht?*

Glaubte sie, dass sie mir nicht *wichtig* genug gewesen war?

In meiner Brust trommelte es und ich spürte, wie sich Hitze in
mir ausbreitete. Am liebsten hätte ich MacKenzie hier und jetzt auf
jenen verhängnisvollen Abend angesprochen und sie mit ihrem Verrat konfrontiert. Doch leider gab es zu viele Zeugen, die nicht Teil
dieses Gespräch werden sollten.

»Ich weiß nicht, welche Vorstellungen du vom Leben im Rampenlicht hast«, ergriff ich mit betont beherrschter Miene das Wort.
»Aber es stimmt, dass man auf seine Prioritäten achten muss, weil
man ansonsten keine Woche in diesem Haifischbecken überleben
würde. Denn obwohl ich seit zwei Jahren nicht mehr auf Tour und
seit Monaten nicht mehr im Studio gewesen bin, bedeutet das nicht,
dass ich einen gigantischen Freundeskreis besitze. Wenn man sich
eine gewisse Bekanntheit erarbeitet hat, ist es tatsächlich schwer herauszufinden, wann jemand mit einem aus aufrichtiger Sympathie
befreundet sein will und wann nur aus der Hoffnung, sich dadurch
einen Vorteil zu erschleichen.«

Ich projizierte mein gesamtes Adrenalin auf den Pinsel in meiner
Hand, bis dieser drohte durchzubrechen. Schnell nahm ich zwei tiefe
Atemzüge, um meine Emotionen wieder in den Griff zu bekommen.

»Es ist wie mit allem im Leben. Auch Berühmtsein hat Vor- und
Nachteile. Man muss sich klarmachen, was für einen überwiegt. Das
Positive oder das Negative. Ich für meinen Teil habe gelernt, dass
mir ein enger Personenkreis, auf den ich mich zu einhundert Prozent
verlassen kann, sehr viel wichtiger ist als eine ellenlange Kontaktliste im Handy.«

»Dann ist also einer der Auserwählten aus deinem engen Personenkreis der Grund dafür, dass du vorhin so angespannt gewirkt
hast?«, fragte MacKenzie plötzlich und der schlagartige Themenwechsel traf mich so unvorbereitet, dass ich kurzzeitig die Kontrolle
über meine Mimik verlor. Verdutzt sah ich sie an. Dass ihr meine

schlechte Laune nicht entgangen war, überraschte mich nicht. Dass sie mich jedoch so direkt und fast schon provokant darauf ansprach, hingegen schon.

»Kann man so sagen«, gestand ich. Ihre geradezu hetzerische Art verunsicherte mich im selben Maß, wie sie mich anstachelte. Wie gern hätte ich die Fesseln gesprengt, die mein PR-Team jahrelang Stück für Stück enger gezogen hatte, wenn es um mein Auftreten in der Öffentlichkeit ging. Aber je drängender dieses Verlangen in mir wurde, umso deutlicher begann ich zu realisieren, dass MacKenzie mich nicht aus einer Laune heraus aus der Reserve zu locken versuchte. Sie hatte sich durch ihr emotionales Bekenntnis wegen Sadies Grandma auf unbekanntes und uneinsehbares Terrain vorgewagt und suchte nun verzweifelt einen Weg, das Ungleichgewicht zwischen uns zu korrigieren.

Sie will, dass ich mich ihr ebenfalls emotional öffne.

Das Handy in meiner Hosentasche wog plötzlich eine Tonne. Ich hatte bisher niemandem von Morgans Mail erzählt. Nicht einmal George oder Hendrik. Und jetzt sollte ich sie ausgerechnet MacKenzie zeigen? Der Person, die vermutlich als einzige *nicht* von dieser Nachricht Kenntnis erlangen sollte?

Aber welche Wahl blieb mir? Wenn ich sie nicht von mir stoßen und damit sämtliche Hoffnungen auf eine Aussprache zunichtemachen wollte, musste ich ihr ein Zeichen meines guten Willens bieten. Ganz gleich, wie mies die Basis dafür auch war.

Seufzend fischte ich das Handy aus meiner Hosentasche, entsperrte es mit einem Face Scan und reichte es MacKenzie.

»Du willst den Grund für meine schlechte Laune erfahren? Hier.«

Taylor Swift

MACKENZIE

»Du willst den Grund für meine schlechte Laune erfahren? Hier.« Vincent hielt mir sein Handy entgegen, als wäre es eine geladene Waffe.

Mit großen Augen starrte ich von dem Mobiltelefon zu seinem Besitzer und zurück. Was tat er da? Wieso vertraute er sich mir an?

Zugegeben, ein winziger, naiver Teil von mir hatte sich genau das gewünscht. Aber ich hatte es ganz gewiss nicht erwartet. Nicht, nachdem Vincent seit meinem emotionalen Ausrutscher den Eindruck erweckt hatte, als wäre es ihm unangenehm, sich in meiner Nähe aufzuhalten.

Doch nun stand er da, sah mir mit dieser nervösen Entschlossenheit in die Augen, die mir ein warmes Gefühl in der Brust verursachte, und war bereit, sich mit mir auf eine Ebene zu stellen.

Heiliger Madonnaschlüppi.

Hatten seine Entschuldigung und die Aussage, dass ich es verdient hatte, glücklich zu sein, nicht bereits genug Chaos angerichtet? Immerhin war es allein diesen Worten geschuldet, dass ich Vincent von meinem Telefonat mit Sadie erzählt und ihm dadurch einen viel zu intimen Einblick in mein Innerstes gewährt hatte. Nichts davon war beabsichtigt gewesen. Es war einfach geschehen.

Hier kam meine Chance, für einen Ausgleich zu sorgen.

Tief durchatmend griff ich nach dem Mobiltelefon. Dabei streiften meine Finger Vincents Hand und ein weiteres Mal durchzuckte mich ein elektrischer Schlag. Ich musste nicht aufsehen, um mich zu vergewissern, dass er es auch gespürt hatte. Ich wusste es auch so.

Schnell, ehe ich vor meiner eigenen Courage kneifen konnte, richtete ich meine Aufmerksamkeit auf das leuchtende Display. Eine weitestgehend leere E-Mail mit dem fragwürdigen Betreff *Ich habe es dir ja gesagt!* sprang mir entgegen. Laut dem Absender kam die Nachricht von Vincents Agentin.

Da die E-Mail außer einem Link keinen Inhalt besaß, klickte ich darauf und beobachtete, wie sich die Internetpräsenz einer Musikzeitschrift mit dem Namen *Mixtape* aufbaute. Ich hatte noch nie zuvor von dieser Zeitschrift gehört, dennoch schenkte ich dem nun vor mir liegenden Artikel über ein Musikfestival, das nächste Woche in Texas stattfinden würde, meine volle Aufmerksamkeit.

Ich analysierte jedes Wort, damit mir bloß nichts entging. Aber egal wie gründlich ich auch die Zeilen studierte, ich konnte nicht erkennen, warum sich Vincent derart über diesen Artikel ärgerte. Er wurde ja nicht einmal erwähnt.

Gerade als ich nachfragen wollte, was an dem Artikel, der sich hauptsächlich darum drehte, welche Acts auftreten und wie sich die Anzahl der Zuschauer im Vergleich zu den Vorjahren verändern würde, so schlimm sein sollte, erreichte ich einen Absatz, der laut Anmerkung der Redaktion nachträglich hinzugefügt worden war.

Wie bereits in den vorangegangenen Wochen von uns angedeutet, wird das diesjährige Vulcano Festival ohne seinen jahrelangen Headliner – und Hauptbesuchsgrund für viele Musikbegeisterte – Vincent Kennedy auskommen müssen. Der Grund für seine Abwesenheit, die trotz hartnäckiger Gerüchte innerhalb seiner Fangemeinschaft und der durch sein Management bereits vor Monaten bestätigten Teilnahme nun endgültig feststeht, dürfte die meisten überraschen: Der ehemalige Chartstürmer, der seine Fans seit Monaten auf neue Musik warten lässt, verbringt, wie auf seinen Social-Media-Kanälen bekannt gegeben, tatsächlich den Sommer in einem kleinen inhabergeführten Musik-Camp in Montana. Diese vermeintlich großherzige Tat eröffnet die Diskussionsrunde, was der von Millionen Fans gefeierte Rockstar eigentlich mit seiner Karriere plant. Erst lehnt er eine Zusammenarbeit mit Big Dee ab (Mixtape berichtete hier darüber), und nun schwänzt er die Festivalsaison, um einer Handvoll Kinder das Gitarrespielen beizubringen? Hat sich Kennedy womöglich noch immer nicht von dem Skandal erholt, über den niemand mehr ein Wort verlieren darf? Oder dient diese ganze Show nur strategischen Marketingzwecken, die das angeknackste Image des einstigen Superstars kitten sollen? Was es auch ist, es bleibt zu wünschen, dass Elisabeth Groover, die Inhaberin des seit Jahren schlecht laufenden Camp Melody, sich keine allzu großen Wunder von Kennedys Anwesenheit erhofft. Denn das Aufsehen, für das der Interpret der Songs Runaway und Summer Storm in den letzten Jahren in der Musikbranche gesorgt hat, rührt nicht von seinem Gesangstalent her.

Ich starrte auf das Handydisplay, bis die Buchstaben vor meinen Augen zu verschwimmen begannen. Meine Finger klammerten sich so stark um das Gehäuse, dass ich Gefahr lief, das völlig überteuerte Spitzensmartphone zu verbeulen, und ich wusste beim besten Willen nicht, was ich sagen sollte.

»Das ist …« Ich brach ab. *Schockiert* beschrieb nicht einmal annähernd meinen aktuellen Gemütszustand.

Vincent gab ein Geräusch von sich, das nach einem abfälligen Schnauben, gemischt mit einem zustimmenden Brummen und einem unterschwelligen Knurren, klang. Schnell reichte ich ihm sein Handy zurück.

»Kein Wunder, dass du angefressen warst.«

Er steckte sein Telefon in die Tasche seiner Hose und widmete sich wieder seinem Verschönerungsobjekt. Er versuchte cool zu wirken, doch ihm war deutlich anzusehen, dass ihn der Artikel nicht so kaltließ, wie er vorgab.

»Und so etwas schickt dir deine Agentin?«, fragte ich, entsetzt über die Dreistigkeit, die dieses Schundblatt in die Welt hinausgetragen hatte. Zwar war mir bewusst, dass Vincents Tante den Artikel nicht selbst verfasst hatte, dennoch glich es einer bodenlosen Frechheit, ihren Neffen darauf aufmerksam zu machen. Besaß die Frau überhaupt kein Taktgefühl?

»Ja, Morgan kann ein wenig exzentrisch sein. Aber man gewöhnt sich an ihre Form der Sorge.«

»Ihre Form der Sorge?« Ein ungläubiges Lachen entfloh mir. »Wenn sie so um dich und deine Karriere besorgt ist, wieso hat sie dann zugelassen, dass du deine Meinung bezüglich meiner Anfrage änderst?«

Vincent antwortete nicht sofort, doch als er sich schließlich zu mir herumdrehte, ließ der Ausdruck in seinen Augen seine folgenden Worte intensiv, ja regelrecht eindringlich erscheinen.

»Ich habe meine Meinung niemals geändert, MacKenzie. Es ist genau so, wie ich es gestern Abend gesagt habe: Als ich von deiner Nachricht erfuhr, habe ich keine Sekunde gezögert und sofort zugesagt. Die Absage, die du erhalten hast, kam von Morgans Assistentin. Mich hat man davon nicht in Kenntnis gesetzt. Ich bin nur durch Zufall über deine Mail gestolpert.«

Mein Herz, dieser verräterische Opportunist, begann bei seinen Worten unweigerlich schneller zu schlagen und mein Groll wegen des Zeitschriftartikels wurde von einer Woge der Zuneigung für Vincent verdrängt.

»Warum?«, fragte ich. Die Silben waren mir ohne mein Zutun über die Lippen geperlt. »Warum hast du keine Sekunde gezögert, als du von meiner Mail erfahren hast?«

Vincent zuckte zusammen, als hätte ich ihn mit dieser Frage genau dort getroffen, wo es wehtat. Doch anstatt so zu tun, als hätte er mich nicht gehört, sah er mich auf eine Art und Weise an, die das zarte Flattern in meinem Bauch in einen ganzen Schwarm Schmetterlinge verwandelte.

Seine Lippen teilten sich für eine Antwort und ich hielt unweigerlich den Atem an. Ich hatte keine Ahnung, was hier gerade passierte oder was als Nächstes geschehen würde. Aber ich spürte instinktiv, dass dieser Moment die Kraft besaß, die Beziehung zwischen Vincent und mir in ein *Davor* und ein *Danach* zu unterteilen.

»Ich habe nicht gezögert, weil ...«, er unterbrach sich. Ein Schatten durchzog seine Iriden und löschte das Funkeln aus, das ich immer so sehr gemocht hatte. Er antwortete erst, als er wieder seine Malertätigkeit aufgenommen hatte. »Weil ich Granny und dem Camp viel zu verdanken habe. Es ist für mich selbstverständlich, zu helfen, wenn ich es kann.«

Wie ein Schlag in den Magen trafen mich seine Worte, auch wenn ich keine Ahnung hatte, wieso. Ich hatte ihm eine simple Frage gestellt und er hatte geantwortet. Es war nicht seine Schuld, dass mir der Inhalt seiner Antwort nicht gefiel und Enttäuschung in mir weckte.

Nach dem Mittagessen fuhr ich nach Hause, um meine Garderobe auszutauschen. Um unterwegs mit Sadie telefonieren zu können, verband ich mein Handy via Bluetooth mit Grannys Auto.

»Das wird langsam aber auch Zeit!«, begrüßte mich die Stimme meiner Freundin aus den Fahrzeuglautsprechern. »Wieso rufst du erst jetzt an? Seit deinem letzten Lebenszeichen sind über fünf Stunden vergangen! Ich dachte schon, du und Vincent wärt nach Vegas durchgebrannt und ich würde morgen in der Klatschpresse von eurer Blitzhochzeit erfahren.«

»Haha«, erwiderte ich und folgte der schmalen Landstraße, die mich vom Camp wegführte. »Ich hatte zu viel zu tun, um dir einen Liveticker vom Campgeschehen zu schicken.«

»Wie bitte? Was kann wichtiger sein, als mich über die schmutzigen Details deines Liebeslebens aufzuklären? Aber gut, ich verzeihe dir.« Sie seufzte theatralisch. »Wenn du mir endlich verrätst, wie gut Vincent küssen kann! Und wehe, du sagst jetzt, dass er nur heiß aussieht, aber sein Zungenspiel an einen Frosch erinnert.«

Unweigerlich musste ich losprusten. »Sadie, woher soll ich wissen, wie Vincent küsst?«

»Aus persöhnlicher Erfahrung?!« Sie klang aufrichtig echauffiert. »Es kann doch nicht sein, dass Mr Sexy Voice und du euch seit vierundzwanzig Stunden gemeinsam im Camp aufhaltet und es zwischen euch noch nicht heftig geknistert hat.«

Ich wollte bereits erwidern, dass das einzige Knistern im Camp dem allabendlichen Lagerfeuer geschuldet war, dem ich vehement aus dem Weg ging, als mich die Erinnerung an den heutigen Vormittag verstummen ließen. Vielleicht hatte ich tatsächlich für den Bruchteil einer Sekunde geglaubt, ein hauchfeines Knistern zwischen Vincent und mir wahrzunehmen. Doch dann hatte er betont, wie sehr er sich Granny und dem Camp verbunden fühlte. Ihnen. Nicht mir.

»Sag mir wenigstens«, sprach Sadie seufzend in meine Gedanken hinein, »dass die Motorengeräusche, die ich gerade höre, Besorgungen fürs Camp geschuldet sind. Denn wenn du im Wagen sitzt und dich auf dem Weg nach Hause befindest, dann –«

»Reg dich ab, Sad«, unterbrach ich meine Freundin lachend. »Ich bin zwar tatsächlich auf dem Weg nach Hause, aber nur, weil ich mir ein paar Klamotten holen will. Ich habe keine Lust auf eine Wiederholung des heutigen Morgens. Pünktlich zum Abendessen bin ich wieder zurück. Versprochen.«

»Das will ich auch schwer hoffen«, brummte Sadie. »Wenn ich

schon nicht persönlich bei Vincents Konzert dabei sein kann, will ich es wenigstens durch unsere BFF-Verbindung erleben.«

Sadies Worte dämpften meine gute Laune. Bereits beim Mittagessen hatte es kein anderes Thema als Vincents bevorstehendes Campkonzert gegeben.

»Apropos du kannst heute nicht persönlich im Camp sein«, lenkte ich das Gespräch in eine weniger hormongesteuerte Richtung. »Wie geht es deiner Grandma? Deiner guten Laune nach zu urteilen, gibt es wohl positive Neuigkeiten.«

»Und ob! Ihre Werte haben sich über Nacht so drastisch verbessert, dass die Ärzte vorsichtig optimistisch sind, dass sie Ende nächster Woche aus dem Krankenhaus entlassen werden kann.«

Gemeinsam mit Sadie quietschte ich laut auf. Das waren in der Tat tolle Neuigkeiten!

»Dann kann ich auch endlich zu dir ins Camp kommen und mir selbst ein Bild davon machen, was zwischen dir und unserem Superstar läuft. Deine unglaublich plumpen Versuche, meinen Fragen auszuweichen, werden langsam nämlich anstrengend.«

Ich rollte mit den Augen, konnte mich aber nicht davon abhalten, wie ein Honigkuchenpferd zu grinsen. Endlich würde ich meine beste Freundin wiedersehen! Dann konnte der Campsommer auch für mich richtig losgehen.

»Zwischen uns läuft nichts«, antwortete ich leicht verspätet auf ihre Worte.

»Ja klar, und ich bin Gandhi. Als ob ich dir abkaufen würde, dass du und Vincent seit gestern Abend, als du ihn einen aufgeblasenen, Frauen hassenden Mistkerl genannt hast, kein Wort mehr miteinander gewechselt habt.«

Zu gern hätte ich dieses Thema mit einem schlichten »Ganz genau« beendet. Aber Sadie und ich logen einander nicht an. Niemals und unter keinen Umständen.

»Nicht ganz«, gab ich seufzend zu und erzählte von dem Vormittag. Meinen Bericht beendete ich damit, dass Granny genau dann mit ihrem Telefonat fertig geworden und zur Hütte gekommen war, als die neunzig Minuten Malerkurs rum gewesen waren.

»Oh, Honey. Das klingt aber ganz und gar nicht nach ›Es läuft nichts zwischen euch‹. Ganz im Gegenteil sogar.« Sadie seufzte. »Hat Vincent wenigstens erzählt, von welchem Skandal in dem Artikel die Rede war?«

Ich schüttelte den Kopf und schob ein »Nein, hat er nicht« hinterher.

»Und wie soll es jetzt mit euch beiden weitergehen?«, fragte Sadie in sanfter Tonlage, nachdem wir einige Sekunden geschwiegen hatten.

»Was meinst du?«

»Na ja, wirst du den Mut finden und Vincent endlich sagen, dass du damals bis über beide Ohren in ihn verschossen gewesen bist und er dir mit seinem Verrat das Herz gebrochen hat? Oder wirst du am Ende dieses Sommers erneut am Boden zerstört sein, weil du dich entgegen sämtlichen Vorsätzen wieder in ihn verliebt hast, aber wegen zu großer Furcht vor einer Abweisung den Mund nicht aufmachst? Ich frage nur, damit ich weiß, wie viele Taschentücher und Eisbecher ich mitbringen soll, wenn ich zu dir komme.«

Ich streckte Sadie die Zunge heraus, auch wenn sie es nicht sehen konnte. Leider war ihre Frage nicht völlig unbegründet. Nachdem ich die Begegnung mit Vincent noch einmal komprimiert wiedergegeben hatte, war auch mir bewusst geworden, dass sich zwischen uns etwas verändert hatte. Etwas, von dem ich nicht sagen konnte, ob es mir gefiel oder nicht.

»Du brauchst weder das eine noch das andere mitzubringen«, antwortete ich schließlich bestimmt. »Ich bin kein leichtgläubiger Teenie mehr. Vincent mag mir zwar nicht so egal sein, wie ich es gern hätte, aber ich werde ihn nicht noch einmal zu nah an mich heranlassen.«

»Süße, ich sag es ja nicht gern, aber so, wie es scheint, ist es dafür bereits zu spät.«

»Tja, dann kann ich ja von Glück reden, dass Vincent weiterhin denkt, dass ich vergeben bin«, erwiderte ich patzig und hätte am liebsten die Arme vor der Brust verschränkt. Es tat weh, Sadie etwas Derartiges sagen zu hören. Sie war die einzige Person, die mich besser kannte als ich mich selbst. Wenn sie der Meinung war, dass ich drauf und dran war, mich Vincent von Neuem zu öffnen, dann musste etwas an der Sache dran sein. Und das gefiel mir ganz und gar nicht.

Ein weiteres Mal wählte Sadie Schweigen als favorisiertes Kommunikationsinstrument. Doch im Gegensatz zu dem vorherigen Mal geschah es dieses Mal aus Missbilligung. Sie verabscheute Lügen jeglicher Art, weshalb es mich nicht wunderte, dass ihre Stimme bei ihren folgenden Worten die perfekte Mischung aus Anklage, Enttäuschung und Pikiertheit aufwies.

»Du hast die Fake-Freund-Sache noch nicht aufgeklärt?«

»Nein. Denn abgesehen davon, dass ich immer noch der Meinung bin, dass diese winzige Notlüge die einzige Lösung ist, um mir eben *nicht* erneut das Herz von Vincent brechen zu lassen, wüsste ich nicht, wie ich die Worte ›Ich bin in festen Händen‹ aufklären könnte, ohne wie eine pathologische Lügnerin oder ein Stalker-Groupie dazustehen.«

Auf diese Frage schien Sadie offenbar ebenfalls keine Antwort zu kennen, denn sie seufzte und ließ das Thema fallen, wenn auch nur für den Moment, wie ich sehr genau wusste.

»Gut, wie du meinst. Aber wenn dir deine Lüge um die Ohren fliegt – und das wird sie, das wissen wir beide –, brauchst du dir kein Mitleid von mir zu erhoffen.« Sie atmete einmal tief durch, dann wechselte sie das Thema. »Und jetzt lass uns bitte die Frage klären, seit wann sich Männer mit einer Frau wie *mir* lieber stundenlang unterhalten, anstatt zu versuchen, mich ins Bett zu kriegen.«

Den Rest meiner Fahrt diskutierten Sadie und ich über den heißen Assistenzarzt, den sie im Krankenhaus getroffen hatte und der ganz zu ihrem Missfallen zu jener seltenen Sorte Mann zu gehören schien, der eine Frau erst besser kennenlernen wollte, ehe er bereit war, die *Grey's Anatomy*-Bereitschaftsraum-Fantasien seiner Holden wahr werden zu lassen.

Wie sehr wünschte ich mir, dass meine Männerprobleme ebenfalls so einfach gestrickt wären wie die meiner besten Freundin.

Small Steps

Tom Gregory

VINCENT

Wie sehr wünschte ich mir, dass meine Frauenprobleme ebenfalls so einfach gestrickt wären wie die meines besten Freundes. Denn während Hendrik sich während eines kurzen Telefonats darüber ausließ, dass seine Freundin zum wiederholten Mal Stress machte, weil er vergessen hatte, die Mülltonnen vor das Haus zu stellen, musste ich unentwegt an eine Frau denken, die vergeben und damit absolut tabu war – nicht dass ich auf diese Art an MacKenzie interessiert war.

Aber selbst wenn sie single gewesen wäre und ich mir entgegen aller Logik Hoffnungen gemacht hätte, gäbe es für uns dennoch keine Chance auf ein Happy End. Die Dinge, die zwischen uns standen, waren schlichtweg zu gravierend, um einfach über sie hinwegsehen zu können. Und genau deshalb hatte ich MacKenzie nicht sagen können, dass *sie* der wahre Grund war, wieso ich ihre Anfrage, ohne zu zögern, angenommen hatte. Zwar hatten mir die Worte bereits auf der Zunge gelegen, doch was hätte es genutzt, sie auszusprechen? Dadurch hätte ich die ohnehin fragile Basis unserer aktuellen Beziehung nur unnötig verkompliziert.

Nein, es war besser, wenn ich mich auf das konzentrierte, weshalb ich hergekommen war. Und das war nun mal, dem Camp zu helfen.

Also nutzte ich den Nachmittag, um meine Gedanken bewusst

von MacKenzie fort- und zu den Campern hinzulenken. Den Kids war diesen Sommer die Möglichkeit versprochen worden, mit mir zu interagieren. Doch bisher war ich zu abgelenkt gewesen und hatte dadurch vermutlich ziemlich distanziert gewirkt. Aber damit war jetzt Schluss.

Um das Eis zu brechen und mir einen möglichst schonenden Einstieg in die Welt der Camper zu ermöglichen, schloss ich mich nach dem Mittagessen einer Gruppe Jugendlicher an, die auf einem sonnenbeschienenen Fleckchen Rasen Fußball spielten. Ich war zwar grauenhaft schlecht und in meinem ganzen Leben noch nie so oft und herzlich ausgelacht worden, aber ich konnte nicht leugnen, dass es unglaublich viel Spaß machte.

Um sechzehn Uhr begleitete ich ein paar der Teens zum Kurs von Tomy, der im Music Dome stattfand. Da der Altrocker, wie sich Tomy selbst nannte, zu meiner Zeit als Camper noch nicht hier gearbeitet hatte, hatte ich keine Ahnung, was mich in seinem Gitarrenanfängerkurs erwarten würde. Aber eigentlich hätte es mich nicht verwundern dürfen, dass der Mittfünfziger genau wusste, was er tat.

In einer unkonventionellen Vorstellungsrunde sollte jeder einen Rockernamen auswählen, mit dem er bis zum Ende des Sommers in diesem Kurs angesprochen werden würde. Mir hatte man den Namen »Black Sniper« verpasst und mich trotz meiner halbherzigen und spaßhaften Beschwerden die gesamte Stunde so genannt. Anschließend hat Tomy jedem ein Instrument in die Hand gedrückt und gesagt, dass man Gitarrespielen nicht durch Bücherwälzen oder trockene Theorie lernte, sondern indem man spielte.

Und das taten wir dann. Frei Schnauze durfte sich jeder auf den Saiten seines Instruments austoben, während Tomy umherwanderte und hier und da Handgriffe oder Fingerstellungen korrigierte. Sogar bei mir hatte er was zu verbessern gewusst, was einige der Kids zum Lachen brachte. Im Laufe der Stunde, die extrem laut, wild und konfus, aber auch unglaublich witzig und kreativ war, sprach Tomy sogar dem ein oder anderen Camper, der schon deutlich mehr Erfahrung im Umgang mit einer Gitarre zu haben schien, die Empfehlung aus, sich mal an Tanners Fortgeschrittenenkurs auszuprobieren.

Mit leichten Kopfschmerzen, einem unleugbaren Summen in den Ohren und einem überaus glücklichen und zufriedenen Lächeln im Gesicht verließ ich die Hütte, um wie versprochen bei Luisas Gesangsunterricht vorbeizuschauen. Gleichzeitig gab ich mir selbst das Versprechen, dass das nicht mein letzter Besuch im Music Dome gewesen sein würde. Obwohl alle Hütten, die der Camp-Allgemeinheit dienten, ihren Zwecken entsprechend sehr kreativ eingerichtet waren, fühlte ich mich zwischen all den E- und Akustikgitarren, Schlagzeugen, Saxofonen, Geigen und Trommeln am wohlsten, die überall im Raum verteilt standen, an den Wänden hingen oder als Deko-Elemente unter der Decke schwebten. Zwar würde ich meinem Instrument niemals untreu werden, dennoch machte es Spaß, mit zwei Drumsticks Schlagzeuge und Toms zu bearbeiten.

Luisas Kurs, der in der Varioke-Hütte stattfand, lief im Vergleich zu Tomys kreativem Chaos fast schon fromm ab. Trotzdem hatte ich auch dort sehr viel Spaß – und das, obwohl Luisa für die erste Stunde den Song *Shake It Off* von Taylor Swift ausgewählt hatte.

Die Zeit verging wie im Flug und ich genoss jede Sekunde. Durch meinen engen Zeitplan hatte ich in der Vergangenheit kaum Gelegenheit gehabt, mich mit anderen Musikbegeisterten zu treffen und einfach aus Spaß mit ihnen zu jammen. Dabei war das gemeinsame Musizieren mit anderen leidenschaftlichen Künstlern nicht nur unglaublich inspirierend, wie ich heute hatte feststellen dürfen, es erfüllte mich auch mit einer Leichtigkeit, die mich bis in den Abend hinein begleitete.

Pünktlich zum Abendessen traf ich im Deli Corner auf George, der mir erzählte, dass er seinen freien Tag dazu genutzt hatte, die Gegend zu erkunden, nachdem ihm Granny ein paar sehenswerte Plätze genannt hatte. MacKenzie kam, wie ich es inzwischen nicht anders von ihr gewohnt war, mit einer kleinen Verspätung in die

Hütte gestolpert. Sie setzte sich auf den letzten freien Platz am anderen Ende des Tisches und wir begrüßten einander mit einem stummen »Hey«.

Während des Essens ließ Granny eine Liste rumgehen, in der sich die Camper Songs für das Konzert wünschen konnten. Die Setlist stand zwar fest, aber der ein oder andere Musikwunsch ließ sich noch unterbringen.

Um die noch ungeklärten Details vor dem Konzertstart zu erledigen, verließen George und ich um halb sieben das Deli Corner. Draußen trafen wir Enrico und Sam an, die beide neben ihren jeweiligen Tanzkursen – Enrico brachte den Kids klassischere Hip-Hop-Moves bei und Sam lehrte sie im Streetdance – dieses Jahr so etwas wie die Hausmeister des Camps und somit für den Bühnenaufbau und die Showtechnik verantwortlich waren.

Es folgte ein kurzer Soundcheck, ehe die ersten Kids, begleitet von Granny, vor der Bühne eintrafen.

Die Campleiterin reichte mir die Musikwunschliste und ich steckte sie ungelesen in meine Gesäßtasche. Ich war auch ohne weitere Details unglaublich nervös. Das einzige Mal, als ich auf dieser Bühne gestanden hatte, hatte sich mein Leben über Nacht um hundertachtzig Grad gewandelt.

Um mich abzulenken, nahm ich die Menge um mich herum in Augenschein und spielte gedankenverloren am Saum meines Shirts herum. Früher hatte ich an meinem Handgelenk ein schwarzes Bandana getragen, an dem ich meine Nervosität hatte auslassen können. Aber das PR-Team, das für Morgans Agentur arbeitete, hatte das ebenso schnell aus meinem Styling verbannt wie meine Beanie, meine Flanellhemden und meine Lockenmähne.

Um meine flatternden Nerven zu beruhigen, nahm ich einen tiefen Atemzug. Die Sonne war gerade im Begriff unterzugehen und gab der blauen Stunde Raum, sich zu entfalten. Die Hitze des Tages hatte sich gelegt, und wenn ich die Augen schloss, konnte ich diese besondere Duftmischung wahrnehmen, die aus prickeliger Vorfreude, frisch gewonnenen Erinnerungen, seligen Gemütern und warmem Gras bestand.

»Ich freue mich sehr, euch alle zu unserem offiziellen Camp-Willkommensabend begrüßen zu dürfen«, ertönte Grannys Stimme über die Bühnenlautsprecher. Erleichtert bemerkte ich, dass sie sich trotz ihres gestrigen Sturzes wieder hinter ein Mikro wagte.

»Eure Musikwunschliste habe ich weitergeleitet und jetzt bin ich ebenso gespannt wie ihr, welche Songs unser Ehrengast heute für uns spielen wird. Aber bevor ich Vincent das Mikro überreiche, haben wir noch eine besondere Überraschung für euch. Da uns aufgefallen ist, dass einige von euch nach meiner Bitte gestern eine gewisse Scheu haben, Kontakt zu Vincent aufzunehmen, haben wir uns etwas überlegt: Nach dem Konzert habt ihr die Gelegenheit, eure Autogramm- und Fotowünsche loszuwerden. Vincent steht euch den gesamten Abend exklusiv zur Verfügung.«

Tosender Applaus und Jubelgeschrei brandete auf und ließ mich grinsen. Ich hatte gehofft, dass sich die Kids über diese Möglichkeit freuen würden.

»Nun möchte ich euch – und mich selbst – nicht länger auf die Folter spannen, sondern wünsche uns allen einen wundervollen Abend mit Vincent Kennedy.« Klatschend zog sich Granny vom Mikrofon zurück und überließ mir die Bühne.

Es war Showtime.

Ich nahm George meine Gitarre ab und betrat unter ohrenbetäubendem Getöse das Podest.

»Hallo, Camp Melody«, begrüßte ich die Anwesenden mit meinem über die Jahre perfektionierten Showgrinsen und hängte mir den Gitarrengurt um.

Die Scheinwerfer blendeten, sodass ich nur vage Schemen erkennen konnte. Auch stammte die Musik, die meinen Gesang heute Abend begleiten würde, vom Band anstatt von einer Band. Doch trotz dieser Umstände und der Gewissheit, dass die Menge, vor der ich jetzt performen würde, um einiges überschaubarer war, als ich es gewohnt war, durchfuhr mich ein vertrautes Kribbeln und ich konnte es kaum erwarten loszulegen.

»Seid ihr gut drauf?« Die lauthals geschrienen Antworten brachten meine Haut zum Prickeln. »Was habt ihr gesagt? Ich kann euch nicht hören!« Demonstrativ hielt ich meine Hand hinter die Ohrmuschel.

Das Geschrei schwoll weiter an und mein Grinsen wurde breiter. Dieser Moment, diese spannungs- und emotionsgeladene Sekunde, bevor die ersten Töne der Musik erklangen, war der Grund, wieso ich meinen Job trotz aller Widrigkeiten liebte. In Augenblicken wie diesen fühlte ich mich so lebendig, als würde nicht *ein* Herz in meiner Brust schlagen, sondern *Tausende*.

Ich gab Enrico, der hinter der Bühne am Technikpult stand, mit einem Nicken zu verstehen, dass ich bereit war und er die Backgroundmusik starten konnte. Umgehend erklangen die vertrauten Töne eines meiner älteren, aber erfolgreicheren Songs.

Die Melodie ergriff von mir Besitz, der Beat kroch mir unter die Haut und meine Finger fanden wie von selbst an die richtigen Stellen auf meiner Gitarre. Die Textzeilen perlten mir so leicht von der Zunge, dass ich gar nicht nachdenken musste, sondern mich von dem Gefühl tragen lassen konnte, das mich in dieser Sekunde erfüllte. Ich spielte Musik nicht einfach nur, ich lebte sie mit jeder Faser meines Körpers.

Das Lied handelte von lauen Sommerabenden, Spaß mit Freunden und heißen Flirts. Ich hatte das als passenden Einstieg empfunden und freute mich, dass die wogende Menge vor mir, die euphorisch mitsang, das ebenso sah.

Aus Gewohnheit versuchte ich trotz des blendenden Scheinwerferlichts die Reihen vor mir auszumachen. MacKenzie hatte ich bisher nicht gesehen, aber ich war mir sicher, dass sie sich irgendwo zwischen den unzählige Handykameras, die auf mich gerichtet waren, aufhielt. Ja, ganz sicher. Sie würde das Konzert nicht verpassen. *Oder?*

Der Song fand sein Ende, die letzten Töne wurden von lautstarkem Applaus und Jubelrufen verschluckt, und das nächste Lied begann. Dieses Mal war der Beat temporeicher und meine Finger flogen nur so über die Saiten meiner Gitarre. Ich hetzte durch die Strophen, wie ich es laut Songtext durch die Straßen von Los Angeles tat, weil ich von einer Meute Fans gejagt wurde. Dieses Lied war das erste, das ich nach meiner Trennung von Dakota veröffentlicht hatte. Zwar stammte der Text nicht aus meiner Feder, aber der Inhalt hatte damals erschreckend genau zu meiner Lebenssituation gepasst.

Ich sang voller Inbrunst, als könnte ich auf diese Weise den Funken Zweifel, der in mir aufgekommen war, auslöschen. Doch je angestrengter ich gegen das blendende Scheinwerferlicht anblinzelte, ohne MacKenzie ausfindig zu machen, umsostärker wurde meine Unsicherheit.

George, der mit lässig vor der Brust verschränkten Armen neben der Bühne stand und sowohl mich als auch die feiernden Camper mit professionellem Blick im Auge behielt, war meine Unrast nicht entgangen. Seine linke Augenbraue wanderte gen nicht vorhandenen Haaransatz.

Geht es dir gut?

Ich bestätigte mit einem kaum merklichen Nicken.

Wenn man so lange und intensiv zusammengearbeitet hatte wie George und ich, war es unausweichlich, dass man irgendwann eine eigene Art der Kommunikation entwickelte. Und unsere basierte auf klaren Regeln.

Linke Augenbraue = Ging es mir körperlich gut?

Rechte Augenbraue = Fühlte ich mich bedroht? / War mir etwas aufgefallen, das meine Sicherheit gefährdete?

Sollte ich eine dieser Fragen zum Missfallen meines Bodyguards beantworten, würde das zu einem sofortigen Abbruch des Konzerts führen.

Aus diesem Grund schüttelte ich den Kopf, als George seine rechte

Augenbraue hob. Für meine Zuhörer gehörte diese Geste zur Performance, doch George entspannte seine zuvor versteiften Schultern. Dann scannte auch er die Menge mit den Augen ab. Er wollte wissen, was mich beschäftigte.

Das zweite Lied kam zum Ende und George drehte sich mit ernster Miene zu mir herum. Dann nickte er und machte sich auf den Weg.

Ich hatte keine Ahnung, was er meinte entdeckt zu haben, aber ich konnte ihn nicht fragen, da sich gerade das nächste Lied ankündigte. Zarte, leise Töne erfüllten die Abendluft und beschleunigten meinen ohnehin rasenden Herzschlag. Dieser Song bedeutete mir sehr viel, weil es die einzige Auftragsarbeit war, die mir mein Plattenlabel erlaubt hatte auszuschreiben. Ich hatte einen Song aufnehmen wollen, bei dem es um Abschiede, leere Herzen und Sehnsucht ging. Die Medien hatten das Lied als Ergebnis meiner Bemühungen deklariert, meine Trennung von Dakota zu verarbeiten. Doch in Wahrheit ging es um jemand anders. Um jemanden, der mir vor vier Jahren, als mein Leben eine unfreiwillige Wendung genommen hatte, das Herz gebrochen hatte.

Da der Text ohne Gitarrensound auskam und stattdessen nur von einem Klavier begleitet wurde, ließ ich mein Instrument an mir herabhängen und schnappte mir das kabellose Mikrofon. Während des Singens spazierte ich über die Bühne, bis ich eine Ecke erwischte, in der mir die Scheinwerfer nicht so stark ins Gesicht schienen. Sofort nahm ich mit den Augen Georges Verfolgung auf.

Da auch dieses Jahr Gartenfackeln und bunte Lampions das Campgelände nach Sonnenuntergang beleuchteten, war es nicht schwer, George ausfindig zu machen, als ich wieder etwas sehen konnte. Doch sobald er sein Ziel erreicht hatte, stockte mir der Atem und ich verhaspelte mich im Text. Glücklicherweise sangen die Camper so leidenschaftlich mit, dass mein Patzer nicht weiter auffiel.

Was zum Henker?

MacKenzie stand abseits der Menge im Schatten eines Baumes.

Sie hatte die Schultern angezogen, die Arme um ihren Oberkörper geschlungen, als fröre sie trotz der warmen Temperaturen, und ihre Mimik wirkte angespannt. Sie schien sich, warum auch immer, nicht wohlzufühlen.

Sofort schrillten die Alarmsirenen in meinem Kopf los.

Was war geschehen? Gab es schlechte Neuigkeiten? Hatte sich der Zustand von Sadies Grandma verschlimmert? War sie womöglich gestorben? Nein! Wenn das der Fall gewesen wäre, wäre MacKenzie längst auf dem Weg zu ihrer Freundin gewesen. Es musste einen anderen Grund geben, wieso sie derart gestresst wirkte.

Ich hangelte mich von Textzeile zu Textzeile, während ich sie und George weiter beobachtete. Die beiden hatten eine Unterhaltung begonnen, und obwohl ich keine Ahnung hatte, worüber sie sprachen, machte es den Anschein, als würde sich MacKenzie zumindest ein wenig entspannen.

Umgehend keimte ein undefinierbares Gefühl in mir auf. Eine Mischung aus Dankbarkeit und Eifersucht.

Da ich für die nächsten Songs zurück an den Mikroständer musste, verlor ich die beiden aus den Augen. Ich versuchte mir einzureden, dass das meiner Konzentration zuträglich war, aber vergebens. Ich hasste die Vorstellung, dass ein anderer Kerl für MacKenzie da war, obwohl ich diesen Part hätte übernehmen wollen – wenn auch nur auf freundschaftlicher Basis.

Song für Song zog der Abend ins Land, bis schließlich die Töne des letzten Liedes meiner Setlist verklangen und erneut eine Welle ohrenbetäubender Jubelrufe, gepaart mit Klatschgeräuschen und Zugabeforderungen, über mich hinwegrollte.

Ich verbeugte mich, dankte den Campern für ein einmaliges Konzert und trat einen Schritt vom Mikro weg. Die Schreie nach weiteren Songs wurden lauter, mein Showgrinsen breiter. Am liebsten hätte ich das Konzert an dieser Stelle beendet und wäre zu MacKenzie gelaufen. Aber das wäre den Kids gegenüber nicht fair gewesen. Ich musste ihnen mindestens einen weiteren Song spielen.

Betont beiläufig griff ich in die Gesäßtasche meiner Jeans und zog den Zettel hervor, den mir Granny zugesteckt hatte.

»Huch, was habe ich denn hier gefunden?« Ich wedelte mit dem Papier in der Hand herum. »Habt ihr eine Idee, was das sein könnte?«

Einige Camper riefen »Zugabe!«, andere pfiffen oder kreischten.

Nach wie vor grinsend überflog ich die niedergeschriebenen Zeilen. Ein paar der genannten Lieder hatte ich bereits gesungen, doch die meisten abgegebenen Stimmen forderten jene Ballade, die ich gemeinsam mit MacKenzie geschrieben und die zu meinem großen Durchbruch geführt hatte.

Mein Herz setzte einen Schlag aus und ich musste hart schlucken. Ich hatte diesen Song seit Jahren nicht mehr gespielt. Und selbst als ich noch mit Dakota ausgegangen war und wir das Lied in der Anfangszeit unserer Karrieren immer wieder hatten performen müssen, hatte es sich falsch angefühlt. Dieses Duett war für MacKenzie und mich komponiert worden. Für niemanden sonst. Aus diesem Grund hatte ich mir nach der Trennung von Dakota auch geschworen, nie wieder mit dem Song aufzutreten.

Meine Beine setzten sich wie von selbst in Bewegung, damit ich MacKenzie erneut ansehen konnte. Ich wusste nicht, was ich hier tat oder was ich mir erhoffte – sicherlich nicht, dass ich nur höflich zu fragen brauchte und dass sie daraufhin, ohne zu zögern, zu mir auf die Bühne kommen und gemeinsam mit mir singen würde. Trotzdem konnte ich mich nicht daran hindern, ihren Blick zu suchen.

MacKenzie verstummte, als hätte sie gespürt, dass sie beobachtet wurde. Gerade eben hatte sie noch wegen etwas gegrinst, das ihr George gesagt hatte. Doch nun drehte sie sich zu mir herum und ihre Fröhlichkeit fiel in sich zusammen. Mit einem Mal wirkte sie unglaublich zerbrechlich. Verloren. Wie ein Kind, das sich in einem finsteren Wald verirrt hatte.

Ich schluckte erneut, doch der Kloß in meinem Hals wollte sich nicht vertreiben lassen.

MacKenzie schien meine Beklemmung zu teilen, denn sie sah nicht weg, sondern ließ mich an ihrem Kummer teilhaben.

Wusste sie, welchen Song sich die Kids wünschten?

Vermutlich.

Mir selbst die Gedanken verbietend, die sich um die Frage drehen wollten, was dieser Moment zwischen MacKenzie und mir nun schon wieder zu bedeuten hatte, faltete ich den Zettel zusammen und steckte ihn in die Hosentasche. Dann trat ich zurück an das Mikro. Mein Puls raste und mein Mund war staubtrocken. Aber ich war ein Profi, auch wenn ich mich in dieser Sekunde wie ein Hochstapler fühlte.

»Die eindeutige Mehrheit von euch hat sich den Song *Wish to Be a Part of You* gewünscht«, sagte ich und betete inständig, dass man mir das Zittern in meiner Stimme nicht anhörte. »Aber ich hoffe, ihr freut euch ebenso, wenn es zum Abschluss des Abends den zweitmeistgewünschten Song gibt.«

Ohne eine Reaktion meiner Zuhörer abzuwarten, legte ich meine Hände wieder an die Gitarre und spielte die ersten Akkorde eines temporeichen Rocksongs an. Ich beendete meine Konzerte gern mit diesem Lied, weil ich hoffte, dass die Zuschauer auch nach dem Event die spannungsvolle Energie spüren würden, die der Beat mit sich brachte.

Nach drei weiteren langen und quälenden Minuten fand das Konzert schließlich sein finales Ende, und den begeisterten Rufen der Anwesenden nach zu urteilen, war es ein voller Erfolg gewesen. Wenigstens etwas.

Anstatt mich in dem befriedigenden Gefühl zu sonnen, das mich jedes Mal nach einem Auftritt überkam, sprang ich von der Bühne und zog mir gleichzeitig den Gitarrengurt über den Kopf. Mein Instrument war mir heilig, doch in diesem Moment drückte ich meinen Liebling dem erstbesten Camp-Angestellten in die Hand, dem ich begegnete. Ich hatte jetzt über eine Stunde auf der Bühne gestanden und dem Ende des Konzerts entgegengefiebert. Noch einmal würde ich dieselbe Zeit mit Autogrammeschreiben und Fotosmachen nur überstehen, wenn ich zuvor herausgefunden hatte, was mit MacKenzie los war.

Die Sonne war inzwischen völlig untergegangen, wodurch jener Teil des Camps, der nicht im Radius der Bühnenscheinwerfer lag, nur noch von den bunten Lichtern der Lampions und dem warmen Schein der elektronischen Gartenfackeln erhellt wurde.

Meine Augen brauchten eine Sekunde, um sich an die kontrastreiche Änderung zu gewöhnen, doch dann gab es für mich kein Halten mehr. Ich eilte so schnell ich konnte an den Campern vorbei in Richtung MacKenzie und George.

»Wo ist sie?«, fragte ich und blieb abrupt stehen, als mir mein Bodyguard allein entgegenkam.

»Sie wollte in ihre Hütte, um ihre Freundin anzurufen.« George furchte die Stirn. Ich konnte mir so viel Mühe geben, wie ich wollte, ihm entgingen meine wahren Emotionen niemals. »Was ist los? Wieso bist du so hektisch?«

»Nichts, schon gut«, erwiderte ich, aber meine beschleunigte Atmung strafte mich Lügen. »Ich mache mir nur Sorgen um MacKenzie«, gab ich zu, damit sich George keine unnötigen Gedanken um mich machte. »Sie hat zu Beginn des Konzerts so angespannt gewirkt. Weißt du, was los war?«

George schüttelte den Kopf. »Ich habe sie nicht gefragt, sondern bin nur deinem Wunsch gefolgt und habe mich um sie gekümmert.« Nach einem Schulterzucken fügte er hinzu: »Du weißt, ich mische mich nicht in die Privatangelegenheiten anderer ein. Wenn jemand von sich aus reden will, höre ich zu. Aber ich bohre nicht nach.«

Ich seufzte und sah mich wieder um. Offenbar hegte ein Teil von mir die Hoffnung, dass MacKenzie doch noch zurückkommen würde. Als mir klar wurde, dass das nicht der Fall war, sagte ich zu George: »Danke.«

Dieser nickte mit einem angedeuteten Lächeln und die Stille zwischen uns begann merkwürdig intim zu werden.

»Worüber habt ihr euch eigentlich unterhalten, MacKenzie und du?« Ich bemühte mich um einen beiläufigen Ton. Obwohl George und ich seit Jahren sehr viel Zeit miteinander verbrachten und ich ihm jederzeit mein Leben anvertrauen würde, hatten wir nie über Beziehungen oder Gefühle gesprochen. George kannte nicht einmal die Wahrheit über das Liebes-Aus zwischen Dakota und mir.

»Über dies und das.«

»Über dies und das?« Ich zog skeptisch eine Augenbraue in die Höhe. »Aha. Und was kann ich mir darunter vorstellen?« Ich klang ungeduldig und genervt, was mich ärgerte. George war die letzte Person, der gegenüber ich den narzisstischen Rockstar raushängen lassen wollte. Aber seine Wortkargheit reizte mich gerade so dermaßen, dass ich mich nicht zurückhalten konnte.

George lächelte mich an, ein amüsiertes Funkeln in den Augen. »Wenn du wissen willst, ob wir über dich gesprochen haben, musst du nur fragen, Vince.«

Ich mahlte mit den Kiefern. George hatte eindeutig zu viel Freude an diesem Gespräch. Leider war die Neugier darauf, ob sich MacKenzie womöglich über mich geäußert hatte, zu groß.

»Habt ihr euch *zufälligerweise* über mich unterhalten?«, presste ich zwischen zusammengebissenen Zähnen hervor.

Das Lächeln auf Georges Lippen wurde breiter. »Nein, dein Name ist nicht gefallen. Aber selbst wenn das der Fall gewesen wäre, könnte ich es dir nicht sagen. Du weißt, Diskretion ist in meinem Job von oberster Priorität.« Immer noch grinsend deutete er mit einem Kopfnicken in Richtung Bühne. »Und jetzt solltest du dich deinen Fans widmen. Ich möchte ungern in die Verlegenheit kommen, eine Gruppe Grundschulkinder davon abhalten zu müssen, dich in die Wade zu beißen, weil du sie zu lange hast warten lassen.«

Mit einem letzten Blitzen in den Augen kehrte ich meinem Bodyguard den Rücken und begab mich zurück in Richtung Bühne.

Manchmal hasste ich George ein wenig.

True Colors

Cyndi Lauper

MACKENZIE

Manchmal liebte ich George ein wenig.

Okay, das war vielleicht übertrieben. Aber es ließ sich nicht bestreiten, dass mir Vincents Bodyguard in den letzten Tagen des Öfteren ein Lächeln ins Gesicht gezaubert hatte. Und das lag nicht allein an seinen heldenhaften Leistungen, als er Granny davor bewahrt hatte, sich bei ihrem Sturz von der Bühne etwas zu brechen, oder als er mich während Vincents Konzert vor einer waschechten Panikattacke gerettet hatte. Nein, das waren nicht die Gründe – gleichwohl George für Letzteres einen Orden verdient hätte.

Obwohl ich den vorangegangenen Nachmittag genutzt hatte, um mich mental auf das Camp-Event vorzubereiten, und mich dafür extra mit ein paar Songs von Vincent gequält hatte, war in der Sekunde, als er die Bühne betreten hatte, etwas in meinem Inneren zerbrochen. Seine Musik im Radio zu hören, ihm gegenüberzustehen und sogar sich mit ihm zu unterhalten, waren alles Dinge, die allein für sich betrachtet bereits unglaublich schmerzhaft waren. Aber Vincent auf der Stage of Melody *performen* zu erleben? Live dabei zu sein, wie sich seine unvergleichliche Stimme mit seinen talentierten Fingern, die in einem unbeschreiblichen Tanz über die Saiten seiner Gitarre geflogen waren, zu einer Symphonie des Wohlklangs vereinte? Das war eindeutig zu viel für den kläglichen Rest meiner bisher wacker aufrechterhaltenen Mauern gewesen. Im Schatten der über sechzig Leute, die Vincent zugejubelt, seinen Namen gekreischt oder seine Songs mitgegröt hatten, hatte ich mich ungeniert meinem Leid hingegeben und all die frisch aufgerissenen Wunden geleckt, die sein Auftritt mir zugefügt hatte.

Und dann war George gekommen. Bis heute konnte ich nicht sagen, woher er gewusst hatte, dass ich dringend eine Ablenkung benötigte, aber er hatte mich wie selbstverständlich in eine lockere Unterhaltung verwickelt. Noch haderte ich mit der Vorstellung, dass er vor seiner Ausbildung zum Personenschützer auf einer Zuchtfarm für Teacup-Schweine tätig gewesen war, trotzdem war ich George für sein Feingefühl und seine Mühen über alle Maßen dankbar.

Vielleicht liebte ich ihn also wirklich ein wenig.

»Das waren die letzten Kostüme. Stell sie einfach dort drüben zu den anderen«, wies ich George an, der nach mir die Varioke-Hütte betrat. Der Bodyguard – wobei er in diesem Fall eher einem beladenen Packesel glich – folgte meiner Aufforderung und ließ die prall gefüllten Kartons, begleitet von einem gedämpften Ächzen, auf den Holzboden sinken.

Ich dankte ihm mit einem Lächeln und sah mich in dem zur Hälfte mit Kisten gefüllten Raum um. Obwohl dies die kleinste der Kurshütten war, mochte ich sie am liebsten. Früher, vor meiner Zeit als Camperin, waren die vier Wände als Lager genutzt worden. Doch mit fortschreitender Bekanntheit des Camps, den vermehrten Anmeldezahlen und der damit verbundenen Ausweitung des Kursangebots hatte man den zusätzlichen Platz benötigt und aus der Hütte einen Kreativraum geschaffen. Inzwischen wurden in dem Raum, dessen eine Längsseite komplett mit bodenlangen Spiegeln verkleidet war, sowohl Tanz- als auch Gesangskurse angeboten, Kulissen für kleine Theaterstücke oder Musicalnummern gebastelt und vor allem den jüngeren Campern eine Moglichkeit geboten, in Schlafsäcken und kleineren Gruppen gemeinsam mit einem der Angestellten zu übernachten, wenn das Heimweh doch mal zu groß wurde.

»Ich würde sagen, das war's für heute. Nach dem Mittagessen kommen noch ein paar Kids für die letzte Kostümprobe, aber das schaffe ich alleine. Du hast dir deinen Feierabend redlich verdient.« Ich meinte jedes Wort ernst. George hatte mich bei den Vorbereitungen für die erste Mottoshow so tatkräftig unterstützt, dass ich für meine Dankbarkeit niemals die passenden Worte gefunden hätte. Dabei hatte ich gerade am Anfang sehr damit gehadert, sein Angebot anzunehmen und mir von ihm helfen zu lassen. Aber nachdem auch Vincent bestätigt hatte, dass das eine tolle Idee war, und ich mich daran erinnert hatte, dass die beiden Männer trotz Georges eigentlichem Job gern ab und zu ein wenig Abstand zueinander genossen, hatte ich eingewilligt.

»In Ordnung«, sagte George. »Dann schau ich kurz bei Vince vorbei und melde mich anschließend bei Elisabeth. Vielleicht brauchen sie oder jemand anders noch Hilfe für morgen.«

Ich nickte und George verließ die Hütte. Plötzlich fühlte ich mich merkwürdig einsam. Ich war es so gewohnt, ständig jemanden um mich herum zu haben, dass die Momente, in denen ich mal allein war, sich anfühlten, als wäre ich nicht komplett.

Um mich von meinen eigenen Gedanken abzulenken, begann ich, die Kostüme aus den Kartons zu befreien. Granny hatte mit einem kleinen Theater in Bozeman vereinbart, dass wir uns den Sommer über an ihrem Kleiderfundus bedienen durften, die Theaterangestellten dafür im Gegenzug Einladungen zum diesjährigen Final Jam erhielten.

Da morgen einige Gruppen auftreten würden, wollte ich bereits so viel Vorarbeit wie möglich leisten, auch wenn ich mich dafür in dem überschaubaren Raum ausbreiten und die Tische und Stühle, die auf der anderen Seite der Hütte aufeinandergestapelt standen, sowie den Eckschrank, der mit verschiedenen Bastelutensilien gefüllt war, unter Textilien begraben musste.

Während ich vor mich hin arbeitete, glitten meine Gedanken zurück zu den letzten Tagen. Als Granny gemeinsam mit dem harten

Kern des Camps – also Sadie, Tomy, Luisa, Carmen, Enrico, Sam und mir – das neue Konzept für diesen Sommer ausgearbeitet hatte, hatte ich sofort angeboten, die Organisation der Mottoshows zu übernehmen. Einerseits bereitete mir diese Tätigkeit ehrlich Freude, zum anderen hatte ich auf diese Weise die perfekte Ausrede, weshalb ich nicht bei den Angestellten-Show-Auftritten teilnehmen konnte.

Leider beinhaltete mein Workaholic-Modus, dass ich kaum noch etwas vom allgemeinen Campgeschehen mitbekam – was jedoch in Bezug auf Vincent einen eindeutigen Vorteil darstellte. Da wir seit seinem Konzert keine Chance gehabt hatten, uns zu unterhalten, wusste ich nicht, was er von meinem Fast-Zusammenbruch mitbekommen hatte. Aber wie es schien, war es ausreichend gewesen, um mich seitdem auf eine Art und Weise anzusehen, die mir jedes Mal tief unter die Haut ging. Denn in seinen Augen spiegelte sich kein Mitleid oder gar Erheiterung, wenn wir uns zufällig auf dem Campgelände begegneten. Nein, viel eher war da ein Ausdruck von aufrichtiger Sorge zu erkennen. Ich hatte zwar keinen blassen Schimmer, wieso ihn mein Gemütszustand so sehr mitzunehmen schien, aber ich konnte nicht leugnen, dass mich dieser Umstand auf eine Weise berührte, die überaus ungewollte Dinge mit meinem Herzen anstellte.

Zurück in der Gegenwart, machte ich eine kleine Pause, um Sadie eine Nachricht zu schicken. Ihre Grandma war inzwischen aus dem Krankenhaus entlassen worden, brauchte aber noch ein wenig Unterstützung im Alltag, weshalb ich doch länger auf die Ankunft meiner Freundin würde warten müssen als zuerst gedacht. Zwar war ich über diese Gewissheit alles andere als happy, aber ich hatte absolutes Verständnis dafür. Hätte ich mich an ihrer Stelle befunden, hätte ich nicht anders gehandelt.

»MacKenzie! Da bist du ja endlich!« Luisa platzte so geräuschvoll in die Hütte, dass ich vor Schreck aufschrie. Ruckartig wirbelte ich herum und presste mein Handy an meine pochende Brust. »Ich suche dich schon die ganze Zeit! Komm! Die anderen warten auf uns!«

Ebenso hektisch, wie Luisa in die Hütte gestürmt war, lief sie wieder hinaus, ohne mir die Gelegenheit zu geben, ihren Auftritt zu verarbeiten.

Verdutzt sah ich der Musiklehrerin nach. Da mir keine andere Wahl blieb, wenn ich herausfinden wollte, was los war, stopfte ich mein Handy in die Hosentasche und eilte ihr nach.

Ich holte meine Kollegin ein, kurz bevor sie das Deli Corner erreichte. Meine Frage, was der Grund für die Hektik war, blieb mir im Hals stecken, als ich Luisa in die Mehrzweckhütte folgte, in der einige Camp-Angestellte an einem Tisch saßen. Vincent und George, die sich gerade hinsetzten, schienen ebenfalls soeben erst eingetroffen zu sein.

»Oh, gut, wir sind komplett.« Granny lächelte erleichtert, doch es wirkte nicht überzeugend. Etwas schien ihr Sorgen zu bereiten.

Sofort verkrampfte sich mein Magen.

»Was ist los?« Ich gesellte mich zu den anderen an den Tisch und setzte mich auf den letzten freien Platz, gegenüber von Vincent. Schüchtern lächelten wir einander an.

»Carmens Schwester ist letzte Nacht mit frühzeitigen Wehen ins Krankenhaus gekommen«, klärte mich Granny auf. »Carmen und Enrico sind sofort losgefahren, als sie davon erfahren haben.«

»O nein! Geht es Camilla und dem Baby gut?« Ich kannte Carmens Schwester noch aus der Zeit, in der ich selbst Camperin gewesen war. Damals war Camilla ebenfalls als Kursleiterin tätig gewesen. Inzwischen war sie jedoch mit ihren vier beziehungsweise vermutlich nun fünf Kindern voll und ganz ausgelastet.

»Soweit wir wissen, ist alles den Umständen entsprechend gut verlaufen und sie und das Baby sind wohlauf.«

Erleichterung überkam mich. Doch wie es schien, war es dafür zu früh. Irgendetwas musste noch im Argen liegen.

»Okay, und was ist dann der Grund für die langen Gesichter?«

»Carmen hat geschrieben und sich und Enrico für die kommende Woche entschuldigt. Sie wollen verständlicherweise für ihre Familie da sein. Leider bringt uns das in die missliche Lage, dass wir uns überlegen müssen, wie und womit wir die ausfallenden Kurse der beiden kompensieren können.«

»Ganz zu schweigen von dem Auftritt morgen Abend«, fügte Luisa hinzu. »Ohne die beiden als Sandy und Danny können wir schlecht *Summer Nights* performen.«

Granny nickte bedrückt und auch meine Schultern sackten herab. Die ausfallenden Kurse waren eine Sache – dafür würde sich sicherlich eine Lösung finden. Aber der nun gefährdete Auftritt war ein harter Schlag. Meine Kollegen und Kolleginnen hatten in der letzen Woche jede Minute ihrer kostbaren und sehr überschaubaren Freizeit zum Proben genutzt. Es war nicht fair, dass ihre Mühen umsonst gewesen sein sollten.

»Mein Angebot steht«, sagte Tomy und sah Luisa an. Die beiden kannten sich seit Jahren und pflegten eine eher ungewöhnliche Freundschaft. »Ich kann Enrico ersetzen. Ich bräuchte dann nur noch eine Sandy.« Er wackelte vielsagend mit den Augenbrauen.

Luisa stieß ein übertriebenes Seufzen aus, musste jedoch ebenfalls grinsen. »Träum weiter. Wenn ich mit jemandem über eine heiße Sommerliebe singe, dann gewiss nicht mit dir.« Sie warf Vincent ein verführerisches Zwinkern zu, das, so war ich mir sicher, nur zur Hälfte scherzhaft gemeint war.

Vincents Wangen färbten sich umgehend rosa und ich musste mir ein Schmunzeln verkneifen.

»Außerdem«, sagte Luisa weiter und wandte sich wieder Tomy zu, »würde das unser Problem nicht lösen, sondern nur verlagern. Uns würden weiterhin zwei Personen fehlen.« Ihr Kopf drehte sich betont langsam in meine Richtung und sie sah mich bedeutungsvoll an. Auch ohne dass Luisa ein Wort sagte, wusste ich, worauf sie hinauswollte.

»Ihr wollt, dass *ich* für Carmen einspringe?« Meine Stimme schnellte in die Höhe. Wieso hatte ich diese Falle nicht kommen sehen? Carmens und Enricos Abwesenheit war mir bereits heute

Morgen beim Frühstück aufgefallen. Zudem waren gerade nur die Campmitarbeiter anwesend, die bei der morgigen Show mitwirkten.

»Das wäre die beste Lösung«, stimmte Tomy zu. »Du kennst jeden Song des Films in- und auswendig und du hast von allen Frauen die mit Abstand beste Stimme.« Sein Blick bekam etwas Flehendes. »Bitte, MacKenzie, erlöse uns von dieser sinnbefreiten Diskussion und sag Ja! Du und Vincent würdet perfekt in die Rollen passen.«

Meine geweiteten Augen richteten sich auf Vincent. Wieso sagte er denn nichts zu diesem Thema? Überraschte ihn diese Bitte gar nicht? Hatte man ihn womöglich bereits eingeweiht? Und hatte er zugesagt? *Wollte* er etwa gemeinsam mit mir bei der Mottoshow auftreten?

Mein Herz galoppierte in meiner Brust und ich fühlte mich wie ein Tier, das man in die Enge getrieben hatte. Meine Atmung ging hektisch, meine Finger zitterten. Alles in mir sträubte sich dagegen, auch nur einen Gedanken an die *Möglichkeit* zu verschwenden, dieser Bitte nachzukommen.

Aber wenn ich ablehnte, würde ich Personen enttäuschen, die sich auf mich verließen.

Was soll ich nur tun?

»Du musst es nicht machen, wenn du nicht willst«, sagte Granny mit leiser, einfühlsamer Stimme. Auch ohne sie anzusehen, wusste ich genau, was ich in ihren Augen erkennen würde. Verständnis. Mitgefühl. Schmerz. Letzteres, weil ich sie mit meinem Musik-Boykott ständig an unseren Verlust erinnerte.

»Was haltet ihr davon, wenn nicht MacKenzie die Rolle der Sandy übernimmt, sondern Granny?«, schlug Vincent vor und sämtliche Augenpaare, die zuvor auf mich gerichtet gewesen waren, huschten in seine Richtung.

»Wie bitte? Du möchtest, dass *ich* mit dir singe?« Meine Grandma sah Vincent ähnlich erschrocken-verdutzt an wie wir alle.

Vincent zuckte mit den Schultern. »Klar, warum denn nicht? Abgesehen davon, dass es außer Frage steht, von wem MacKenzie ihr

Gesangstalent hat, hast du es auch mehr als jeder andere verdient, in der ersten Mottoshow die Hauptrolle singen zu dürfen. Außerdem«, ein Schmunzeln umspielte seine Lippen und brachte seine Augen zum Strahlen, »wirst du die unschuldige Sandra Dee sehr viel überzeugender verkörpern als deine Enkelin.« Er warf mir ein verschwörerisches Augenzwinkern zu.

Sprachlos klappte mir der Mund auf.

Hatte ich mich verhört oder machte sich Vincent über mich lustig? Oder – was noch unvorstellbarer war – flirtete er mit mir?

Die verhassten Schmetterlinge in meiner Körpermitte stoben bei dieser Vorstellung wild auseinander.

Meine Güte! Drehten meine Hormone nun völlig durch? Ich *wollte* gar nicht, dass Vincent mit mir flirtete. Wirklich nicht! Trotzdem konnte ich nicht leugnen, dass sich eine wohlige und leider Gottes überaus vertraute Hitze in meinem Bauch bemerkbar machte.

»Wäre das denn wirklich für dich in Ordnung?«, fragte Granny unsicher, aber vernehmbar geschmeichelt.

Wie alle hier im Camp liebte auch sie die Musik. Doch wie konnte sie nach all den Jahren, die sie sich ebenso wie ich von der Musik ferngehalten hatte, nun auch nur darüber *nachdenken*, gemeinsam mit einem weltbekannten Rockstar als Duettpartner vor Publikum zu singen? War der damit verbundene Schmerz nicht zu qualvoll? Und warum in Herrgotts Namen verspürte ich deshalb einen Stich der Eifersucht?

»Ich möchte nicht, dass du dich unwohl fühlst, wenn du mit einem so alten Knochen wie mir auftreten musst«, sagte Granny weiter.

»Es wäre mir eine Ehre, mit einer so talentierten Lady wie dir performen zu dürfen«, erwiderte Vincent todernst, gleichwohl ein Lächeln an seinen Mundwinkeln zupfte.

Granny schmunzelte und willigte schließlich ein, was einen erleichterten Tumult erzeugte. Diesen nutzte Vincent, um sich erneut mir zu widmen. Wir sahen einander stumm an, dann wandelte sich der Ausdruck in seinen Augen und ein warmer Glanz wurde ersichtlich. Auch sein freches Grinsen wich einem sanften Kräuseln seiner Lippen.

Und in dieser Sekunde wurde mir etwas bewusst: Vincent hatte sich weder über mich lustig gemacht noch mit mir geflirtet. Stattdessen hatte er mir geholfen, aus dieser überaus unangenehmen Situation herauszukommen.

Shit! Plötzlich wäre es mir doch lieber gewesen, wenn er mit mir geflirtet hätte.

Summer Nights

John Travolta & Olivia Newton-John

VINCENT

Verflucht! Hatte ich allen Ernstes mit MacKenzie geflirtet? Was stimmte nicht mit mir?

Ich meine, klar, Flirten war harmlos. Nichtssagend. Unbedeutend. Aber wenn das wirklich der Fall war, wieso konnte ich dann seit dem Treffen gestern Nachmittag an nichts anderes mehr denken?

Die Antwort darauf war ebenso offensichtlich wie verwirrend. Denn auch wenn wir augenscheinlich sehr viel mehr miteinander gemeinsam hatten, als ich bisher geglaubt hatte, verstand ich nicht, wie es sein konnte, dass MacKenzie ausgerechnet dann in Panik zu verfallen schien, als man sie gebeten hatte, Carmens Platz einzunehmen. Wieso hatte sie sich nicht gefreut, sondern wie ein Tier reagiert, das man in eine Ecke gedrängt hatte?

So gern ich die Antwort auf diese Frage auch gekannt hätte, war sie nicht von Bedeutung. Allein die Gewissheit, dass MacKenzie kurz davorgestanden hatte zuzustimmen, obwohl ihr die Vorstellung sichtlich unangenehm war, hatte genügt, um meinen Wunsch, ihr zu helfen, hell aufflammen zu lassen. Auch wenn ich mich dafür vor knapp achtzig Augenpaaren zum Vollhorst machen musste. Von den unzähligen Videos, die nach heute Abend im Internet kursieren würden, ganz zu schweigen.

»Sind alle bereit?« MacKenzies Stimme erfüllte die Varioke-Hütte, die an Mottoshow-Abenden als Umkleide für die Showacts fungierte.

Als Antwort schwebte ein aus mehreren Stimmen bestehendes und in unterschiedlichen Euphoriestufen erklingendes »Ja!« durch die Hütte. Wie es schien, war ich der Einzige, der es nicht allzu eilig hatte, auf die Bühne zu kommen.

»Gut, dann raus mit euch!« Lachend scheuchte uns MacKenzie mit wedelnden Händen aus der Hütte und ich ergab mich mit hängenden Schultern in mein Schicksal. Für einen Rückzieher war es ohnehin zu spät.

Gefolgt von dem Rest meiner T-Bird-Clique stolperte ich hinaus in die schwülwarme Abendluft. Die Sonne verbarg sich hinter den hohen Baumwipfeln des an das Camp angrenzenden Waldes und warf lange Schatten auf den Boden.

Bis zur Bühne waren es nur wenige Meter, doch die genügten, um meine Handflächen vor Nervosität feucht werden zu lassen. Es war *eine* Sache, ein Konzert mit meiner eigenen Musik zu spielen – da kannte ich die Songs in- und auswendig und stand entweder allein auf der Bühne oder hatte Backgroundtänzer, die mir in den meisten Fällen nicht zu nahe kamen. Doch das hier? Das war eine völlig andere Hausnummer. Hier musste ich nicht nur auf den Songtext achten, sondern auch eine Choreografie präsentieren, für deren Erlernen ich gerade einmal vierundzwanzig Stunden Zeit gehabt hatte und die bei einem Reinfall nicht nur meine Blamage bedeutete, sondern auch die meiner acht Mitstreiter.

Um mir meine pessimistischen Gedanken nicht anmerken zu lassen, schob ich meine Hände in die Taschen meiner Lederjacke. Der einzige Vorteil an der ganzen Sache war der, dass ich meine eigene Garderobe nutzen durfte, da Dannys Outfit genau meinem Stil entsprach. Schwarze Jeans, Turnschuhe und Lederjacke. Nur bei dem weißen T-Shirt hatten wir improvisieren müssen, sodass ich stattdessen ein hellgraues trug, das ich verkehrt herum angezogen hatte, um den Markennamen, der auf der Vorderseite prangte, zu verdecken. Meine Haare hatte Luisa zu einer waschechten Elvis-Tolle frisiert und mit so viel Haarspray verklebt, dass sie vermutlich für den Rest meines Lebens standhalten würde. In der Gesäßtasche meiner Hose steckte ein altmodischer Kamm, den ich während der Performance tatsächlich benutzen sollte. Mir graute jetzt schon davor.

»Vergiss nicht, zweimal rechts, dann einmal links und erst dann die Drehung.« Tomy, der ebenso wie Tanner, Brady und Omar denselben Look wie ich zur Schau trug, grinste mich an. »Wenn du auf der Bühne patzt und in mich hineinrennst, segel ich von den Latten.«

»Danke für die Erinnerung«, erwiderte ich mit einem halben Grinsen. Aber natürlich hatte Tomy recht. Die Proben, die wir gestern und heute rund um den Camp-Alltag herumgebastelt und die gestern Abend sogar noch nach dem Lagerfeuer bis spät in die Nacht stattgefunden hatten, waren eher semi-gut verlaufen. Das lag vor allem daran, dass es Irrsinn war, binnen eines Tages eine komplette Choreo samt Song-Lyrics lernen zu wollen, wenn man ständig von einem Mädchen abgelenkt wurde, das einen mit verstohlenen Blicken und merkwürdig seligem Grinsen beobachtete, sich jedoch jedes Mal ertappt wegdrehte, wenn man es dabei erwischte.

»Du packst das schon.« Tomy klopfte mir freundschaftlich auf die Schulter und betrat als erster der T-Birds die Bühne. Ich folgte ihm mit den anderen.

Sämtliche Camper hatten sich vor dem Bühnenbereich versammelt, sodass wir gleich unsere Plätze auf dem Showpodest einnahmen. Passend zum Originalfilm postierte ich mich im Zentrum meiner T-Birds auf der einen Seite, während sich Granny, umzingelt von Luisa, Rebekka und zwei Mädels aus der Küchencrew, auf der anderen Seite aufstellte. Die Frauen trugen Blusen mit Perlenketten oder Halstüchern, farbenfrohe Röcke, die weit über die Knie reichten und bei jeder Bewegung luftig umherschwangen, und ihre Haare hatten sie dem Film entsprechend entweder auftoupiert und mit Spangen in Form gelegt oder in strenge Pferdeschwänze gezwängt.

MacKenzie, die uns heute Abend anmoderieren würde, fand sich vor dem Mikrofonständer ein.

»Liebe Camper, ich freue mich unglaublich, euch heute Abend zum allerersten Mottoshow-Abend in der Geschichte des Camp Melody begrüßen zu dürfen. Wie manche von euch vielleicht wissen, bin ich ein großer Fan des Musicals *Grease* und kann es deshalb kaum erwarten, eure Song-Interpretationen zu hören. Aber damit niemand von euch in die Verlegenheit kommt und als Erster auftreten muss, wird das hauseigene Camp-Melody-Musical-Ensemble die Show eröffnen. Also Bühne frei für Vincent Kennedy und Elisabeth Groover alias Danny Zuko und Sandra Dee und ihre *Summer Nights*.

Tosender Applaus wehte aus Richtung der Zuschauer zu uns herüber und mein Puls beschleunigte sich noch einmal sprunghaft. Allein meiner inzwischen jahrelangen Erfahrung im Showbereich war es geschuldet, dass ich nicht vollends die Nerven verlor. Doch eins stand unwiederruflich fest: Noch einmal würde ich mich zu einer solchen Aktion auf keinen Fall hinreißen lassen – auch wenn ich zugeben musste, dass MacKenzies dankbares Lächeln gestern eine sehr angenehme Entschädigung für diese Peinlichkeit dargestellt hatte.

MacKenzie verließ samt Mikrofonständer die Bühne und gab Sam, der hinter der Bühne die Technik im Griff behielt, ein Zeichen, dass die Show beginnen konnte.

Die ersten zarten Töne erklangen und wie einstudiert taten sowohl die Mädels als auch wir Jungs so, als würden wir uns innerhalb unserer Gruppen miteinander unterhalten.

Die Melodie floss dahin, verlieh der sommerlichen Atmosphäre eine zusätzlich leichte Note und lockerte mit jedem Beat ein Stück meiner Anspannung. Zwar war ich noch immer meilenweit davon entfernt, mich wirklich wohlzufühlen, doch Musik war nun mal Musik und irgendwann hatten mich die Noten so weit bearbeitet, dass ich mich nicht länger zur Wehr setzen konnte. Mein innerer Widerstand fiel in sich zusammen und passgenau zu meinem Einsatz war ich wieder komplett in meiner Rolle als Sänger angekommen.

Abwechselnd sangen Granny und ich unsere jeweiligen Strophen und arbeiteten uns dabei langsam aufeinander zu, bis wir an der Stelle, wo sich unsere Stimmen zum ersten Mal miteinander vermischten, Rücken an Rücken aneinanderlehnten.

Sofort setzten uns unsere Gruppenmitglieder nach, während sie uns – ebenfalls abwechselnd – mit gesungenen Fragen bombardierten.

In diesem Rhythmus, wobei Granny und ich uns beim weiteren Singen wieder voneinander trennten, um umgeben von unseren Mitstreitern über die Bühne zu schlendern und unseren jeweilig passenden Posen und Gesten nachzukommen – was in meinem Fall den Einsatz des bereits erwähnten Kamms zur Folge hatte –, hangelten wir uns durch die Lyrics, bis der locker-rhythmische Beat irgendwann in eine ruhigere Richtung überging. Granny und ich begaben uns planmäßig an den vorderen Rand der Bühne, während unsere Gruppen hinter uns stehen blieben, um den Fokus der Zuschauer beim großen Finale auf uns zu lenken.

Erneut sangen wir abwechselnd unsere Zeilen, doch dieses Mal wandten wir uns dabei einander zu und näherten uns dem jeweils anderen Schritt für Schritt, bis wir dicht genug voreinanderstanden, um uns an der Hand zu nehmen. Nun hätten wir eigentlich, begleitet von innigem Blickkontakt, gemeinsam die letzte Zeile singen sollen. Doch als ich so dastand, hoch konzentriert und gleichzeitig bis in die Haarspitzen mit der Musik erfüllt, die ich mit einer ganz anderen Sängerin verband, meinte ich auf einmal MacKenzie vor mir zu sehen. Ihre Hand lag warm und weich in meiner und sie sah mich auf diese zuneigungsvolle Art an, die meinen Magen auf vertraute Weise verknotete.

Nein! Nein! Nein!

So wollte ich nicht erneut über sie denken. Das *durfte* ich einfach nicht. Doch sosehr ich mich auch gegen meine Fantasien zu wehren versuchte, es war zwecklos. Das Bild von MacKenzie festigte sich immer stärker, und als der Abschluss von dem fast schon kirchenchorähnlichen *Tell Me More* unserer Mitsänger und -sängerinnen im Hintergrund ertönte, wandelte sich der Ausdruck in MacKenzies Augen, bis er regelrecht verschlingend wirkte.

Die Melodie verklang und für den Bruchteil einer Sekunde dominierte Stille das Camp. Mein Herz polterte in meiner Brust und mein Atem ging hektisch. Und erst als meine Gesangspartnerin meine Finger drückte und ein »Ich danke dir, Vincent« wisperte, löste sich die Illusion auf und ich kehrte zurück in die Realität. Granny wurde wieder zu Granny, und als ich das Funkeln in ihren Augen bemerkte, das ich auf diese Weise noch nie bei ihr wahrgenommen hatte, fühlte ich mich wie der letzte Arsch. Während sie voll leidenschaftlicher Unschuld gesungen hatte, waren mir Fantasien ihrer Enkelin durch den Kopf gegangen, die alles andere als unschuldig waren.

Ich zwang mich zu einem halbwegs überzeugenden Lächeln, als der Rest unseres Ensembles zu uns aufschloss, um sich ebenfalls im Klang des tosenden Applauses zu sonnen. Doch lange konnte ich nicht an meiner Rolle festhalten. Anstatt die prickelnde Euphorie eines beendeten Auftritts zu genießen, schaute ich wie magisch angezogen in Richtung Bühnenrand, wo ich MacKenzie neben George entdeckte. Ihre Augen waren geweitet, ihre Wangen gerötet. Und sie sah mich an, als wüsste sie ganz genau, welcher Film soeben in meinem Kopf abgelaufen war.

Fuck!

»Was hältst du von dieser Melodie?« Ich zupfte an den Saiten meiner Gitarre und zarte Töne vermischten sich mit der friedlichen Stille um uns herum.

Es war Sonntag, der Tag nach der Grease-Mottoshow und somit die erste Gelegenheit für alle, ein wenig durchzuschnaufen. Granny hatte die Campsonntage als frei deklariert, damit sowohl die Kids als auch wir Erwachsenen einen Tag in der Woche hatten, um Kraft zu tanken und die kreativen Akkus aufzuladen.

Meine Begleitung, eine junge Camperin namens Matilda, und ich hatten dies als Anlass genommen, es uns abseits des Camps unter einem Schatten spendenen Baum auf einer verlassenen Wiese gemütlich zu machen. Hinter uns funkelte ein kleiner See im strahlenden Sonnenschein wie ein Diamantenmeer, und rund um uns herum war die warme Sommerluft von friedlicher Stille und leisem Grillengezirpe erfüllt.

Hätte mich jetzt ein Paparazzo entdeckt, stünde mir zweifelsfrei der größte Skandal meines Lebens bevor. Nicht nur, dass ich mit einem minderjährigen Fan allein war, nein, Matilda ging noch zur Primary School und war Autistin. Doch da niemand außer Granny und George wusste, wo wir uns aufhielten, standen die Chancen nicht sehr hoch, dass unsere kleine Camp-Pause in ausgewachsenem Ärger enden würde. Zudem war es ja nicht so, als hätte ich eine Wahl gehabt, ob ich Matilda mitnehmen oder im Camp lassen wollte.

Seit dem ersten Tag, als MacKenzie und ich den Malerkurs beaufsichtigt hatten, verfolgte mich die Kleine wie ein junges Entenküken. Granny hatte mir erzählt, dass Matilda nur sehr wenige Leute in ihre Welt hineinließ. In den vier Sommern, die sie inzwischen das Camp besucht hatte, hatten es bisher nur Granny, Carmen und Sam geschafft, zu ihr durchzudringen. Aus diesem Grund waren alle, insbesondere ich, sehr überrascht gewesen, als mich Matilda quasi auf den ersten Blick akzeptiert und in den exklusiven Kreis ihrer Kontaktpersonen aufgenommen hatte. Dabei schien es dem Mädchen herzlich egal zu sein, dass ich für den Rest der Welt ein berühmter Rockstar war. Zumindest machte es den Anschein, als hätte sie meine Gesellschaft ebenso genossen, wenn ich ein Straßenmusiker oder Mathematiklehrer gewesen wäre.

Matilda hielt mitten in ihrem Tun inne, schloss konzentriert die Augen und lauschte gespannt meiner Musik. Dann verzog sie die

Mundwinkel, schüttelte streng den Kopf und knüpfte weiter wortlos ihre Blumenkette – all das, ohne ein Wort zu sagen oder mich auch nur ein Mal anzusehen.

Ich seufzte, musste jedoch innerlich grinsen. Ich konnte mich nicht daran erinnern, wann das letzte Mal jemand so schamlos ehrlich seine Meinung über meine Musik kundgetan und dabei gleichzeitig so liebenswert gewirkt hatte.

»Ach, komm«, sagte ich. »So schlecht ist die Melodie doch gar nicht.«

Meine Zuhörerin schüttelte erneut den Kopf.

Doch ist sie.

Ich seufzte erneut, legte meine Gitarre zur Seite und holte das alte, abgenutzte Notizbuch aus meiner Gesäßtasche hervor, in dem ich früher immer meine selbst geschriebenen Liedtexte erfasst hatte. Der letzte Eintrag lag Jahre zurück, dennoch nahm ich das Buch immer und überall mit hin. Es gab mir ein Gefühl von Bodenständigkeit.

»Na schön, dann streiche ich diese Komposition eben.« Übertrieben theatralisch zückte ich den Kulli vom Einband und kritzelte auf einer leeren Seite herum. Ich war selbst nicht sonderlich überzeugt gewesen, weshalb ich die Noten gar nicht erst notiert hatte. Aber um Matilda ein Lächeln abzuluchsen, spielte ich gern den frustrierten und uninspierten Musiker.

Und irgendwie passte diese Beschreibung auch zu meiner aktuellen Lage. Seit Tagen geisterte mir eine Melodie durch den Kopf, die ich nicht richtig zu greifen bekam. Jedes Mal, wenn ich versuchte, sie mit meiner Gitarre einzufangen, um die Noten aufzuschreiben, scheiterte ich.

Matilda knüpfte unbeeindruckt und weiterhin wortlos die von ihr gesammelten Blumen, und ich folgte ihrem Beispiel grenzenloser Ruhe und Gelassenheit, indem ich mich, das Notizbuch noch immer in der Hand, mit geschlossenen Augen rücklings gegen den Baum lehnte.

Die Zeit verging, die Sonne wanderte weiter am wolkenlosen Himmel entlang und mein knurrender Magen sagte mir, dass es bald Zeit fürs Mittagessen sein musste. Da Granny der Küchencrew nach dem Frühstück ebenfalls freigegeben hatte, würde das Mittagessen von einer Pizzeria aus der Nähe stammen. Am Abend wollten Tomy, Sam, Tanner und Brady für uns grillen.

Neben mir geriet Matilda in Bewegung und ich öffnete genau in der Sekunde die Augen, als sie mir die zweite Blumenkette, die sie kreiert hatte, über den Kopf zog.

»Ist die für mich?« Verblüfft und gerührt sah ich auf die Gänseblümchen hinab. »Sie ist wunderschön, vielen Dank.«

Matilda lächelte zufrieden, dann zog sie meine Gitarre auf ihren Schoß und strich sanft über die Saiten, als wäre es eine Harfe. Normalerweise durfte niemand außer mir oder George mein Instrument anfassen. Doch bei ihr machte ich gern eine Ausnahme. Zum einen waren ihre Bewegungen vorsichtig und ehrfürchtig, zum anderen wollte ich das junge Mädchen nicht verschrecken. Granny hatte mir erzählt, dass Matilda Musik und Tanz liebte, aber jedes Jahr eine gewisse Zeit benötigte, ehe sie sich dem Campgeschehen öffnen und das breit gefächerte Angebot annehmen konnte. Und tatsächlich, wenn ich genauer darüber nachdachte, war dies das erste Mal, dass ich sie mit einem Musikinstrument in der Hand sah.

»Wow, das klingt großartig.« MacKenzies Stimme wehte so überraschend zu uns herüber, dass ich viel zu ruckartig den Kopf hob und mir prompt den Schädel am Baumstamm hinter mir stieß. Ein leises, erfolglos unterdrücktes Lachen bewies, dass diese Peinlichkeit nicht unbemerkt geblieben war. »Tut mir leid, ich wollte euch nicht stören.«

Kaum fokussierte sich mein Sichtfeld auf MacKenzie, konnte ich nicht anders, als zu lächeln. Die Haare unter einem roten Tuch zu einem Dutt gebunden, war ihr Gesicht zum Teil von einer Sonnenbrille verdeckt. Sie trug Jeans, eine hellblaue Bluse, weiße Ballerinas und einen Weidenkorb in der Hand. Im Vergleich zu dem sexy

Vamp-Outfit vom ersten Camptag sah sie regelrecht brav aus. Aber ich mochte diesen Look deutlich lieber. Er passte viel besser zu Mac-Kenzie.

»Schon gut.« Ich rieb mir den Hinterkopf, während Matilda zu einer Steinsäule mutiert schien. Mitten in der Bewegung erstarrt, sah sie MacKenzie an, als wüsste sie nicht, ob sie wegen der Unterbrechung sauer sein oder sich ertappt fühlen sollte, weil man sie außerhalb des Campgeländes erwischt hatte. Da wir jedoch Grannys Einverständnis hatten, uns hier aufzuhalten, glaubte ich nicht, dass MacKenzie gekommen war, um uns eine Standpauke zu halten.

»Was machst du hier?«, fragte ich. »Ich dachte, außer mir kennt niemand diesen Ort.«

»Tut mir leid dich enttäuschen zu müssen, aber ich bezweifle, dass es im Umkreis von fünf Meilen rund um das Camp einen Platz gibt, den ich nicht kenne.« MacKenzie schob sich die Sonnenbrille auf den Kopf. »Außerdem hat mir Granny verraten, wo ich euch finden kann. Ich wollte euch informieren, dass die Pizzen geliefert wurden. Zuerst habe ich versucht, dich auf dem Handy zu erreichen, aber es ging nur die Mailbox dran. Deswegen bin ich hergekommen. Aber ihr solltet euch besser beeilen. Als ich losgegangen bin, war das erste Viertel bereits verteilt.«

Als hätte MacKenzie Matildas größte Sorge angesprochen, legte das junge Mädchen meine Gitarre zurück ins Gras und sprang wie ein Duracell-Hase auf die Beine. Mit einer Hand klopfte sie sich das Gras von den pinken Shorts, mit der anderen fuchtelte sie vor meinem Gesicht herum. Ich sollte mich beeilen.

Langsam begann ich, mich aufzurichten. Ich hatte nach meinem Gespräch mit MacKenzie über den *Mixtape*-Artikel beschlossen, mein Handy für den Rest des Sommers auszuschalten. Hendrik konnte ich über Georges Firmentelefon kontaktieren und es war mal eine ganz neue und sehr angenehme Erfahrung, nicht ständig Sorge haben zu müssen, mit irgendwelchen Nachrichten belästigt zu werden.

»Was ist mit dir?«, fragte ich MacKenzie und steckte mein Notizbuch samt Stift zurück in meine Gesäßtasche. »Geht Rotkäppchen in den Wald, um Pilze zu sammeln?«

»Nicht ganz. Als Granny meinte, dass ihr hier seid, habe ich spontan Lust bekommen, mit dem Boot auf den See rauszufahren. Dafür habe ich mir in der Küche einen Picknickkorb zusammengestellt. Aber verratet mich bitte nicht bei Mike«, fügte sie mit verschwörerisch gesenkter Stimme hinzu und sah dabei lächelnd zu Matilda. »Er hasst es, wenn man seine Küche ohne seine Aufsicht betritt.«

»Dein Geheimnis ist bei uns sicher. Nicht wahr?« Ich zwinkerte Matilda zu und sie nickte.

»Danke.« MacKenzie grinste. »Dann wünsche ich euch beiden einen guten Appetit. Wir sehen uns sicherlich später.«

Sie wandte sich zum Gehen und in meiner Brust zog sich etwas zusammen. Obwohl es vermutlich besser gewesen wäre, Abstand zu ihr zu halten, damit sich etwas Derartiges wie gestern auf der Bühne nicht noch einmal wiederholte, konnte ich mich nicht dazu durchringen. Seit dem Mitarbeitertreffen vor zwei Tagen und meiner damit verbundenen Teilnahme an der gestrigen Mottoshow schien sich zwischen uns etwas verändert zu haben. Ich hatte nicht nur den Eindruck, als wäre MacKenzie irgendwie aufgetaut und in meiner Gegenwart lockerer geworden, es kam mir auch so vor, als lächelte sie mit einem Mal sehr viel mehr. Und obwohl ich mir vehement einzureden versuchte, dass das nichts zu bedeuten hatte und maximal den Vorteil besaß, dass ich sie vielleicht endlich auf den Final-Jam-Abend unseres letzten gemeinsamen Sommers ansprechen konnte, verspürte ich dennoch jedes Mal ein verräterisches Flattern in der Brust, wenn wir einander begegneten.

»Hey«, sagte ich einem spontanen Einfall folgend und verfluchte mich prompt für meinen Größenwahn. »Kannst du kurz warten?«

MacKenzie wirkte überrascht, kam meiner Bitte jedoch nach.

Ich lächelte dankbar, dann widmete ich mich Matilda. Um mit ihr auf Augenhöhe reden zu können, kniete ich mich vor sie.

»Du hast dich über den heutigen freien Tag gefreut, weil wir dann extraviel Zeit miteinander verbringen können, nicht wahr?«, fragte ich mit verschwörerisch gesenkter Stimme.

Matilda nickte, einen unsicheren Ausdruck in den Augen. Sie schien zu ahnen, in welche Richtung sich das Gespräch entwickeln würde.

»Das habe ich mir gedacht. Und der Tag hat bisher auch großen Spaß gemacht. Aber weißt du«, ich sah zu MacKenzie, die uns mit gefurchter Stirn beobachtete. Hoffentlich sprach ich leise genug, dass sie meine folgenden Worte nicht hörte. Sicherheitshalber senkte ich das Volumen noch eine Spur, als ich Matilda wieder ansah. »Ich mag MacKenzie. Sehr sogar. Wir haben eine sehr komplizierte Vergangenheit und uns viele Jahre nicht gesehen. Jetzt sind wir gerade dabei, uns wieder anzunähern. Aber dafür müssen wir Zeit miteinander verbringen. Kannst du das verstehen?«

Matilda schaute mich an, lang und intensiv. Dann nickte sie zögerlich. Enttäuschung flackerte in ihren Augen auf, doch sie hatte sich schnell wieder gefangen.

»Danke.« Ich lächelte erleichtert. Da Matilda körperliche Nähe nur zuließ, wenn sie von ihr ausging, nahm ich sie nicht in den Arm. Stattdessen hielt ich ihr meine Faust entgegen. »Heute Abend beim Lagerfeuer gehöre ich wieder ganz dir alleine, einverstanden?«

Erneut nickte sie, nun mit einem zaghaften Lächeln auf den Lippen. Dann stieß sie ihre Faust gegen meine.

Glücklich erhob ich mich, um mich MacKenzie zu widmen. Blieb nur zu hoffen, dass ich Matilda nicht umsonst versetzt hatte.

»Weißt du, du solltest nicht allein mit dem Boot auf den See fahren. Wölfe sind verdammt gute Schwimmer. Nicht, dass du noch als Dessert nach den sieben Geißlein herhalten musst.«

MacKenzie schaute erst verwirrt drein, dann lachte sie glockenhell. »Verwechselst du nicht gerade ein paar Märchen miteinander?«

»Kann sein«, gestand ich grinsend. »Aber bist du bereit, das Risiko einzugehen und es darauf ankommen zu lassen? Also, ich nicht.«

»Nein?« MacKenzies Lächeln intensivierte sich. »Und was schlägst du vor?«

»Dass ich dich begleite«, sagte ich selbstbewusst. Flirtete ich gerade schon wieder mit ihr? Und – was viel unvorstellbarer war – ging sie dieses Mal darauf ein? »Ich habe zwar kein Gewehr«, sagte ich weiter, um mich von dieser Vorstellung und meiner damit einhergehenden Nervosität abzulenken. »Aber im Zweifel kann ich das Monster mit richtig schlechten Lyrics in die Flucht schlagen. Ehrlich, die sind so grottig, die erträgt nicht einmal ein Wolf mit Appetit auf Rotkäppchen.«

»Okay, wenn das so ist, dann bestehe ich natürlich darauf, dass du mitkommst – und sei es nur, damit ich mich selbst davon überzeugen kann, dass du nicht schamlos übertreibst und die Lyrics in Wahrheit Chancen auf einen Grammy haben.«

Ich nickte, mittlerweile viel zu breit grinsend. »Alles klar. Ich bringe Matilda nur eben ins Camp. Dann komme ich zurück.«

MacKenzie nickte ebenfalls und ihre Augen leuchteten.

Schnell, bevor jemand seine Meinung ändern konnte oder ich aus dieser Illusion katapultiert wurde, schnappte ich mir meine Gitarre und eilte mit Matilda davon.

Ich übergab meine Begleitung an Granny, die gemeinsam mit George, Luisa und Tomy im Deli Corner saß und sich köstlich zu amüsieren schien. Dann informierte ich George darüber, dass ich mit MacKenzie am See war, und machte mich auf den Rückweg – mit einem Herzschlag, der mit jedem Schritt, den ich mich MacKenzie näherte, mehr und mehr dem Vibrieren eines angeschlagenen Ride-Beckens ähnelte.

ocean eyes

Billie Eilish

MACKENZIE

Mein Herz schlug mit jeder Sekunde, die ich auf Vincent wartete, vor Aufregung schneller. Und obwohl ich wusste, dass es eine dumme Idee gewesen war, sein Angebot anzunehmen, konnte ich nicht aufhören zu grinsen. Ich versuchte mir einzureden, dass das an der Gelegenheit lag, Vincent in ruhiger und privater Atmosphäre auf seinen Verrat aus der Vergangenheit anzusprechen. Aber tief in meinem Inneren wusste ich, dass das nicht der alleinige Grund für das nervöse Kribbeln in meinem Bauch war.

Seit mir Vincent vor zwei Tagen bei dem Überfall meiner Kollegen zu Hilfe geeilt war, hatte sich etwas zwischen uns verändert. Etwas Gravierendes. Und egal wie gern ich es auch weiterhin geleugnet hätte, konnte ich die Anziehung, die von ihm ausging, nicht länger ignorieren. Vor allem gestern, als er gemeinsam mit Granny gesungen hatte, war meine Sicht auf ihn drastisch ins Wanken geraten. Entgegen meinen Befürchtungen, eine weitere Show des vor Coolness strotzenden Megastars ertragen zu müssen, hatte neben Granny jener junge Mann gestanden, den ich einst zu kennen geglaubt hatte. Denn anstatt darauf bedacht zu sein, während seines Auftritts möglichst viel Sexappeal an den Tag zu legen und mit seinen Fans vor der Bühne zu flirten, hatte Vincent einfach sein begnadetes Talent für sich sprechen lassen und sicherlich nicht nur mich damit auf einer völlig neuen Ebene für sich eingenommen.

»Da bin ich wieder!« Vincents Stimme wehte wie ein sanfter Lufthauch zu mir herüber und ich drehte mich zu ihm herum. Er kam joggend auf mich zu, seine Gitarre in der Hand. Wie es schien, hatte er sich beeilt, um mich nicht warten zu lassen. »Ist es wirklich okay, wenn ich mitkomme?«, hakte er nach, als er mich eingeholt hatte. »Ich wollte dich nicht in die Verlegenheit bringen, Ja sagen zu müssen, obwohl du vielleicht lieber allein gewesen wärst.«

»Nein, schon gut.« Langsamen Schrittes machten wir uns auf den Weg in Richtung Bootssteg. »Ich bin froh, dass du angeboten hast mitzukommen. Ich wollte mich für deine Hilfe wegen der Mottoshow bedanken. Du hast mir wirklich aus der Klemme geholfen.«

Vincent erwiderte mein Lächeln mit einem warmen Glanz in den Augen. »Das habe ich gern getan.«

Einige Meter gingen wir schweigsam nebeneinander her und zum ersten Mal seit unserem Wiedersehen empfand ich die Stille zwischen uns nicht als unangenehm. Viel eher erinnerte sie mich an früher.

Dennoch spürte ich deutlich, dass Vincent etwas auf dem Herzen lag.

»Ich werde nicht nach dem Grund fragen, wieso du nicht bei den Mottoshows auftreten willst«, sagte er vorsichtig, als wäre ich ein scheues Reh, von dem anzunehmen war, dass es bei den falschen Worten davonlaufen könnte. »Aber du sollst wissen, dass ich dir zuhören werde, wenn du darüber reden möchtest.«

Nach Pops' Tod hatten mir viele Leute dieses Angebot gemacht. Doch niemand hatte es wirklich ernst gemeint – das hatte ich an ihren Augen ablesen können. Doch bei Vincent war es anders. Er würde mir zuhören, und zwar ohne sich ein Urteil über mich zu bilden.

Meine Lippen teilten sich, willens, jene Worte auszusprechen, die ich schon so lange in mir trug, dass sie zu einem Teil meiner selbst geworden waren.

Aber leider war genau das das Problem.

Wenn ich mich Vincent jetzt anvertraute, würde das mein Herz gefährlich schutzlos dastehen lassen. Und wenn es etwas gab, das ich unbedingt vermeiden wollte, dann, dass ich ihn erneut zu nah an mich heranließ – vor allem, solange ich nicht wusste, wieso er mich damals derart hintergangen hatte.

»Danke«, sagte ich deshalb nur und wandte mich wieder dem Weg vor uns zu. Vermutlich wäre jetzt der perfekte Moment gewesen, um Vincent auf unsere Vergangenheit anzusprechen. Aber sosehr ich die Wahrheit auch in Erfahrung bringen wollte, hatte ich gleichzeitig unglaubliche Angst davor. Was, wenn mir Vincent gestand, dass er damals Hals über Kopf in Dakota verliebt gewesen war und er von Beginn an nur zugestimmt hatte, mit mir an einem Song zu arbeiten, um seiner Holden auf diese Weise seine Gefühle zu gestehen? Ein solches Geständnis würde die hauchfeine Annäherung zwischen uns zerstören und ich wollte mir gar nicht vorstellen, wie sich anschließend der Rest des Sommers für uns gestalten würde.

Wir erreichten den Steg, an dem ein altes Ruderboot befestigt war. Früher hatten wir mehrere besessen, doch im Laufe der letzten Jahre, als sich immer weniger Kinder für das Camp zu interessieren begonnen hatten, hatte Granny sie verkauft. Nur dieses eine, die *Lizzy*, hatte sie aus Sentimentalität behalten. Verständlich, wenn man bedachte, dass Pops ihr während eines Bootsausflugs einen Heiratsantrag gemacht hatte.

»Ich hoffe, es ist okay für dich, dass wir keine Rettungswesten haben«, sagte ich und stellte den Weidenkorb zwischen die Sitzflächen. Dann stieg ich selbst hinein. »Ich habe Granny gefragt, aber sie meinte, mit dem Verkauf der Boote habe sie auch alle Westen weggegeben.« Meine Grandma war zwar nicht sehr glücklich über meine Idee gewesen, ohne Schwimmweste auf den See hinauszufahren, aber sie vertraute mir und der Einschätzung meiner eigenen Fähigkeiten.

Vincent folgte mir ins Boot und setzte sich auf die andere Seite.

Nachdem seine Gitarre sicher verstaut war, löste er das Tau. »Nein, das ist kein Problem für mich. Aber eins solltest du wissen.« Er sah mich ernst an. »Sollten wir kentern und du findest dich in der Situation wieder, die Wahl treffen zu müssen, ob du mich oder meine Gitarre rettest, bitte ich dich, meinem Instrument ein schönes Zuhause zu geben. Sie liebt es, wenn man sie abends mit ein paar Streicheleinheiten verwöhnt. Am liebsten hat sie es, wenn man Kuschelrock mit ihr spielt.«

Ich stieß ein so herzliches Lachen aus, das ich mir den Bauch halten musste, während Vincent dies als Startschuss nahm, sich die Ruder des Bootes zu greifen und uns vom Steg abzustoßen.

»Ist notiert«, sagte ich, nachdem ich mich beruhigt hatte und wir schweigsam über das Wasser glitten. »Und als Zeichen, dass ich dein Vertrauen zu schätzen weiß, verrate ich dir ein Geheimnis: Ich habe vorhin nicht erwartet, dass du zurückkommst. So vernarrt, wie Matilda in dich zu sein scheint, hätte ich gedacht, dass sie dich im Camp festhält.«

Vincent ließ ein verlegenes Lachen erklingen. »Ganz ehrlich?« Er sah mich nicht an, als er in gemächlichem Tempo über das Wasser ruderte. »Mir geht es ähnlich. Wenn ich die Möglichkeit hätte, herauszufinden, wieso Matilda mich so mag, würde ich einen fünfstelligen Betrag für diese Info zahlen.« Er hob den Kopf und ein Hauch Rosé zierte seine Wangenknochen. »Denn ich habe beim besten Willen keine Ahnung, was ich getan haben könnte, um ihre Zuneigung zu verdienen. Meine Musik kann es jedenfalls nicht sein. Die mag sie nämlich nicht.« Er lächelte und brachte damit diese zauberhaften Grübchen zum Vorschein, die meine Knie früher immer hatten weich werden lassen. Und leider Gottes schien ihre Wirkung auf mich über all die Jahre nicht an Intensität eingebüßt zu haben.

»Tja, offenbar gehört Matilda zu der Sorte Mädchen, die in dir keinen weltberühmten Rockstar, sondern nur einen gewöhnlichen Jungen sieht«, sagte ich, um mich selbst von meiner körperlichen

Reaktion auf Vincent abzulenken. »Denn auch wenn dich das schockieren mag, soll es Frauen geben, die voll und ganz damit zufrieden sind, wenn ein Mann sie gut behandelt. Sie brauchen keinen Reichtum oder die Vorzüge, die die Freundschaft zu einer Berühmtheit mit sich bringt.«

Unter die sichtliche Verblüffung, die sich in Vincents Blick bemerkbar machte, mischte sich eine sanfte Verletzlichkeit, die mein Herz erwärmte und mir dadurch eine Sekunde verzögert klarmachte, dass ich mich verplappert hatte.

»Ich meine, für Kinder in Matildas Alter ist diese ganze Prominentensache noch sehr abstrakt«, sprach ich schnell weiter und sah in Richtung Wasser. »Für sie ist es nur von Bedeutung, wie du mit ihr umgehst. Und das tust du überraschend anständig, muss ich zugeben.« Mit jedem Wort, das ich von mir gab, intensivierte sich die Hitze in meinem Inneren, bis ich das Gefühl hatte, als würde mein gesamtes Gesicht glühen.

Vincent sah mich noch einen Moment lang an, wie ich aus den Augenwinkeln bemerkte. Dann lachte er.

»Du scheinst über diesen Umstand noch verblüffter zu sein als ich selbst«, sagte er. »Will ich wissen, für welche Art von Kinder hassendem Monster du mich insgeheim gehalten hast?« Vincents Augen funkelten amüsiert, doch ich nahm einen Hauch von Neugier in seinen Worten wahr. Er schien seine Frage zumindest teilweise ernst zu meinen.

»Ganz ehrlich? Ich habe keine Ahnung, was ich erwartet habe«, gestand ich und lächelte verlegen. »Sadie hat zwar versucht, im Netz etwas über dich herauszufinden, aber abgesehen von dem üblichen Klatschpressekram gab es nicht viel zu entdecken.« Schulterzuckend wandte ich mich wieder der Landschaft um uns herum zu.

Das Seeufer wurde auf einer Seite von nahe beieianderstehenden Bäumen gesäumt, während die andere Seite in einen sanften, von saftigem Gras überzogenen Hügel überging. Früher als Kind hatte ich mir immer vorgestellt, dass sich auf dem mit Steinen übersäten

Grund des glasklaren Wassers der Eingang zu einer Märchenwelt befand, die man nur durch Musik oder Gesang erreichen konnte. Dass ich mich jetzt an diesem für mich immer noch zauberhaften Ort ausgerechnet mit Vincent aufhielt, verwandelte meine Stimme in ein leises, melancholisch angehauchtes Wispern.

»Sechs Jahre sind eine lange Zeit«, sagte ich weiter, ohne es bewusst zu steuern, und sah ihn wieder an. »Ich weiß nicht, zu welchem Typ Mann du dich entwickelt hast.«

»Das weiß ich manchmal selbst nicht«, antwortete Vincent mit ähnlich verhaltener Stimme. Sein Blick ruhte wie meiner zuvor auf der Landschaft um uns herum. »Darf ich dich was fragen?«, ergriff er irgendwann das Wort und schaute mich an. »Wieso meidest du das Lagerfeuer? Früher war dieser Teil des Tages deine liebste Zeit im Camp. Was hat sich geändert?«

Vor Verblüffung wurden meine Augen groß. Niemals hätte ich es für möglich gehalten, dass Vincent meine allabendliche Abwesenheit bemerken würde, geschweige denn, dass sie ihm wichtig genug war, mich darauf anzusprechen.

Er musste mein Mimikspiel missverstanden haben, denn er führte seine Ruderbewegungen, die er kurzzeitig angehalten hatte, hölzern fort.

»Vergiss, dass ich gefragt habe«, sagte er schnell und trotz seiner Bemühungen, sein gerötetes Gesicht vor mir zu verbergen, sah ich, wie Scham sein Antlitz zeichnete. »Es ist nur so, dass ich dachte, wenn es wegen mir ist, also, dass du mir aus dem Weg gegen willst, dass du dann nicht auf das Lagerfeuer verzichten musst. Ich würde dir den Vortritt lassen und mich fernhalten.«

»Du denkst, ich meide das Lagerfeuer deinetwegen?« Meine Stimme hatte einen merkwürdigen Ton angenommen. Irgendwo zwischen Irritation und Belustigung, gepaart mit einer Nuance Rührung, als mir klar wurde, was er noch gesagt hatte.

Er würde mir den Vortritt lassen und sich selbst fernhalten.

Eine Horde Schmetterlinge stob bei diesem Gedanken in mir auf und flatterte im warmen Schein meiner inzwischen nicht mehr zu leugnenden Zuneigung für Vincent wild umher.

»Du bist nicht der Grund, wieso ich mich nach dem Abendessen in meiner Hütte verschanze. Ganz ehrlich. Es ist wegen …« Ich stockte. Mein Herz pochte so schmerzhaft, dass ich es auf meiner Zunge schmecken konnte, und ich realisierte, dass ich mich am Rand einer Klippe befand. Vor mir erstreckte sich ein Meer aus undurchsichtigem Nebel, sodass ich nicht sagen konnte, was mich dort erwartete – außer Vincent. Er hatte den Sprung ins Ungewisse bereits gewagt, indem er sich mir ein weiteres Stück geöffnet hatte. Nun lag es an mir, ob ich ihm folgen wollte oder mich in die vertraute und sichere Einsamkeit zurückzog, die mich so lange begleitet hatte, dass sie zu meinem einzig bekannten Zufluchtsort geworden war.

»Es ist wegen Pops«, presste ich mit einem Atemzug hervor, ehe ich meine Entscheidung ändern konnte. »Er hat das gemeinsame Beisammensitzen am Lagerfeuer ebenso sehr geliebt wie ich.«

Die unterschiedlichsten Emotionen jagten durch Vincents Blick. Ich konnte bei Weitem nicht alle ausmachen, aber diejenigen, die ich erkannte, ließen den Kloß in meiner Kehle weiter anwachsen. Um das Brennen in meinen Augen unter Kontrolle zu halten, musste ich meine Fingernägel fest in meine Handflächen bohren.

»Du vermisst ihn sehr.« Sein sanfter Tonfall verstärkte meine Empfindungen auf geradezu qualvolle Weise.

Dennoch konnte ich nicht anders, als mit einem Nicken zu antworten. »Jeden Tag.«

Vincent nickte ebenfalls. Die Wärme in seinen Augen war fast zu viel für mich und ich stand kurz davor, meine Entscheidung, diesem Treffen zugestimmt zu haben, zu bereuen. Wie hatte ich ernsthaft glauben können, dass die Stimmung zwischen uns *nicht* auf eine emotionale Ebene rutschen würde? Schließlich war es schon immer so zwischen uns gewesen. Wir mochten zwar ebenso gut alberne Späße miteinander machen können, aber irgendwann gerieten wir beide unweigerlich in diese tiefe Verbundenheit, die nicht vieler

Worte bedurfte, um den jeweils anderen fühlen zu lassen, was man selbst empfand. Vermutlich war das auch der Grund, wieso mir sein Verrat so naheging. Es war nicht allein der Umstand, dass er unsere gemeinsame Arbeit für sein Werk ausgab und daraus Profit schlug. Nein, in unserem Song steckte so viel Persönliches von mir und meinen damaligen Gefühlen für ihn, dass es sich anfühlte, als würde er ein Nacktfoto von mir herumreichen und damit prahlen, welch leichtes Spiel er mit mir gehabt hatte.

»Ich bewundere deine Stärke, MacKenzie. Obwohl dich das Camp an deinen Verlust erinnert, tust du alles dafür, es zu retten. Das ist sehr mutig.«

Als ich nichts antwortete, dehnte sich die Stille zwischen uns weiter aus. Trotz meiner vorherigen Gedanken war es mir unmöglich, etwas anderes wahrzunehmen als diese ozeanblauen Augen, die mich so vollkommen offen und ehrlich ansahen, als wollten sie mich einladen, tief in Vincents Seele zu tauchen.

Ich kannte diesen Blick und hatte früher immer geglaubt, dass jemand, der bereit war, eine andere Person auf diese Weise anzusehen, sich ihr derartig zu öffnen, gar nicht imstande war, dieser Person jemals Schaden zuzufügen. Und jetzt, da ich jener Intensität erneut unterlag, drängte mich mein Herz dazu, diesem Glauben ein weiteres Mal zu verfallen.

Ich warf meine Furcht vor einer Aussprache über Bord und teilte meine Lippen. Ich musste einfach endlich erfahren, was damals geschehen war.

Doch bevor die erste Silbe ertönen konnte, zerriss ein lautstarkes Krötenquaken die Stille, beendete den eigenartig intimen Moment zwischen Vincent und mir, und nahm all meinen kurzzeitig aufgekommenen Mut mit sich. Als wäre ich buchstäblich aus einer anderen Welt zurück in die Realität gefallen, zuckte ich heftig zusammen und hätte mich selbst für meine Feigheit schlagen können.

Was ist nur los mit mir? Himmelherrgott! Wieso fällt es mir nur so schwer, Vincent auf damals anzusprechen?

Eine mögliche Antwort auf meine gedankliche Frage zeigte sich, als Vincent seinen Kopf zur Seite drehte und die Lippen so fest aufeinanderpresste, dass seine Kiefermuskulatur deutlich sichtbar hervortrat.

Was auch immer der Grund für seinen plötzlichen Ärger war, er sorgte dafür, dass die Mauer zwischen uns sowohl in die Breite als auch in die Höhe und Tiefe deutlich zunahm.

»Was, ähm, habt Matilda und du hier draußen eigentlich gemacht?«, fragte ich und rieb mir mich räuspernd über die nackten Unterarme. Am liebsten hätte ich Vincent gebeten, zurück zum Ufer zu rudern. Doch damit hätte ich die Situation vermutlich nur zusätzlich verschlimmert. »Ich meine, abgesehen von der Arbeit an ihrer Blumenschmuckkarriere«, fügte ich mit einem Kopfnicken in Richtung der Kette um seinen Hals hinzu.

Vincent drehte sich mit verdutzter Mimik herum, sah von mir zu der Kette hinunter und stieß dann ein erleichtertes Lachen aus. Es war schwer zu sagen, ob ihn meine Frage oder mein Wunsch nach einem Themenwechsel erheiterte.

»Davon abgesehen haben wir nichts gemacht. Eigentlich bin ich hergekommen, um an einem neuen Song zu arbeiten. Aber«, er zuckte mit den Schultern, »offenbar hat Hendrik recht und ich habe das Songschreiben verlernt.«

»Du sollst das Songschreiben verlernt haben?« Nun war ich es, die verblüfft dreinschaute. »Wie soll das denn gehen? So was verlernt man doch nicht einfach. Es ist wie Fahrradfahren. Außerdem … Hast du in den letzten Jahren nicht vier Alben auf den Markt gebracht?«

»Das schon«, gestand Vincent und seine Schultern sackten mit einem Seufzen herab. »Nur entstammte keins der Lieder meiner Feder. Mein Plattenlabel hat sie bei jungen, unbekannten Songwritern eingekauft.«

»Echt jetzt?« Meine Kinnlade klappte herunter, gleichzeitig kräuselten sich meine Mundwinkel und ich konnte die plötzlich aufgekommene Erleichterung in mir nicht daran hindern, die Worte, die mir auf der Zunge lagen, in die Welt hinauszuposaunen. »Wow, das habe ich nicht erwartet. Aber ganz ehrlich? Ich bin gerade richtig froh, das zu hören.«

Vincent blinzelte irritiert und mir wurde bewusst, wie meine unbedachte Aussage geklungen haben musste. Schnell fügte ich hinzu: »Ich meine, ich bin nicht froh, dass du keine Songs geschrieben hast, sondern, dass *sie* nicht von dir sind. Verstehst du?«

Vincent wirkte noch immer auf geradezu niedliche Art verwirrt, was Antwort genug war.

»Ich meine damit, dass ich erleichtert bin, dass nicht *du* diese Songs geschrieben hast. Sie sind zwar ganz nett, aber nicht das Niveau, das ich … also, das man sonst von dir gewohnt ist. Du hast Besseres auf Lager als austauschbaren Mainstream-Mist. Deine früheren Lieder waren immer voller Leben und Gefühl. Sie besaßen eine Seele – ganz im Gegensatz zu den Songs auf deinen Alben.«

Kurz wirkte mein Gegenüber sprachlos, dann stieß er ein lachendes »Autsch!« aus und griff sich theatralisch an die Brust. Und ganz plötzlich, wie aus dem Nichts, war da wieder diese Leichtigkeit zwischen uns. »Nimm bloß keine Rücksicht auf meine Gefühle«, fügte Vincent mit flatternden Augenlidern hinzu und beugte seinen Oberkörper nach hinten, als hätte er keine Kraft mehr, sich aufrecht zu halten. Dabei geriet das Boot ins Wanken.

»Hör auf!«, rief ich lachend und beugte mich vor, um das Schwanken auszugleichen. Dabei griff ich eher reflexartig mit einer Hand an Vincents Oberschenkel, um mich festzuhalten. Unter dem Stoff der Jeans waren seine harten Muskeln zu spüren, die sich immer wieder an- und entspannten, als wüssten sie nicht recht, wie sie auf den Kontakt mit meinen Fingern reagieren sollten.

»Ich habe das nicht als Witz gemeint!«, entfloh es mir leise. Vincent wurde plötzlich todernst und richtete sich gleichzeitig auf. Das Grinsen auf seinen Lippen war zu einem wehmütigen Lächeln geworden und ein Schatten trübte das Strahlen seiner Augen. Sofort fühlte ich mich schlecht, meine Meinung ungefragt und so schonungslos hinausgelassen zu haben.

»Ich weiß, dass du das nicht als Witz gemeint hast, MacKenzie. Und ich bin dir dankbar, dass du so aufrichtig zu mir bist. Nicht viele hätten den Mut dazu.« Sein Blick war so intensiv, dass er sich für alle Zeit in meinen Kopf brannte – ebenso wie der Klang seiner Stimme, als Vincent meinen Namen nannte. So sanft und zart, als wäre er etwas Kostbares oder unsagbar Zerbrechliches.

Gleichzeitig glitten seine Finger, die die Bootspaddel längst nicht mehr festhielten, langsam und zögerlich auf meine Hand zu, die noch immer auf seinem Oberschenkel lag. Doch ehe sie ihr Ziel erreichten, stoppten sie. Ein Anflug von Enttäuschung blitzte in mir auf, wurde jedoch umgehend von Vincents weiteren Worten verdrängt.

»Am Anfang meiner Karriere habe ich noch Songs geschrieben. Aber mein Plattenlabel hat sie alle abgewürgt. Sie sind der Meinung, dass ich mich besser aufs Singen und Performen konzentrieren sollte als auf die Lyrics. Es hat zwar niemand gesagt, dass ich kein Talent fürs Schreiben besitze, aber das war auch nicht nötig.« Er zuckte mit den Schultern und wandte sich wieder dem Seeufer zu.

Die Betroffenheit und Schwere, die ich noch in seinen Iriden hatte ausmachen können, schnürte mir die Kehle zu. Zu gern hätte ich etwas Tröstendes gesagt, doch ich glaubte weder, dass ich die passenden Worte hätte finden können, noch, dass Vincent sie angenommen hätte. Ich wusste aus eigener Erfahrung, dass es Arten von Schmerz gab, die einen wie Schiffsanker in die finsteren Tiefen der eigenen Seele zogen und dort gefangen hielten.

»Du hast mich an unserem ersten Abend im Camp gefragt, wieso ich dein Gefühl teile, dass es merkwürdig ist, wieder hier zu sein, nicht wahr?« Ich lächelte schwermütig, als Vincent mit gefurchter Stirn langsam nickte. »Das liegt daran, dass ich diesen Sommer zum ersten Mal seit Pops' Tod wieder das Campgelände betreten habe.«

Vincents Mund formte ein stummes O, ehe ihm ein leises »Das wusste ich nicht« herausrutschte.

Ich nickte mit tapferem Lächeln, während sich meine Augen mit Tränen füllten. Es war mir unangenehm, vor ihm sentimental zu werden. Aber ich hatte mich dazu entschieden, ihm über die Klippe zu folgen, unwissend, was mich auf der anderen Seite des Nebelschleiers erwartete. Nun musste ich mich auch den Konsenquenzen meiner Entscheidung stellen.

»An manchen Tagen vermisse ich Pops so sehr, dass ich nicht einmal den Fernseher anmachen kann, weil ich die Musik in der Werbung nicht ertrage.« Schniefend strich ich mir über die Wangen, um die Spuren meiner Trauer wegzuwischen. »Es fühlt sich falsch an, einfach so weiterzumachen, als hätte er niemals existiert.«

»Deswegen studierst du BWL«, sagte Vincent leise.

Obwohl es keine Frage war, nickte ich. »Seit jener Nacht habe ich weder ein Instrument berührt noch eine Note gesungen. Ich bringe es einfach nicht über mich. Es fühlt sich wie ein Verrat an Pops an, weil ich noch am Leben bin und mich an der Musik erfreuen könnte, er aber nicht.«

Vincent betrachtete mich auf eine Weise, die mir das Atmen erschwerte und gleichzeitig die Verletzlichkeit betonte, der ich mich ausgeliefert hatte.

Jede Faser meines Seins drängte mich dazu, den Mund zu öffnen und etwas zu sagen, nur damit er keinen Grund mehr hatte, mich weiter so anzusehen. So voller Verständnis, Trost und Zuneigung. Denn wenn er nicht sofort damit aufhörte, wusste ich nicht, wie lange ich noch mein Herz daran hindern konnte, ein weiteres Mal die Seiten zu wechseln und sich abermals als blinder Passagier bei meinem Gegenüber einzunisten.

Doch ehe ich die Gelegenheit hatte, das Wort zu ergreifen, rutschte Vincent auf seinem Platz nach vorne, sodass sich unsere Knie berührten. Seine Finger nahmen ihre Wanderung in Richtung meiner Hand erneut auf, jedoch immer noch langsam genug, um mir die Chance zu geben, zurückzuweichen, hätte ich diese Nähe nicht gewollt.

Ich bewegte mich keinen Zentimeter.

»Du bist hier, MacKenzie«, sagte Vincent und seine Finger umschlossen meine. Die Sanftheit seiner Geste wurde nur von der Zärtlichkeit seiner Berührung überboten. »Du bist hier und nimmst all den Schmerz auf dich, um das Camp – Pops' Vermächtnis – zu retten. Das ist das Mutigste, Tapferste und Selbstloseste, was ich jemals gehört habe.«

Völlig gebannt von diesen Worten und der Ernsthaftigkeit, die in jeder Silbe mitschwang, bemerkte ich nicht, wie sich mein Oberkörper weiter nach vorne beugte. Mein Blick glitt zu Vincents Lippen, die so voll und wunderschön geschwungen waren, dass ich mich bereits früher oft gefragt hatte, wie sie sich wohl anfühlten und schmeckten.

Mein Herz galoppierte mir in der Brust und ich hatte beim besten Willen keine Ahnung, was ich hier eigentlich tat. Aber es fühlte sich gut und richtig an. Und nur darauf kam es an, oder?

Simple Plan

VINCENT

Was zur Garderobe von Elton John tat ich hier eigentlich?

Ganz gleich wie gut und richtig sich dieser Kuss auch zweifelsfrei anfühlen würde, stand außer Frage, dass er eine Katastrophe biblischen Ausmaßes mit sich führen würde. Nicht nur, dass MacKenzie einen Freund hatte und es allein aus diesem Grund ein unentschuldbarer Fehler wäre, sie zu küssen. Ich war mir auch sicher, dass ihre unvorhergesehene Bereitschaft zu körperlicher Nähe allein dem Wunsch nach Trost geschuldet war. Doch spätestens, wenn sich unsere Lippen wieder trennten, würde sie es bereuen und sich schlecht fühlen.

Meinetwegen.

Das durfte ich auf keinen Fall zulassen.

Wie von der Tarantel gestochen, sprang ich auf die Beine und brachte das Boot damit ein weiteres Mal ins Wanken. Sofort begann ich Balance suchend mein Gewicht zu verlagern und mit den Armen zu rudern, um nach irgendetwas zu greifen, an dem ich mich festhalten konnte.

Vergeblich.

MacKenzie schrie auf, rief, dass ich stillhalten sollte. Doch sie rutschte von einer Seite des Boots auf die andere und verstärkte das Schwanken dadurch zusätzlich.

Ich kämpfte verbissen um Balance, doch ich musste einsehen, dass ich keine Chance hatte. Mir blieb nur die Wahl, mich freiwillig zu opfern oder gemeinsam mit MacKenzie und meiner Gitarre über Bord zu gehen.

Ohne zu zögern, sprang ich kopfüber ins Wasser. Kaltes Nass schlug über mir zusammen und fühlte sich durch meine von der Sonne erwärmte Haut wie ein Bad in Eiswürfeln an.

Mein Körper reagierte automatisch. Augenlider sowie Lippen schlossen sich und meine Atmung stellte sich ein. Die Fasern meiner Kleidung sogen sich mit Wasser voll und zogen mich gen Seegrund.

Um mir eine gewisse Orientierung zu verschaffen, öffnete ich kurz die Augen. Trübes Seewasser erschwerte meine Sicht, doch dank der einfallenden Sonnenstrahlen wusste ich, wohin ich schwimmen musste. Sofort begann ich mit Armen und Beinen zu strampeln, bis ich nach ein paar kräftigen Kraulzügen die Wasseroberfläche durchbrach. Gierig füllte ich meine Lungen mit Sauerstoff.

»Vincent!« MacKenzies erleichterte Stimme drang dumpf an meine von Wasser verstopften Ohren und ich strich mir mit einer Hand die nassen Haarsträhnen aus dem Gesicht. »Was war denn auf einmal los?«

»Wadenkrampf«, log ich und schwamm auf das Boot zu. Es war besser, wenn ich so tat, als hätte es diese knisternde Nähe sowie den Beinahe-Kuss zwischen uns nicht gegeben. Da es ohnehin niemals zu einer Wiederholung kommen würde, wäre es auf diese Weise für alle Beteiligten am besten.

MacKenzie nickte, die Unterlippe zwischen die Zähne geklemmt. Ich konnte nicht erkennen, ob sie mir glaubte oder nicht, aber das war auch nicht von Bedeutung. Das Ergebnis blieb dasselbe.

»Komm, ich helfe dir.« Sie griff nach meinem Handgelenk, als ich das Boot erreichte und mich am Rand festhielt. Normalerweise wäre es kein Problem für mich gewesen, ohne ihre Hilfe hineinzugelangen. Aber MacKenzies warme Finger fühlten sich auf meiner nasskalten Haut so wundervoll an, dass ich es nicht über mich brachte, sie abzuweisen – nicht, nachdem ich Vollidiot bereits die Aussicht auf einen Kuss in den Wind geschlagen hatte.

Ich ließ MacKenzie in dem Glauben, dass sie mir half, und hievte mich mit der Kraft meiner Oberarmmuskeln bis zum Bauchnabel über den Bootsrand. Meine Blumenkette musste sich bei meinem unfreiwilligen Bad aufgelöst haben, denn um meinem Hals hing sie nicht länger.

Ich spannte die Beine an, um sie als Nächstes ins Boot zu befördern. Doch MacKenzies Nähe und ihr warmer Atem, der unaufhörlich meine nasse Wange streifte, stellten Dinge mit mir und meinem Körper an, über die ich lieber nicht nachdenken wollte. Leider verhinderte genau dieser Umstand die Möglichkeit, mich zurück ins Trockene zu retten.

Also tat ich so, als würde ich bei dem Versuch, ein Bein über die Seite zu schwingen, erneut abrutschen und bis zu den Hüften zurück ins Wasser gleiten. MacKenzie, die mein vermeintliches Scheitern abzufangen versuchte, beugte sich reflexartig vor und krallte ihre Finger in den schweren Stoff meines T-Shirts. Dabei kratzte sie mir über den Rücken und ein Wimmern bildete sich in meiner Kehle.

Verflucht! Das war nicht gut! Ganz und gar nicht.

Jeder Muskel in meinem Körper spannte sich bis zum Zerreißen an und die Hitze, die mich plötzlich erfüllte, ließ die Kälte des Seewassers mit einem Mal erfrischend kühl erscheinen.

»Komm, versuch es noch einmal!«, feuerte sie mich an und verstärkte ihren Griff. Ihre Halsbeuge drückte gegen meine Nase und ihre Haare kitzelten mich am Kinn. Ihr hektischer Herzschlag war deutlich an ihrer Pulsschlagader zu spüren.

Ich rang mit mir, wollte nicht der Arsch sein, der eine solche Situation schamlos ausnutzte. Aber je länger MacKenzie und ich uns auf diese Weise nah waren, einander berührten und ich ihre weiche, warme Haut an meiner spürte, umso schwerer fiel es mir, dem Wunsch zu widerstehen, auf die Konsequenzen meines Handelns zu pfeifen und endlich dem nachzukommen, was ich mir seit jeher so sehnlich wünschte.

Mit einem gedanklichen *Fuck!* ergab ich mich, schwenkte die weiße Fahne gegen mich selbst und überließ jenem Teil meines Verstands die Kontrolle, der bereits bei meinem Auftritt gestern kurzzeitig das Ruder an sich gerissen hatte.

In dem vorgetäuschten Bemühen, mich Halt suchend an MacKenzie zu klammern, schlang ich einen Arm um ihre schmale Taille. Nie zuvor war mir aufgefallen, wie zierlich ihr Körperbau eigentlich war. Doch in diesem Moment nahm ich jede noch so unbedeutende Kleinigkeit an ihr wahr und speicherte sie tief in mir ab.

Meine Retterin, gutgläubig, wie sie war, ahnte nichts von meiner heimtückischen Attacke und beugte sich noch weiter vor, um mir unter die Arme zu greifen.

Und genau dann ließ ich mein Körpergewicht für mich arbeiten.

Mein Bauch versank im Wasser, dann folgte meine Brust. Doch ich nahm den Druck, der sich um meinen Leib formte, kaum wahr. MacKenzies lautstarker Schrei, der die Luft erfüllte, ehe sie von mir über den Bootsrand gezogen wurde und kopfüber im Wasser landete, vereinnahmte jede Synapse meines Hirns.

Mit Armen und Beinen um sich schlagend beziehungsweise tretend löste sich MacKenzie aus meinem Griff und ich ließ sie lachend los. Ich wusste, dass ich diese Tat noch bitter bereuen würde, doch in dieser Sekunde waren mir die Konsequenzen egal.

MacKenzie durchbrach prustend die Wasseroberfläche. Ihre Haare klebten ihr nass und schwer im hellen Gesicht und ihre Augen wirkten durch den Schrecken noch größer als sonst. Sie hielt ihren Mund einen Spaltbreit geöffnet, was ihren schweren Atem betonte, der geräuschvoll ihre Lippen passierte. Jedes Ausatmen klang wie ein sinnliches Seufzen, was in Kombination mit den Wassertropfen, die ihr über das Gesicht rannen und sich an ihrem schlanken Hals hinab in Richtung Schlüsselbein schlängelten, das mit Abstand Heißeste war, was ich jemals zuvor erlebt hatte.

»Duuuhuuu«, knurrte sie und deutete mit einem Fingerzeig auf mich, während sie sich mit der anderen Hand die Haare aus dem Gesicht strich. Ihre zuvor kugelrunden Augen waren zu schmalen Schlitzen verengt, was das erboste Blitzen darin zusätzlich hervorhob.

O ja, ich würde diesen Streich noch bitter bereuen. Trotzdem konnte ich nicht anders, als sie anzugrinsen. Der Stoff ihrer Bluse schmiegte sich wie eine zweite Haut an ihre Rundungen und betonte jede filigrane Kontur des darunterliegenden BHs. Durch die Kälte waren sogar ihre Brustwarzen deutlich durch den Stoff zu erkennen.

»Das hast du mit Absicht gemacht!«, rief MacKenzie und stieß mir ihren Zeigefinger grob in die Schulter.

»Was?« Ich lachte verlegen. Ertappt. Gleichzeitig schüttelte ich den Kopf, hob beide Hände als Zeichen meiner vermeintlichen Unschuld in die Luft und versuchte, mich durch reine Beinarbeit ein Stück von MacKenzie zu distanzieren. Es war eine Sache, dass sie mich dabei erwischt hatte, wie ich ihren Körper anstarrte. Jedoch sollte sie auf keinen Fall mitbekommen, *wie sehr* mir ihr Anblick gefiel. »Nein! Das war ein Unfall! Ehrlich, ich wollte nicht –«

»O doch!«, unterbrach sie mich mit immer noch ernster Stimme, doch ihre zuckenden Mundwinkel straften ihre Erbostheit Lügen. Das Blitzen in ihren Augen hatte sich ebenfalls gewandelt und wirkte nun … erregt? Konnte das sein? Gefiel MacKenzie etwa, was sie da sah? Die Hitze in meinem Körper intensivierte sich prompt. »Das hast du sehr wohl! Und dafür wirst du bezahlen!«

Ich schob sämtliche Warnrufe meines Verstandes zur Seite und gab mich ganz der dunklen Seite meines Verlangens hin. Wenn ich diese Aktion hier später sowieso bereuen würde, konnte ich sie zuvor auch richtig genießen.

»Ach, ist das so?« Mit zur Seite gelegtem Kopf beugte ich mich ihr ein Stück entgegen. »Na, wenn das so ist und ich ohnehin nichts mehr zu verlieren habe ...« Ich beendete meinen Satz, indem ich MacKenzies Hüfte packte und sie an mich heranzog. Ich wusste nicht, was ich hier tat oder was ich eigentlich beabsichtigte. Aber ich konnte mich auch nicht davon abhalten weiterzumachen, also folgte ich allein meinem Instinkt.

MacKenzie umschloss mit ihren Beinen meine Hüfte und ich zog scharf die Luft ein. So weit hatte ich nicht mitgedacht, und ihrem erschrockenen Gesichtsausdruck nach agierte sie ebenfalls rein instinktiv.

Die Arme um ihren Rücken geschlungen, presste ich ihren Oberkörper gegen meinen und sah ihr fest in die Augen. Der Ausdruck in ihren Iriden ließ sich unmöglich in Worte fassen. Es war eine Mischung, die irgendwo zwischen Verwirrung, Verlegenheit, Erregung und Unsicherheit lag, während sie gleichzeitig immer wieder ihre langen, zarten Finger, die auf meiner Schulter ruhten, in meine Muskeln grub, als müsste sie sich davon überzeugen, dass diese Situation wahrhaftig der Realität entsprach.

Erneut ging ein Zucken durch meinen Körper, das zielgerichtet unter den Bund meiner Hose fuhr. Ein leises Keuchen, das MacKenzies Mund verließ, verriet, dass ihre Wirkung auf mich ihr nicht entgangen war.

Fuck! Fuck! Fuck!

Ich musste einen Entschluss fassen. Entweder ich setzte alles auf eine Karte und küsste sie oder ...

»Sorry!«, sagte ich mit einem Grinsen, ließ ihren Rücken los, packte stattdessen ihre Fussknöchel hinter mir und riss diese ruckartig in die Höhe. Sofort kippte MacKenzie ein weiteres Mal kopfüber ins Wasser, was ich ausnutzte, um lachend von ihr wegzuschwimmen.

O ja, ich würde mein Handeln noch bitter bereuen – auf mehr als eine Art.

Ich war der mit Abstand größte Idiot auf Gottes grüner Erde. Das bestätigte sich nur wenige Tage nach meinem gemeinsamen Nachmittag mit MacKenzie am See. Denn obwohl ich noch Erinnerungen an meine eigene Campzeit besaß, in der sich einige Camper gegenseitig Streiche gespielt hatten, hatte ich völlig ausgeblendet, dass MacKenzie eine wahre Königin in diesem Metier war – zumal ich mich in der Sicherheit ihrer Gnade geglaubt hatte, weil wir nach unserem unfreiwilligen Bad im See noch sehr viel Spaß gehabt hatten.

Aber MacKenzie hatte es faustdick hinter den Ohren. Das hatte mir Hendrik bei unserem nächsten Kurztelefonat bestätigt. Mein Kumpel kannte ihre Streichvorlieben noch aus eigener Erfahrung und hatte versucht, mich auf das Schlimmste vorzubereiten. Erfolglos.

Eines Morgens, als ich nach dem Frühstück in meine Hütte gegangen war, um meine Gitarre zu holen, hatte ich anstatt meines Babys in dem Instrumentenkoffer, den ich unter meinem Bett versteckte, ein Gewaltopfer vorgefunden. Der Hals meines Schätzchens war völlig zersplittert gewesen, die Saiten grob aus dem Holz gerissen. Und unter dem mit Lippenstift notierten Spruch *Rache ist Blutwurst* hatte ein verzerrter Kussmund geprangt.

Noch nie in meinem Leben war mir so übel gewesen.

Glücklicherweise hatte MacKenzie Mitleid mit mir gehabt und meiner Qual ein schnelles Ende bereitet. Kichernd war sie in meine Hütte spaziert und hatte mit unschuldiger Miene »Was ist los?« geträllert. Dabei hatte vor ihrer Brust meine natürlich vollkommen unversehrte Gitarre gehangen.

In dieser Sekunde war mir ein derartiger Stein vom Herzen gefallen, dass ich sie stürmisch und vollkommen gedankenlos in meine Arme geschlossen und viel zu lange und fest an mich gedrückt hatte. Dabei hatte ich mich die Tage zuvor darum bemüht, ihr zumindest körperlich nicht erneut nahe zu kommen.

Die Erinnerung an MacKenzies glückseliges Lachen über ihren

erfolgreichen Rachefeldzug verursachte mir selbst Tage später noch eine wohlige Gänsehaut.

Normalerweise hätte die Fallakte Streiche spielen ab diesem Punkt als geschlossen deklariert werden müssen. Doch ich hatte die Rechnung ohne das kleine blonde Biest gemacht, das zwei Tage später meine gesamten Socken zu einer langen Kette aneinandergeknotet auf meinem Bett drapiert hatte. Daneben hatte ein Zettel gelegen, auf dem stand: *Überleg dir beim nächsten Mal genau, ob du es noch einmal wagen willst, mir meinen Morgenkaffee zu ruinieren!*

Völlig verdutzt, was sie damit meinte – ich war mir ehrlich keiner Schuld bewusst –, hatte ich zu recherchieren begonnen. Dabei hatte ich in Erfahrung gebracht, dass Mike die Zuckerdose in der Küche durch Salz ersetzt hatte, um MacKenzie einen Denkzettel zu verpassen, weil sie sich trotz mehrfachen Verbots während seiner Abwesenheit immer wieder in die Küche gestohlen hatte.

Normalerweise hätte ich dieses Missverständnis sofort aufgeklärt und mich damit aus der Affäre gezogen. Doch damit hätte ich MacKenzie den Spaß verdorben, den sie offenkundig an unserem kleinen Streichekrieg gewonnen hatte. Also hatte ich mithilfe von Hendrik meine Retourkutsche geplant, die darin bestanden hatte, MacKenzies Bettwäsche samt Kissen und Laken zu klauen und am Rand des Campgeländes zu verstecken. Dafür hatte ich mir im Gegenzug am nächsten Morgen die Haare mit Honig anstelle von Shampoo waschen dürfen. Meine Rache – MacKenzies gesamte Klamotten auf links zu drehen – hatte wiederum darin geendet, dass ich meine vollständige Garderobe eines Morgens durch Frauenkleidung ersetzt vorgefunden hatte.

Hendrik war bei dieser Erzählung in schallendes Gelächter ausgebrochen.

»O Mann! Das ist einfach genial! Ja, wirklich!«, hatte er atemlos von sich gegeben. »Sorry, Bro, aber dir bleibt nichts anderes übrig, als zu kapitulieren. Diesen Streich wirst du nicht toppen können.«

Leider hatte ich Hendrik recht geben und meinen Kleinkrieg

mit MacKenzie beenden müssen. Jedoch nicht, ohne ihren letzten Schachzug in gebührendem Maße zu würdigen.

In den Klamotten, die sie mir in die Hütte gelegt hatte, war ich zum Frühstück gegangen und hatte noch nie in meinem Leben mehr unanständige Pfiffe und Jubelrufe erhalten. Aber ganz ehrlich? Mir hatten der knapp geschnittene Stretchrock sowie das tief ausgeschnittene Paillettentop auch unglaublich gut gestanden.

»Schade, dass mein Handyakku genau dann den Geist aufgeben musste, als du ins Deli Corner gekommen bist. Ich hätte Sadie *so* gern ein Foto von dir in ihren Sachen geschickt.« MacKenzie, die gerade mit dem Deckel eines großen Farbeimers kämpfte, warf mir ein freches Grinsen zu.

»Keine Sorge, ich bin mir sicher, dass es genug Anschauungsmaterial im Internet zu finden geben wird«, murrte ich und half Matilda dabei, ihren Malerkittel zuzuknöpfen und die Ärmel hochzukrempeln. Nachdem ich MacKenzie heute Morgen zur Queen der Streiche gekürt hatte, war sie so freundlich gewesen, mir meine eigenen Klamotten zurückzugeben. »Außerdem bin ich mir sicher, dass mein Look heute Abend den vom Frühstück toppen wird.«

»Bei der Wette gehe ich mit!«, lachte sie. »Aber du bist ja auch selbst schuld. Wie konntest du Luisa die Wahl deines Outfits überlassen?«

»Als ob ich eine Wahl gehabt hätte. Seit ich mit Granny bei der ersten Mottoshow aufgetreten bin, liegt sie mir in den Ohren, dass es ihr größter Traum wäre, auch einmal mit mir zu performen.« Ich beendete meine Tätigkeit, drückte Matilda einen Pinsel und eine Schale mit rosa Farbe in die Hand und schob sie in Richtung Deli Corner.

Da sich die Malertätigkeiten als wahrer Camper-Magnet entpuppt hatten, boten MacKenzie und ich diese Aktivität inzwischen mehrmals die Woche an, sodass inzwischen alle Kurshütten in neuem Farbglanz erstrahlten. Nachdem ich mich aus meiner Kauerhaltung erhoben hatte, wandte ich mich MacKenzie zu. »Und da du mir nicht verraten möchtest, welche Themen in den kommenden Wochen drankommen, erscheint mir ein ABBA-Song als sehr viel unverfänglicher als die *High School Musical*-Nummern, die letzte Woche dran waren.«

»Quatsch!« MacKenzie kämpfte weiter verbissen gegen ihren Farbeimer. »Du und Luisa wärt ein ebenso tolles Troy-und-Gabriella-Paar gewesen wie Carmen und Enrico. Ich bin fast ein wenig traurig, dass die beiden es rechtzeitig zur zweiten Mottoshow zurückgeschafft haben.«

»Ja, meinst du?« Gespielt grüblerisch zog ich die Stirn kraus und rieb mir das Kinn, während ich mich MacKenzie gemächlich näherte, um ihr zu helfen. »Schade, dass ich nicht weiß, ob es noch einen *Dirty Dancing*-Abend geben wird. Das Einzige, was mich von meinem bevorstehenden Auftritt abhalten könnte, wäre die Aussicht auf einen innigen *Hungry Eyes*-Tanz.«

MacKenzie brach in schallendes Gelächter aus, was mich ebenfalls grinsen ließ. Dieses Lachen, insbesondere wenn ich der Grund dafür war, war mit Abstand der schönste Klang, den ich jemals zu hören bekommen hatte.

»O Gott! Allein die Vorstellung!« Sie fächerte sich mit den Händen Luft zu, um ihre Lachtränen zu trocknen. »Aber gut zu wissen. Vielleicht rede ich mal mit Luisa. Bei dieser Aussicht hat sie sicherlich nichts gegen einen spontanen Wechsel einzuwenden.«

Lächelnd schüttelte ich den Kopf. Obwohl wir immer wieder unsere Witzchen über meinen Auftritt mit Luisa machten, war dieses Thema ein wunder Punkt bei mir. Zum einen konnte ich nicht glauben, dass ich mich tatsächlich erneut zu einem Mottoshow-Auftritt hatte überreden lassen – und das auch noch ausgerechnet mit Luisa, die keine Chance ungenutzt verstreichen ließ, mir verführerische Augenaufschläge zuzuwerfen. Zum anderen war mir durch jede Probe der letzten Woche auf schmerzhafte Weise vor Augen geführt worden, dass ich niemals in den Genuss kommen würde, einen solchen Auftritt mit MacKenzie erleben zu dürfen. Dabei, das konnte ich inzwischen nicht mehr leugnen, gab es nur wenige Dinge, die ich mir mehr wünschte, als einmal gemeinsam mit ihr auf einer Bühne zu stehen.

»Komm, ich helf dir«, sagte ich und stellte mich neben sie. Unsere Hüften berührten sich und unsere nackten Unterarme rieben aneinander.

Inzwischen waren Berührungen dieser Art keine Seltenheit mehr und sollten mich dementsprechend nicht mehr aus der Bahn werfen. Doch noch immer beschleunigte sich mein Puls, wenn mir MacKenzie so nahe war wie jetzt. Meine Sinne schalteten in die höchste Leistungsstufe und ich nahm jedes noch so winzige Detail an ihr wahr. Wie blumig ihr Haar roch, wie samtig weich sich ihre Haut anfühlte und wie unbeschreiblich unanständig sich ihre Atemzüge anhörten, wenn sie ein wenig aus der Puste kam.

»Das blöde Mistding war schon beim letzten Mal total verklebt«, motzte MacKenzie und krallte ihre Fingerspitzen fester unter den Plastikdeckel. Leider handelte es sich bei dem Eimer um den letzten mit weißer Farbe, sodass wir nicht auf ihn verzichten konnten.

»Wir brauchen eine größere Hebelkraft«, sagte ich und sah mich nach etwas Hilfreichem um.

»Ich hab eine Idee!« Sie drängte sich zwischen mich und den Eimer. Dann ging sie in die Hocke, genau zwischen meinen Beinen. Ihre Hände landeten so dicht neben meinen, dass ihre kleinen Finger meine Daumen berührten, und ich musste meine Beine ein Stück spreizen, um besseren Halt zu finden.

Was zum …?!

Mit großen Augen starrte ich zu ihr hinunter, doch sie schien an ihrer Pose nichts Verwerfliches zu finden.

Mit autoritärer Stimme sagte sie: »Auf drei! Eins … zwei …«

Als mir klar wurde, dass sie das wirklich ernst meinte, zwang ich meine Konzentration auf ihr Vorhaben. Gerade rechtzeitig, um ihr kämpferisch angehauchtes »Drei!« mit einem festen Ruck zu unterstützen. Der Plastikdeckel gab unter der einwirkenden Kraft endlich nach und löste sich von dem Eimer. Leider verlor MacKenzie durch den Schwung das Gleichgewicht und stieß gegen meine Beine. Sie landete zum Teil auf meinen Schuhen, wodurch es mir unmöglich war, die Wucht ihrer Bewegung auszugleichen. Gemeinsam fielen wir zu Boden.

Ein dumpfer Schmerz jagte mir vom Steißbein den Rücken empor und ich ächzte gedämpft. Doch mein Leid geriet in den Hintergrund, als ich das zarte Gewicht registrierte, das auf mir lastete und so herzlich lachte, dass der dazugehörige Körper wie eine elektronische Massageliege vibrierte.

Meine Mundwinkel kräuselten sich. Wie ein Käfer auf dem Rücken lag MacKenzie auf meinem Schoß, den verklebten Farbeimerdeckel vor sich in die Luft gereckt.

»Die gute Nachricht ist«, brachte sie giggelnd hervor, »dass die Farbe auf ist. Die schlechte ist, dass der Eimer leer ist.«

»Was?« Ruckartig setzte ich mich auf und umschloss ihre Taille, damit sie nicht von mir herunterfiel. Wenn es nach mir gegangen wäre, hätte sie für den Rest ihres Lebens auf meinem Schoß sitzen bleiben können. »Wie kann das sein? Der Eimer hat fast eine Tonne gewogen!« Ich musste es wissen, schließlich hatte ich ihn aus dem Schuppen hierhergeschleppt.

MacKenzies Lachflash brandete mit neuer Intensität auf. »Vorhin war er auch noch nicht leer. Er ist es *jetzt*.« Zur Untermalung deutete sie mit einem Kopfnicken in Richtung unserer Füße, die in einer sich stetig weiter ausbreitenden Pfütze frisch glänzender Farbe lagen. Der Eimer ruhte umgekippt davor und ein Großteil unserer Hosenbeine war mit der kühlen Schwere überzogen.

Mein wachsendes Entsetzen über den sich mir bietenden Anblick schürte MacKenzies Erheiterung, bis ihr Kichern erneut lauter wurde. Mit tränenfeuchten Augen umklammerte sie ihren Bauch – und drückte damit meinen Arm fester an sich.

Verflucht! War ich jetzt im Himmel oder in der Hölle? Ich konnte es beim besten Willen nicht sagen.

»MacKenzie!«, rief ich nun ebenfalls lachend. »Hör auf! Das ist nicht witzig!«

»Du hast recht«, sagte sie, sichtlich um Contenance bemüht. Vermutlich hatte auch sie die Camper bemerkt, die uns mit amüsierter Neugier beobachteten. Einige von ihnen hatten sogar zum Handy gegriffen und dokumentierten diese Situation sicherlich mit Fotos oder Videoaufnahmen.

»Das ist nicht witzig«, wiederholte MacKenzie meine Worte und nahm einen tiefen Atemzug. Nachdem sie den Deckel neben sich zur Seite gelegt hatte, verlagerte sie ihr Gewicht. In der Annahme, dass sie aufstehen wollte, ließ ich meinen Arm mit einem innerlichen Seufzen sinken. »Das ist wirklich nicht witzig«, sagte sie erneut und beugte sich vor. Dabei langte sie mit beiden Händen in die frische Farbe. »Zumindest nicht so witzig wie das hier!«, rief sie und drehte sich so ruckartig zu mir herum, dass ich keine Gelegenheit hatte zu reagieren.

Kalt-feuchte Hände landeten an meinen Wangen und das dabei entstehende Schmatzgeräusch ließ mich angewidert die Mundwinkel verziehen.

Sofort brach MacKenzie von Neuem in schallendes Gelächter aus.

»*Das* findest du witzig?«, hakte ich nach und öffnete langsam meine zuvor reflexartig geschlossenen Lider.

Sie sah mich mit großen Augen an, die Lippen fest aufeinandergepresst. »Nein?«, fiepste sie, vergeblich um Ernsthaftigkeit bemüht. Sie verlor abermals den Kampf gegen ihre Selbstbeherrschung.

Nun gab es auch für mich kein Halten mehr. Angesteckt von ihrer ausgelassenen Laune, verstärkte ich meinen Griff um ihre Taille und beugte mich vor, um meine andere Hand ebenfalls in die Farbe zu tauchen.

»Nein! Bitte nicht!«, rief MacKenzie und wand sich wie ein Wurm in meinen Armen. »Es tut mir leid! Bitte! Hab Erbarmen!«

Ich ignorierte ihr Flehen. Stattdessen positionierte ich meine Hand zielsicher an ihrem Hals und verschmierte die klebrige Farbe großflächig über ihre Haut und den Kragen ihres Shirts. Wie gern hätte ich meine Finger unter den Stoff geschoben und Zentimeter für Zentimeter diesen Körper mit meinen Händen erkundet.

MacKenzies schriller Ekelschrei ging nahtlos in ein jammerndes Wimmern über, ehe es in einem ergebenen Seufzen endete. Sofort zuckte es in meiner Hose und ich wünschte mir in gleichem Maße, dass MacKenzie aufhörte, auf meinem Schoß hin und her zu rutschen, wie ich sie insgeheim anflehte weiterzumachen. Was war ich nur für ein mieses Arschloch!

»Okay, das habe ich verdient.« MacKenzie ließ schwerfällig die Schultern sinken und wir verharrten einen langen, innigen Moment in dieser Position und sahen einander einfach nur an. Dann lehnte sie sich ein Stück nach hinten und stützte sich mit den Händen hinter sich auf meinen Schienenbeinen ab.

»Weißt du, was ich mich schon immer gefragt habe?«, sagte sie plötzlich mit ernster Miene, den Kopf schief gelegt, die Stirn in Falten geworfen. »Wie du mit blonden Haaren aussehen würdest.«

Perplex, weil ich nicht wusste, was ich mit diesem unvorhergesehenen Themenwechsel anfangen sollte, konnte ich nichts erwidern. Erst als sich MacKenzies verführerische Lippen zu einem diabolischen Grinsen verzogen, dämmerte mir, was das kleine Biest plante. Doch für ein Vereiteln ihres Plans war es zu spät.

Schneller, als ich reagieren konnte, schossen ihre Hände hervor und verteilten die Farbe, die sie unbemerkt von meinen Hosenbeinen abgewischt hatten, auf meinen Haaren. Schwer, feucht und klebrig fielen mir die Strähnen gegen die Schläfen und mich durchlief ein unangenehmer Schauder.

Schlagartig war es totenstill und ich spürte, wie sich die Luft mit ehrfürchtiger Spannung füllte. Die Camper schienen ebenso wie MacKenzie den Atem anzuhalten, als wollten sie keine noch so winzige Reaktion meinerseits verpassen.

»Das, meine Liebe«, sagte ich mit einer Tonlage irgendwo zwischen Drohung und Versprechen, »war ein großer Fehler.« Das Überraschungsmoment ausnutzend schlang ich beide Arme um MacKenzie, zog sie fest an meine Brust und rief lauthals »Farbschlacht!«. Dann begrub ich meine Geisel unter mir und rollte gemeinsam mit ihr über den Campboden. Das um uns herum entstandene Getöse, das zu gleichen Teilen aus schrillen Angst- und begeisterten Jubelrufen bestand, war der perfekte Soundtrack für diesen Augenblick.

MacKenzie juchzte in meinen Armen, startete hin und wieder einen halbherzigen Versuch, sich zu befreien, doch es war offensichtlich, dass sie unser Herumgealbere ebenso sehr genoss wie ich.

Die Kids um uns herum schienen schon lange auf eine solche Gelegenheit gewartet zu haben, denn sie ließen den Himmel über uns wie einen explodierten Regenbogen in allen erdenklichen Farben erstrahlen. Die schweren Tropfen, die auf uns niederprasselten, ließen nicht nur MacKenzie und mich nach wenigen Minuten wie zum Leben erwachte Bilder von Pablo Picasso aussehen.

»Bitte!«, keuchte MacKenzie grinsend und rang gleichzeitig vernehmbar um Sauerstoff. »Gnade! Ich gebe auf! Bitte!« Ihr Flehen berührte etwas tief in meinem Inneren, sodass ich ihrem Wunsch widerwillig nachkam. Doch dieses Mal war ich schlauer. Ihr die Gelegenheit raubend, mich noch einmal reinzulegen, pinnte ich ihren Körper unter meinem fest. Ihre Beine waren bewegungsunfähig eingeklemmt, und ihre Arme hielt ich lang gestreckt über ihren Kopf.

»Gibst du wirklich auf?«, fragte ich, ebenfalls atemlos. Mein Herz pochte wie wild und meine Kleidung sowie meine Haare klebten an meinem Körper.

MacKenzie nickte und musste hicksen. »Tue ich! Versprochen!« Ihre Lider hoben sich flatternd und raubten mir endgültig den Verstand.

Aus diesem Grund registrierte ich zu spät, dass ich mich ihr unbewusst genähert hatte. Inzwischen lag mein Oberkörper schwer auf ihrem, ihre Brust drückte bei jedem Atemzug gegen meine und unsere Gesichter waren nur wenige Zentimeter voneinander entfernt. Mein Blick glitt wie magisch angezogen zu ihrem Mund, der sich öffnete, als wollte MacKenzie etwas sagen. Doch stattdessen fand ihre Zunge einen Weg hinaus und strich quälend langsam über ihre Unterlippe.

Was zur Hölle sollte das? Wollte sie mich foltern? Spürte sie etwa, welche Wirkung sie auf mich hatte? Wie schwer es mir fiel, mich zusammenzureißen, weil ich seit unserem Bootsausflug an nichts anderes denken konnte als daran, wie unbeschreiblich gern ich sie küssen wollte? Berühren wollte?

Was es auch war, ihr Plan schien aufzugehen. Jede Faser meines Körpers spannte sich an. Sämtliche Hirnfunktionen verabschiedeten sich, und wäre Atmen nicht ein lebensnotwendiger Reflex, hätten meine Lungen in dieser Sekunde ihren Ruhestand einleiten können.

»Mac…«, begann ich und näherte mich wie ferngesteuert ihrem Mund. Eine einsame Alarmsirne kreischte los, dass ich drauf und dran war, einen unentschuldbaren Fehler zu begehen, doch mein Instinkt, mein Unterbewusstsein, oder wer auch immer gerade die Kontrolle über mein Handeln übernommen hatte, schaffte es mit Leichtigkeit, den Warnschrei zu übertönen.

»Ja?«, hauchte MacKenzie mit leiser Stimme und ich schluckte hart. Wie zum Henker konnte eine einzelne Silbe so verboten heiß und dabei verführerisch unschuldig klingen?

»Ich will …« Der Rest meines Satzes versank irgendwo in den Tiefen meines nicht mehr funktionierenden Verstandes, als MacKenzie die Lippe zwischen die Zähne zog. Unter die unleugbare Spannung und Unsicherheit in ihrer Mimik mischte sich eine deutliche Nuance Erregung.

Fuck! Was passierte hier gerade?

MacKenzies Finger, die auf meinem Rücken gelegen hatten, begannen, an den Seiten meiner Taille herabzustreichen, wo sich mein Shirt während der Farbschlacht nach oben geschoben hatte. Sofort überzog eine Gänsehaut meinen gesamten Körper, wodurch die brennenden Spuren, die ihre Finger auf meiner Haut hinterließen, noch deutlicher zu spüren waren.

»MacKenzie, darf ich …«, startete ich einen erneuten Versuch, dem Chaos in meinem Inneren Klarheit zu verschaffen.

Doch bevor ich selbst hören konnte, wie der Satz endete, stieß mir MacKenzie grob die Hände gegen die Brust und ich richtete mich reflexartig auf.

»Ich … wir … das geht nicht, Vincent!« Sie rollte sich unter mir zur Seite und sprang auf, als wäre der leibhaftige Teufel hinter ihr her. Dann rannte sie davon, ohne sich noch einmal umzudrehen.

Aber wozu auch? Sie hatte auch so überaus deutlich gemacht, was ich gerade angerichtet hatte. Dass ich alles kaputt gemacht hatte.

Seaforth

MACKENZIE

»Ich habe alles kaputt gemacht!« Mit diesen Worten begrüßte ich Sadie, nachdem ich in unsere Schlafhütte gerannt war und meine beste Freundin angerufen hatte.

Für den Bruchteil einer Sekunde fühlte ich mich schuldig, weil ich sie derart rücksichtslos überfiel, anstatt erst mal zu fragen, wie es ihrer Grandma ging. Doch in Anbetracht der Tatsache, dass ich soeben alles zerstört hatte, was mir seit Wochen jeden Morgen nach dem Aufwachen ein Lächeln ins Gesicht gezaubert hatte, war in meinem Inneren kaum Platz für Schuldgefühle.

»Was ist passiert?«, fragte Sadie mit derselben Panik in der Stimme und ich hörte leises Kindergeschrei im Hintergrund. War Sadie mit ihrer Großmutter im Park spazieren?

»Ich …«, begann ich, doch das Schluchzen, das seit meiner Flucht vor Vincent in mir anwuchs wie ein bösartiger Tumor, unterbrach mich. Tränen flossen mir unaufhörlich über die Wangen und mein gesamter Körper zitterte wie Espenlaub, weshalb ich mich rücklings auf das gemachte Bett fallen ließ. Scheiß auf die Farbflecken, die ich damit auf den Laken hinterließ.

»Ich habe alles kaputt gemacht!«, wiederholte ich kaum verständlich. Gott, was wünschte ich mir, meine Freundin jetzt hier zu haben. Aber Sadie würde erst in ein paar Tagen herkommen können, weil sie ihre Großmutter am Montag noch einmal ins Krankenhaus fahren musste. Eine letzte, abschließende Untersuchung.

»Wo bist du?« Sadie klang hektisch und außer Atem, als joggte sie gerade oder versuchte, jemandem nachzulaufen.

Meine eigenen Probleme gerieten kurzzeitig in Vergessenheit. »Wo bist *du*?«, konterte ich mit einer Gegenfrage. »Und was machst du? Scheiße, Sadie, ist alles okay bei dir?« Ich richtete mich auf und wischte mir die Tränen von den Wangen. Die bereits zu trocknen beginnende Farbe kratzte unangenehm auf meiner Haut. »Wenn du gerade keine Zeit hast … Sorry, ich hätte nicht annehmen sollen, dass du –«

»Wo bist du?«, wiederholte Sadie ihre Frage, dieses Mal drängender, als hinge jemandes Leben davon ab.

»Wo soll ich schon sein?«, erwiderte ich latent verwirrt. »Im Camp natürlich.«

Sadie stieß ein frustiertes Seufzen aus. »Und wo *genau* bist du da?«

»In unserer Hütte«, antwortete ich brav, obwohl sich Sadie diese Frage auch selbst hätte beantworten können. Auf dem gesamten Campgelände herrschte ein derart schlechter Handyempfang, dass es nur wenige Orte gab, an denen man halbwegs vernünftig telefonieren konnte. Unsere Schlafhütte war glücklicherweise einer dieser Orte.

Es folgten einige Geräusche, die ich nicht recht zuzuordnen wusste, ehe die Verbindung abbrach und ich das Handy vom Ohr nahm. Irritiert starrte ich auf das Display. Sadie hatte mich noch nie abgewürgt. Vor allem nicht auf eine solche Weise.

Während sich in meinem Kopf meine Probleme mit Vincent mit meiner Sorge um Sadie duellierten – ich hatte noch zweimal versucht meine Freundin zurückzurufen, doch sie ignorierte meine Anrufe –, wurde die Tür der Holzhütte mit einem ohrenbetäubenden Knall aufgestoßen.

»Himmel, Arsch und Zwirn! Wieso haben wir noch mal die Hütte bekommen, die vom Parkplatz am weitesten entfernt ist?« Keuchend und schwer atmend stützte sich Sadie mit den Armen auf ihren Oberschenkeln ab.

Ich hingegen starrte die Erscheinung auf der Schwelle meiner Hütte an, unsicher, ob ich meinen eigenen Augen trauen durfte.

»Sadie? Was machst du denn hier?« Sprachlos saß ich da, unfähig, die offensichtlichen Fakten mit dem Wirrwarr in meinem Kopf zu einem harmonischen Bild zu vereinen. »Was ist mit deiner Grandma? Du musst sie doch ins Krankenhaus fahren.«

»Ich wollte dich überraschen«, keuchte Sadie und richtete sich auf. Ihre Stirn furchte sich umgehend. »Warum zur Hölle siehst du aus, als wärst du in einen Farbeimer gefallen?«

Ich ignorierte ihre Frage und musterte meine Freundin stattdessen. Sie trug ihre heiß geliebten Doc Martens und ihre Lederjacke, weshalb es nicht weiter verwunderlich war, dass sich ein deutlicher Schweißfilm auf ihrer Stirn bildete. Abgesehen davon, dass es draußen über dreißig Grad waren und Sadie offenbar den gesamten Weg vom Parkplatz hierher gerannt war, hing auch noch eine voll bepackte Reisetasche über ihrer Schulter.

»Du wolltest mich überraschen?« Die Rührung, die ich bei dieser Aussage empfand, erwärmte mein Innerstes und vertrieb augenblicklich die Schatten meiner Männerprobleme.

»Ja. Der Arzttermin wurde auf heute vorgezogen. Und weil Grandma wieder topfit ist und meine Eltern ja auch noch in der Stadt sind, falls sie doch noch mal schnelle Hilfe braucht, bin ich jetzt schon hergekommen. Aber ich wollte mich erst frisch machen, meine Sachen auspacken und dich dann beim Abendessen heute Abend überfallen. Nur musstest du«, sie ließ die Tasche geräuschvoll zu Boden fallen und seufzte gequält, »mit deinem Drama meinen ganzen Plan zunichtemachen. Also? Wo drückt der Schuh? Was ist zwischen dir und Vincent vorgefallen?«

Ich starrte sie noch ein oder zwei Sekunden an, ehe ich es schaffte, mich aus meiner Starre zu lösen und mich auf die Beine zu katapultieren. Dann rannte ich zu meiner Freundin und warf mich in ihre Arme. Die Tränen, die mir nun über die Wangen rannen, waren eine Mischung aus Freude, Erleichterung, Trauer und Melancholie.

»Ich freu mich auch, dich wiederzusehen«, sagte Sadie und nahm mich trotz der Farbflecken fest in den Arm. Sofort entfloh mir ein weiteres Schluchzen. Genau diese Art von Umarmung und bedingungsloser Liebe hatte ich jetzt gebraucht. »Aber nun mach es nicht so spannend und erzähl mir ganz genau, was passiert ist. Dann können wir uns einen Kriegsplan überlegen.«

Sadies Stimme zu hören – und zwar live und nicht aus einem blöden Lautsprecher –, ihre Nähe zu spüren und ihren Duft einzuatmen, war zu viel für meine bereits angespannten Nerven, und meine Stimmung kippte von Freude über das Wiedersehen mit meiner Freundin zu erneuter Wehmut über das Desaster mit Vincent.

»Wir haben uns geküsst«, schluchzte ich in Sadies Ohr. Von meiner ursprünglich kraftvollen Umarmung war mittlerweile nichts mehr übrig.

»Was?«, schrillte sie los, packte mich an den Schultern und schob mich ein Stück von sich. »Ihr habt euch geküsst?«

»Ja. Nein. Also, fast«, stammelte ich mit brüchiger Stimme und tupfte mit meinen Handballen über meine feuchten Wangen. »Komm, setzen wir uns. Dann erzähle ich dir die Details.«

Gemeinsam begaben wir uns zu dem großen Doppelbett, auf das ich mich ein weiteres Mal fallen ließ. Jetzt kam es auf ein paar Flecken mehr oder weniger auch nicht mehr an.

Als sich meine Freundin zu mir gesellt hatte, berichtete ich ihr, was vorhin während des Malerkurses geschehen war.

»Es war doch nur ein harmloser Spaß unter Freunden«, beendete ich meinen Bericht schniefend. »Und jetzt habe ich alles kaputt gemacht!«

Sadie seufzte und machte es sich neben mir bequem. »Tut mir leid, dir das sagen zu müssen, Süße, aber nichts von dem, was du mir in den letzten drei Wochen über dich und Vincent erzählt hast, war harmlos oder ein Spaß unter Freunden. Viel eher habt ihr beiden das längste und komplizierteste Vorspiel praktiziert, das ich jemals zwischen zwei Verliebten mitbekommen habe.«

Ich öffnete den Mund, um etwas zu erwidern, doch Sadie ließ mich nicht zu Wort kommen. »Nein, du hörst mir jetzt zu. Du weißt, ich liebe dich, MacKenzie, aber manchmal bist du wirklich ein blindes Huhn. Denkst du ernsthaft, Vincent – oder irgendein anderer Kerl – hätte all das mitgemacht, wenn er nicht bis über beide Ohren verknallt wäre?«

»Fang nicht schon wieder damit an«, stöhnte ich und rollte mit den Augen. Mit einem Mal bereute ich es, Sadie eingeweiht zu haben. »Vincent steht nicht auf mich! Das habe ich dir doch bereits erklärt.«

»Nein, du *glaubst* nur, dass er nicht auf dich steht. Aber welcher Typ würde nach sechs Jahren Funkstille alles stehen und liegen lassen und ins Camp geeilt kommen, weil er sich *Granny* gegenüber verpflichtet fühlt?!« Sie hob vielsagend eine Augenbraue, was ich mit einem Schnauben abtat.

»Er hat es selbst gesagt, Sad.«

»Dann hat er eben gelogen!«, fuhr mir meine Freundin grob über den Mund. »Es ist ja nicht so, als wäre er der Einzige, der es mir der Wahrheit nicht ganz so eng sieht – was mich zu Punkt zwei bringt. Du benimmst dich Vincent gegenüber wie eine Eiskönigin und behauptest sogar, dass du einen Freund hast, obwohl die zwei einzigen Männer, die du an dich heranlässt, Ben und Jerry heißen. Und was tut Vincent? Anstatt die Flucht zu ergreifen und die Festivalbühnen dieser Welt zu bespielen, bleibt er hier und tut alles dafür, dich davon zu überzeugen, dass er sein Versprechen, das Camp zu retten, ernst meint.«

Widerwillig musste ich ihr recht gaben. Anfangs war ich Vincent gegenüber wirklich alles andere als freundlich gesinnt gewesen. Doch er hatte mir nichts davon krummgenommen.

»Und als wäre das alles noch nicht offensichtlich genug«, sprach

Sadie weiter, »vertraut er dir Dinge an, die sicherlich nicht in jedem zweiten Klatschmagazin zu lesen sind. Wenn du also weiterhin der Meinung sein willst, dass Vincent nicht auf dich steht, bitte schön. Belüg dich ruhig selbst. Aber es ändert nichts an der Wahrheit.«

Ihre Miene erweichte, als sie den Funken Zweifel in meiner Mimik las, und ihre Lippen formten sich zu diesem warmherzigen Lächeln, das reihenweise Männerherzen brach.

»Ich weiß, du hast Angst, dich ihm zu öffnen, weil du nicht erneut verletzt werden willst. Aber glaubst du nicht, dass ihr beiden über diesen Punkt längst hinaus seid? Ich meine, guck dir doch nur mal die letzten zwei Wochen an. Ihr beide habt euch wie zwei Grundschüler mit albernen Streichen geneckt und gleichzeitig immer wieder diese tiefschürfenden Gespräche geführt.« Sie strich mir sanft über den Arm. »Ihr teilt eine Verbindung miteinander, die manche Paare, die seit Jahren zusammen sind, nicht kennen. Glaub mir, Süße, das zwischen Vincent und dir ist etwas ganz Besonderes. Mach das nicht kaputt, nur weil du Angst hast, dich aus vollem Herzen zu verlieben.«

Ich spürte, wie mein Widerstand immer stärker zu bröckeln begann. Unabhängig davon, ob meine Freundin mit ihrer Ansicht über Vincents und meine Gefühle richtiglag oder nicht, stand zweifelsfrei fest, dass eine gewisse Anziehung zwischen uns herrschte. Sowohl bei unserem Nachmittag am See als auch gerade am Deli Corner war ich nicht die Einzige, die ein unleugbares Verlangen nach körperlicher Nähe verspürt hatte. Aber steckte wirklich mehr dahinter als sexuelle Spannung?

»Fein«, gab ich widerwillig nach. »Tun wir mal so, als hättest du recht und Vincent wäre wirklich in mich verknallt.«

»Und du in ihn«, fügte Sadie mit einem ekelhaft selbstzufriedenen Grinsen hinzu, das ihr ein erbostes Funkeln von mir einhandelte. Sie wusste ganz genau, dass sie gewonnen hatte.

»Was soll ich deiner Meinung nach jetzt tun? Ich kann ihm ja schlecht sagen, dass ich *möglicherweise* …«

»… zweifelsfrei und zu einhundert Prozent …«

»… ebenfalls Gefühle für ihn habe. Abgesehen davon, dass er noch immer denkt, dass ich einen Freund habe, und ich nicht einfach behaupten kann, dass wir uns getrennt haben, weil ich dann genau zu der Sorte Frau gehören würde, über die er sich bei seiner Ankunft am Telefon so aufgeregt hat, weiß ich nicht, ob die Sache zwischen uns überhaupt eine Chance hat. Bisher hat es sich nicht ergeben, über die Vergangenheit zu reden. Und obwohl er mir in den letzten Wochen bewiesen hat, dass er nicht der Frauen verachtende Macho-Arsch ist, für den ich ihn anfangs vielleicht gehalten habe, heißt das trotzdem noch lange nicht, dass ich ihm dieses Mal vertrauen kann. Ob ich ihm jemals wirklich vertrauen kann.«

»Tjaaaa.« Sadie grinste mich an, als wäre sie die Katze aus *Alice im Wunderland*. »Wie gut, dass es für all diese Fragen, Probleme und Zweifel eine ganz einfache Lösung gibt, Mac: Du musst Vincent verdammt noch mal endlich die Wahrheit sagen und dich mit ihm aussprechen!«

VINCENT

»Du musst MacKenzie endlich die Wahrheit sagen und dich mit ihr aussprechen!« Hendrik klang ungewohnt streng und unerbittlich, als er auf meinen jüngsten Telefonbericht reagierte, in dem ich ihn darüber in Kenntnis gesetzt hatte, wie ich die Beziehung zwischen MacKenzie und mir mal wieder glorreich vor die Wand gefahren hatte.

»Alter, ich meine es ernst! Abgesehen davon, dass ich dich kaum wiedererkenne, bezweifle ich, dass die Sache zwischen euch noch ohne ein klärendes Gespräch zu retten ist. Ich meine, ich bin zwar nicht vor Ort, aber ganz ehrlich, so, wie du die Lage schilderst, scheint MacKenzie ebenfalls alles andere als uninteressiert an dir zu sein, feste Beziehung hin oder her. Du musst ihr reinen Wein einschenken und auf das Beste hoffen.«

Ich biss die Zähne aufeinander und ballte die Finger fest um Georges Telefon. Ich wusste, dass Hendrik recht hatte. Dennoch war es sehr viel leichter, seine Standpauke über mich ergehen zu lassen, als ihr Taten folgen zu lassen. Denn die Wahrheit war, dass ich eine Heidenangst davor hatte, mir die Anzeichen für MacKenzies Zuneigung nur eingebildet und die gesamte Situation zwischen uns völlig falsch verstanden zu haben.

»Ich denke darüber nach«, würgte ich das Thema nach einem Blick auf die Uhr ab. Das Abendessen begann in wenigen Minuten, weshalb mir keine andere Wahl blieb, als mich ins Deli Corner zu begeben – es sei denn, ich wollte heute Abend durch Magenknurren und Unkonzentriertheit auffallen. Und da ich MacKenzie ohnehin nach dem Essen wiedersehen würde, wenn es darum ging, sich für den Mitarbeiter-Mottoshow-Auftritt in Schale zu werfen, brachte es auch nichts, die letzte Mahlzeit zu schwänzen.

Hendrik schnaubte, sagte jedoch nichts. Er hatte seinen Standpunkt klargemacht. Der Rest lag an mir.

»Grüß Addison von mir«, sagte ich noch, doch Hendrik gab erneut nur einen undefinierbaren Laut von sich. Irgendetwas schien zwischen ihm und seiner Freundin im Argen zu liegen. Aber da er nicht den Eindruck erweckte, als wollte er darüber reden, hakte ich nicht nach. Wenn er seine Meinung änderte, so wusste mein Kumpel, konnte er sich zu jeder Tages- und Nachtzeit bei mir melden.

»Ich ruf später noch mal an«, sagte ich zum Abschied, legte auf und verstaute Georges Firmenhandy in der oberen Schublade seiner Kommode, ehe ich die Hütte verließ.

Mein Bodyguard und ich hatten ausgemacht, das Telefon in unserer Schlafbehausung zu bunkern, damit ich einerseits Hendrik jederzeit erreichen konnte und George gleichzeitig nicht ständig von

Morgan belästigt wurde, weil meine Agentin bemerkt hatte, dass sie unter meiner Nummer nur die Mailbox erreichte.

Im Deli Corner angekommen, steuerte ich meinen Standardplatz neben George an. Gleichzeitig sah ich mich unauffällig um, konnte jedoch einen gewissen Blondschopf nirgendwo ausmachen.

»Sie ist nicht da«, sagte George, als ich mich neben ihn auf die Bank sinken ließ.

Es wunderte mich nicht, dass er genau wusste, nach wem ich Ausschau gehalten hatte. Abgesehen davon, dass George eine unglaubliche Auffassungsgabe besaß, konnte man mir vermutlich überdeutlich im Gesicht ablesen, wen ich suchte. Blieb nur zu hoffen, dass mir meine Nervosität wegen der bevorstehenden Begegnung mit MacKenzie nicht ebenfalls derart offenkundig auf die Stirn geschrieben stand.

»Und sie kommt auch nicht«, fügte George hinzu und griff nach einem Stück Brot, das in Körben auf dem Tisch stand. »Sie und Sadie haben noch mit den Kostümen für die Mottoshow zu tun. Lizzy hilft ihnen, damit sie rechtzeitig fertig werden.«

Die Frage, was geschehen war und ob die drei noch ein paar helfende Hände benötigten, blieb mir im Hals stecken. Stattdessen sah ich George mit irritierter Miene an.

»Lizzy?« Ich war mir sicher, alle Campmitarbeiter sowie Kids inzwischen zu kennen. Doch eine Lizzy … »Halt! Stopp!« Ein überrascht-amüsiertes Lachen entfloh mir, als der Groschen fiel und sich meine Augen weiteten. »Meinst du etwa Granny damit? Seit wann nennst du sie denn so?«

Georges Ohren färbten sich rot und ich konnte kaum glauben, was ich da sah. Völlig mit meinen eigenen Liebesproblemen beschäftigt, hatte ich nicht mitbekommen, dass die Zeit, die mein Bodyguard mit MacKenzies Großmutter verbrachte, Spuren hinterlassen hatte.

»O mein Gott! Du magst sie ja wirklich!« Erneut lachte ich auf und von Herzen kommende Freude verdrängte meine bedrückte Stimmung. »Das ist großartig! Ich freue mich für euch!«

Dass Georges Zuneigung auf Gegenseitigkeit beruhte, stand außer Frage. Abgesehen davon, dass er ansonsten niemals derart gute Laune an den Tag gelegt hätte, hatte auch Granny in der letzten Zeit vermehrt mit der Sonne um die Wette gestrahlt.

Georges Mundwinkel zuckten, ehe er sich hektisch umsah und sich anschließend mit ernster Miene und gesenkter Stimme an mich wandte.

»Häng es nicht an die große Glocke, V. Elisabeth will erst mit MacKenzie reden. Sie soll es nicht von jemand anderem erfahren, okay?« Sein eindringlicher Ton ließ mich meinen Mund pantomimisch mit einem Schloss versiegeln. Doch eine Frage konnte ich mir nicht verkneifen.

»Heißt das etwa, das zwischen euch ist etwas Ernstes?« Die beiden kannten sich seit drei Wochen. Wie war das möglich?

Georges Lippen verzogen sich zu einem warmen Lächeln und seine Augen begannen zu funkeln. *So* hatte ich meinen Bodyguard noch nie erlebt.

»Wenn du erst einmal ein gewisses Alter erreicht hast, Vince, wird dir klar, dass das Leben zu kurz ist, um es mit Unverbindlichkeiten, albernen Spielchen oder unangebrachter Angst zu verschwenden. Dir wird klar werden, dass du, wenn du die richtige Person getroffen hast, jede Sekunde mit ihr verbringen willst, weil eure gemeinsame Zeit begrenzt ist und selbst dann nicht ausreichen wird, wenn euch viele Jahre zu zweit vergönnt sind.«

Schweigend sah ich George an. Abgesehen davon, dass dies der mit Abstand intimste Moment war, den wir jemals miteinander erlebt hatten, raubten mir auch die Tiefe und Wahrhaftigkeit seiner Worte die Sprache.

»Ich werde MacKenzie nichts verraten«, murmelte ich und wandte mich erleichtert über die Ablenkung den Camp-Angestellten zu, die gerade das Essen servierten – Georges Worte unentwegt im Kopf.

Lay All Your Love On Me

Cast of Mamma Mia!

VINCENT

Georges Worte spukten mir während des gesamten Abendessens im Kopf herum, weshalb ich wortkarg den anderen Campmitarbeitern aus dem Deli Corner folgte, um mich in der Varioke-Hütte umzuziehen. MacKenzie, Sadie und Granny waren, wie George angedeutet hatte, bereits vor Ort und noch schwer mit ihrer Arbeit beschäftigt.

»Es gab ein kleines Missgeschick mit einigen Kostümen«, rief die Campleiterin in die Runde, als wir die Hütte betraten. »Ein paar der Kleider-Ensembles mussten ersetzt werden. Bitte habt Verständnis, wenn etwas nicht ganz passt oder nicht unbedingt euren Vorstellungen entspricht.« Sie lächelte versöhnlich und deutete gleichzeitig mit einer Handbewegung in Richtung der verspiegelten Wand. »Dort an der Stange finden die Mädchen ihre Outfits. Die Sachen für die Jungs liegen auf der anderen Seite. Bitte beeilt euch, die Zeit drängt.«

Wildes Treiben kehrte in die Hütte ein und alle Anwesenden begannen, nach ihren Klamotten zu suchen. Nur ich stand da, als hätte ich mich in eine Steinstatue verwandelt, MacKenzie, die emsig herumwuselte, um das herrschende Chaos im Zaum zu halten, fest im Visier.

Und in dieser Sekunde geschah etwas mit mir.

Das Tau, gewoben aus Georges Ansprache und Hendriks Appell, löste sich von meinen Lungen und hob gleichzeitig den Schleier, der all die letzten Wochen meine Sicht getrübt hatte. Mit einem Mal wurde mir bewusst, dass es nicht allein sexuelle Anziehung war, die mich immer wieder zu MacKenzie trieb. Ich wollte ihr nicht nur körperlich nah sein. Ich wollte *sie*. MacKenzie – mit jedem Charakterzug, jeder Macke und jedem ihrer Fehler.

Ich wollte sie küssen und in den Armen halten, mit ihr lachen und mir ihre Klagen anhören, wenn sie schlecht drauf war. Ich wollte alles mit ihr teilen. Meinen Körper. Meine Seele. Meine Liebe.

Als hätte sie den von mir ausgehenden Spannungswechsel gespürt, hielt sie mitten in der Bewegung inne und hob den Kopf. Auf der Suche nach dem Ursprung ihrer Empfindung sah sie sich um, dann trafen sich unsere Blicke. Sofort flammte dieses vertraute Flattern in meinem Magen auf, und ich fragte mich, wie ich nur so blind hatte sein können. Wieso war mir nicht früher klar geworden, dass ich mich entgegen allen Vorsätzen erneut in das Mädchen verliebt hatte, das mir bereits einmal das Herz gebrochen hatte?

Mit zitternden Knien setzte ich einen Fuß vor den anderen. Ich hatte keine Ahnung, was ich da tat oder was ich sagen sollte, wenn ich mein Ziel erreicht hatte. Dennoch ging ich weiter. Und mit jedem Schritt, den ich mich Mackenzie näherte, begann die Welt um mich herum zu verschwimmen. Ähnlich wie bei unserem Bootsausflug waren sie und ich nicht länger Teil dieses Universums. Wir befanden uns in einem Gefüge außerhalb von Raum und Zeit, in dem es nur uns beide gab.

Etwa die Hälfte des Weges hatte ich auf diese Weise hinter mich gebracht, als plötzlich Sadie neben MacKenzie auftauchte. Sie redete eindringlich auf ihre Freundin ein – worum es ging, konnte ich jedoch nicht verstehen.

Der magische Moment zerbrach und wir wurden grob zurück in die Realität geschleudert.

MacKenzie blinzelte mehrfach, als müsste sie Orientierung finden.

»Was hast du gesagt?«, fragte sie sichtlich verwirrt.

Sadie furchte die Stirn, dann sah sie zwischen MacKenzie und mir hin und her. Ein amüsiertes Grinsen zierte ihre Mundwinkel.

»Ich habe gefragt, ob du weißt, wo Tomys Kostüm ist. Es liegt nicht bei den anderen. Aber vergiss einfach, dass ich hier gewesen bin. Ich wusste nicht, dass du beschäftigt bist.« Kichernd zog sie sich zurück.

Wie ein begossener Pudel stand ich da und wusste nicht, wie ich mich verhalten sollte. Sadies Unterbrechung hatte wie eine Eisdusche auf meinen lodernden Tatendrang gewirkt und jeden Funken meines Vorhabens restlos ausgelöscht. Enttäuschung fraß sich durch meine Adern und in meiner Brust bildete sich eine schmerzhafte Leere.

Leider blieb mir keine Möglichkeit, mein Bad im Selbstmitleid auszukosten, denn Granny trat in mein Sichtfeld.

»Vincent! Was stehst du hier so einsam und verlassen herum, mein Junge? Du musst dich umziehen. Los, komm, ich bringe dich zu deinen Sachen.« Sie nahm mich sanft, aber bestimmt an der Hand und zog mich durch die Hütte. Mir blieb nichts anderes übrig, als ihr mit hölzernen Bewegungen zu folgen.

Luisa hatte darauf gepocht, dass mein Outfit aus einer engen Lederhose samt schwarzem Satinhemd bestehen sollte, dessen Knöpfe so angebracht waren, dass sie einen großflächigen Teil meiner nackten Brust zeigten. In Kombination mit dem roten Seidenhalstuch würde ich zwar wie ein französischer Pirat aussehen, aber ich würde auch zu Luisa passen, die ebenfalls mit Lederhose, schwarz-durchsichtiger Chiffonbluse und rotem Tuch im auftoupierten Haar auf die Bühne gehen würde.

»Hier«, sagte Granny und drückte mir einen Stapel Kleidung in die Hand. Obenauf lag ein Blatt Papier mit meinem Namen, was meine Verwirrung zusätzlich schürte. Das, was ich in den Händen hielt, war weder schwarz noch aus Leder oder Satin.

Granny zwinkerte mir verschwörerisch zu, ehe sie mich abermals mit vermeintlicher Strenge mahnte, mich zu beeilen. Dann wuselte sie davon und ließ mich allein zurück.

Perplex sah ich ihr nach, ehe ich mich auf die weichen Fasern in meiner Hand konzentrierte. Hatte das Schicksal Mitleid mit mir gehabt und auch mein Kostüm ersetzen lassen? Ich wagte mein Glück kaum zu glauben.

Von Neugier getrieben, nahm ich die Kleidungsstücke in meiner Hand näher in Augenschein. Ein rot kariertes und tailliert geschnittenes Flanellhemd samt dunkelbrauner Kunstlederweste.

»Noch fünf Minuten«, rief MacKenzie in die Runde.

Schnell tauschte ich mein T-Shirt gegen das Hemd und die Weste. Beides passte wie maßgeschneidert. Waren die Sachen etwa extra für mich angeschafft worden? Die Frage, woher Granny meine Größe kannte, stellte sich mir nach meiner Unterhaltung mit George nicht mehr.

»Noch zwei Minuten«, rief MacKenzie erneut. »Wer bereits fertig ist, kann schon rausgehen.«

Wie brave Schulkinder, die der Anweisung ihrer Lehrerin folgten, strömte ein Großteil der Anwesenden aus der Hütte. Auch ich wollte mich ihnen anschließen.

»Vincent! Warte!« MacKenzies Stimme ließ mich ruckartig zum Stehen kommen. Ohne mir in die Augen zu sehen, trippelte sie auf mich zu und zauberte hinter ihrem Rücken einen grauen Fedora mit schwarzem Satinband hervor. »Hier. Der ist für dich«, sagte sie leise, fast schon schüchtern.

Verdutzt schaute ich abwechselnd von dem Hut zu MacKenzie und zurück. »Für mich?« Zögerlich nahm ich die Kopfbedeckung entgegen. Ich fühlte mich in der Zeit zurückversetzt. Früher hatte ich sehr gern Flanellhemden und Mützen getragen. Doch meine Stylistin war der Meinung, dass beides nicht zu meinem Typ passte.

Die Vorstellung, dass MacKenzie das anders sah, erwärmte mein Innerstes.

MacKenzie lächelte sanft und nickte. »Und das hier ist ebenfalls für dich – aber vielleicht eher für die Zeit *nach* dem Auftritt.«

Sie reichte mir ein schwarz gestricktes Bündel, das ich, nachdem ich es umständlich mit einer Hand aufgeklappt hatte, als Beanie erkannte. Dabei lag ein breites dunkelbraunes Lederarmband, das aus mehreren schmalen Einzelbändern bestand, die durch einen silbernen Verschluss zusammengehalten wurden.

»Ich weiß nicht, ob du so etwas noch trägst, aber als ich es gesehen habe, musste ich an dich denken, deswegen …« Sie beendete ihren Satz mit einem Schulterzucken.

Sprachlos starrte ich MacKenzie an, was sie als Anlass wertete, sich zum Gehen zu wenden. Schnell setzte ich mir den Hut auf den Kopf und griff mit der freien Hand nach ihrem Handgelenk. Wie zuvor hatte ich keine Ahnung, was ich hier tat. Aber obwohl mir die neugierigen Blicke der Anwesenden überdeutlich bewusst waren, konnte ich MacKenzie unmöglich gehen lassen. Nicht, bevor ich ihr klargemacht hatte, wie viel mir diese Geste bedeutete.

»Danke«, wisperte ich und strich mit meinem Daumen über ihren Handrücken. Sofort sah sie auf und der Ausdruck in ihren Augen, der durch ihre dichten Wimpern einen perfekten Rahmen erhielt, hypnotisierte mich.

Ja, vermutlich hätte ich tatsächlich sehr viel früher oder selbstbewusster merken müssen, dass MacKenzies Zuneigung weder ein Hirngespinst noch platonischer Natur war.

»Gern«, flüsterte sie kaum wahrnehmbar und ihre Wangen wurden von einer niedlichen Röte überzogen.

Ohne ihre Hand loszulassen, verstaute ich die Beanie und das Armband in der Gesäßtasche meiner Hose und umfasste anschließend ihr Kinn. Dann beugte ich mich vor, bis meine Lippen ihren Mundwinkel streiften und ich mit geradezu kindlicher Freude registrierte, wie sich eine Gänsehaut über ihre Arme zog.

»Wir müssen miteinander reden«, flüsterte ich ihr ins Ohr und drückte sanft ihre Hand. »Und zwar dringend.«

MACKENZIE

Wir müssen miteinander reden. Und zwar dringend.

Vincents Worte tanzten in meinem Kopf wie mein Herz in meiner Brust. Bisher war mir kein Fall bekannt, in dem solchen Worten keine höfliche, aber abgedroschene Floskel gefolgt war, wie »Es liegt nicht an dir, sondern an mir« oder: »Ich empfinde sehr viel für dich, aber ich brauche etwas Freiraum. Lass uns bitte Freunde bleiben.«

Trotzdem konnte ich mich nicht von der Erinnerung lösen, wie Vincent mich angesehen und berührt hatte. Kein Mann, der eine Frau auf diese intensive und verzehrende Weise anschaute, hegte die Absicht, sich von ihr zu distanzieren. Das war schlichtweg unmöglich.

Oder?

Diese Frage quälte mich, während ich mit Granny die Hütte verließ und in die drückend schwüle Abendluft trat. Für später war ein Sturm vorhergesagt worden, doch die Gefahr, dass die bevorstehende Mottoshow buchstäblich ins Wasser fallen könnte, war gerade nicht meine größte Sorge. Viel schwerwiegender traf mich die Überlegung, was ich mit meinem Vincent-Problem anstellen sollte. Ein Teil von mir wollte herausfinden, ob Sadie recht hatte und er tatsächlich nach all der Zeit dasselbe für mich empfand wie ich für ihn. Doch ein viel größerer Teil wurde von dem Risiko gelähmt, mich erneut blindlings in eine amouröse Katastrophe zu begeben. Die Bruchstellen, die mein Herz von dem letzten Desaster davongetragen hatte, waren zu instabil, um eine weitere Erschütterung dieses Ausmaßes zu verkraften.

»Vincent sieht in den Sachen wirklich sehr gut aus«, meinte Granny und deutete mit einem Kopfnicken in Richtung Bühne. »Wie der Junge von früher. Natürlich reifer und erwachsener. Eben männlicher. Und trotzdem genauso niedlich.« Granny kicherte und ich warf ihr einen verblüfften Seitenblick zu. Hatte sie Vincent gerade ernsthaft *niedlich* genannt? Lächelnd schüttelte ich den Kopf. Irgendetwas schien dieser Sommer mit ihr anzustellen.

Am Rand des Show-Podestes angekommen, gesellten wir uns zu den anderen Campmitarbeitern, die voller Spannung und Vorfreude auf ihren Auftritt warteten. Granny verfiel umgehend in ein Gespräch mit Tomy, Enrico und Sam, sodass ich die Gelegenheit nutzen und Vincent unauffällig mustern konnte.

Meine Grandma hatte recht. Er sah in den Klamotten, die Sadie und ich heute Nachmittag für ihn besorgt hatten, unverschämt gut aus. Dabei war es bloßes Glück gewesen, dass wir dieses Outfit gefunden hatten. Nachdem mir Sadies kleine Kopfwäsche heute Vormittag klargemacht hatte, dass es völlig egal war, ob sie mit ihrer Meinung über ihn und mich recht hatte, weil allein von Bedeutung war, dass sich Vincent in den letzten drei Wochen sehr viel Mühe gegeben hatte, damit ich mich wohlfühlte, hatte ich das plötzliche Verlangen verspürt, mich bei ihm für diese Geste zu revanchieren. Kurzerhand hatte ich also mit meiner Freundin einen Plan ausgeheckt, der ein kleines Makeover für sein Kostüm beinhaltete. Vincent hatte sich zwar nie negativ über sein Outfit geäußert, aber ihm war während der Anproben anzumerken gewesen, dass er sich die Leder-Satin-Klamotten niemals freiwillig ausgesucht hätte. Er hatte diesem Look nur aus Kollegialität Luisa gegenüber zugestimmt.

Aus diesem Grund hatten Sadie und ich Vincents Sachen – sowie ein paar andere Kostüme, damit unser Handeln nicht allzu offensichtlich war – eingepackt und sie nach Rücksprache mit Granny zurück ins Theater nach Bozeman gefahren.

Auf dem Weg dorthin waren wir an einem süßen Secondhandladen vorbeigekommen, in dessen Schaufenster ich eine Beanie gesehen hatte, die der, die Vincent früher getragen hatte, so ähnlich sah, dass ich sie ihm einfach hatte mitbringen müssen. Im Laden hatten wir dann das Armband, das Hemd, die Weste sowie den Fedora entdeckt und ich hatte mich schlagartig in die Kombination verliebt. Als sich dann rausgestellt hatte, dass die Sachen genau Vincents Kleidergröße entsprachen, hatte es außer Frage gestanden, dass dieser Fund ein Wink des Schicksals gewesen war.

Die einsetzende Musik des *Mamma Mia*-Filmsoundtracks zu *Lay All Your Love On Me* beförderte mich zurück in die Gegenwart. Carmen, die die heutige Mottoshow moderierte, hatte die Bühne verlassen, und Vincent und Luisa hatten sich einander dicht gegenübergestellt. Jeder von ihnen hielt ein kabelloses Mikro in der Hand, und obwohl ich wusste, dass die verliebten Blicke, die sie soeben miteinander austauschten, zur Show gehörten, konnte ich nicht verhindern, dass sich mein Herz vor Eifersucht zusammenzog.

Die Melodie setzte ein, gewann an Tempo, und als der Bass erklang, wirbelten Vincent und Luisa herum und eilten zu entgegengesetzten Seiten der Bühne.

Luisa strahlte wie ein Honigkuchenpferd – und ich konnte mit dem giftgrünen Biest namens Neid in mir meine Übelkeit kaum im Zaum halten. Dabei war es völlig bescheuert, Luisa ihre Freude über diesen Auftritt krummzunehmen. Jeder, der die Musiklehrerin kannte, wusste, dass sie zwar gern schamlos flirtete, ihr Interesse an Vincent – oder an jedem anderen Mann, der nicht ihr Ehemann war – aber rein platonischer Natur war. Sie lebte getreu dem Motto, dass es in Ordnung war, sich von außerhalb Appetit zu holen, solange man zu Hause aß.

Der Sound steigerte sich immer weiter und die damit verbundene Spannung wuchs mit jedem Beat an. Als dann die ersten Silben des Liedtextes einsetzten und Vincents warmes Timbre die Luft erfüllte, kroch eine Gänsehaut meine Arme empor.

Vincent wandte sich zur Bühnenmitte herum, die Miene von Sehnsucht und Schmerz gezeichnet. Er sang voller Leidenschaft darüber, dass er früher niemals eifersüchtig gewesen sei, doch nun in jedem Mann einen potenziellen Konkurrenten sähe. Dabei kam er schrittweise zurück zur Podestmitte, als könnte er die Distanz zu seiner Duettpartnerin nicht länger ertragen.

Luisa hatte sich derweil ebenfalls der Bühnenmitte zugewandt, blieb jedoch an Ort und Stelle stehen. Sie bewegte die Hüften im Takt der Musik und ihr hellgrün gestreifer Countryrock schwang sachte hin und her.

Vincent hangelte sich von Textzeile zu Textzeile, sang darüber, dass er mit einem Mal besitzergreifend war und dass er Rauchen nicht mehr als sein einziges Laster bezeichnen konnte. Seine Augen strahlten, funkelten und glänzten, und in jeder Silbe, die über seine Lippen perlte, war jene Hingabe zu hören, die ich bei seinen eigenen Songs so schmerzlich vermisste.

Das war der Vincent Kennedy von früher. Ein Sänger, der sich mit Leib und Seele der Musik verschrieben hatte und durch die Liebe und Leidenschaft, die er beim Singen ausstrahlte, die Luft um ihn herum zum Knistern brachte.

»Ich nehme alles zurück«, ertönte es plötzlich neben mir, und ich brauchte eine Sekunde, um zu realisieren, dass Sadie, die zuvor in der Hütte geblieben war, um den letzten Campern mit den Kostümen zu helfen, zurückgekommen war. »So, wie Vincent und du einander anstarrt, ist das kein Vorspiel mehr, Mac. In euren Köpfen treibt ihr beide es bereits miteinander.«

»Sadie!«, zischte ich halb ertappt, halb erzürnt und schlug meiner Freundin gegen den Arm. Dennoch konnte ich nicht verhindern, dass meine Wangen verräterisch warm wurden. »Red keinen Stuss!«

Schnell sah ich mich um, ob jemand unser Gespräch verfolgte. Aber wie es schien, waren alle Anwesenden von Vincents Stimme und Ausstrahlung hypnotisiert, also widmete auch ich mich wieder der Bühne. Er sah immer noch in unsere Richtung, obwohl sich Luisa bereits auf der anderen Seite des Showbereichs befand. Fast hatte ich den Eindruck, als könne er mich ebenso schwer aus den Augen lassen wie ich ihn.

»Zwischen uns läuft nichts«, sagte ich, mehr aus Reflex als wirklich ernst gemeint. Spätestens seit dem Vormittag konnte niemand von uns mehr behaupten, dass das, was auch immer sich zwischen Vincent und mir gerade anbahnte, *nichts* war.

»Jaja, red dir das ruhig weiterhin ein, Mac!«, flötete Sadie mit vernehmbar selbstgefälligem Grinsen in der Stimme. »Aber ich bin nicht blind. Vincent und du starrt einander so funkensprühend an, dass es einem Wunder gleichkommt, dass noch nicht die gesamte Bühne in Flammen steht.«

Vincents Stimme vibrierte vor Inbrust, als er die Frau seines Herzens darum anflehte, ihre Gefühle nicht an andere zu verschwenden, sondern ihm all ihre Liebe zu schenken.

Durch meine kurze Unterhaltung mit Sadie hatte ich den ersten Refrain sowie die gesamte zweite Strophe, die beide von Luisa gesungen worden waren, versäumt. Aber wie es schien, war das der einzig spannende Teil, den ich verpasst hatte. Obwohl Vincent und Luisa in der letzten Woche eine aufwendige Choreo geprobt hatten, hatte er sich während des gesamten Mittelteils der Performance nicht ein Mal bewegt. Er stand einfach da, das Mikro in der Hand, und sang sich die Seele aus dem Leib. Seinen Blick hielt er dabei so fest mit meinem verwoben, als würde er seine Lebensenergie aus dieser Verbindung ziehen.

Verflucht! Sadie hatte so was von recht!

Vincents Gesangspart kam zum Ende und der Rest der Performance-Crew fand sich auf der Bühne ein. In einem mehrstimmigen Chor-Echo gaben sie den eben von ihm gesungenen Text immer und immer wieder von sich, und umkreisten dabei das Paar in ihrer Mitte. Das Bild hatte fast schon etwas Zeremonielles.

Luisa tänzelte zurück in Vincents Sichtfeld und unterbrach damit den Blickkontakt zwischen ihm und mir. Blinzelnd erwachte er aus seiner Trance und sah sich kurz orientierungslos um. Doch ganz der Profi, fand er sofort zurück in die einstudierte Choreografie und ergriff Luisas Hand, um die Musiklehrerin mehrfach um ihre eigene Achse zu wirbeln. Diese juchzte vergnügt und kam mit einem hellen Lachen an Vincents Brust gelehnt zum Stehen, genau in dem Moment, als die letzten Silben des Chors verklangen und die tosende Meute vor der Bühne mit ihren lautstarken Jubelrufen, Pfiffen und Applausgeräuschen den Rest des Songs verschluckte.

Sämtliche Künstler strahlten mit dem Scheinwerferlicht um die Wette, während sie sich nebeneinander in einer Reihe aufstellten und sich freudig keuchend vor ihrem Publikum verbeugten. Ihnen war anzusehen, wie sehr sie die Zeit im Rampenlicht genossen.

Nur Vincent schien mit seinen Gedanken woanders zu sein.

Anstatt sich wie alle anderen über den geglückten Auftritt zu freuen, sah er unentwegt in meine Richtung, als wollte er sichergehen, dass ich nicht wie bei seinem Konzert vor drei Wochen fluchtartig verschwand.

»Das war großartig!«, sagte Carmen und trat klatschend zu ihren Kollegen und Kolleginnen auf die Bühne. »Vielen Dank für diesen tollen Auftritt! Nun wollen wir aber …«

Den Rest der Moderation bekam ich nicht mehr mit. Vincent hatte sich aus der Reihe gelöst und kam quer über die Bühne auf mich zugelaufen. Noch bevor ich begriff, was er plante, sprang er hinab und nahm meine Hand in seine.

»Komm mit!«, sagte er mit einer Tonlage irgendwo zwischen Befehl und Bitte und zog mich sanft, aber bestimmt hinter sich her. Als wir an George vorbeikamen, der sich der Gesprächsgruppe von Granny angeschlossen hatte, zückte Vincent in einer fließenden Bewegung die Mütze und das Armband aus seiner Gesäßtasche und drückte beides George mit einem deutlichen »Beschütze das mit deinem Leben« in die Pranken.

Perplex stolperte ich Vincent hinterher. Die letzten Wochen war er mir zurückhaltend, ja regelrecht schüchtern erschienen. Doch wie es schien, besaß er mehr Facetten, als er bisher an den Tag gelegt hatte. Diese Vorstellung ließ eine kribbelige Aufregung in mir aufkommen, die die Frage verdrängte, ob ich gerade auf den schönsten oder den schlimmsten Camp-Abend des bisherigen Sommers zusteuerte.

Train

VINCENT

Es war offiziell, ich steuerte mit Vollgas auf den schlimmsten Camp-Abend des bisherigen Sommers zu.

Es könnte aber auch der schönste werden, warf die hartnäckige Stimme in meinem Kopf ein, die frisch eine Kooperation mit meinem Herzen geschlossen und seitdem die Kontrolle über mein Handeln übernommen hatte – wie mein überaus eindrucksvolles Erstarren auf der Bühne deutlich bewiesen hatte.

Ein Lied fehlerfrei vortragen, das mir aus der Seele sprach, als entstammte es meinen tiefsten Gefühlen für MacKenzie und nicht aus der Feder von vier Schweden?

Kein Problem.

Auch nur für eine Sekunde den Blick von dem Mädchen abwenden, das mir erneut das Herz gestohlen hatte?

Unmöglich.

Aus diesem Grund umklammerte ich MacKenzies Hand, als könnte sie während unserer Flucht quer über das Campgelände ihre Meinung ändern und zurück zu ihrer Freundin laufen. Aber das wollte ich auf keinen Fall. Der Moment der Wahrheit war gekommen. Es wurde Zeit, alle Karten offen auf den Tisch zu legen.

Wir erreichten den Waldrand, doch ich drosselte das von mir vorgegebene Lauftempo erst, als wir tief zwischen die Kiefern- und

Fichtenbäume vorgedrungen waren. Noch immer polterte mir das Herz in der Brust, Schweiß rann mir den Nacken hinab und der ungewohnt kühle Abendwind verursachte mir eine Gänsehaut. Dennoch wollte ich in dieser Sekunde nirgendwo lieber sein als hier gemeinsam mit MacKenzie.

Einige Zeit spazierten wir schweigend durch den in Dämmerlicht gehüllten Wald. Äste knackten unter unseren Schuhsohlen und die Nadelbäume raschelten im Wind. Der Duft von schwerer, feuchter Erde stieg mir in die Nase und rundete gemeinsam mit dem einsamen *Schuuuhhhuuu* einer Eule die Hymne der Friedlichkeit ab.

Nach und nach begann ich, mich zu beruhigen, und meine vor Anspannung steifen Muskeln lockerten sich. Sogar die irrationale Panik, dass dies vielleicht die letzten Minuten waren, die ich mit MacKenzie verbringen durfte, weil sie mich nach diesem Abend zum Teufel jagen würde, schrumpfte auf ein handelbares Niveau.

»Wusstest du, dass ich während meines letzten Campsommers sehr oft in diesen Wald gekommen bin?«, fragte ich, immer noch ohne jegliche Kontrolle über meinen Körper. Mein Mund bewegte sich in Eigenregie und ich erfuhr erst, welche Silben er von sich gab, als ich sie selbst hörte.

MacKenzie sah mich verblüfft an, was mich zum Lächeln brachte. Wenn sie diese Beichte bereits überraschte, wie würde sie dann auf die folgende Bombe reagieren?

»Ist wirklich so«, bestätigte ich und nahm einen tiefen Atemzug. Die letzten drei Wochen hatten sie und ich unbewusst auf diesen Moment hingearbeitet und jetzt war die Zeit gekommen, endlich mein Herz sprechen zu lassen. »Ich bin hergekommen, um meine Rede zu üben, wie ich dir am besten sagen kann, dass ich bis über beide Ohren in dich verknallt war.«

So. Es war raus.

Ich hatte MacKenzie meine Gefühle gestanden – zumindest zum Teil. Jetzt musste ich nur noch die Brücke von der Vergangenheit in die Gegenwart schlagen und ihr auch gestehen, dass meine Gefühle über die Jahre hinweg zwar eingeschlafen, aber niemals ganz verschwunden waren.

Leider war es gar nicht so einfach, denn MacKenzie war mitten im Weg stehen geblieben und starrte mich mit geweiteten Augen und offen stehendem Mund an.

»Wie bitte? Du hast … du warst … *was?*« Ihre Stimme klang schrill und dumpf zur selben Zeit. Die unterschiedlichsten Emotionen durchzogen ihre Miene, zu schnell und zu mannigfaltig, um sie alle realisieren zu können. »Du warst in mich verliebt? Aber wieso hast du nie einen Ton gesagt? Oder wenigstens etwas angedeutet? Ich meine, es hat so viele Möglichkeiten gegeben! Aber jedes Mal, wenn es auch nur ansatzweise danach aussah, als könnte es romantisch zwischen uns werden, hast du dich zurückgezogen. Ich war felsenfest davon überzeugt, dass ich für dich nicht mehr als eine Campkumpeline war.«

»Du? Eine Campkumpeline?« Ein bitteres Lachen entfloh mir. Gleichzeitig verunsicherte mich ihre Reaktion. War sie sauer, weil ich mehr für sie empfunden hatte oder weil ich nicht mutig genug gewesen war, es ihr zu sagen? »Nichts könnte der Wahrheit fernerliegen«, sagte ich weiter und schüttelte den Kopf. Die Vorstellung, wie die letzten Jahre hätten verlaufen sein können, wenn ich gleich auf Hendrik gehört und MacKenzie mein Herz ausgeschüttet hätte, jagte meine Organe durch den Fleischwolf.

Um meine Gedanken zu sortieren, rieb ich mir mit der freien Hand über den Nacken. Erst nach einem erneuten Atemzug sah ich MacKenzie wieder an. »Ich war nicht nur ein jungfräulicher Schisser, der überhaupt keine Erfahrungen mit Mädchen hatte, ich war auch mit der Intensität meiner eigenen Emotionen vollkommen überfordert. Du musst mir glauben, wenn ich sage, dass ich zuvor noch nie für jemanden derart empfunden hatte, MacKenzie. Ich hatte die größte Angst, unsere Freundschaft zu zerstören.«

»Unsere Freundschaft?« MacKenzies Gedanken schienen wie bei einer kaputten Schallplatte hängen geblieben zu sein. Ihr Mund stand weiterhin offen, ihre Augen noch größer als ohnehin schon. Wenn sie nicht ab und zu geblinzelt hätte, hätte man sie für eine Wachsfigur aus Madame Tussauds Kabinett halten können.

Dann, als wäre die Schallplatte in ihrem Kopf wieder in die richtige Bahn gesprungen, riss sie ihre Hand so plötzlich aus meiner, als hätte sie sich verbrannt. »Ich fasse es einfach nicht! Wie kannst du mir das nur antun?« Mit beiden Händen stieß sie mir gegen die Brust und ich taumelte überrascht von diesem Angriff einen Schritt zurück. »Warum hast du mir das gesagt? Und das ausgerechnet jetzt, wo ich endlich dachte, dass du kein arroganter und egoistischer Arsch bist, dem seine Karriere über alles geht!«

Zu perplex, um etwas zu erwidern, hob ich die Hände und trat einen weiteren Schritt zurück. Doch MacKenzie dachte gar nicht daran, mich davonkommen zu lassen. Wie in einem Rausch folgte sie jeder meiner Bewegungen.

»All die Jahre habe ich geglaubt, dass du mich verraten und hintergangen hast, weil ich dir scheißegal war. Dass dir unsere *Freundschaft* scheißegal war. Und obwohl du mir damit das Herz gebrochen hast und ich deinetwegen seitdem keinem Mann mehr richtig vertrauen konnte, war es für mich okay. Ich habe gelernt, damit umzugehen. Doch jetzt bist du zurückgekommen und hast mich mit deinem Charme, deiner Tiefgründigkeit und deiner emotionalen Offenheit völlig aus dem Konzept gebracht. Du hast mich glauben gemacht, dass du dich verändert hast. Aber das stimmt nicht, oder? Nichts hat sich verändert. Weder du noch ich. Denn wie sonst hätte es dir gelingen sollen, dich erneut in mein Herz zu schleichen und mich dazu zu bringen, dir deinen Verrat aus der Vergangenheit zu verzeihen?«

Tränen des Zorns und der Enttäuschung fluteten ihre Augen, die mich so offen und aufrichtig ansahen, als besäße MacKenzie nicht die Macht, die Tore zu ihrer Seele zuzusperren.

»Gott, wie kann man nur so dämlich sein?« Kopfschüttelnd machte nun auch sie einen Schritt von mir weg. »Ich habe wirklich geglaubt, dass es dieses Mal anders laufen wird. Dass du dich verändert hast und dass deine Karriere nicht an der Spitze deiner Prioritätenliste steht. Ich habe dir ernsthaft abgekauft, dass du wegen des Camps und wegen Granny hergekommen bist, und nicht, um dein angeknackstes Image aufzupolieren, so wie es in dem *Mixtape*-Artikel stand. Aber wie es scheint, habe ich mich erneut in dir getäuscht. Denn warum sollte dir jemand anders wichtig genug sein, um in deiner Karriere zurückzustecken, wenn du nicht einmal Scheu davor hast, das Mädchen, in das du angeblich verliebt warst, auszunutzen, nur um mit ihrem Song ein paar Minuten im Rampenlicht zu stehen und hinterher alle Welt glauben zu lassen, dass du den Song allein komponiert hast?!«

»Was?« Verblüffung verdrängte mein Entsetzen bezüglich MacKenzies Beichte – hatte sie gerade zugegeben, dass sie früher ebenfalls Gefühle für mich gehegt hatte? –, ehe es in Ärger umschlug. Ich hatte mich schon gefragt, wann wir das Thema endlich ansprechen würden, das so deutlich zwischen uns stand, dass wir niemals heilen würden, ehe wir es nicht aus der Welt geschafft hatten. Dennoch hatte ich nicht damit gerechnet, dass es nach den letzten drei Wochen, in denen MacKenzie und ich einander endlich etwas nähergekommen waren, auf diese aggressive Art geschehen würde.

»*Du* wirfst *mir* Verrat vor? Weil ich mit Dakota aufgetreten bin?« Unbewusst ballte auch ich die Hände zu Fäusten. »Du warst doch diejenige, die in der Nacht des Final Jam einfach verschwunden ist. Hätte mir Dakota nicht erzählt, dass du zu *beschäftigt* warst, um mit mir aufzutreten, hätte ich vermutlich nie erfahren, wieso du mich versetzt hast. Außerdem *wolltest* du doch gar nicht mit dem Song in Verbindung gebracht werden. Das hast du meiner Agentin sehr deutlich klargemacht.«

»*Was?*« MacKenzies schriller Ausruf zerschnitt die abendliche Ruhe und verdeutlichte mir, dass ich, obwohl ich nichts Unwahres von mir gegeben, doch das Falsche gesagt hatte. »Wovon zum Teufel redest du? Weder habe ich jemals mit deiner Agentin gesprochen, noch hast du einen Grund, sauer auf mich zu sein, weil ich nicht mit dir beim Final Jam aufgetreten bin. Hast du eigentlich eine Vorstellung davon, was ich während deines *Liebesduetts* mit Dakota durchgemacht habe?«

Obwohl das Gespräch nicht ansatzweise so verlief, wie ich gehofft hatte, war ich dennoch glücklich über die Möglichkeit, mir endlich allen Frust von der Seele zu sprechen.

»Ja, ich weiß sehr wohl, was du an dem Abend so getrieben hast, MacKenzie. Und auch wenn es mir leidtut, dass sich deine romantischen Fantasien mit Jamie Owen nicht erfüllt haben, ist es doch sehr anmaßend von dir, mir vorzuwerfen, *ich* hätte *dich* verraten. Schließlich hast du sämtliche Arbeit und Mühen, die wir während des Sommers in unseren Song gesteckt hatten, mit Füßen getreten. Aber schon klar, dir war dein wildes Rumgeknutsche mit Jamie wichtiger als ich oder mein letzter Camp-Abend. Vermutlich kannst du dich auch deswegen nicht mehr an den Abtretungsvertrag erinnern, den deine Eltern für dich unterschrieben haben, nicht wahr?! Weil dir unser Song von Beginn an nichts bedeutet hat!«

»Was?«, kam es erneut von MacKenzie, doch dieses Mal klang es sehr viel leiser und ruhiger. Fast schon dumpf. »Du glaubst, ich hätte dich beim Final Jam versetzt, um mit *Jamie rumzumachen?*« Auf den Rest meiner Worte ging sie gar nicht erst ein. Ihre Wut war durch Unglauben und Enttäuschung ersetzt worden, die mich beide so stark trafen, dass es sich anfühlte, als hätte sie mich geohrfeigt.

»Dakota hat euch gesehen«, sagte ich nun ebenfalls nur noch mit halber Intensität. »Sie hat euch miteinander rummachen sehen und es mir erzählt, als ich dich gesucht habe, weil Carmen uns bereits auf die Bühne gerufen hatte. Ich hatte nicht geplant, ohne dich aufzutreten. Aber du hast mir das Herz gebrochen, MacKenzie. Als Dakota mir dann einen Ausweg bot, den Schmerz für kurze Zeit zu verdrängen, und ja, auch um mich an dir zu rächen, habe ich nicht gezögert. Ich war am Boden zerstört und wollte einfach nur das Bild aus meinem Kopf bekommen, wie Jamie und du euch gegenseitig die Zungen in den Hals steckt.«

»Ich habe keine Ahnung, was Dakota damals gesehen haben will«, sagte MacKenzie, und die Intensität ihrer Emotionen, die ihr so deutlich ins Gesicht geschrieben standen, versetzte mir den nächsten Schlag. »Oder wieso sie dir solche Märchen erzählt – ganz zu schweigen davon, wieso du ihr diesen Bullshit geglaubt hast und ihr damit mehr Vertrauen geschenkt hast als mir. Aber lass mich mal eins klarstellen: An jenem Abend, als du, Dakota und alle anderen Camper den Final Jam genossen, gesungen und miteinander gefeiert habt, waren Sadie und ich mit Pops im Krankenhaus. Er hatte über Schmerzen in der Brust und Kurzatmigkeit geklagt, aber er wollte niemandem unnötige Sorgen bereiten und damit den Abend verderben. Deswegen hat er nur uns eingeweiht.«

Mein Mund klappte auf, um die Silben, die bereits auf meiner Zunge lasteten, hervorzubringen. Doch ich schaffte es nicht. Ich konnte MacKenzie nur wortlos anstarren.

»In der Nacht, als ihr alle friedlich in euren Betten gelegen habt, hat sich sein Zustand dann so stark verschlechtert, dass er in ein künstliches Koma versetzt werden musste.«

»Das habe ich nicht gewusst«, hörte ich mich sagen.

Ich erinnerte mich noch gut an den Morgen nach dem Final Jam. Es hatten jene allgemeine Unruhe und Melancholie in der Luft gelegen, wie ich sie von früheren Sommern gekannt hatte. Alle waren traurig gewesen, dass die Zeit im Camp vorüber war, hatten sich jedoch gleichzeitig auf ihre Familien gefreut. Man hatte noch die letzten fehlenden Handynummern ausgetauscht, sich voneinander verabschiedet und versprochen, in Kontakt zu bleiben. Natürlich war mir damals aufgefallen, dass MacKenzie und Sadie sowie Pops und Granny beim Frühstück gefehlt hatten. Doch Carmens Schwester, die damals die stellvertretende Leitung des Camps besetzt hatte, hatte nur gemeint, dass ihnen etwas Wichtiges dazwischengekommen wäre und es ihnen leidtäte, dass sie sich nicht persönlich von uns allen verabschieden konnten. Als meine Eltern kurz darauf ins Camp gekommen waren, um mich und Hendrik abzuholen, hatte ich mir diesbezüglich keine Gedanken mehr gemacht – unter anderem auch deswegen, weil der Schmerz um MacKenzies Verrat zu tief gesessen hatte.

»Hast du darum nicht auf meine Anrufe und Nachrichten reagiert?«, wagte ich es schließlich, dem frisch entstandenen Chaos in meinem Kopf verbal Luft zu verschaffen. »Weil du dich von mir verraten gefühlt hast?«

»Wovon redest du?« MacKenzie wirkte aufrichtig verwirrt. »Ich habe keine Anrufe oder Nachrichten von dir erhalten. Allein eine Kondolenzkarte nach Pops' Beerdigung ist bei uns angekommen.«

»Doch, natürlich. Ich habe mich extra um deine Nummer bemüht, um dich nach dem Final Jam zu erreichen. Ich wollte wissen, wieso du mich versetzt hast. Aber du hast nicht reagiert. Und nachdem mir Hendrik von Pops' Tod erzählt hat, habe ich ebenfalls versucht, dich zu kontaktieren. Aber wieder ging nur die Mailbox ran. Zuerst dachte ich, dass du noch Zeit zum Trauern bräuchtest. Doch irgendwann meinte Morgan zu mir, dass deine Eltern bei ihr angerufen hätten, um mir von dir ausrichten zu lassen, dass ich dich in Ruhe lassen solle. Du wollest weder etwas mit mir noch mit dem Erfolg unseres Songs zu tun haben.«

MacKenzie stierte mich an, die Augen vor loderndem Zorn zu schmalen Schlitzen verengt. Ihre Atmung ging nur stoßweise und ihr gesamter Körper bebte vor unterdrückter Wut.

»Ich habe keine Ahnung, ob du wirklich so naiv bist und glaubst, was du hier von dir gibst, oder ob es dir einfach besser in den Kram passt, wenn du die Lügen, die man dir aufgetischt hat, nicht hinterfragst. Aber ich habe weder *jemals* einen Anruf oder eine Nachricht von dir erhalten, noch habe ich meine Eltern damit beauftragt, dir ausrichten zu lassen, dass ich nichts mit dir oder unserem Song zu tun haben will! Das hätte ich niemals übers Herz gebracht, denn du hast mir ebenso viel bedeutet wie das Lied, das wir beide zusammen komponiert haben.« MacKenzie trat wieder auf mich zu, ihren Zeigefinger drohend in meine Brust gerammt. »Das wäre dir vielleicht sogar selbst in den Sinn gekommen, wenn du auch nur eine Sekunde nachgedacht hättest! Denn im Gegensatz zu dir habe *ich* so viele Andeutungen gemacht, dass ich in dich verliebt gewesen bin, dass es selbst das Herz der verfluchten Eiskönigin zum Schmelzen gebrächt hätte.«

Sie schniefte und erst jetzt bemerkte ich, dass sich einige Tränen aus ihren Augenwinkeln gelöst hatten und ihr die Wange hinabrannen. »Aber weißt du was? Vermutlich ist es besser, dass es so gekommen ist. Es hat uns beiden sehr viel schlimmeren Herzschmerz erspart. Denn das mit uns hätte weder damals noch heute funktioniert. Ich will keinen Typen, der seinen Kopf nur als Mützenständer benutzt und sich von Frauen manipulieren lässt, ohne auch nur eine Sekunde nachzudenken. Ich will einen Mann, der weiß, was er will und für sich und seine Überzeugungen einsteht.«

Mit diesen Worten kehrte mir MacKenzie den Rücken und wollte bereits den Weg zurücklaufen, den wir gekommen waren. Doch ich ergriff ein weiteres Mal ihr Handgelenk und hinderte sie an einer Flucht.

»Was hast du gesagt?« Meine Stimme klang überraschend fest und selbstsicher, während ich mich insgeheim wie ein Kind fühlte, dem man gerade gesagt hatte, dass das geliebte Haustier gar keinen Winterschlaf hielt, sondern vor Wochen verstorben war.

MacKenzie wirbelte herum, frischer Schmerz blitzte in ihren Augen auf. »Jetzt tu doch nicht so, als hätte ich nicht recht!«, fauchte sie. »Erst lässt du dich von dieser falschen Schlange Dakota um den kleinen Finger wickeln, und jetzt stellt sich heraus, dass deine ach so tolle Agentin keinen Deut besser ist! Oder glaubst du, dass die falsche Handynummer, die man dir gegeben, und die Lüge, die man dir bezüglich *unseres* Songs aufgetischt hat, Zufälle sind?«

»Nein, das glaube ich nicht«, merkte ich ruhig an. MacKenzie hatte recht – zumindest was ihre Worte über Dakota und Morgan anging. Beide Frauen schuldeten mir dringend eine Erklärung. »Aber das meinte ich nicht«, sagte ich weiter und verstärkte den Druck meiner Finger. »Ich möchte, dass du noch einmal wiederholst, was du zuvor gesagt hast. Den Teil, dass das mit uns nicht funktionieren würde. Weder damals noch heute.«

MacKenzie funkelte mich erbost an, dann lichtete sich ihre Wut und ihre Augen weiteten sich. Es schien, als wäre ihr erst in dieser Sekunde bewusst geworden, welche Worte ihr im Eifer des Gefechts entflohen waren.

»So habe ich das nicht gemeint«, sagte sie hastig und trat erneut von mir zurück. Hektik spiegelte sich in ihrer Miene wider.

»Wie hast du es dann gemeint?«, fragte ich, während sich in meinem Kopf die Erinnerungen von vor sechs Jahren mit den Erkenntnissen dieses Gesprächs verknüpften. Mit einem Mal erschien mir jeder Moment dieses Sommers, den ich gemeinsam mit MacKenzie erlebt hatte, in einem völlig neuen Licht. Ich realisierte, dass der kühle Ton in ihrer Mail nicht das Ergebnis eines harten Uni-Arbeitstags gewesen war und dass ihre anfangs eisige Art mir gegenüber nicht allein auf das belauschte Gespräch zwischen Hendrik und mir bei meiner Ankunft im Camp zurückzuführen war.

Mein Gott, ich war wirklich grenzenlos dämlich gewesen!

Aber spielte das noch eine Rolle? MacKenzie und ich hatten uns trotz all dieser Hürden und Missverständnisse einander angenähert, uns geöffnet und einander anvertraut.

Es war *unmöglich*, dass all das keine tiefere Bedeutung hatte.

»Es ist egal, wie ich es gemeint habe«, durchbrach sie meine Gedanken und wirkte mit einem Mal defensiv, ja regelrecht schüchtern. »Es würde sowieso nichts ändern.«

»Warum?«, hakte ich nach. Normalerweise hätte ich eine Frau niemals zu irgendetwas gedrängt, auch nicht zu einem Gespräch. Aber zwischen MacKenzie und mir gab es bereits zu viele unausgesproche Dinge, sodass ich es nicht ertrug, dieser Liste einen weiteren Punkt hinzuzufügen.

»Wieso würde es nichts ändern? Weil du einen Freund hast, oder weil ich der größte Idiot unter Gottes Himmel bin? Denn glaub mir, das weiß ich jetzt auch. Und ganz gleich, wie sehr du mich gerade vielleicht verabscheust, ich toppe deinen Groll auf mich selbst um ein Vielfaches. Aber es ändert nichts daran, dass ich dich *niemals* verletzen wollte. Dafür hast du mir früher viel zu viel bedeutet – genauso wie jetzt auch.«

MacKenzies Augen wurden groß und Überraschung blitzte in ihren Iriden auf. Hatte ich sie mit meinem Geständnis überrumpelt? Das konnte nicht sein. Ich war mir sicher, dass mir meine Gefühle für sie in dicken neonfarbenen Lettern auf die Stirn geschrieben standen. Aber wie es schien, war ich nicht die einzige Person, die blind gegenüber der Wahrheit war.

»Bitte, MacKenzie!«, wirkte ich weiter auf sie ein. Dabei strich ich mit meinem Daumen sanft über ihre weiche Haut. Ich konnte das Verlangen nicht länger unterdrücken, endlich herauszufinden, was zwischen uns ablief. »Sag mir, warum es für dich keinen Unterschied macht.« Ich näherte mich einen kleinen Schritt, was sie dazu animierte, zurückzuweichen. Doch sie entzog mir nicht ihre Hand, wodurch ich den Mut fand, nachzurücken.

MacKenzie wich abermals zurück und auf diese Weise bewegten wir uns durch den Wald, bis sich uns ein Baum in den Weg stellte. Sie stieß mit dem Rücken dagegen und saß in der Falle. Doch anstatt Furcht blitzte etwas anderes in ihren Iriden auf. Etwas, das so tief und rein war, dass es in mir den lodernden Wunsch erweckte, auf der Stelle mein Notizbuch zu holen, um diesen intensiven Ausdruck in ihren Augen für alle Ewigkeit in Form von Lyrics festzuhalten.

»Was ist der Grund, wieso das mit uns keine Chance hätte?«, hakte ich mit leiser Stimme nach und stützte mich mit meinem Unterarm über ihrem Kopf an dem Baumstamm ab. »Liegt es daran, dass du deinen Freund liebst – den du seit über zwei Wochen nicht ein einziges Mal mehr erwähnt hast? Oder ist es die Angst, erneut verletzt zu werden, jetzt, da du weißt, dass sämtliche Gründe, die uns all die Jahre voneinander getrennt haben, Missverständnisse und Lügen waren, die uns *andere* in den Weg gelegt haben?«

Machtlos gegen das Verlangen, ihr nahe zu sein, lehnte ich meine Stirn gegen ihre. Das schillernde Blau ihrer Iriden wirkte im Dämmerlicht des Abends so dunkel wie ein endloser Ozean.

»Bitte«, wisperte ich, verzehrt von Sehnsucht, die mich von innen heraus zu zersetzen drohte, sollte ich nicht bald Erlösung finden. »Sag es mir! Ich muss wissen, ob die Spannung, die seit unserem Wiedersehen unleugbar zwischen uns herrscht, eine Bedeutung hat oder ob ich in einer Fantasiewelt lebe.«

Meine Lider senkten sich und meine Lippen strichen sanft über MacKenzies. Wenn ich sie nicht auf der Stelle küsste, würde ich noch den Verstand verlieren.

»Bitte sag es mir, MacKenzie. Bist du der Schlüssel oder das Schloss zu meinem Gefängnis?«

Kiss Me

Rea Garvey

MACKENZIE

»Bist du der Schlüssel oder das Schloss zu meinem Gefängnis?«

Vincents Stimme wehte, begleitet von einem warmen Atemzug, über meine kribbelnden Lippen und verstärkte die Gänsehaut, die während des Abends zu einem festen Bestandteil meines Körpers geworden war.

Mein Herz pochte mir lautstark gegen die Rippen, und obwohl ich Vincents Frage sehr deutlich gehört hatte, war ich unfähig, etwas zu erwidern. In meinem Inneren tobte ein ganzer Orkan an Empfindungen und Gedanken und stellte meine gesamte Gefühlswelt auf den Kopf.

Zuallererst war ich unbeschreiblich sauer. Auf Dakota. Auf Vincents Agentin. Aber ganz besonders auf Vincent selbst. Wäre er nicht derart blind und naiv gewesen, hätten die beiden Frauen keine Chance gehabt, sich zwischen uns zu stellen.

Leider war Wut allein nicht der Grund, weshalb sich mein Verstand wie ein dreckiger Putzschwamm anfühlte, den man so lange ausgequetscht hatte, bis jeder noch so winzige Tropfen Inhalt zutage getreten war. Denn Vincent hatte recht. Ich hatte eine *unbeschreibliche* Furcht davor, wie es jetzt mit uns weitergehen sollte.

Es stand außer Frage, dass er einen ziemlichen Bock geschossen hatte, indem er auf Dakota gehört hatte, anstatt mir und unserer Freundschaft zu vertrauen. Aber wie sollte ich ihm böse sein, wenn ich mich in der Vergangenheit ebenfalls nicht sonderlich reif und klug verhalten hatte? Hätte ich ihm klipp und klar gesagt, dass *er* der Junge meiner Teenager-Träume war, wäre es niemals so weit gekommen. Zudem bekräftigten die letzten drei Wochen Vincents Worte, dass er nicht mit dieser blöden Hexe aufgetreten war, um ein Plattenlabel auf sich aufmerksam zu machen. So war er einfach nicht. So war er nie gewesen.

»Ich … ich weiß nicht, was ich sagen soll«, hörte ich meine Stimme wie einen Geist durch die spätabendliche Luft wabern. »Es ist einfach zu viel auf einmal. Ich brauche Zeit zum Nachdenken.«

»Du musst nicht nachdenken.« Vincent hob die Lider und grenzenlose Aufrichtigkeit und Zuneigung schlugen mir entgegen. »Hör einfach auf dein Herz. Es wird dir sagen, was wichtig ist.«

Ein unbeholfenes Lachen entfloh mir. Vincents Bitte klang so simpel, dass es purer Ironie glich, dass ihre Umsetzung einer Herkulesaufgabe gleichkam. Dennoch schafften es meine Lippen, wie unter Zwang Silben in die Welt hinauszulassen.

»Du willst, dass ich auf mein Herz höre? Was ist, wenn ich keine Ahnung habe, was es zu mir sagt? Wenn ich seine Sprache nicht mehr verstehe?«

Verunsicherung blitzte in seinen Augen auf, doch darauf konnte ich keine Rücksicht nehmen. Er hatte an dem Korken gerüttelt, der meine seit Wochen brodelnden Emotionen unter Verschluss gehalten hatte, und musste jetzt damit klarkommen, was ihm um die Ohren flog.

»Denn gerade fühle ich mich ängstlich, verletzlich und vor allem verraten. Von meinen eigenen Gefühlen, Gedanken und Erinnerungen. So gern ich dich nämlich weiter hassen würde, wie ich es sechs Jahre voller Inbrunst getan habe, hindern mich diese damlichen Schmetterlinge daran, die sich mit jedem Tag, den ich dich wieder von Neuem kennenlerne, vermehren.« Ich schluckte. Doch die Silben, die in meiner Kehle immer schneller emporsprudelten, überschlugen sich dennoch bei dem Bemühen, von meiner Zunge zu springen. »Früher habe ich mir so sehr gewünscht, all diese wunderschönen Dinge von dir zu hören, Vincent. Aber jetzt gerade weiß ich einfach nicht, wie ich damit umgehen soll.«

Er öffnete den Mund, um etwas zu erwidern, doch ich war noch nicht fertig. Der Schwall Worte, der mir bereits entflohen war, war nur die Vorhut gewesen. Der wirklich große Knall würde erst noch kommen.

»Denn während du die ganze Zeit über aufrichtig und ehrlich zu mir gewesen bist, habe ich dich belogen.«

So. Es war raus.

Drei Wochen lang hatte ich mich mit diesen Gewissensbissen gequält. Und obwohl ich instinktiv wusste, dass dieser Moment vielleicht nicht der beste war, um diese Bombe platzen zu lassen, fühlte ich mich mit einem Schlag besser. Befreiter. Jetzt gab es keine Geheimnisse mehr zwischen Vincent und mir. Und dieses Gefühl war einfach berauschend.

»Du hast mich belogen?« Vincent hob ruckartig den Kopf und Argwohn und Schmerz spiegelten sich in seinen Augen wider. Seine gesamte Körperhaltung wirkte mit einem Mal steif und abweisend, und sosehr mich seine Reaktion auch traf, konnte ich es ihm nicht verübeln – nicht, seit ich wusste, wie schwer es ihm fiel, anderen Leuten zu vertrauen.

Und ich blöde Kuh mache ihm noch Vorwürfe, dass er sich von Dakota und seiner Agentin hat manipulieren lassen. Dabei bin ich kein bisschen besser.

»Inwiefern hast du mich belogen?«, hakte er nach.

Ich hatte deutliche Mühe, seinen Blick zu erwidern. Die Härte und Kälte, die mir entgegenschlugen, hatte ich noch nie bei ihm gesehen. Sie ließen sein Gesicht wie das eines Fremden erscheinen.

»Ich habe gelogen, als ich sagte, dass ich einen Freund hätte«, presste ich die Worte hervor, als würde ich an ihnen ersticken, sollte ich sie auch nur einen Wimpernschlag länger bei mir behalten. »Bis auf ein paar unverfängliche Dates in der Vergangenheit habe ich mich nie auf einen Typen einlassen können.«

»Wie bitte?« Irritation verdrängte Vincents Zorn und mein Gegenüber blinzelte mehrmals. »Du hast gelogen, als du meintest, dass du einen Freund hast?«

Mit vor Scham heißen Wangen nickte ich.

»Warum hast du das getan?«

»Es war eine Kurzschlussreaktion«, stieß ich verzweifelt hervor. »Als ich gehört habe, wie du bei deiner Ankunft hier im Camp am Telefon über Frauen gesprochen hast, wollte ich sichergehen, dass du mich nicht für einen deiner Groupies hältst.« Verlegen sah ich zur Seite. »Du solltest nicht den Eindruck gewinnen, dass ich dich nur kontaktiert habe, um in deiner Nähe sein zu können.«

»Und warum hast du mir nicht die Wahrheit gesagt, nachdem wir uns besser verstanden haben?«

»Weil ich Angst hatte, dass du mich für eine Schreckschraube hältst, die sich durch eine solche Geschichte interessanter oder begehrenswerter machen will.«

Vincent antwortete nicht, weshalb ich mich dazu zwang, aufzusehen. Prompt begegnete ich einem Schmunzeln, das sein gesamtes Gesicht zum Strahlen brachte.

»Und ich dachte, *ich* wäre naiv«, lachte er leise und strich mit der Hand, mit der er sich zuvor am Baumstamm abgestützt hatte, eine Haarsträhne aus meinem Gesicht. Sofort erschauderte ich am gesamten Körper. »Als ob eine Frau wie du, MacKenzie Jordan, es nötig hätte, durch erfundene Beziehungen interessanter oder begehrenswerter zu wirken. Jeder Kerl, der auch nur ein Mindestmaß an Verstand besitzt, erkennt auf den ersten Blick, dass er einen Diamanten in einem Meer aus Kieselsteinen vor sich hat.« Sein Grinsen wurde mit jeder Silbe breiter, was die dunklen Gewitterwolken vertrieb, die sich um mein Herz zusammengezogen hatten.

»Aber dir ist hoffentlich klar«, sagte er weiter, vergeblich darum bemüht, ernst zu wirken, »dass ich deine Lüge nicht einfach so hinnehmen kann, oder? Du hast mich die letzten drei Wochen durch die Hölle gehen lassen. Ich habe wirklich geglaubt, ich würde mich zu einer Frau hingezogen fühlen, die vergeben ist.«

In einer selbstbewussten Geste umschloss er meinen Nacken mit seiner Hand und beugte sich mir entgegen, bis sich unsere Nasenspitzen berührten. Mein Herz vibrierte vor Spannung, als ich darauf wartete, was Vincent als Nächstes tun würde.

»Doch so gern ich mich auch an dir rächen und dich noch etwas zappeln lassen würde, kann ich es nicht, ohne selbst dabei zu brechen«, sagte er und erlöste mich endlich aus der Qual, indem er die fehlenden Zentimeter zwischen uns überbrückte und unseren Lippen erlaubte, sich nach sechs langen Jahren endlich zu jenem Kuss zusammenzufinden, den ich mir seit jeher so sehnlichst gewünscht hatte.

VINCENT

Ich hatte mir diesen Kuss seit jeher so schnlichst gewünscht, dass ich sehr viel Zeit gehabt hatte, ihn mir in allen Details auszumalen. Und dennoch reichten meine Fantasien nicht ansatzweise an die Realität heran.

Kaum berührten sich meine und MacKenzies Lippen, schaltete mein Verstand in den Ruhemodus und überließ meinem Instinkt die Kontrolle. Sämtliche Sorgen, Ängste und negativen Gedanken lösten sich in Luft auf, und obwohl mir bewusst war, dass es noch viele ungeklärte Dinge zwischen uns gab, fühlte sich dieser Augenblick wie die Lösung für sämtliche Probleme der Welt an.

Meine Lippen öffneten sich, um MacKenzies Zunge willkommen zu heißen, und unsere Münder verschmolzen zu einem innigen Tanz. MacKenzie und ich liebkosten, erforschten, neckten und reizten einander, während uns der deutlich kühler gewordene Abendwind umwehte. Aber in dieser Sekunde hätte uns ein Schneesturm überraschen können, ohne dass ich es gemerkt hätte. Mein Körper stand in Flammen, angefacht von der Nähe und Intimität, die zwischen dem Mädchen meiner Träume und mir herrschte.

Meine Hände landeten auf ihrer Taille und meine Fingerspitzen bahnten sich einen Weg unter den dünnen Stoff ihrer Bluse. Ihr Erbeben trieb mich an meine Grenzen und die ganze Energie und Spannung, die sich in den letzten Wochen zwischen uns angestaut hatte, entlud sich in einem Feuerwerk der Lust. Ich fühlte mich schwerelos und gleichzeitig geerdet und sicher wie noch nie zuvor.

MacKenzies Hände legten sich federleicht an meine Wangen und ihre Fingerspitzen kratzten sanft über meinen Bartschatten. Ich hatte es heute Morgen versäumt, mich zu rasieren, doch das schien sie offenbar nicht zu stören. Sie grinste in den Kuss hinein und führte ihre Erkundungstour ungeniert fort. Ihre Finger glitten empor zu meinen Schläfen, stießen den Hut von meinem Kopf und vergruben sich in meinen Haarsträhnen. Ein lustvolles Stöhnen ertönte, von dem ich unmöglich sagen konnte, ob es von ihr oder mir selbst stammte.

Der Kuss intensivierte sich, wurde drängender. Ruhelos fuhren MacKenzies Hände durch mein Haar, wanderten langsam an meinem Nacken hinab, bis sie auf meinem Rücken eintrafen. Ich spürte das Glühen ihrer Fingerspitzen durch den Stoff des Hemdes und der Weste hindurch.

Wie lange dieser weltverändernde Kuss anhielt, konnte ich beim besten Willen nicht sagen, doch er wurde jäh von einem Grollen unterbrochen, das, begleitet von einem grellen Aufblitzen, die Nachtluft erfüllte.

»Der angekündigte Sturm hat uns erreicht«, keuchte MacKenzie atemlos gegen meinen Mund. Sie lehnte in meinen Armen, als hätte sie keine Kraft, sich aufrecht zu halten. »Wir müssen zurück ins Camp.«

Widerwillig nickte ich. Obwohl ich wusste, dass sie recht hatte, sträubte sich alles in mir bei der Vorstellung, diese pure Glückseligkeit aufzugeben.

»Glaubst du, wir schaffen es, uns unbemerkt ins Camp zu schleichen? George wird sicherlich noch einige Zeit damit beschäftig sein, Granny und den anderen dabei zu helfen, das Camp sowie die Kids vor dem Sturm in Sicherheit zu bringen. In meiner Hütte wären wir demnach vorerst ungestört.«

»Wie bitte?« MacKenzie lachte verunsichert. »Du willst, dass ich dich in deine Hütte begleite?«

»Du hast keine Vorstellung davon, wie sehr ich mir das wünsche«, antwortete ich und beugte mich vor, um ihr mit einem weiteren Kuss zu verdeutlichen, dass ich jedes Wort todernst meinte.

MacKenzie gab einen Laut von sich, den ich nicht zweifelsfrei als Zustimmung werten konnte. Sofort richtete ich mich weit genug auf, um sie besser ansehen zu können.

»Was ist?«, fragte ich, nun ebenfalls verunsichert. Begann sie bereits, ihre Entscheidung – womöglich sogar diesen Kuss – zu bereuen?

»Nichts, es ist nur …« Sie biss sich auf die Unterlippe. »Findest du nicht, dass das gerade ein wenig zu schnell geht? Ich meine, ich habe dich sechs Jahre lang verabscheut! Und auch wenn sich meine Meinung über dich inzwischen drastisch verändert hat und ich nun weiß, dass du mich nicht absichtlich verletzt hast, denke ich nicht, dass ich einfach so tun kann, als hätte es die Vergangenheit nicht gegeben. Ich will nichts überstürzen und dadurch womöglich etwas kaputt machen, verstehst du?«

Ich nickte. Natürlich verstand ich, was sie meinte. Und ich wollte sie auf keinen Fall zu etwas drängen oder überreden. Jedoch sollte sie nicht denken, dass das, was ich für sie empfand, rein körperliche Anziehung war und nicht über diese Nacht hinausgehen würde.

»Spürst du das hier?« Ich nahm ihre Hände zwischen meine und drückte sie an meine Brust. Sofort sah sie auf. Zuneigung, Lust und Unsicherheit lieferten sich einen deutlich in ihren Augen abzulesenden Kampf.

»Mein Herz pocht nicht wie verrückt, weil ich etwas überstürzen will, sondern weil sich das hier einfach so unglaublich richtig anfühlt. Verflucht, ich kann ja noch immer nicht fassen, dass ich nach über sechs Jahren endlich das Glück erleben darf, dich auf diese Weise in meinen Armen halten zu dürfen.«

»So geht es mir doch auch«, gestand sie schließlich. »Es ist nur so … Dieser Kuss, ich weiß einfach nicht, was er zu bedeuten hat. Und um ehrlich zu sein, will ich jetzt auch nicht darüber nachdenken. Wenn wir beide aber irgendwann dazu bereit sind, möchte ich nicht, dass die gesamte Welt sich einbildet, ein Mitspracherecht zu besitzen, nur weil wir Dauergäste irgendwelcher Klatschseiten sind.«

Lächelnd fuhr ich mit meinen Fingern über ihre Hände, während mich Erleichterung und Rührung erfüllten. Es überraschte mich nicht, dass MacKenzie nicht zu jener Sorte Frau gehörte, die es kaum erwarten konnte, an der Seite eines Promis abgelichtet zu werden. Und obwohl ich starke Zweifel daran hatte, dass ihr dieses Schicksal blühte, während wir uns im Camp aufhielten, blieb mir nichts anderes übrig, als ihren Wunsch zu respektieren.

»Das verstehe ich.« Widerwillig ließ ich ihre Hand los und trat einen Schritt zurück. Die räumliche Distanz, die nun zwischen uns herrschte, war qualvoller, als ich es mir selbst eingestehen wollte. »Lassen wir es ruhig angehen. Vermutlich ist es ohnehin besser so. Ich bin mir nämlich nicht sicher, ob das Versteck, das ich dir als Übernachtungsalternative anbieten wollte, noch existiert.«

Ein paar von MacKenzies Sorgenfalten glätteten sich und ein neugieriger Ausdruck trat in ihre Iriden. »Was meinst du? Welches Versteck?«

Ich zuckte mit den Schultern, konnte mir jedoch ein Grinsen nicht verkneifen. So viel zum Thema, dass sie sich besser als jeder andere hier in der Gegend auskannte.

»Wenn du mich das ernsthaft fragen musst, scheinst du das Gelände rund um das Camp doch nicht so gut zu kennen, wie du glaubst.« Feixend wich ich ihrem Boxhieb aus, den sie mir breit grienend verpassen wollte. »Aber abgesehen davon, dass ich mir wirklich nicht sicher bin, ob es diesen Ort noch gibt, will ich dich ernsthaft zu nichts überreden. Wenn du der Meinung bist, dass dir das zu schnell geht, dann schalten wir einen Gang runter. Wenn ich sechs verfluchte Jahre auf dich warten konnte, halte ich es auch noch ein paar weitere Stunden aus«, fügte ich augenzwinkernd hinzu.

»Du bist unmöglich!« Lachend sah mich MacKenzie an, ehe sie nachdenklich auf ihrer Unterlippe kaute. Wie es schien, begannen ihre Bedenken im Kampf gegen ihre eigene unübersehbare Erregung und wagemutige Neugier zu unterliegen. »Schön, du hast gewonnen. Lass uns dein ominöses Versteck suchen und sehen, was die Nacht noch so für uns bereithält. Aber denken Sie bloß nicht, dass Sie mit mir leichtes Spiel haben werden, Mr Kennedy. Ich bin kein mühelos zu beeindruckender Groupie.«

Um mir nicht anmerken zu lassen, wie sehr ich mich über ihre Worte freute – und zwar in jeglicher Hinsicht – und mich die Art, wie sie mich *Mr Kennedy* nannte, ungaublich antörnte, beugte ich mich gen Boden, um den heruntergefallenen Hut aufzuheben. Anschließend bedeutete ich MacKenzie mit einer Kopfbewegung, mir zu folgen.

Immer tiefer liefen wir in den Wald hinein. Der Wind hatte inzwischen kräftig zugelegt und die Böen, die uns umwehten, konnte man selbst mit viel Fantasie nicht länger als frisch bezeichnen. Begleitet von einem weiteren Donnergrollen öffneten sich die Schleusen des Himmels und eine sintflutähnliche Wassermenge ergoss sich auf die Erde. Binnen weniger Sekunden waren wir trotz schützender Nadelbäume um uns herum komplett durchnässt.

Der Weg zog sich in die Länge, was mich mehr und mehr verunsicherte. So weit lag unser Ziel laut meiner Erinnerung nicht entfernt. Doch schließlich erreichten wir jene Lichtung, die ich angesteuert hatte.

»Ich glaube, wir sollten umke…«, sagte MacKenzie mit klappernden Zähnen, unterbrach sich jedoch selbst, als eine einsame Holzhütte in Sicht kam, die den Schlafbehausungen im Camp nicht unähnlich war. »Was zum Henker … Wem gehört die?«

»Keine Ahnung«, gestand ich, während ich über den durchgeweichten Boden stapfte.

Meine Füße sanken bei jedem Schritt in die sumpfige Erde ein, sodass ich nur mühsam vorankam. Mackenzie schien es nicht anders zu gehen, denn als wir endlich die überdachte Veranda erreichten, sahen wir aus, als wären wir frisch von einer Schwimmrunde aus dem See gekommen.

»Ich habe nie jemanden in der Nähe gesehen«, führte ich meine Antwort weiter aus und schüttelte meinen Kopf wie ein begossener Pudel. Wassertropfen flogen in alle Richtungen.

»Und woher weißt du dann, dass sich die Hütte hier befindet?« MacKenzie löste das Haargummi aus ihren schweren Strähnen und wrang die Haare mit den Händen aus.

»Wie ich dir bereits sagte, habe ich in der Vergangenheit sehr viel Zeit in diesem Wald verbracht.« Augenzwinkernd legte ich die Hand mit dem Hut gegen die Holztür und drückte sachte dagegen. Der Eingang öffnete sich knarzend, aber widerstandslos.

Glück gehabt.

Grinsend drehte ich mich zu MacKenzie herum. Der Stoff ihrer Bluse schmiegte sich wie eine zweite Haut an ihren Körper, und obwohl mir dieses Bild inzwischen nicht mehr fremd war, konnte ich mich nur unter Zwang davon abhalten, hinzustarren.

»Nach Ihnen, Mylady.« Mit einer einladenden Handbewegung deutete ich auf den in Dunkelheit liegenden Hüttenraum.

»Wir können doch nicht einfach da rein!« Ein nervöses Lachen perlte MacKenzie über die Lippen und sie sah sich unsicher um. »Das ist Einbruch!«

»Das ist Zuflucht finden vor einem tosenden Sturm«, konterte ich verschmitzt. MacKenzie mochte sich vielleicht dazu verpflichtet fühlen, den Schein einer gesetzestreuen Bürgerin aufrechtzuerhalten. Aber ihre zuckenden Mundwinkel sowie die nervös trommelnden Fingerspitzen verrieten, dass sie ebenso neugierig war, herauszufinden, was in einer durch einen Sturm vom Rest der Welt abgeschnittenen Hütte tief im Wald passieren konnte, wenn wir den Mut fanden, ein Risiko einzugehen.

»Überredet«, gab MacKenzie schließlich nach, packte mein triefendes Hemd an der Knopfleiste und zog mich hinter sich über die Schwelle.

Julia Michaels

MACKENZIE

Überredet.

Vincent hatte mich tatsächlich dazu gebracht, in eine wildfremde Hütte einzubrechen. Gut, wenn man es genau nahm, war das kleine Holzhäuschen nicht abgesperrt und schien tatsächlich nicht bewohnt zu sein.

Trotzdem …

Wie hatte er mich nur zu einer solchen Aktion verführen können?

Zur Antwort begannen meine Lippen zu kribbeln und ich erinnerte mich an seinen talentierten Mund, seine sinnlich weichen, wohlschmeckenden Lippen und was er mit diesen angestellt hatte, ehe uns das dämliche Donnergrollen unterbrochen hatte. Denn, so musste ich fairerweise einräumen, für mich hatte in der Sekunde, als Vincent mich geküsst hatte, die Option abzubrechen nicht mehr existiert. Da konnte er noch so oft betonen, dass er bereit war, langsam zu machen. Denn auch diese Möglichkeit hatte ehrlicherweise nie zwischen uns bestanden, ganz gleich wie vehement ich es mir selbst einzureden versucht hatte.

Um mir nicht anmerken zu lassen, wie nervös und gleichzeitig erfüllt von kribbeliger Vorfreude ich war, nahm ich unsere neue Umgebung in Augenschein. Das Hütteninnere war in Dunkelheit gehüllt und nur ein sanfter Mondschimmer fiel durch die zwei Fenster, sodass zumindest vage Schemen zu erkennen waren. Es gab ein schmales Bett, einen Schrank, einen runden Tisch und einen aus grobem Holz zusammengezimmerten Stuhl. Eine alte Decke lag achtlos auf der Matratze und auf dem Tisch standen eingestaubte Bierflaschen, ein leerer Teller und eine vergilbte Zeitung, deren Erscheinungsdatum ich nicht erkennen konnte.

»Siehst du, kein Grund zur Sorge. Die Hütte ist verwaist.« Vincent grinste mich an. Sofort musste auch ich lächeln. Ich liebte diesen Ausdruck. Er wirkte so losgelöst und glücklich, dass ich mich nicht daran sattsehen konnte.

»Wenn ich es nicht besser wüsste, könnte ich fast glauben, dass du das hier geplant hast.« Ich ließ Vincents Hemd los und trat einen Schritt zurück. Ich brauchte ein wenig Abstand, um meine Gedanken unter Kontrolle zu kriegen. Seit dem Kuss brannte eine Sehnsucht, ein Verlangen in mir, das meine rational denkende Gehirnhälfte in einen komatösen Schlaf gezwungen hatte und mir nun die unanständigsten Fantasien von Vincent aufdrängte – Fantasien, deren Erfüllung gefährlich nahelag.

»So etwas traust du mir zu?« Sein Grinsen wich einem trägen, sexy Lächeln, das in mir den Verdacht weckte, dass er mir im Gesicht ablesen konnte, wie sehr ich ihn wollte. »O nein, MacKenzie. Wenn ich das hier geplant hätte, dann stünden hier überall brennende Kerzen, auf dem Bett lägen Rosenblätter verteilt und im Hintergrund würde stimmungsvoller Rock spielen.«

Mit jedem Wort war er einen Schritt näher an mich herangekommen, während ich weiter vor ihm zurückwich. Ich tat das nicht bewusst oder absichtlich. Aber ich konnte auch nicht anders. Vincents Ausstrahlung glich dem Auftreten eines majestätischen Raubtiers, das seine Beute auf hungrig verzehrende Weise ins Visier nahm. Jede Faser meines Körpers schien zu brennen und die Kälte, die ich kurz zuvor noch bis in die Knochen gespürt hatte, war verschwunden.

»Kerzen, Rosenblätter und Kuschelrock?« Meine Stimme klang

verräterisch rau. »Ist das nicht ein wenig klischeehaft?« Ich versuchte mich an einem spöttischen Ton, doch ich scheiterte kläglich.

Die Vorstellung, Vincent hätte all diese romantischen Details für mich vorbereitet, jagte sanfte Impulse durch meine Nervenbahnen, bis sich eine vertraute Hitze zwischen meinen Beinen ausbreitete.

»Die einen nennen es klischeehaft«, antwortete er und trat erneut näher an mich heran. Ich wich noch einen Schritt zurück, bis ich in meinen Kniekehlen das Bettgestell spürte. Ein wissendes Funkeln blitzte in Vincents nun dunklen Augen auf, als wüsste er, dass mein Weg hier endete. »Ich bezeichne es als das perfekte Setting für einen Abend mit der schönsten Frau, der ich jemals begegnet bin.«

Er reduzierte die Distanz zwischen uns auf ein Minimum, sodass sich unsere Fußspitzen, Knie, Becken und Oberkörper berührten. Hätte ich weiter etwas Abstand zwischen uns bringen wollen, wäre mir nur noch die Flucht auf die Matratze geblieben.

Da standen wir nun und sahen einander an. Zu gern hätte ich ihn mit seinem kitschigen Spruch aufgezogen, aber die Wahrheit war, dass es genau solche Sätze waren, die mich immer an ihm fasziniert hatten. Vincent hatte es nie gestört, Dinge zu sagen, die andere maximal in Form von Gedichten oder durch Songtexte mit der Welt teilen würden.

»Ich weiß, diese Frage kommt vermutlich etwas spät«, ergriff er irgendwann das Wort und seine Stimme klang mit einem Mal ähnlich rau wie meine zuvor. »Aber ich muss dich einfach fragen, weil ich mich ansonsten niemals trauen werde, den nächsten Schritt zu gehen.« Er schluckte, was deutlich an seinem zuckenden Adamsapfel zu sehen war. War er etwa nervös? »MacKenzie? Darf ich dich küssen?«

Verdutzt schossen meine Augenbrauen in die Höhe und meine Lippen teilten sich zu einer Antwort. Doch ehe ich einen Ton hervorbringen konnte, hob Vincent seine Hand und legte seine Finger zögerlich auf meinen Mund.

»Warte bitte mit deiner Antwort. Denn«, er schluckte erneut, »du sollst wissen, dass ich dich nicht einfach nur *küssen* will. Ich will dich berühren und jeden Zentimeter deines Körpers erkunden. Ich will dich fühlen. Schmecken. Und ich will erst damit aufhören, wenn wir beide keine Kraft mehr haben, auch nur zu *denken*.«

Seine Finger strichen zärtlich über meine Lippen, streiften meinen Mundwinkel, ehe sie an meinem Kiefer entlangfuhren und über meinen Hals glitten. Dabei hinterließen sie eine brennende Spur auf meiner Haut, die mich zum Erschaudern brachte.

»Ich wünsche mir all das schon so lange, dass ich nicht weiß, ob ich aufhören kann, wenn ich erst einmal damit begonnen habe.« Sein Blick folgte seinen Fingern, die den Kragen meiner Bluse erreichten und entlang der Knopfleiste strichen, bis zu der Stelle, wo sich die beiden Seiten auf Höhe meines Brustansatzes zu einem V vereinten.

»Deswegen«, er sah auf und nichts außer loderndem Verlangen war in seinen Iriden zu erkennen, »möchte ich dein Einverständnis erfragen. Ich will diesen Abend in vollen Zügen genießen und auskosten können, ohne mich unentwegt fragen zu müssen, ob du −«

Ich stoppte Vincents Redefluss, indem ich ihm meinerseits einen Finger auf die Lippen legte. Mein gesamter Körper stand so unter Spannung, dass ich nicht zitterte, sondern regelrecht *vibrierte*.

»Küss mich«, sagte ich. Laut. Deutlich. Jeden Zweifel ausräumend. »Küss mich«, wiederholte ich drängender. »Tu all das, was du dir schon so lange wünschst − in dem Wissen, dass es mir nicht anders geht.«

Seine Augen weiteten sich erst eine Spur, dann senkten sich seine Lider zu einem trägen Schlafzimmerblick und sein freier Arm umschloss meine Taille. Obwohl wir bereits zuvor dicht voreinandergestanden hatten, schaffte er es, mich noch enger an sich zu ziehen. Kein Blatt Papier, nicht einmal das kleinste Luftmolekül passte noch zwischen uns und ich spürte sehr genau, dass seine vorherigen Worte kein leeres Versprechen gewesen waren.

Vincent *wollte* mich. Genauso wie ich ihn.

Wir bewegten uns in derselben Sekunde. Meine Hand glitt von

seinen Lippen in seinen Nacken, seine Hand fand zu seinem anderen Arm auf meinen Rücken. Unsere Lippen prallten so fest aufeinander, dass mir kurz der Atem stockte. Dann verfielen wir in einen Kuss, der nichts mit dem vorherigen zu tun hatte. Dieses Mal gingen wir nicht sanft, vorsichtig oder zögernd miteinander um. Wir loderten vor Verlangen und wollten den jeweils anderen mit dieser Intensität verschlingen. Meine Finger wanderten Vincents Nacken empor, strichen ihm durch sein nasses Haar und zupften ihm neckend an den Strähnen.

Seine Hände waren währenddessen weiter nach unten gewandert. Eine Hand auf meinem Po, umfasste er diesen mit sanfter Grobheit und fuhr mit der anderen unter den Saum meiner klebrig schweren Bluse. Seine vom Regen kalte Haut ließ mich erschrocken zusammenfahren und scharf Luft holen.

»Wir müssen aus den Klamotten raus«, raunte Vincent an meinen Mund und biss mir sanft in die Unterlippe. Sofort jagte ein weiterer Blitz durch meine Venen und verstärkte die Hitze zwischen meinen Beinen. »Sonst liegen wir beide die nächsten Tage aus weniger schönen Gründen im Bett.«

»Du bist auch um keine Ausrede verlegen, mir an die Wäsche zu wollen.« Grinsend nahm ich meine Hände aus seinem Nacken und führte sie an den Saum seiner Jeans. Obwohl ich innerlich vor Leidenschaft zu verglühen schien, war auch meine Haut eiskalt und nass. Er hatte recht. Wenn wir uns keine Lungenentzündung einhandeln wollten, mussten wir die nassen Klamotten loswerden.

»Dafür brauche ich keine Ausreden«, raunte er, seine Stirn gegen meine gelehnt. »Ich habe kein Problem damit, zuzugeben, dass ich es kaum erwarten kann, dich aus deinen Sachen zu schälen.« Mit ebenfalls nicht ganz koordinierten Bewegungen begann er, die Knöpfe meiner Bluse zu öffnen. Quälend langsam. Einen nach dem anderen. »Aber ich habe schon als Kind den Moment des Auspackens als Teil des Geschenks betrachtet. Vorfreude und so.« Seine Mundwinkel zuckten und der Anflug eines dreckigen Grinsens war zu erahnen.

Verflucht, war das heiß.

»Echt? Mir ging es da immer anders«, antwortete ich und konnte gerade noch ein erleichtertes Stöhnen unterdrücken, als der oberste Knopf seiner Jeans endlich aufging. »Ich habe es gehasst, Geschenke auszupacken.« Mit einem groben Ruck zerrte ich die beiden Seiten der Jeans auseinander, sodass die restlichen Knöpfe widerstandslos aufsprangen. »Ich wollte immer sofort wissen, was sich unter der Verpackung verbirgt.«

Mein Blick schoss hinab und bei der deutlich erkennbaren Beule, die sich unter den dunklen Boxershorts abzeichnete, entfloh mir nun doch ein leises Stöhnen.

Vincent keuchte, vermutlich durch meinen Laut animiert, und beschleunigte seine Bewegungen. Die letzten zwei Knöpfe meiner Bluse schienen sich zu weigern, denn er stieß ein leises Knurren aus und machte daraufhin kurzen Prozess mit meinem Kleidungsstück.

Unweigerlich musste ich lachen. Doch meine kurze Erheiterung erstarb bei seinen folgenden Worten.

»Du bist so wunderschön.« Er sah geradezu ehrfürchtig über die Kette an meinem Hals, hinab zu meinem Dekolleté, meinem weißen, nun ziemlich durchsichtigen BH und meiner hellen Haut.

Verlegenheit drohte in mir aufzukommen, aber ich zwang mich, diese Empfindung samt dem irrationalen Wunsch, mich wieder zu bedecken, hinunterzuschlucken. Es war Vincent, vor dem ich hier stand. Ich wusste bis tief in mein Herz, dass ich ihm vertrauen konnte.

Anstatt auf das Kompliment einzugehen, ließ ich seine Hose los und machte mich ebenfalls daran, die Knöpfe seiner Weste zu öffnen. Anschließend war sein Hemd dran. Nachdem ich ihm beides hektisch von den Schultern geschoben hatte und der schwere Stoff auf dem Boden gelandet war, musste ich mir mit aller Kraft einen unanständigen Pfiff verkneifen. Ich hatte ihn zwar bereits während seines Trainings mit freiem Oberkörper gesehen, doch diese Situation war mit der damaligen nicht zu vergleichen. Ich stand diesem durchtrainierten Körper so viel näher, dass es einer Strafe gleichgekommen wäre, die zart angedeuteten Wölbungen von Vincents Bauchmuskeln nicht zu berühren. Er besaß zwar kein übermäßig ausgeprägtes Six-pack, aber seine Haut war fest und glatt und fühlte sich gleichzeitig einfach himmlisch weich unter meinen Fingerspitzen an.

»Das ist Folter«, wisperte Vincent mit vor Erregung dumpfer Stimme, als ich langsam die Spur von seinem Bauchnabel bis zum Bund seiner Shorts hoch- und runterfuhr. »Du bist eine Sadistin.«

Ein tiefes, raues Lachen perlte mir über die Lippen, das ihn auf-stöhnen und den Kopf mit geschlossenen Augen in den Nacken le-gen ließ. Gleichzeitig stieg er mit einem schmatzenden Geräusch aus seinen Schuhen. Da ich Ballerinas trug, konnte ich es ihm problem-los nachmachen.

»Du solltest aufpassen, was du sagst«, hauchte ich dicht an seinem Ohr und biss ihm sanft in den Hals. »Ich habe noch nicht einmal damit anfangen, dich zu ärgern.« Meine Finger verschwanden im Bund seiner Shorts, und als sie auf die samtige Haut seiner Errektion trafen, keuchten wir beide auf.

»Okay«, erwiderte Vincent und griff mit beiden Händen unter meinen Po. »Du hast recht. Sorry. Ich nehme alles zurück.« Lustvoll begann er, sich auf die Unterlippe zu beißen und gleichzeitig jenen Teil meines Körpers zu massieren, der zwischen seinen Fingern ruh-te.

Die Spannung zwischen uns baute sich immer weiter auf, aber gleichzeitig kühlte die Kleidung, die wir beide zum Teil noch immer trugen, unsere Gemüter im wahrsten Sinne des Wortes auf unange-nehme Weise ab.

Mit einer Hand weiter seine volle Länge erkundend, zog ich mit der anderen die nasse Hose an Vincents Beinen hinunter. Als die-se an seinen Knöcheln landete, machte ich dasselbe mit seinen Bo-xershorts.

In einer simplen Bewegung stieg er aus den Sachen und drängte sich gleichzeitig dichter an mich.

»Ich will dich«, raunte er mir ins Ohr und ließ meinen Po los. Mit flinken Fingern streifte er mir die nasse Bluse und die Träger meines BHs von den Schultern. »Ich will dich küssen, MacKenzie.«

Er strich mit seinen Lippen über mein Schlüsselbein und ich erzitterte unter der Art, wie er meinen Namen aussprach. So sinnlich und zart, als wäre er das Schönste, was ihm jemals über die Lippen gekommen war.

»Überall.« Es folgte ein weiterer Kuss auf das andere Schlüsselbein. »Ich will dich berühren.« Seine Hände landeten auf meiner Taille, wo sie langsam emporglitten, bis sie den Saum meines BHs erreichten und diesen, ohne zu zögern, nach oben schoben. In der Sekunde, als Vincents Fingerspitzen zum ersten Mal meine Brüste streiften, explodierte ein ganzes Feuerwerk zwischen meinen Beinen.

»Ich will dich streicheln, liebkosen und jeden Zentimeter deines wunderschönen Körpers mit meinen Lippen schmecken.« Seine Hände wanderten wieder hinab zum Bund meiner Hose. Ich hatte mich heute für dünne Capri-Leggings entschieden, die es ihm unerträglich leicht machen würden, mich von ihnen zu befreien. »Und weil ich keine Kondome mithabe und nicht davon ausgehe, dass du welche dabeihast, meine ich das wortwörtlich.« Er beugte sich vor, verschloss meine Lippen mit seinen, ehe ich etwas erwidern konnte, und küsste mich stürmisch.

Ich war wie Wachs in seinen Händen, gierte nach seinen Berührungen und konnte es gleichzeitig kaum erwarten, ihn ebenfalls anzufassen.

Leider schien Vincent andere Pläne zu haben, denn gerade als ich erneut nach seiner Erektion greifen und beginnen wollte, mich ausgiebig mit dieser zu beschäftigen, beendete er den Kuss und ging gefährlich langsam in die Hocke. Er malte eine Spur aus Küssen über meine Brüste, ehe er meinen freigelegten Brustwarzen eine besonders intensive Behandlung zukommen ließ. Dabei verstärkte sich die Spannung zwischen meinen Beinen mit jeder Sekunde, bis ich das Gefühl hatte, jeder weitere Kuss würde mich über die Klippe der Lust stoßen.

Vincent schien sich vorgenommen zu haben, mir zu beweisen, wer hier der wahre Foltermeister war. Er ließ sich unglaublich viel Zeit auf seinem Weg über meinen Bauch, bis hin zum Saum meiner Leggings. Und selbst als er sich endlich meiner erbarmte und mich von dem Stoff befreite, ließ er meinen Slip an.

»Du bist so unglaublich schön«, wisperte er immer wieder, was ich inzwischen nur noch mit einem hilflosen Wimmern kommentierte. Ich hatte das Gefühl, als bestünde mein gesamter Körper nur noch aus brennbarer Flüssigkeit, die sich jeden Augenblick selbst zu entzünden drohte.

»Du fühlst dich so unbeschreiblich gut an.« Er küsste meine Oberschenkel, streichelte meine Waden, quälte, folterte mich auf die wohl schönste Arte, die ich mir jemals hätte vorstellen können. Und genau in der Sekunde, als ich die Spannung nicht länger aushielt und glaubte, vor Unbefriedigtheit zu platzen, legte Vincent seine Lippen auf den dünnen Stoff meines Slips und küsste mich da, wo ich ihn so dringend spüren wollte.

Ich keuchte laut, wölbte ihm reflexartig mein Becken entgegen und spreizte meine Beine ein Stück.

»Und, fuck, du schmeckst phänomenal.«

Wieder konnte ich nicht mehr als ein Wimmern herausbringen, das jedoch schlagartig zu einem tiefen Stöhnen wurde, als Vincent den Stoff meines Slips zur Seite schob und zeitgleich mit der Bewegung seiner Lippen erst einen, dann zwei Finger in mich hineingleiten ließ.

Meine Fingernägel gruben sich in sein Haar und ich verlor die Kontrolle über meinen Körper. Plötzlich – ich wusste beim besten Willen nicht, wie mir das gelungen war, ohne mich zu verletzen oder den Kontakt zu Vincent zu unterbrechen – hatte ich mich meiner Bluse und meines BHs entledigt und mich rücklings auf das Bett fallen lassen. Eine Hand weiterhin in Vincents Haar, griff ich mit der anderen nach der Decke unter mir. Der Stoff war rau und kratzig, aber vielleicht empfand ich das auch nur so, weil jede meiner Nervenbahnen bis zum Zerreißen angespannt war.

»Komm ... zu mir ...«, keuchte ich mit hektisch gehendem Atem. »Ich ... will dich ... anfassen ... wenn ich ...«

Vincent geriet kurz aus dem Takt, hob seinen Kopf und warf mir über meinen nackten Körper hinweg einen gierigen Blick zu.

»Bist du dir sicher, dass ich aufhören soll? Mir gefällt es hier unten eigentlich sehr gut.« Der dreckige Unterton in seiner Stimme war wie Öl für mein innerliches Feuer und ich zweifelte tatsächlich kurz an meiner eigenen Forderung. Doch dann erinnerte ich mich an das Gefühl seiner Härte zwischen meinen Fingern und ich verlautete meine Entscheidung mit einem weiteren gestöhnten »Komm her«.

Vincents Grinsen wurde noch eine Spur breiter und wissender, doch er folgte meinem bittenden Befehl und legte sich neben mich.

Wir verloren keine Zeit, fanden umgehend wieder zueinander, küssten, streichelte und berührten uns, bis sich unsere Hände wie magisch angezogen wieder dort einfanden, wo wir wegen fehlender Verhütungsmaßnahmen nicht zusammenkommen konnten.

Ich glühte, zitterte und glaubte mich in einem Delirium der Lust, das durch Vincents tiefe Atemzüge und stetig intensiver werdende Stöhnlaute angefacht wurde, bis das Band meiner Selbstbeherrschung so hauchfein wurde, dass ich kaum noch ein Wort über die Lippen brachte.

Doch eine verbale Anmerkung schien ohnehin nicht vonnöten zu sein. Vincent wusste genau, wie ich mich fühlte. Seine Stirn an meine gelehnt und mir tief in die Augen blickend, gab er mir zu verstehen, dass die Zeit gekommen war, sich fallen zu lassen – in dem Wissen, dass der jeweils andere da sein würde, um die Landung mit wohliger Wärme zu begrüßen.

You & Me

James TW

VINCENT

Niemals zuvor hatte sich die Gewissheit, sich vollkommen sorglos fallen lassen zu können, so richtig angefühlt wie mit MacKenzie. Doch an ihrer Seite war es so einfach wie atmen. Daher wunderte es mich auch nicht, dass die damit einhergehende Veränderung meiner Laune nicht unbemerkt blieb und George und Hendrik nicht müde wurden, mich mit meinem neuen Sonnenscheingemüt aufzuziehen. Aber ich nahm es ihnen nicht krumm. Mein Schlaf war, wenn MacKenzie in meinen Armen lag, sehr viel tiefer, ruhiger und erholsamer als jemals zuvor, und die kleinen Sorgenfalten, die sich früher auf meiner Stirn gezeigt hatten, waren zu Lachfältchen an meinen Augen geworden.

Doch MacKenzies größten Einfluss nahm ich im Bereich meiner Musik wahr. Seit wir uns vor zwei Wochen geküsst hatten und uns anschließend in der Waldhütte nähergekommen waren, schien es, als wäre ein Knoten in mir geplatzt. Ich war so inspiriert wie nie zuvor, weshalb ich mein gesamtes Notizbuch binnen kürzester Zeit mit Lyrics und Melodie-Kompositionen vollgeschrieben hatte. Aus diesem Grund traf es sich ganz gut, dass mir MacKenzie zu meinem Geburtstag, den ich vor wenigen Tagen im Camp gefeiert hatte, ein ledergebundenes Notizbuch geschenkt hatte, auf dessen Front in goldenen Lettern *Melody of My Heart* geprägt stand. Dieses Notizbuch war das Wertvollste, was ich jemals erhalten hatte. Gleich danach kamen die Torte in Gitarrenform und die Fotocollage, die beide von den Campmitarbeitern und Kids stammten. Letztere zeigte neben Bildern von mir und den Kindern auch Unterschriften und Glückwünsche von allen.

Beflügelt von dieser Euphorie, hatte ich sogar den Mut gefunden, um Fox, dem Boss meines Plattenlabels *RRR – Red Roses Records*, meine neuesten Song-Ideen mithilfe eines Videocalls vorzustellen, den Morgan für mich in die Wege geleitet hatte. Natürlich hatte ich meiner Agentin erst einmal wegen der langen Funkstille ein wenig Honig ums Maul schmieren müssen. Aber nachdem sie gehört hatte, warum ich unbedingt mit Fox hatte reden wollen, hatte sie mir sofort verziehen. Zwar war noch keiner der Songs fertig, teilweise bestanden sie nur aus einem Refrain, doch Fox und Morgan waren so begeistert gewesen, dass beide noch am selben Tag alles, was ich bisher hatte, in Form von Tonaufnahmen hatten haben wollen.

Zum Glück war ich nicht der Einzige, dessen Leben sich momentan auf der Glücksseite zu befinden schien. Auch MacKenzie machte den Eindruck, als würde sie jeden Tag mehr und mehr aufblühen. Sie lachte ausgelassener, wirkte fröhlicher und strahlte dabei diese innere Ruhe aus, als wäre sie mit sich selbst im Reinen. Noch sträubte sie sich zwar weiterhin, dem Lagerfeuer beizuwohnen oder bei den Mottoshows aufzutreten, aber zumindest schien sie es zu genießen, wenn ich in ihrer Gegenwart an neuen Songs arbeitete und ihr ab und zu etwas vorspielte.

»… und dann mussten Hendrik und ich in Boxershorts quer durch die ganze Schule rennen«, beendete ich meine Erzählung und schüttelte bei dieser Erinnerung aus meiner Highschoolzeit lachend den Kopf. »Du kannst dir nicht vorstellen, wie wütend ich war! Dass ich Hendrik, diesem Blödmann, bis heute nicht den Kopf dafür abgerissen habe, ist der wohl größte Beweis unserer Freundschaft.«

MacKenzie gab einen unbestimmten Laut von sich und ich sah unweigerlich auf.

Es war Sonntag, der Tag nach der letzten Mottoshow vor dem Final Jam, und wir lagen Arm in Arm auf dem Bett der kleinen Waldhütte. Seit dem Sturm hatten wir diesen Platz zu unserem Rückzugsort ernannt, weil wir nur hier ungestört die Zeit nachholen konnten, die uns während des Camp-Alltags verwehrt blieb. MacKenzies Wunsch folgend, hielten wir unsere Beziehung vor den anderen geheim. Nur Sadie und Hendrik gehörten zu den offiziell Eingeweihten – wobei ich annahm, dass George ebenfalls gewisse Schlüsse zog.

»Hey, ist alles in Ordnung?« Ich stützte meinen Oberkörper auf, was MacKenzie, die zuvor eng an meine Seite gekuschelt dagelegen hatte, dazu brachte, sich rücklings auf die Matratze fallen zu lassen. Sie war schon den ganzen Morgen ungewohnt still gewesen, was ich mir anfangs damit erklärt hatte, dass sie noch müde war, weil wir die letzte Nacht am See verbracht und uns beim Nacktbaden ausgepowert hatten. Inzwischen jedoch hegte ich den Verdacht, dass der wahre Grund für ihre Wortkargheit ein anderer war.

»Was bedrückt dich?«, hakte ich vorsichtig nach und legte mich auf die Seite. Das Lederarmband, das mir MacKenzie gemeinsam mit der Beanie geschenkt hatte, rutschte dabei ein Stück mein Handgelenk hinunter.

Seufzend faltete sie die Hände hinter ihrem Nacken zusammen. »Ich habe die letzten Prüfungsergebnisse des Semesters bekommen.«

»Oh.« Ich wusste nicht, was ich dazu sagen sollte. Abgesehen davon, dass es offensichtlich war, dass sie, wie auch immer ihre Noten ausgefallen waren, nicht zufrieden war, hatten wir es bisher vermieden, über ihr Studium oder die Zeit nach dem Sommer im Allgemeinen zu sprechen. »Kann ich irgendetwas für dich tun?«

»Wenn du neben deinem Musikertalent nicht über die Fähigkeit verfügst, dich in staatliche Universitätscomputer zu hacken, denke ich, eher nicht.« Frustriert presste sie ihre Handballen gegen die geschlossenen Augen. »Verflixte Kacke!«, schimpfte sie lautstark. »Ich kann es mir nicht leisten, in drei Kursen durchzufallen! Ich brauche die Credits für meinen Abschluss! Noch ein Semster länger in dieser Vorhölle überlebe ich nicht.«

Verblüffung verdrängte mein Mitgefühl. MacKenzie war *durchgefallen*? Das konnte ich mir beim besten Willen nicht vorstellen. Sie war einer der ehrgeizigsten Menschen, die ich kannte. Wenn ihr etwas wichtig war, gab es nichts, was sie nicht schaffen konnte.

»Sieh mich nicht so an«, grummelte sie, ohne die Hände von den Augen zu nehmen. »Ich weiß genau, was du denkst, aber zu feinfühlig bist zu sagen.« Sie ließ die Hände sinken und warf mir einen genervt-verzweifelten Blick zu. »Leider kann nicht jeder ein berühmter Rockstar sein und mehr Geld auf dem Konto haben als Bill Gates. Ich muss mich durchs College quälen, wenn ich irgendwann bei meinen Eltern ausziehen und auf eigenen Beinen stehen will.« Den letzten Satz sagte sie derart eindringlich, als wollte sie nicht nur mich von diesen Worten überzeugen.

Einen Moment herrschte Stille, dann setzte sie sich so ruckartig auf, dass ich unweigerlich ein paar Zentimeter zurückwich.

»O Gott! Vince! Es tut mir leid! So habe ich das nicht gemeint! Ich weiß, dass du für deinen Erfolg auch hart arbeitest. Es ist nur nur, dass –«

»Vergiss nicht zu atmen«, unterbrach ich sie lächelnd und nahm ihre Hände zwischen meine. Sie sollte nicht eine Sekunde lang denken, dass ich ihr ihren Ausbruch übel nahm. Im Gegenteil sogar. Ich wertete es als gutes Zeichen, dass sie sich bei mir geborgen genug fühlte, um ihren Gedanken und Emotionen freien Lauf zu lassen. »Du musst dich nicht erklären. Ich weiß sehr genau, was du meinst. Und du hast recht. Bisher hatte ich in meinem Leben sehr viel Glück – auch wenn ich mich verpflichtet fühle, klarzustellen, dass Bill Gates, sollte er jemals Einblick in mein Konto erhalten, mich sicherlich auf der Stelle aus Mitleid adoptieren würde. Wenn du also nur wegen meines Geldes mit mir zusammen sein willst, solltest du dir vielleicht jemand anderen suchen.« Augenzwinkernd führte ich

MacKenzies Finger an meine Lippen und hauchte ihr sanfte Küsse auf die Fingerknöchel.

»Aber da du das Thema selbst angesprochen hast, möchte ich mich auch dazu äußern dürfen.« Ich sah ihr fest in die Augen, um ihr deutlich zu machen, wie ernst und gleichzeitig demütig ich meine folgenden Worte meinte. Sie sollte nicht denken, dass ich von meinem hohen Promi-Ross zu ihr herabsprach. »Es tut mir leid, dass mir keine weniger direkte Formulierung einfällt, aber du bist selbst schuld, dass du keine weltberühmte Sängerin bist. Hättest du der Musik nicht den Rücken gekehrt, wärst du längst die Nummer eins der Branche. Dann müsstest du deine Zeit auch nicht mit einem Typen verschwenden, dessen bisher größter Erfolg ein Song war, den *du* mitgeschrieben hast.«

Sie öffnete den Mund, um etwas zu erwidern, doch dieses Mal war ich derjenige, der einfach weitersprach.

»Ich meine es ernst, MacKenzie. Du hast mehr Talent im kleinen Finger als sämtliche Soulqueens dieser Welt zusammengenommen. Deine Stimme und deine Ausstrahlung sind ohnegleichen. Aber anstatt dein gottgegebenes Geschenk zu nutzen und die Welt mit deinem Gesang und deinen Lyrics zu verzaubern, verwahrlost du in einem Studium, das dir nicht einmal im Entferntesten Spaß zu machen scheint. Und das Schlimmste ist, dass du nach deinem Abschluss bestenfalls in einem Job landen wirst, der dir vielleicht genug Geld einbringen wird, um bei deinen Eltern auszuziehen, den du aber mit hoher Wahrscheinlichkeit ebenso hassen wirst wie dein Studium.«

»Das sagt der Richtige«, konterte MacKenzie, sichtlich darum bemüht, den Fokus des Gesprächs von sich zu lenken. »Du scheinst mit deiner aktuellen Situation auch nicht ganz zufrieden zu sein. Versteh mich nicht falsch. Ich beneide dich weder um die dauerhafte Überwachung durch George noch um die teils an den Haaren herbeigezogenen Schlagzeilen in der Presse, deine übergriffige Agentin oder die aufdringlichen Fans ohne jegliches Schamgefühl. Aber im Gegensatz zu mir kannst du einfach mit dem Singen aufhören und ganz von vorne beginnen. Da du immer wieder betonst, dass du eigentlich nie Rockstar werden wolltest, gehe ich davon aus, dass du für deine Zukunft andere Pläne hattest. Warum verfolgst du die nicht?«

Verdutzt sah ich sie an. Mir war nicht bewusst gewesen, dass ich ihr ein derart negatives Bild meines Lebens geschildert hatte. Aber MacKenzie hatte recht. Theoretisch hätte ich jederzeit mit dem Singen aufhören können.

»Früher wollte ich Tierpfleger werden«, gestand ich.

»Tierpfleger?« Sie klang überrascht. »Warum ausgerechnet dieser Beruf?«

»In der Primary School gab es einen Jungen, Jonathan, der schwer krank war. Ich weiß nicht mehr genau, was er hatte. Ich glaube, es war Blutkrebs oder so. Jedenfalls kam er eines Tages nicht mehr in den Unterricht. Unsere Lehrerin hat uns erzählt, dass er für unbestimmte Zeit fehlen würde und dass wir ihm eine Genesungskarte basteln könnten. Die würde sie dann einsammeln und weiterleiten. Einige Wochen später brachte unsere Lehrerin ein Fotoalbum mit in den Unterricht. Darin waren Bilder zu sehen, wie Jonathan in einem Becken mit Delfinen schwamm. Er lachte und schien so glücklich zu sein, wie ich ihn noch nie erlebt hatte. Wenige Tage später erzählte uns unsere Lehrerin, dass Jonathan verstorben sei.«

Ich schluckte den Kloß herunter, der meine Stimme dumpf klingen ließ. »Er hat davor immer davon gesprochen, dass er eines Tages Tierpfleger werden wollte. Ich wollte ihm diesen Traum erfüllen, als er es selbst nicht mehr konnte, und mich um jene Lebewesen kümmern, die es schaffen, einem Kind, das sonst kaum Grund zum Lachen hat, eine Freude zu bereiten.«

»Oh, Vincent.« MacKenzie blinzelte die Tränen aus ihren Augen fort. »Das ist … Du wärst bestimmt ein toller Tierpfleger geworden.«

»Vielleicht. Aber damals hatte ich noch keine Ahnung, wie es ist, mit Kindern und Musik zu arbeiten.« Ich zuckte die Schultern, die Gedanken bei Matilda.

Granny hatte mir erzählt, dass sich mein kleiner Schatten bisher nie getraut hatte, vor Publikum zu singen. Doch anscheinend hatten die gemeinsamen Abende am Lagerfeuer, die ich ohne Ausnahme mit ihr verbrachte, etwas in ihr bewirkt. Gestern hatte Matilda zum ersten Mal den Mut gefunden und sich auf die Campbühne gewagt. Zwar hatte sie keinen Platz beim Final Jam gewonnen, aber ihre Akustikversion von *She's Like the Wind* aus dem Film *Dirty Dancing* würde mir für immer in positiver Erinnerung bleiben.

»In den letzten Tagen ist mir immer öfter klar geworden, wie sehr ich die Kids vermissen werde, wenn ich nächste Woche zurück nach L.A. muss.«

MacKenzies Lächeln wurde melancholisch. Ob sie ebenfalls daran dachte, dass ich mich in ein paar Tagen nicht nur von den Kindern und den Camp-Angestellten, sondern auch von ihr würde verabschieden müssen?

»Ich bin mir sicher, alle werden dich sehr vermissen«, sagte sie mit belegter Stimme.

Ich nickte wortlos und ein bedrücktes Schweigen breitete sich zwischen uns aus.

»Weißt du, wieso ich meinen Job trotz allem nicht einfach hinschmeißen kann?«, fragte ich nach einigen Minuten. »Du kennst doch das Gefühl, wenn man sich stundenlang in der brütend heißen Sonne aufgehalten hat und dann ins Wasser springt. Wenn das Herz einen Schlag aussetzt, sich die Haut zusammenzieht, als wäre sie eine Nummer zu klein, und man glaubt, nie etwas derart Intensives gespürt zu haben.«

MacKenzie nickte.

»Und du kennst sicherlich auch das Gefühl, wenn man in einem Achterbahnwagen sitzt und einen hohen Berg hochfährt und sich die Vorfreude auf die bevorstehende Abfahrt mit dieser gewissen Spannung und kribbelnden Angst mischt, nicht wahr?«

Es folgte ein weiteres Nicken.

»Und du weißt auch, wie es ist, wenn man frisch verliebt ist? Wenn allein ein Augenaufschlag genügt, um das eigene Herz zum Rasen zu bringen. Wenn jede Berührung«, ich strich mit meinen Fingern sanft über MacKenzies Unterarm, »eine Gänsehaut verursacht. Wenn sämtliche Gedanken sich nur um diese eine Person drehen und du dich unentwegt fragst, wann du sie wiedersehen kannst.« Meine Stimme wurde beim Reden immer leiser, sinnlicher und ich näherte mich unbewusst MacKenzies Gesicht. »Du fragst dich, wann du die Person wieder in deinen Armen spürst und ihre Lippen schmecken kannst. Dieses Gefühl ist dir nicht fremd, oder?«

MacKenzie schüttelte sachte den Kopf. Ihr schien es die Sprache verschlagen zu haben.

»Wenn du all diese Empfindungen zusammennimmst«, wisperte ich gegen ihre Lippen, meine Arme unter dem Saum ihres Shirts um ihren nackten Rücken geschlungen, »kannst du dir in etwa vorstellen, wie es sich anfühlt, auf einer Bühne zu stehen, mit Leuten um dich herum, die alle nur gekommen sind, um dich singen zu hören – weil du in diesem Moment die alleinige Macht, ja die *Verpflichtung* besitzt, sie aus ihrer Realität zu reißen.«

»Wow«, hauchte MacKenzie und legte ihre Hände um meinen Nacken. Unsere Nasenspitzen liebkosten einander und ich verlor mich in dem funkelnden Meer ihrer Augen. »Das ist das mit Abstand Heißeste und zugleich Intimste, was du mir jemals anvertraut hast.«

»Intimer als meine Beichte, wie ich wegen Hendrik in Boxershorts quer durch die ganze Schule rennen musste, weil ich diesem Trottel die Geschichte abgekauft habe, dass die Sportumkleidekabine der Jungs renoviert wird und wir uns deshalb bei den Mädchen umziehen müssen?«, neckte ich sie grinsend.

»Sehr viel intimer. Aber das ist auch nicht sonderlich schwer, weil du so wenig über dein Privatleben redest, dass ich manchmal das Gefühl habe, gar nichts über dich zu wissen.«

Vor Verblüffung erstarrt, erwiderte ich ihren Blick. Auch damit hatte sie erschreckenderweise recht. Dabei hatte ich ihr nicht absichtlich einen Keller voller Leichen verheimlicht. Nur war mein

Privatleben in den letzten Jahren so kompliziert und verworren geworden, dass es nicht unbedingt dazu geeignet war, mit Außenstehenden geteilt zu werden.

Trotzdem wollte ich MacKenzie nicht das Gefühl geben, als würde ich mich vor ihr verschließen.

»Na schön«, sagte ich und legte mich zurück auf die Matratze. Einen Arm hinter dem Kopf angewinkelt, den anderen weiter um MacKenzie geschlungen, sah ich zu ihr. »Frag mich, was du willst.«

Sofort leuchteten ihre Augen auf.

»Keine Ahnung. Erzähl mir irgendetwas.« Sie entzog sich meiner Umarmung, richtete sich auf und klemmte die Beine unter den Po. »Was ist zum Beispiel mit deinen Eltern? Wie sind sie so? Geben sie vor ihren Freunden mit ihrem berühmten Sohn an?«

»Das bezweifle ich.« Die Enttäuschung darüber, den Körperkontakt zu ihr verloren zu haben, vermischte sich mit dem Schmerz der Erinnerung an meine Eltern, und ich schaute an die Holzdecke, um MacKenzie nicht ins Gesicht sehen zu müssen. Bei allen Themen, die sie sich hätte aussuchen können, wählte sie ausgerechnet jenes, über das ich am liebsten für alle Zeit geschwiegen hätte.

»Wieso bezweifelst du das?«, hakte sie nach. Offenbar hatte sie nicht vor, mich so schnell vom Haken zu lassen, jetzt, da ich zugestimmt hatte, ihr etwas Persönliches anzuvertrauen.

»Weil wir seit vier Jahren keinen Kontakt mehr haben«, antwortete ich mit zusammengebissenen Zähnen.

»Was? Aber wie kann das sein? Ich habe deine Eltern kennengelernt, als sie dich und Hendrik damals zu Beginn des Sommers ins Camp gebracht haben. Sie wirkten so glücklich und froh, dich zu haben. Was ist passiert?«

Ein bitteres Lachen entschlüpfte meinem Mund und ein Kloß breitete sich in meiner Kehle aus. Obwohl ich wirklich nicht über dieses Thema reden wollte, konnte ich nun nicht mehr aufhören. Der Damm, den ich über die Jahre aufgebaut hatte, war gebrochen, und die Silben purzelten mir unkontrolliert über die Lippen.

»Was passiert ist? Ich habe den Final Jam gewonnen und bin ein achtzehn Jahre junger Megastar geworden. Zwar meinen immer alle, dass Eltern ihren Kindern Erfolg und finanzielle Unabhängigkeit wünschen, aber meine Eltern scheinen dieses Memo nicht erhalten zu haben. Sobald sich meine Musik nicht länger auf mein Zimmer und dieses Camp hier beschränkt hat, ist ihre Euphorie über mein Talent schlagartig in Missfallen umgeschlagen.«

»Das tut mir leid.« MacKenzie legte sich wieder auf die Matratze, rutschte dicht an meine Seite und schlang einen Arm um meinen Bauch. Ihre Wange legte sie auf meine Brust, genau auf Höhe meines viel zu schnell pochenden Herzens, und mein Arm fand wie von selbst einen Weg zurück um ihren Rücken. Ich konnte einfach nicht anders. Wenn ich sie nicht berührte, fühlte es sich an, als fehlte ein Teil von mir.

»Wenn du nicht darüber reden willst, verstehe ich das, Vincent. Aber wenn du dir die Last von der Seele sprechen möchtest, höre ich dir zu.«

Trotz meiner brennenden Augen musste ich lächeln. Dasselbe Angebot hatte ich ihr gemacht, als wir mit dem Boot auf dem See unterwegs gewesen waren. Damals hatte sie sich mir anvertraut. Nun war es an mir, ihr denselben Vertrauensbeweis entgegenzubringen – insbesondere, da es nur eine Frage der Zeit gewesen war, bis es zu diesem Gespräch gekommen wäre.

»Anfangs haben sie noch versucht, mich davon zu überzeugen, dass ich erst einmal das College besuchen sollte, ehe ich, ihren Worten nach, ›dem Irrsinn einer Musikerkarriere nachrenne‹. Als sie damit bei mir auf taube Ohren gestoßen sind, kam es immer öfter zu Streitereien. Nach ein paar Monaten habe ich den Stress nicht mehr ausgehalten und bin offiziell ausgezogen. Da ich zu der Zeit ohnehin fast nur unterwegs war, kam mir diese Entscheidung nur logisch und richtig vor. Aber meine Eltern, vor allem meine Mom, schien ich damit extrem verletzt zu haben.«

Ich schluckte, um den Kloß in meinem Hals zu vertreiben. Erfolglos. »Das erfuhr ich aber erst zwei Jahre später, als ich …« Kurz kam ich ins Stocken.

»Wie du sicherlich mitbekommen hast, waren Dakota und ich nach unserem Sieg beim Final Jam eine gewisse Zeit ein Paar«, begann ich meine Erzählung aus einer anderen Perspektive, in der Hoffnung, dass es mir so leichterfallen würde, die Worte über die Lippen zu bekommen. Doch MacKenzies zögerliches Nicken rief mir nur in Erinnerung, dass sie noch immer schlecht über Dakota dachte. Verübeln konnte ich es ihr zwar nicht, doch es stimmte mich traurig. Denn auch wenn mich meine Ex am Abend des Final Jam belogen hatte, hatte ich ihr inzwischen verziehen.

Nach meiner gemeinsamen Nacht mit MacKenzie hatte ich Dakota angerufen und mich mit ihr ausgesprochen. Sie hatte mir alles gebeichtet und ihre Beweggründe offengelegt, sodass ich ihr Handeln fast schon nachvollziehen konnte. Außerdem war es meine eigene Schuld, dass ich ihr damals überhaupt geglaubt hatte. Es war also nicht fair, ihr allein den Schwarzen Peter zuzuschieben.

»Na ja, und wie du inzwischen ebenfalls weißt«, nahm ich meine Erzählung nach einem Räuspern wieder auf, »war ich damals nicht gerade ein weltgewandter Frauenflüsterer. Nachdem Dakota und ich uns also getrennt hatten, befand ich mich in einer Art verspäteter Pubertätsphase – mit dem Unterschied, dass ich, meiner damalig bescheidenen Weltanschauung nach, stinkreich gewesen bin, mich *GQ* kurz zuvor als attraktivsten Junggesellen des Landes gekürt hatte und ich mit Superstars auf Du und Du war, die ich früher als musikalische Idole verehrt hatte. Du kannst dir also vorstellen, dass ich nichts Besseres zu tun hatte, als den Großteil meiner begrenzten Freizeit auf Partys zu verbringen.«

Ich stieß ein Seufzen aus und senkte die Lider. Obwohl diese Zeit einige Jahre zurücklag und ich mich seitdem verändert hatte, schämte ich mich für mein früheres Ich.

»Eines Nachts kam ich voller Euphorie darüber, dass mein zweites Album fertig war, aus dem Tonstudio. Ich war so aufgekratzt, dass ich unbedingt feiern wollte. Hendrik war mit seiner Freundin Addison zu der Zeit in Washington unterwegs und George hatte sich wegen einer Lebensmittelvergiftung krankgemeldet. Ich war also mit dem Security-Frischling, den man mir von der Akademie als Ersatz für George zugeteilt hatte, allein losgezogen – wobei ich vermutlich nicht betonen muss, dass wir nicht lange allein geblieben sind.«

Ich massierte mir mit einer Hand die Nasenwurzel. So gut es auch tat, MacKenzie von meiner bisher größten und weitreichendsten Dummheit zu erzählen, war es dennoch verdammt schmerzhaft, diese Wunde aufzureißen.

»Wir lernten zwei Mädels kennen und feierten ausgiebig. Dann, als mein Pseudoschatten aufs Klo ging, haben mich die beiden überredet, mit ihnen in ihre Wohnung zu fahren. Allein.« Ich zuckte mit den Schultern und ließ meinen Arm wieder sinken. »Mir war natürlich bewusst, dass sie sich nur für mich interessierten, weil ich berühmt war. Aber das hat mich damals nicht gestört. Ich habe mich wie der verdammte König der Welt gefühlt. Wieso also nicht dementsprechend handeln? Wir haben uns während der Abwesenheit meines Bodyguards aus dem Klub geschlichen und sind in die Wohnung der beiden gefahren, wo die Party nahtlos weiterging. Wir tranken, tanzten und machten miteinander rum.«

Die Erinnerung an jene Nacht hämmerte wie ein Presslufthammer in meinem Kopf und meine Kehle war so rau, als wäre ich gerade erst in der Wohnung der zwei Mädels erwacht. »Dass man mir Drogen in mein Bier gemischt hatte, habe ich erst später im Krankenhaus erfahren. Auch was während jener Nacht im Detail geschehen ist, wurde mir erst Tage danach offenbart. Und zwar dank eines Videos, das meine grenzenlose Dummheit für alle Ewigkeit festhält«, fügte ich verbittert hinzu.

»O Gott! Vincent!« Entsetzen ließ MacKenzies Stimme vibrieren und ihre Augen waren riesengroß, als sie den Kopf hob und mich ansah. »Du hast die beiden doch hoffentlich angezeigt!«

Ich schüttelte den Kopf, was einige Tränen aus ihrem Wimperngefängnis befreite. »Es hätte nichts gebracht. Auf dem Video sieht man nur, wie ich mit den beiden rummache, nicht, wie ich an die Drogen komme oder sie zu mir nehme. Bei einer Anklage hätte ihr Wort gegen meins gestanden. Dafür hätte die Presse *monatelang* Stoff für ihre Titelseiten gehabt. Nein, ich wollte dieses Desaster so schnell und so unauffällig wie möglich hinter mich bringen. Deswegen habe ich den beiden auch bereitwillig die fünfzigtausend Dollar gezahlt, damit sie das Video löschten und ich so tun konnte, als wäre die gesamte Nacht nur ein grauenhafter Albtraum gewesen.«

»Aber sie haben das Video nicht gelöscht, sondern ins Internet gestellt?«, hakte MacKenzie vorsichtig nach. Da ich wusste, dass sie die letzten Jahre einen hohen Bogen um sämtliche News gemacht hatte, die mich betrafen, nahm ich an, dass sie sich auf den Seitenhieb im *Mixtape*-Artikel bezog. Sicherlich hatte sie eins und eins zusammengezählt.

»Ich weiß nicht, ob sie es mit Absicht getan haben oder es wirklich ein Hackerangriff gewesen ist. So oder so, das Video ging binnen kürzester Zeit viral. Die Rechtsabteilung in Morgans Agentur hat zwar dafür gesorgt, dass alle Kopien offline genommen wurden, aber was einmal im Netz steht …«

Gequält schloss ich die Augen. »Mein Anwälteteam ist selbst heute noch damit beschäftigt, das Ganze unter Verschluss zu halten. Es war nur wenige Minuten im Internet, aber das hat gereicht, um auf einschlägigen Seiten die Runde zu machen. Du kannst dir sicherlich vorstellen, dass ich in den darauffolgenden Tagen die grauenhaftesten Albträume und Panikattacken hatte. Ich konnte weder essen noch schlafen, sodass Morgan keine andere Wahl hatte, als mich ins Krankenhaus einzuweisen. Im Anschluss hat sie mir einen Rehaplatz beschafft, aber ich ertrug den Gedanken nicht, unter Fremden zu sein, die über mich urteilten, ohne mich oder die Details des Abends zu kennen. Für sie wäre ich nur ein weiterer junger Promi gewesen, der mit dem Druck des Showbiz nicht klarkam.«

Ich nahm einen tiefen Atemzug. »Hendrik und Addison haben

mich für etwa drei Monate bei sich wohnen lassen, bis ich bereit gewesen bin, zurück in mein Loft zu kehren.«

Wie unter Zwang glitt mein Blick zu MacKenzie. Ich musste sie einfach ansehen und herausfinden, was sie gerade dachte. Doch sie hatte sich wieder auf meine Brust gelegt und weinte stumme Tränen.

»Aus diesem Grund fällt es mir so leicht, Morgan ihre fragwürdigen Ansichten in manchen Belangen zu verzeihen«, sprach ich tonlos weiter und schaute erneut hoch zur Decke. »Im Gegensatz zu allen anderen hat sie zu jeder Zeit hinter mir gestanden, mir den Rücken gestärkt und sich für mich eingesetzt. Anstatt mich fallen zu lassen, wie es der Rest der Welt getan hat, war Morgan immer für mich da. Sie hat es sogar geschafft, meinen Rückzug aus der Öffentlichkeit so zu drehen, dass die Medien glaubten, ich würde eine *Inspirationspause* machen, um an neuen Songs zu arbeiten. Deshalb denkt auch jeder, dass das Lied *Ghost* von Dakotas und meiner Trennung handelt, obwohl es insgeheim meiner Mom gewidmet ist. Denn meine Eltern haben sich seit jenem Vorfall nie wieder bei mir gemeldet und jeden Kontaktversuch meinerseits ignoriert.«

Dem Ende meiner Erzählung folgte eine erdrückende Stille, die ich nicht lange aushielt. Als säße ein Elefant auf meiner Brust, bekam ich kaum Luft. Ich musste einfach etwas sagen.

»Jetzt wünschst du dir sicherlich, dass du mich gefragt hättest, welches Haustier ich als Kind hatte, nicht wahr?« Der künstlich heitere Ton kratzte unangenehm in meinen Ohren, und als ich mir mit meiner freien Hand über die Wangen wischte, schämte ich mich für meine Schwäche. Doch MacKenzie schien ohnehin nicht auf mich reagieren zu wollen, weshalb ich ergeben seufzte. »Hör zu, MacKenzie, wenn du jetzt lieber −«

Sie hob so ruckartig den Kopf, dass ich mitten im Satz verstummte. Ihre Augen waren groß und tränenfeucht, ihre Unterlippe rot und leicht geschwollen, als hätte sie die ganze Zeit darauf herumgekaut.

Sämtliche Worte, die ich gerade eben hatte sagen wollen, erstarben mit einem Schlag auf meiner Zunge.

»Das Einzige, was ich in diesem Moment möchte, ist …« Sie beugte sich zu mir herunter und verschloss meinen Mund mit ihrem.

Dieser Kuss war nicht wild und leidenschaftlich. Er war sanft und zart, voller Hingabe und Zuneigung. Er war voller Hoffnung und Magie.

Er war ein Versprechen auf Heilung.

Für MacKenzie.

Und für mich.

Broken Strings

James Morrison & Nelly Furtado

MACKENZIE

Für Vincent und mich gab es weder Hoffnung noch ein Versprechen auf Heilung.

Das wurde mir mit jedem Wort klarer, das er mir in dem Glauben anvertraute, mir dabei zu helfen, sein wahres Ich kennenzulernen.

Und der Plan ging auf.

Sehr gut sogar.

Vielleicht eine Spur *zu* gut.

Denn nun, da ich wusste, da ich wirklich *begriff*, wie sehr Vincent das Singen, die Auftritte und sein gesamtes Rockstarleben liebte, wurde mir auch bewusst, dass er niemals mit dem Gedanken spielen würde, all das hinter sich zu lassen.

Und das war auch gut so!

Ich hatte in diesem Sommer aufs Neue erleben dürfen, wie leidenschaftlich er für die Musik brannte. Vincent lebte für diese Existenz – auch wenn er sie sich nicht bewusst ausgesucht hatte.

Leider ging mit dieser Gewissheit die Erkenntnis einher, dass unsere Beziehung ein Ablaufdatum hatte. In einer Woche, wenn das Camp für dieses Jahr seine Tore schloss, würde Vincent in das eintausendeinhunderteinundzwanzig Meilen entfernte Los Angeles zurückkehren und ich würde hier in Montana bleiben und mein Studium fortführen, das sich seit unserer letzten Unterhaltung noch mehr wie eine Gefängnishaft anfühlte.

»Was ist los, Mac?« Sadie stieß mir sanft mit dem Ellbogen in die Seite.

Wir saßen im Deli Corner, obwohl das Frühstück bereits vorbei war und die Küchencrew mit dem Abräumen begonnen hatte. Da Mike jedoch völlig vernarrt in Sadie, die Queen der Langschläferinnen, war, drückte er gelegentlich ein Auge zu, damit sie in Ruhe ihr verspätetes Mahl zu sich nehmen konnte.

»Dich quält doch etwas. Seit du gestern von deinem Date mit Vince zurückgekommen bist, siehst du aus, als hättest du erfahren, dass sich One Direction trennen.« Sie legte ihr Besteck zur Seite, verschränkte die Arme auf dem Tisch und stützte ihren Kopf darauf ab, um mir von unten einen fragenden Blick zuzuwerfen. »Gibt es Ärger im Paradies? Ist Vince etwa doch nicht der sexy, einfühlsame und großzügige Liebhaber, der er die letzten zwei Wochen vorgegeben hat zu sein?«

Es tanzten eintausend Silben auf meiner Zunge, doch ich brachte keine davon über die Lippen. Natürlich glaubte meine Freundin, dass der Grund für meine unleugbar deprimierte Verfassung etwas mit unserem Sex zu tun hatte. Schließlich hatte ich ihr haarklein erzählen müssen, was in jener Nacht geschehen war, als Vincent und ich nach der ABBA-Mottoshow aus dem Camp verschwunden waren. Zwar hatte ich genügend Details für mich behalten, aber Sadie wusste, dass wir uns sehr nahegekommen waren. Und da es bisher keinen Grund gegeben hatte, mich über meine Beziehung zu Vincent zu beschweren, ging sie eben von dem aus ihrer Perspektive Offensichtlichsten aus. Wenn es doch nur etwas derart Banales gewesen wäre.

»Ich habe mich in Vincent verliebt«, gestand ich kleinlaut und sofort schossen mir Tränen in die Augen. Seit Tagen weigerte ich mich vehement, mir das wahre Ausmaß meiner Emotionen einzugestehen. Doch seit meiner letzten Unterhaltung mit ihm war ich am Ende meiner Kräfte, weshalb ich unter Sadies wachsamer Miene nicht länger die Starke spielen konnte. »Ich habe mich wieder in ihn verliebt, Sadie. Dabei wollte ich das auf keinen Fall!«

»Okay …« Sie zog die Stirn in Falten, was ich ihr nicht verübeln konnte. Ich war selbst völlig durcheinander und wusste nicht, was ich denken sollte. Wie sollte da sie, die nicht einmal wusste, worum es hier *wirkich* ging, den Durchblick behalten?

»Und das bringt dich warum zum Weinen?«, hakte sie vorsichtig nach. »Ich meine, es war doch klar, dass das passieren würde. Ihr beiden habt in den letzten Wochen so viel Zeit miteinander verbracht, dass es einem Wunder gleichgekommen wäre, wenn eure Gefühle füreinander nicht erneut aufgekocht wären. Aber was genau ist das Problem, Süße? Ich dachte, Vince macht dich glücklich.«

»Das tut er auch«, brachte ich so leise hervor, dass ich mich selbst kaum verstand. »Aber genau das ist das Problem.«

Sofort vertieften sich Sadies Falten. Klar, dass meine Freundin nicht verstand, was ich damit zum Ausdruck bringen wollte. Sie selbst war noch nie verliebt gewesen und ließ sich nur auf One-Night-Stands oder lockere Affären ein. Aus diesem Grund konnte sie gar nicht begreifen, dass der Countdown in meinem Kopf, der das unausweichliche Ende meiner Beziehung mit Vincent anzeigte, wie eine tickende Zeitbombe war. Mit jedem Herzschlag wurde ich daran erinnert, dass mein Glück nicht von Dauer war. Denn Fakt war nun mal: Fernbeziehungen funktionierten nicht.

Hatten sie nie.

Würden sie nie.

Niemals.

Schon gar nicht mit einem Star.

Und genau aus diesem Grund drängte sich mir immer stärker der Gedanke auf, dass ich die Reißleine ziehen musste, um mein Herz zu schützen. Denn dieses stand bereits nur noch einen zu intensiven Schlag davon entfernt, irreparabel zu brechen.

»Okay«, ergriff Sadie wieder das Wort, offenkundig darum bemüht, mir eine gute Freundin zu sein, auch wenn sie im Moment nicht wusste, wie sie das anstellen sollte. »Du hast dich erneut in Vincent verliebt und das macht dir Angst, weil …« Sie grübelte. »Weil du dir Sorgen machst, dass er dir erneut das Herzen brechen könnte?«

Ihr hoffnungsvoller Ton ließ mich nicken. Mehr oder weniger hatte sie ins Schwarze getroffen. Sofort atmete sie erleichtert auf, während meine Schultern noch schwerer hinabsackten. Wieso quälte ich meine Freundin? Ich hatte bereits sämtliche Lösungsmöglichkeiten durchdacht und mir eingestehen müssen, dass sie am Ende alle in dieselbe Richtung führten: nämlich in das unausweichliche Beziehungs-Aus zwischen Vincent und mir.

»Oh, Mac«, stieß Sadie mit einem leisen Lachen hervor. »Das ist doch völliger Blödsinn. Vince ist total verrückt nach dir. Das sieht sogar ein Blinder. Und im Gegensatz zu damals ist er nicht zu feige, um zu seinen Gefühlen zu stehen.« Sie richtete sich mit einem warmherzigen Lächeln auf und legte mir einen Arm über die Schulter. »Du musst endlich lernen, das Glück ohne schlechtes Gewissen zu genießen. Denn wenn es jemand verdient hat, dass endlich etwas Liebe und Positivität in sein Leben einkehren, dann du.« Sie gab mir einen Kuss auf den Scheitel und machte sich anschließend wieder über ihr Rührei her. Für sie war das Thema erfolgreich abgehandelt.

Für mich hingegen hatte es gerade erst begonnen.

Eigentlich hatte ich mir vorgenommen, Vincent bestmöglich aus dem Weg zu gehen, um mir Zeit zum Nachdenken zu verschaffen. Leider war das nicht so einfach, da wir nach dem Frühstück eine weitere Malerstunde beaufsichtigen und nach dem Mittagessen zusammen mit George nach Bozeman ins Theater hatten fahren müssen, um die Kostüme der letzten Mottoshow gegen jene auszutauschen, die wir für den Final Jam benötigen würden. Doch anstatt dass ich mir Gedanken darüber gemacht hätte, wie ich mich ihm gegenüber bei unseren gemeinsamen Tätigkeiten verhalten sollte, um die ganze Situation nicht unnötig zu verkomplizieren, hatten sich mir völlig andere Überlegungen und Fragen aufgedrängt.

Gestern Abend, als Vincent nach seinem allabendlichen Pflichtbesuch beim Lagerfeuer bei mir vorbeigekommen war, um mich zu unserer nächtlichen Verabredung in die Waldhütte abzuholen, hatte er noch gewohnt fröhlich und ausgelassen gewirkt. Doch heute war er mit einem Mal wortkarg und distanziert. Während des Malerkurses hatte er meinen Blick gemieden und im Wagen hatte er während der einstündigen Fahrt seinen Fokus nicht vom Seitenfenster gewandt. Sogar auf Georges Versuche, ein Gespräch in Gang zu bringen, war er nicht eingegangen.

Hatte Vincent womöglich selbst eingesehen, dass unsere Beziehung außerhalb des Camps keine Zukunft hatte? Machte er sich vielleicht dieselben Gedanken darüber, wie er mir diese Überlegung schonend beibringen konnte?

So gern ich das auch geglaubt hätte, ich bezweifelte es. Vincent war nicht der Typ, der der Realität einfach so ins Auge sah. Er würde eine Trennung aus Vernunftsgründen niemals hinnehmen. Stattdessen würde er kämpfen und immer wieder beteuern, wie falsch ich mit dieser Meinung lag und dass unsere Zuneigung füreinander eine Chance auf eine Zukunft hatte, wenn wir beide nur an einem Strang zogen. Er würde vorschlagen, dass wir jeden Tag miteinander telefonierten und einander so oft wie möglich besuchten. Er würde vermutlich sogar anbieten, mit seinem Job für eine gewisse Zeit zu pausieren oder ihn – so weit das möglich war – von Montana aus weiterzuführen.

All das würde er sagen und jede Silbe davon todernst meinen.

Doch damit würde er *uns* nicht retten, sondern *mich* zerstören. Denn die mit diesen Worten einhergehende Hoffnung auf ein Happy End würde mich so stark blenden, dass ich am Ende den Abgrund, auf den wir beide unweigerlich zusteuerten, nicht würde kommen sehen.

Nein, wenn ich Vincents und mein Herz vor unnötigem Leid und Schmerz schützen wollte, musste *ich* unsere Beziehung beenden. Und zwar so schnell wie möglich.

Als der Großteil der Camper und Angestellten sich nach dem Abendessen beim Lagerfeuer einfand, machte ich es mir draußen auf den Stufen vor Sadies und meiner Schlafbehausung gemütlich. Noch vor wenigen Wochen hätte ich den Gesang, der leise von der Feuerstelle über das Campgelände wehte und sich mit der lauen Sommerbrise und dem Grillenzirpen vermischte, nicht ertragen können. Doch inzwischen hatte sich meine Toleranzgrenze, was die Wahrnehmung von Musik anging, so weit gehoben, dass ich es fertigbrachte, den Moment der Ruhe zu genießen, anstatt auf eine Panikattacke zuzusteuern.

»MacKenzie?« Vincents Stimme erklang so leise, dass ich glaubte, sie mir eingebildet zu haben. Doch als ich mich mit vor Schreck geweiteten Augen herumdrehte, stand er tatsächlich vor mir, die Hände in den Taschen seiner Jeans vergraben, und starrte auf den Boden.

»Was machst du denn hier?«, fragte ich reflexartig und schämte mich zugleich für meinen ertappten Tonfall. Ich hatte angenommen, er würde wie gewohnt mit den anderen beim Lagerfeuer sitzen und ich hätte noch mindestens eine Stunde Zeit, ehe ich mir eine neue Ausrede ausdenken musste, wieso ich mich heute Abend in meine Hütte zurückziehen musste, anstatt ein paar wundervolle Stunden mit jenem Mann zu verbringen, der mir jetzt schon viel zu wichtig war.

»Ich wollte dich sehen.«

Ich nickte und schluckte gegen den Kloß in meinem Hals an. Ob Vincent die Ironie seiner Worte bewusst war? Seit ich ihn gestern wegen eines vorgeschobenen Migräneanfalls hatte abblitzen lassen, sah er mir nicht mehr in die Augen.

»Ich denke, wir sollten reden, MacKenzie.« Er hob den Kopf, und auch wenn seine Miene augenscheinlich neutral wirkte, zeugte der Ausdruck in seinen Iriden so deutlich von Kummer, dass der Kloß in meinem Hals weiter anschwoll und ich nicht mehr als ein erneutes Nicken zustande brachte. War es so weit? Hatte ich dieses Gespräch zu lange hinausgezögert und Vincent übernahm nun diese Aufgabe?

Er sah mich noch einen Moment lang an, dann senkte er erneut den Kopf und begann, mit seiner Schuhspitze einen kleinen Stein hin- und herzurollen.

»Ich weiß, dass dich etwas beschäftigt, MacKenzie. Etwas, das mit mir zu tun hat. Und ich habe lange darüber nachgedacht, was ich getan oder gesagt haben könnte, das dich so verletzt hat, dass du mir plötzlich aus dem Weg gehst, anstatt mit mir darüber zu reden.«

Meine Lippen teilten sich, ohne dass ich wusste, was ich eigentlich sagen wollte. Doch ich erhielt ohnehin keine Chance, etwas vorzubringen, denn Vincent sah auf und seine von Gram gezeichnete Mimik ließ die Worte ungesprochen in meinem Mund ersterben.

»Schon gut. Du musst dich nicht rechtfertigen oder mir etwas erklären. Ich kann mir sehr gut vorstellen, wie du dich fühlst oder was dir durch den Kopf geht. Und ich nehme es dir auch nicht übel, dass dich meine Video-Beichte abgeschreckt hat.«

Meine Augen weiteten sich vor Unglauben. Er dachte, *das* war der Grund, wieso ich mich von ihm zurückzog?

Wut flammte in mir auf. Wie konnte er nur der Meinung sein, dass ich jemals aus einem solchen Grund anders von ihm denken könnte? Verstand er denn gar nicht, dass mich seine Beichte nicht abschreckte, sondern viel intensiver für ihn empfinden ließ? Dass mich der Umstand, dass er mir dieses Geheimnis anvertraut hatte – ebenso wie den Streit mit seinen Eltern –, eine Liebe für ihn empfinden ließ, die mich so sehr ängstigte, dass ich es nicht einmal wagte, sie mir selbst einzugestehen?

Ich schüttelte den Kopf, um meine Empfindungen wieder in den Griff zu bekommen. Es wäre niemandem geholfen, wenn ich jetzt aus einer Emotion heraus antwortete.

»Vince, du siehst das völlig falsch«, sagte ich, unterbrach mich jedoch wieder. Was tat ich hier? Wollte ich ihn wirklich derart quälen und ihm versichern, dass nicht seine Beichte der Grund für meinen Wunsch nach einer Trennung war? Was würde es ihm bringen? Das Ergebnis würde dasselbe bleiben: Egal ob heute, morgen oder am Ende der Woche – wenn das Camp schloss, würde jeder von uns wieder seiner Wege gehen.

Mittlerweile waren seine Lippen zu einer dünnen Linie verzogen und seine Augen hatten sich verengt. »Ach, tue ich das? Dann klär mich doch bitte auf. Was ist das Problem, MacKenzie? Ich verstehe es nämlich einfach nicht.« Er zog die Hände aus den Taschen seiner Hose und fuhr sich damit durch die Haare. »Die letzten zwei Wochen waren die schönsten in meinem gesamten Leben. Ich war so glücklich wie nie und ich habe angenommen, dass es dir ähnlich geht. Aber seit wir gestern aus dem Wald gekommen sind, da …«

Wieder presste er die Lippen aufeinander, als wollte er seine Worte einsperren. Gleichzeitig hatte sich die Wut in seinen Augen gewandelt. Sie lag nun irgendwo zwischen Furcht, Sorge und Schmerz.

»Sag mir einfach die Wahrheit, MacKenzie. Habe ich mir deine Gefühle nur eingebildet? Ging es dir die ganze Zeit nur um Sex? Oder wolltest du dich an mir rächen, weil ich damals ohne dich beim Final Jam aufgetreten bin?«

Ich keuchte und mir schoss so ruckartig die Hitze in die Wangen, dass sich mein Gesicht anfühlte, als hätte mich Vincent geschlagen. Dachte er wirklich, dass auch nur eine dieser Möglichkeiten der Wahrheit entsprach? Nein! Ich weigerte mich, das zu glauben! Viel eher schien es, als hätte ich ihn mit meinem Verhalten derart verunsichert, dass er nicht anders zu reagieren wusste, als verbal um sich zu schlagen.

Scheiße! Ich hatte es ordentlich versaut! Anstatt ihm unnötigen Schmerz zu ersparen, hatte ich ihn nur noch mehr verletzt.

Doch was sollte ich jetzt tun? Weder wollte ich ihn belügen, indem ich so tat, als wäre zwischen uns alles beim Alten, noch konnte ich ihm die Wahrheit sagen.

Ich erhob mich von den Stufen, um mit Vincent auf Augenhöhe zu sein. Meine Muskeln schmerzten von der körperlichen Anstrengung der letzten Tage, doch im Vergleich zu der Qual, die mein Herz zusammenzog und meine Knie zittern ließ, waren die Muskelverspannungen ein Witz.

»Es hat nichts mit dem Sextape zu tun«, wiederholte ich entschieden, die Finger fest um das hölzerne Geländer unter meinen Händen geklammert. »Auch hast du dir meine Gefühle nicht eingebildet. Ich bin … ich *war* glücklich.« Das Zittern meiner Knie ging auf meine Stimme über und ich spürte, dass es nicht mehr vieler Silben bedurfte, bis mich meine Emotionen übermannen würden. Doch das konnte ich auf keinen Fall in Vincents Gegenwart zulassen. Ansonsten würde er mir die folgenden Worte nicht glauben. Dabei war genau das von größter Wichtigkeit.

So ist es am besten, sprach ich mir selbst Mut zu und nahm einen tiefen Atemzug.

»Aber du hast auch recht, dass sich zwischen uns etwas verändert hat. Denn mir ist klar geworden, dass ich nicht mit jemandem wie dir zusammen sein kann. Die ständige Geheimniskrämerei, die Sorgen, erwischt zu werden und am nächsten Tag in der Klatschpresse zu landen. Deine toxischen Geschäftsbeziehungen, die ständige Anwesenheit eines Bodyguards und deine übergriffigen Fans …« Ich schüttelte den Kopf. »Das ist nicht das, was ich mir für mein Leben vorstelle, Vincent.«

Er erwiderte meinen Blick. Lange. Intensiv. Als glaubte, oder viel eher, als *hoffte* er, er könnte einen Funken Unsicherheit oder gar einen Hinweis auf eine Lüge in meinen Augen erkennen. Aber da war nichts außer Schmerz. Denn auch wenn all die Dinge, die ich ihm gerade aufgezählt hatte, niemals ein Grund für mich gewesen wären, mich von ihm zu trennen, entsprachen sie dennoch der Wahrheit.

»Danke für deine Ehrlichkeit«, brachte er schließlich mit brüchiger Stimme hervor und wandte sich zum Gehen. Verdutzt sah ich ihn an.

»Wie bitte? Das … das ist alles, was du dazu sagst? *Danke für deine Ehrlichkeit?*« Ich wusste nicht, wieso ich nicht einfach die Klappe hielt und ihn ziehen ließ. Aber seine Reaktion traf mich härter als seine vorherigen Anschuldigungen. Ich hatte mit Widerstand und Protest gerechnet. Aber gewiss nicht mit Akzeptanz.

Vincent drehte sich wieder zu mir herum und sein rechter Mundwinkel deutete eine minimale Bewegung an.

»Du hättest jeden Grund für deine Meinungsänderung nennen können, MacKenzie, und ich hätte ein passendes Gegenargument gefunden. Sogar wenn du dich tatsächlich nur an mir hättest rächen wollen, wäre es für mich okay gewesen. Dann wären wir jetzt quitt und ich hätte damit beginnen können, um dich zu kämpfen, um dir zu beweisen, dass wir es wert sind, all den Ballast der Vergangenheit hinter uns zu lassen und ganz von vorne anzufangen. Aber dass du nicht mit jemandem mit meinem Lebensstil zusammen sein kannst … dagegen kann ich nichts machen. Und das will ich auch gar nicht. Denn ich weiß aus eigener Erfahrung, dass ein solches Leben mit unglaublich vielen Schattenseiten, Entbehrungen und Kompromissen behaftet ist. Und ich würde niemals einer Person, die mir so viel bedeutet wie du, all das aufzwingen und ihr damit die Chance auf aufrichtiges Glück rauben, nur weil ich zu egoistisch bin, um sie gehen zu lassen.«

Erneut bewegte sich sein Mundwinkel, dieses Mal ein Stück höher, und ein ehrlich wirkendes, wenn auch zutiefst trauriges Lächeln war auf seinen Zügen zu erkennen. »Deswegen danke ich dir für deine Ehrlichkeit, MacKenzie. Du hast mir klargemacht, dass ich dich, egal wie viel ich um dich kämpfen würde, niemals so glücklich machen könnte, wie du es verdienst.«

Damit wandte er sich wieder zum Gehen und dieses Mal hielt ich ihn nicht auf. Zum einen war alles gesagt worden, zum anderen hatte ich genau den sauberen Schnitt erhalten, den ich mir für Vincent und mich gewünscht hatte.

Warum zum Henker fühlte es sich dann bloß so an, als hätte ich gerade den größten und dümmsten Fehler meines Lebens begangen?

Rolling in the Deep

Adele

MACKENZIE

»In meinem ganzen Leben habe ich noch nie jemanden getroffen, der dümmere Entscheidungen trifft als du!« Sadies Worte begleiteten mich inzwischen seit einer Woche. Eine Woche, in der ich mich mit dem schlimmsten Herzschmerzkater meines bisherigen Lebens hatte herumschlagen müssen. Doch anstatt mich mit Eis und meiner besten Freundin ins Bett zu verkriechen, um in Selbstmitleid zu zerfließen, stürzte ich mich bis zum Hals in Arbeit.

Vor dem Final Jam gab es definitiv genug zu tun. Die letzten Informationen und offiziellen Einladungen an Eltern, Agenten sowie potenzielle Kooperationspartner und Sponsoren hatten geschrieben und versandt, das Kamerateam eines hiesigen Fernsehsenders instruiert und unzählige weitere Details für den wohl wichtigsten Abend des Camp Melody vorbereitet werden müssen.

All das stemmte ich, unter dem ungläubigen Kopfschütteln meiner besten Freundin, die meine Selbsterhaltungsstrategie für einen unübersehbaren Hilferuf hielt. Und vielleicht hatte sie damit sogar recht. Dennoch änderte es nichts an meiner Entscheidung in Bezug auf Vincent. Ich hatte das Richtige getan. Das wusste ich, auch wenn mein Herz völlig anderer Meinung zu sein schien.

Diese sich mir ständig selbst wieder vor Augen führende Gewissheit begleitete mich am Morgen des Final Jam in Richtung Gemeinschaftsduschen. Mein Gesicht fühlte sich von der vorherigen Nacht verquollen an, weil ich Stunden heulend in Sadies Armen verbracht hatte. Eine Woche lang hatte ich es geschafft, meine Emotionen in den tiefsten Winkel meiner Seele zu sperren. Doch gestern Abend waren sie ihren Fesseln entkommen und hatten mich hinterrücks überfallen.

Der Auslöser dafür war Vincent gewesen, der beim Lagerfeuer eins seiner neuen Lieder gespielt hatte. Ich war nicht unmittelbar dabei gewesen, aber ich hatte noch Arbeit in der Bürohütte zu erledigen gehabt und diese befand sich nun mal in der Nähe der Feuerstelle. Aus diesem Grund war es mir schlichtweg unmöglich gewesen, den wohl traurigsten Song aller Zeiten zu ignorieren. Selbst jetzt kroch mir bei der Erinnerung daran eine nashorndicke Gänsehaut über den gesamten Körper. Die Melodie war so unglaublich dunkel und melancholisch gewesen, die Lyrics emotional und voller Herzschmerz. Fast hatte es den Anschein gehabt, als hätte Vincent beim Komponieren tief in mein Innerstes geblickt und wiedergegeben, was er dort gesehen hatte.

Ich wischte mir mit einer Hand über das Gesicht. Es war erst sechs Uhr am Morgen und das gesamte Camp schien noch friedlich zu schlafen – was kein Wunder war, da die Frühstückszeiten wegen des großen Sommerabschlusstages ausgeweitet wurden. Die einzigen Personen, die, abgesehen von mir, vermutlich wach waren, waren Vincent und George, die um diese Uhrzeit für gewöhnlich ihr Training begannen.

Ein glockenhelles Lachen riss mich aus meinen Gedanken und ich sah mich neugierig um, wer oder was der Ursprung dieses frühmorgendlichen Gekichers war.

Mein Blick blieb an Grannys Schlafbehausung hängen. Meine

Grandma stand rücklings in der einen Spaltbreit geöffneten Tür und trug ein Nachthemd, das ich noch nie bei ihr gesehen hatte. Es wirkte wie ein zu großes T-Shirt.

Irritiert zog ich die Stirn in Falten, setzte jedoch meinen Weg in Richtung Duschräume fort. Wer auch immer das Bedürfnis verspürte, meine Grandma zu so früher Stunde aufzusuchen, würde seine Gründe haben. Gründe, die mich nichts angingen.

Ich hatte mich ein paar Schritte weit entfernt, als sich die Hüttentür weiter öffnete und zarte Sonnenstrahlen die Schatten aus dem Holzhäuschen vertrieben. Das Geheimnis, wer Granny einen derartigen Laut entlockt hatte, war gelüftet.

Mitten in der Bewegung erstarrt, blieb ich stehen.

Was zur …?!

Mein Kiefer klappte nach unten, als ich George erkannte, der vor Granny stand und sie überragte wie ein Berg einen Baumsprössling. Auf seinen Lippen lag ein warmherziges, ja geradezu verliebtes Lächeln und seine Hände ruhten wie selbstverständlich auf Grannys Taille.

Was passiert hier gerade?

Die Antwort darauf präsentierte sich just eine Sekunde später, als sich Georges Lächeln vertiefte und er sich vorbeugte, um seine Lippen auf die meiner Grandma zu legen.

Mein Herz setzte einen Schlag aus, mein Atem stockte und ich wagte es nicht einmal zu blinzeln, aus Sorge, Grannys Reaktion zu verpassen. Doch was auch immer ich mir zu sehen erhofft hatte, wurde mir ohnehin verwehrt.

Anstatt den Kuss zu unterbrechen und zurückzuweichen, umschlang Granny Georges Nacken mit ihren Armen, zog den Hünen tiefer zu sich herab und erwiderte die Zuneigungsbekundung auf eine Art und Weise, wie man sie nicht von seiner Grandma miterleben wollte.

Mir entfloh ein Laut des Entsetzens. Mein Duschbeutel und mein Handtuch fielen mir aus der Hand, genau in der Sekunde, in der

George den Kopf hob und Granny mit schreckgeweiteten Augen herumwirbelte. Ein schuldbewusster Ausdruck zeichnete ihre Miene.

»MacKenzie!« Sie löste sich aus Georges Armen und lief auf mich zu. Mit jedem Schritt, den sie sich näherte, realisierte ich, was mir mein Verstand zuvor verborgen hatte. Ihr Haar war zerzaust und ihr vermeintliches Nachthemd war tatsächlich ein viel zu großes T-Shirt der Band Nirvana. Eins jener Sorte, die George gern trug.

Mein Magen drehte sich um seine eigene Achse und Galle schwappte in ätzenden Wellen meine Kehle empor. Am liebsten hätte ich mich auf der Stelle übergeben.

»Ich wollte nicht, dass du es so erfährst«, sagte Granny, als sie vor mir zum Stehen kam. Ihre großen blauen Augen, die meinen so ähnlich sahen, waren von Schuld getrübt. »Ich wollte es dir erzählen, in Ruhe alles erklären. Aber du hast in letzter Zeit so durcheinander gewirkt, dass ich –«

»Nicht!« Ich drehte den Kopf zur Seite. »Ich will nichts hören. Das ist …« Die Erkenntnis, dass es sich hierbei nicht um ein blödes Missverständnis handelte, ließ mich verstummen und das Band, das meine Emotionen die letzten Tage unter Kontrolle gehalten hatte, zu einem hauchdünnen Faden werden. Wenn ich jetzt weitersprach, würde ich die Fassung verlieren, und all der Kummer, den ich seit einer Woche in mich hineingefressen hatte, würde aus mir heraussprudeln wie bei einem Vulkan. Und das wäre eindeutig keine gute Basis für ein halbwegs sachliches Gespräch.

»Nicht jetzt«, sagte ich und trat einen Schritt zurück. Dann noch einen. Und noch einen. Bei jeder meiner Bewegungen intensivierte sich der Schmerz in Grannys Augen, doch darauf konnte ich keine Rücksicht nehmen.

»MacKenzie, bitte«, flehte Granny, aber ich beachtete sie ebenso wenig wie meine Duschsachen, stattdessen machte ich auf dem Absatz kehrt und lief los. Ich musste jetzt allein sein, wenn ich nicht im Eifer des Gefechts etwas sagen wollte, das ich hinterher bereuen würde.

Wie kann man nur so blind sein?!, schalt ich mich selbst. Völlig mit meinen eigenen Liebesproblemen beschäftigt, hatte ich nicht mitbekommen, was unmittelbar vor meinen Augen ablief. Dabei war mir nicht entgangen, dass Granny im Laufe des Sommers immer fröhlicher und quirliger geworden war. In meiner Naivität hatte ich jedoch angenommen, dass dieser Umstand darin begründet lag, dass das Camp für den nächsten Sommer bereits ausgebucht war und ich ein paar vielversprechende Kooperationen und Sponsoren hatte generieren können. Niemals wäre ich auf die Idee gekommen, dass …

»MacKenzie!« Sadies Ruf zerschnitt meine Gedanken einem Laserschwert gleich und ich zuckte erschrocken zusammen. Warum um Himmels willen mussten ausgerechnet heute alle früh wach sein?

»Ich kann jetzt nicht, Sad«, würgte ich meine Freundin mit belegter Stimme ab, ohne mich zu ihr herumzudrehen.

»Es ist wichtig«, beharrte sie und holte mich ein. Barfuß und nur in ihr knappes Schlafshirt gekleidet, stellte sie sich mir in den Weg. Ihre Miene wirkte betroffen und ernst, was meine Alarmsirenen umgehend in erhöhte Bereitschaft versetzte. Wenn Sadie sich die Mühe machte und um diese für sie unchristliche Uhrzeit das Bett verließ, musste etwas wirklich Schlimmes passiert sein.

»Was ist los?«, fragte ich und drängte meine Gedanken über Granny und George in den Hintergrund.

»Das hier.« Sie reichte mir ihr Handy und musterte mich gleichzeitig mit kritischer Miene. Dankenswerterweise hakte sie nicht nach, was mit mir los war. In dieser Sekunde wäre ich ohnehin nicht in der Verfassung gewesen, ihr zu berichten, was ich soeben erfahren hatte.

Mit gefurchter Stirn nahm ich das Telefon entgegen. »›Vincent Kennedy ist zurück‹«, las ich den Titel eines knapp dreißigsekündigen YouTube-Videos vor, das gestern Abend von einem Account mit dem Namen *RRR – Red Roses Records* hochgeladen worden war. In weniger als zwölf Stunden hatte es über einhunderttausend Klicks generiert.

Mein Blick schnellte vom Display zu Sadie. Ein mulmiges Bauchgefühl machte sich in mir breit, das sich verstärkte, als mir meine Freundin mit zusammengepressten Lippen auffordernd zunickte.

Mit zitternden Fingern widmete ich mich wieder dem Telefon und drückte auf den Play-Button. Ruhige, zarte Klaviertöne drangen aus dem Lautsprecher. Die Melodie kam mir vage vertraut vor, doch erst als Vincents Stimme erklang und ich die Lyrics vernahm, begriff ich, dass es sich um einen der Songs handelte, die er in den letzten Wochen geschrieben und an sein Plattenlabel in Los Angeles geschickt hatte. Dass die Leute dort sofort Feuer und Flamme gewesen waren, hatte ich mitbekommen. Jedoch überraschte es mich, dass man die Gitarrensounds durch Klavierspiel ersetzt und Vincents laienhafte Handaufnahmen am Mischpult technisch so aufbereitet hatte, dass es den Anschein erweckte, als wäre der Song im Tonstudio aufgenommen worden.

Wozu der Aufwand?

Die Antwort auf diese Frage fand ich am Ende des Videos. Nachdem ich fünfundzwanzig Sekunden lang Vincent dabei zugehört hatte, wie er über alte Gefühle sang, die eine zweite Chance verdienten, und dabei Bilder und kurze Video-Ausschnitte von ihm betrachtet hatte, die ihn unter anderem Gitarre spielend beim Lagerfeuer, gemeinsam mit ein paar Kids einen Fußball kickend oder mit Farbe beschmiert eine Hütte streichend zeigten, folgte am Schluss ein Hinweis auf ein exklusives Konzert. Dieses würde an einem streng geheimen Ort stattfinden und man konnte keine Eintrittskarten kaufen, sondern sie nur gewinnen.

Die Details darüber, wie man an die heiß begehrten Tickets kam, ploppten auf, doch ich nahm sie nicht mehr wahr. Der Schock über das Datum des Konzerts saß zu tief.

Ich drückte Sadie das Telefon in die Hand und lief los, ohne auf ihre Frage zu antworten, wo ich hinwollte. Wenn sie das Video gesehen hatte, wusste sie genau, wohin ich wollte. Wohin ich *musste*.

Vincents Hütte lag am anderen Ende des Campgeländes, sodass

ich aus der Puste war, als ich sie erreichte. Meine Gedanken hatten sich während des gesamten Weges überschlagen, aber ich weigerte mich, ihnen Beachtung zu schenken. Ich konnte und wollte einfach nicht glauben, dass Vincent das Camp und alle, die dafür standen – Granny, die Kids, *mich* –, am wichtigsten Abend des gesamten Sommers hängen ließ, um ausgerechnet heute ein Konzert zu geben.

Es musste für all das eine Erklärung geben.

Es *musste* einfach.

Ohne mich für mein rücksichtsloses Handeln zu schämen, platzte ich in die Hütte.

»Vincent?!«, rief ich. Die weiß bezogene Bettdecke geriet in Bewegung und ich atmete erleichtert auf. Ich hatte nicht bemerkt, dass ich vor Anspannung den Atem angehalten hatte.

Die Überlegung verdrängend, dass Vincent gestern Abend ähnlich fertig gewesen sein musste wie ich, da er sein heutiges Training zu schwänzen schien, begab ich mich auf das Bett zu. »Vincent, wir müssen reden!«

Auf halbem Weg stieg mir ein unangenehmer Geruch nach Schweiß, menschlichen Ausdünstungen und Alkohol in die Nase und ich blieb umgehend stehen. Mit den Augen scannte ich den Raum ab und entdeckte auf dem Boden neben dem Bett zwei leere Weinflaschen und zwei Gläser.

Meine anfängliche Irritation wandelte sich, bekam einen panischen Einschlag und mein Herz hämmerte wie ein Pressslufthammer in meiner Brust. Obwohl ich kein Recht hatte, Vincent Vorwürfe zu machen – immerhin hatte ich mich von ihm getrennt –, schnürte mir Furcht darüber, was letzte Nacht hier geschehen sein konnte, die Kehle zu. Sämtliche Camper waren minderjährig. Die Angestellten hingegen …

»Vincent!«, schrillte meine Stimme panisch durch den Raum und ich eilte auf das Bett zu.

Mir war klar, dass ich zu weit ging. Ich hätte die Hütte verlassen und warten sollen, bis er wach und bereit für ein Gespräch war. Aber ich hatte keine Kontrolle über mein Handeln. Die Sorge, dass ich mich erneut in ihm getäuscht haben sollte, dass er sich, nicht mal eine Woche nachdem die Sache zwischen uns in die Brüche gegangen war, gleich jemanden zum Trösten gesucht hatte, während ich an meinem Schmerz zu ersticken drohte, machte es mir unmöglich, reif und erwachsen zu agieren.

»Wach endlich auf!«, schrie ich, ergriff den Saum der Decke und zog den Stoff mit zitternden Fingern von der Matratze.

»Heilige Scheiße«, erklang es hinter meinem Rücken und ich musste mich nicht umdrehen, um zu wissen, dass Sadie mich eingeholt hatte. »Ist das ...?«

Ich nickte stumm. Obwohl ich nur lange Beine, einen flachen Bauch und eine üppige Oberweite sah, stand außer Frage, welcher Kopf sich Schutz suchend unter das Daunenkissen verkrochen hatte.

»Was zur Hölle macht *sie* denn hier?«, spie Sadie angeekelt hervor.

Darauf wusste ich beim besten Willen keine Antwort. Aber selbst wenn es anders gewesen wäre, hätte ich mich in diesem Moment nicht in der Lage gesehen, etwas zu erwidern. Mein Herz war zu einem gefrorenen Klumpen mutiert und das Blut in meinen Adern hatte sich in spitze, scharfkantige Eiskristalle gewandelt. Ähnlich einem Blizzard jagten sie durch meine Adern und drohten mich zu zerfetzen. Ich spürte jeden Stich, jeden Schnitt und jede Wunde, die mich nach und nach innerlich verbluten ließen.

Vincents Übernachtungsgast schien zu begreifen, dass es keinen Sinn hatte, sich länger tot zu stellen, und zog den dunkelrot gelockten Schopf unter dem Kissen hervor. Grüne Augen blickten blinzelnd in unsere Richtung, ehe sich die vollen Lippen zu einem Lächeln verzogen.

»MacKenzie Jordan und Sadie Whistlefield. Was macht ihr denn hier?«, fragte Dakota Kinley und reckte einer Katze gleich ihren Model-ähnlichen Körper. Auch wenn ich es nur ungern zugab, war sie in den vergangenen Jahren noch attraktiver geworden.

»Wo ist Vincent?«, überging ich eine Begrüßung und den typischen Small-Talk-Mist und verschränkte die bebenden Arme vor der Brust.

Mir war mittlerweile so schlecht, dass ich mich zusammenreißen musste, um nicht meinen frühmorgendlichen Kaffee auf den Boden zu spucken. Obwohl mir Vincent gesagt hatte, dass er trotz der Gewissheit, dass ihn Dakota damals belogen hatte, noch immer Kontakt zu ihr hielt, hätte ich niemals geglaubt, dass er die Dreistigkeit besitzen würde, sie hierher einzuladen.

»Vincent?« Dakota furchte die Stirn, als wüsste sie nicht, von wem ich sprach. Dann sah sie sich Orientierung suchend um. Als sie sich zu erinnern schien, wo sie sich aufhielt, wandte sie sich wieder mir zu. »Er ist in Los Angeles. Hat er dir nicht Bescheid gesagt?« Gähnend setzte sie sich auf. Dabei schienen ihr die leeren Weinflaschen aufzufallen. Umgehend verzog sie das Gesicht. »O Mann! Fast einhundert Dollar die Flasche und trotzdem bekommt man denselben fiesen Kater wie bei billigem Fusel. Ich hoffe, Mikes Kaffee ist noch so gut, wie ich ihn in Erinnerung habe.« Schief lächelnd strich sie sich ein paar verwirrte Haarsträhnen aus dem Gesicht.

»Sorry«, kam mir Sadie einer Erwiderung zuvor. Ihre Stimme strotzte vor Feindseligkeit. »Aber Kaffee für aufmerksamkeitsgeile Miststücke ist leider aus. Versuch es mal bei *Starbucks*. In Alaska.«

Dakota wandte sich träge zu Sadie um. Ihre Lippen teilten sich, aber ich kam ihr zuvor. Sosehr ich es auch genoss, dass Sadie sie in ihre Schranken wies, war mein Wunsch nach Antworten größer.

»Was machst du hier, Dakota?« Stolz bemerkte ich, dass meine Stimme wieder fest und selbstbewusst klang. Die drohende Ohnmacht, die dem morgendlichen Schock geschuldet war, und das kalte Entsetzen über Vincents erneuten Verrat waren in brennende Wut umgeschlagen und füllten die Leere in meinem Inneren mit einem lodernden Feuer.

»Fragst du mich das gerade allen Ernstes?« Dakota zog eine Augenbraue in die Höhe. »So fertig, wie Vincent die letzten Tage geklungen hat, sollte ich viel eher *dich* fragen, wie du dem armen Kerl nur derartig hast das Herz brechen können. Ich bin nur hergekommen, um ihm eine gute Freundin zu sein.«

»Um ihm eine gute Freundin zu sein?« Sadie stieß ein sarkastisches Lachen aus. »Wow. Das ist vermutlich das Erbärmlichste, was ich jemals gehört habe. Aber da dir das Wort ›Würde‹ schon immer fremd gewesen ist, sollte es mich wohl nicht wundern, dass du sofort angerannt kommst, wenn dich dein Ex zum Ablenkungs-Sex herzitiert.«

Dakotas Blick schoss zu Sadie und sie verengte die Augen. Doch neben offensichtlichem Groll über Sadies Worte meinte ich auch ein Funkeln wahrzunehmen, das mich an Überraschung erinnerte. Leider wusste ich nicht, wie ich dieses Aufblitzen einschätzen sollte.

Dakota setzte zu einer Erwiderung an, doch ich wartete nicht ab, welche vor Gift triefenden Silben sie als Nächstes von sich geben würde. Stattdessen machte ich zum zweiten Mal an diesem Morgen auf dem Absatz kehrt und eilte davon. Ich musste von hier weg, ehe ich etwas sagte oder tat, was mein ohnehin grenzenlos beschissenes Leben noch verschlimmerte.

Queen

MACKENZIE

Mein Leben war wahrhaftig beschissen.

Anders konnte ich es beim besten Willen nicht ausdrücken.

Ich hatte mir selbst das Herz gebrochen, um Vincent und mich vor weiterem Leid zu schützen. Und was tat der Mistkerl? Er rammte mir nicht nur ein Messer in den Rücken und beschmutzte die Erinnerung an unsere gemeinsame Zeit, indem er mir seinen postkoitalen One-Night-Stand als Abschiedsgeschenk daließ. Nein, bei dem Prachtexemplar, das jedes Victoria's-Secret-Model wie eine verdammte Vogelscheuche nach einem echt harten Winter dastehen ließ, musste es sich ausgerechnet um Dakota Kinley handeln. Jene Frau, die aktiv daran beteiligt gewesen war, Vincent und mich vor sechs Jahren auseinanderzutreiben.

Wie konnte er mir das nur antun? War er so von Gram erfüllt, dass er mich unbedingt ebenso verletzen wollte, wie ich ihm laut Dakota wehgetan hatte? War er am Ende derjenige, der sich an mir rächen wollte? Oder hatte ich mich erneut all die Zeit in Vincent getäuscht und mir nur eingeredet, ihn endlich *wirklich* zu kennen?

Sosehr ich mich auch dagegen sträubte, diese Gedanken zu nah an mich heranzulassen, begleiteten sie mich den ganzen Tag, während ich mich pflichtbewusst an die Abarbeitung meiner To-do-Liste begab. Im Gegensatz zu Vincent waren mir das Camp sowie die Angestellten und die Kinder nicht völlig egal, und es wäre grenzenlos unfair gewesen, mich meinen Emotionen auf Kosten anderer hinzugeben.

Also war ich im Laufe des Vormittags mit Mike ein letztes Mal den Speise- und Ablaufplan für das Grill-und-Fingerfood-Buffet durchgegangen, hatte Sam und Enrico instruiert, worauf sie achten sollten, wenn das Fernsehteam am Nachmittag für die Interviews eintrudelte, und ich hatte verzweifelt, wenn auch erfolglos, nach einer Lösung für Vincents ausfallenden Show-Auftritt gesucht, der das heutige Event hätte eröffnen sollen.

Kurzum, ich hatte alles getan, um mich von meinen Gedanken an Vincent, Granny und Dakota abzulenken.

Den Nachmittag verbrachte ich, während alle zum Mittagessen im Deli Corner saßen, in der Varioke-Hütte und kümmerte mich um die Aufbereitung der Kostüme. Da der Final Jam unter dem Motto *Show Who You Are* stand, waren die Outfits der Performer ebenso bunt und verschieden wie die Lieder, die sie singen würden.

»Ich weiß nicht, ob du deine Hamburger noch genauso isst wie früher«, erklang es mit einem Mal hinter meinem Rücken und ich zuckte erschrocken zusammen, ehe ich ein innerliches Seufzen ausstieß und mit den Augen rollte. Wieso war Dakota noch im Camp? Nach unserer Begegnung wäre ich jede Wette eingegangen, dass Sadie sie höchstpersönlich vom Gelände vertrieben hatte. »Aber da du bereits das Frühstück verpasst hast, hoffe ich, dass du hungrig genug bist, um mir zu verzeihen, falls ich deinen Geschmack nicht getroffen habe«, führte sie ihren Monolog in einem unverfänglichen Plauderton fort.

Bei jedem ihrer näher kommenden Schritte versteifte ich mich ein wenig mehr. Um ihr jedoch nicht die Genugtuung zu schenken, ihr zu zeigen, wie stark mich ihre Anwesenheit traf, verbiss ich mir den Kommentar darüber, wo sie sich ihren Hamburger hinstecken konnte. Stattdessen ignorierte ich sie, in der Hoffnung, dass sie den Wink verstehen und abhauen würde.

»Es ist irgendwie komisch, wieder hier zu sein«, sprach mein unwillkommener Gast weiter und trat neben mich, wie ich aus den Augenwinkeln erkannte.

Sie hatte sich angezogen, trug knappe Jeans-Hotpants und ein figurbetontes Shirt. Ihr Fokus war auf ein Plakat gerichtet, das zwischen zwei Fenstern hing und einen alten Jazzmusiker zeigte.

»Obwohl so viele Jahre vergangen sind, scheint hier noch alles ganz genauso zu sein wie früher.« Sie wandte sich mit einem Lächeln zu mir und ich musste die Kiefer fest aufeinanderpressen, um Dakota nicht anzufauchen. Es überraschte mich nicht im Geringsten, dass die blöde Schnepfe viel zu oberflächlich war, um zu erkennen, wie wenig Ähnlichkeit das heutige Camp mit dem aus der Vergangenheit besaß.

»Was machst du noch hier?«, entfloh es mir, nachdem der Druck, meine Feindseligkeit an ihr auszulassen, übermächtig geworden war. »Hast du noch nicht genug Leben zerstört? Willst du noch ein paar unschuldige Kinder quälen, ehe du in die Hölle zurückkehrst?«

Dakota verzog die Mundwinkel. Sie wirkte aufrichtig verletzt. Doch anstatt mir den Gefallen zu tun und mich endlich allein zu lassen, stellte sie den Teller mit dem Hamburger neben mir auf den Boden und ließ sich, die Kiste mit den Kostümen zwischen uns, auf den Boden sinken.

»Ich bin noch hier, weil ich nicht fahren wollte, ehe ich die Gelegenheit hatte, mich bei dir zu entschuldigen. Für heute Morgen. Und für mein Handeln in der Vergangenheit.«

Verdutzt über diese Worte begann mein Herz schneller zu pochen. Hatte ich mich verhört oder wollte Dakota Kinley Verantwortung übernehmen? Hatte ich die Meldung verpasst, dass Schweine fliegen konnten?

»Zuvor muss ich dir aber etwas erklären«, sprach sie weiter.

»Denn wie es scheint, hat dir Vince trotz seiner Zuneigung für dich nicht die gesamte Wahrheit erzählt.«

Ich stieß ein abfälliges Schnauben aus und widmete mich wieder den Kostümen. Natürlich würde sich Dakota nicht einfach entschuldigen, sondern den Schwarzen Peter jemand anderem zuschieben. So war sie schon immer gewesen. Wie naiv von mir, zu glauben, dass sie sich in den letzten Jahren verändert haben könnte.

»Lass stecken, Dakota«, knurrte ich. »Ich brauche weder eine Entschuldigung noch irgendwelche fadenscheinigen Erklärungen. Das Einzige, was ich von dir will, ist, dass du verschwindest.«

»Das werde ich«, versprach sie. »Nachdem ich dir gesagt habe, was ich loswerden muss. Bitte. Hör mir einfach nur zu.«

Ich gab einen Laut von mir, der weder Zustimmung noch Ablehnung bedeutete. Es war ein gequältes Stöhnen, das signalisierte, dass ich wohl keine Wahl hatte und sich Dakota besser beeilen sollte, ehe ich meine Meinung änderte.

»Wie du vermutlich mitbekommen hast, haben die Medien Vince und mir nach unserem Sieg beim Final Jam eine romantische Beziehung angedichtet. Das entspricht jedoch nicht der Wahrheit. Vince und ich waren niemals ineinander verliebt und auch niemals miteinander im Bett. Besonders nicht letzte Nacht. Das musst du mir glauben. Wir waren und sind auch heute nicht mehr als Freunde. Ein Team, wenn du so willst. Wir haben uns damals gegenseitig Halt gegeben, als sich unser Leben über Nacht um hundertachtzig Grad gewandelt hat.«

Dakota begann nervös die Finger zu kneten. »Du kannst dir nicht vorstellen, wie es ist, wenn man von einem Interview zum nächsten getrieben wird, wenn man immer und immer wieder dieselben Fragen gestellt bekommt, nur um am nächsten Tag völlig unterschiedliche Interpretationen der eigenen Worte lesen zu müssen. Und glaub mir, in den seltensten Fällen waren diese zu unseren Gunsten.« Sie lachte traurig auf.

»Das Einzige, was noch schlimmer war, waren die Paparazzi, die uns auf Schritt und Tritt verfolgt und jede unserer Bewegungen mit Bildern dokumentiert haben. Und das Ganze nur, damit wildfremde Leute sich das Recht herausnehmen konnten, über uns, unsere Mimiken, unsere Kleidung oder sogar über unsere Gangart zu urteilen.« Sie schüttelte verbittert den Kopf. »Alles, ja wirklich *alles*, wurde in den Medien breitgetreten. Wir besaßen so gut wie gar keine Privatsphäre mehr.«

Als sie traurig seufzte, hob ich widerwillig den Kopf.

»Aus diesem Grund haben Vince und ich beschlossen, die Gerüchte über unsere angebliche Liebesaffäre nicht zu dementieren. Wir hatten Angst, wie sich die ganze Situation verschärfen würde, wenn die Welt erfahren würde, dass wir single waren.«

»Wenn das wahr ist, wieso hat mir Vincent nichts davon erzählt?«

»Er hat meinetwegen geschwiegen.« Dakota schaute mich mit einer Mischung aus Verzweiflung und Rührung an. »Er hätte dir nicht die ganze Geschichte erzählen können, ohne sein mir gegebenes Versprechen zu brechen.« Als ich fragend eine Augenbraue hob, krauste Dakota die Stirn. »Hat dir Vince erzählt, wieso ich ihn damals belogen und davon überzeugt habe, mit mir beim Final Jam aufzutreten?«

Ich schüttelte den Kopf. »Wir haben es vermieden, über dich zu reden«, gestand ich, was sie erneut die Mundwinkel verziehen ließ.

»Das kann ich euch wohl nicht übel nehmen. Aber lass mich dir bitte sagen, was ich Vince am Telefon gesagt habe.« Sie räusperte sich. »MacKenzie, ich war damals nicht nur jung, unsicher und voller Selbstzweifel, sondern ich war vor allem gnadenlos *eifersüchtig*. Aus diesem Grund bin ich Sadie und dir auch nicht böse, dass ihr mich für ein egoistisches und hinterhältiges Miststück haltet. Mein damaliges Auftreten ließ kein anderes Urteil zu – das weiß ich inzwischen. Aber in den letzten Jahren hat sich vieles verändert. *Ich habe mich verändert.* Das musst du mir bitte glauben.«

»Ach ja?« In meinem Kopf fuhren die Gedanken Achterbahn. Ausgerechnet Dakota sollte unsicher und voller Selbstzweifel gewesen sein? Wie war das möglich? Ich war selten einer Person begegnet, die selbstbewusster gewirkt hatte.

Sie nickte. »Inzwischen habe ich Antworten auf jene Fragen gefunden, die mich damals umgetrieben haben. Es war ein langer und steiniger Weg, aber mittlerweile kann ich mit klarem Blick auf mein Handeln in der Vergangenheit schauen. Aus diesem Grund weiß ich, dass ich früher nicht sauer auf dich gewesen bin, weil du dich mit allen Campern außer mir gut verstanden hast. Ich war auf *die Camper* eifersüchtig, weil sie Zeit mit dir verbringen durften, während du mich gemieden hast. Dabei habe ich mir nichts sehnlicher als den Kontakt zu dir gewünscht, weil ich – wie ich inzwischen weiß – in dich verknallt gewesen bin.«

Ich nickte automatisch. Reflexhaft. Doch mir wurde erst wenige Hundertstelsekunden später klar, wirklich *bewusst*, was Dakota soeben von sich gegeben hatte. Prompt klappte mein Mund auf und meine Augen weiteten sich.

»*Wie bitte?* Du warst verknallt? In *mich?* Ich dachte, du stündest auf Vincent und wärst deswegen …« Ich verstummte und starrte sie verblüfft an.

Glücklicherweise schien ich mein Gegenüber mit meiner Reaktion nicht gekränkt zu haben, denn sie schmunzelte, sichtbar amüsiert.

»Ich verstehe, dass dich diese Beichte überrascht. Glaub mir, ich war damals nicht minder perplex, als mir klar wurde, dass ich nicht nur auf Männer, sondern auch auf Frauen stehe. Doch der Weg zu dieser Erkenntnis war die reinste Hölle. Und ohne ins Detail gehen zu wollen, hoffe ich, dass es genügt, wenn ich sage, dass der Ursprung für mein damaliges Verhalten ein schlimmes Erlebnis während meiner Highschoolzeit war. Natürlich ist das keine Entschuldigung, das weiß ich selbst. Aber vielleicht kannst du verstehen, dass es damals Ereignisse gegeben hat, die mich so stark geprägt haben, dass ich anfangs nicht wusste, wie ich mich anders verhalten sollte. Homophobie ist auch in der heutigen Zeit noch immer ein sehr präsentes Thema.

»Dakota, ich weiß nicht, was ich sagen soll.« Ich hatte einige Bekannte in meinem Umfeld, die zur LGBTQ+-Szene gehörten. Doch niemand von ihnen hatte meines Wissens wegen seines beziehungsweise ihres Outings größere Probleme gehabt. Dass es bei Dakota anders gewesen war, ließ mich im selben Maß Mitgefühl für sie empfinden, wie Wut in mir aufkochte. Niemand sollte aufgrund von *irgendetwas* diskriminiert werden. Doch leider, so war mir ebenfalls bewusst, befand sich unsere Welt noch sehr weit von diesem Ziel entfernt.

»Ich weiß, dass meine Erzählung keine Entschuldigung ist und vermutlich nichts an deiner Meinung über mich ändert«, ergriff Dakota erneut das Wort, nachdem sie sich geräuspert hatte. »Aber du sollst wissen, dass mir die ganze Sache ehrlich leidtut. Wenn ich könnte, würde ich die Zeit zurückdrehen und vieles anders machen. Ich wollte nur, dass du die Wahrheit erfährst, weil du Vincent wirklich sehr wichtig bist und ich nicht ein weiteres Mal dazu beitragen möchte, dass euch beiden euer Happy End verwehrt bleibt.«

Ich nickte, konnte ihr zaghaft angedeutetes Lächeln jedoch nicht erwidern. Ihre Erläuterungen machten zwar *ihr* Handeln verständlich, änderten jedoch nichts daran, dass Vincent das Camp verlassen hatte.

»Darf ich dich was fragen?«, wechselte ich vorsichtig das Thema. »Was hat sich geändert? Wieso kannst du heute zu deiner Sexualität stehen?«

Dakotas Lächeln vertiefte sich, auch wenn es melancholisch wirkte. »Die Antwort darauf ist gleichzeitig der Grund, wieso ich letzte Nacht zu Vincent gefahren bin. In dem Jahr, das er und ich gemeinsam im Rampenlicht verbracht haben, habe ich jemanden kennengelernt. Damals bin ich noch nicht so weit gewesen, mich zu outen. Doch Vince hat gemerkt, dass mir diese Person – diese Frau – nicht mehr aus dem Kopf gehen wollte, und hat mich dazu ermutigt, ihr eine Chance zu geben.« Lächelnd schüttelte Dakota den Kopf. »Ohne ihn hätte es die Liebe niemals in mein Leben geschafft.«

»Ist das der Grund, wieso Vincent und du eure Scheinbeziehung beendet habt?«, hakte ich weiter vorsichtig nach.

Dakota und ich würden nach all dem, was geschehen war, vermutlich niemals Freundinnen werden, dennoch musste ich einsehen, dass sie nicht das miese Biest war, für das ich sie immer gehalten hatte. Aus diesem Grund wollte ich sie nicht vor den Kopf stoßen, indem ich ihr suggerierte, dass mir ihre Geschichte egal war. Denn wie es schien, war es ihr wirklich sehr wichtig, sich mit mir auszusprechen.

Sie nickte als Antwort auf meine Frage. »Ich wollte mit Shelly zusammen sein. Ohne Rampenlicht, Paparazzi und das ganze Tamtam. Nur sie und ich. Und da Vincent nichts dagegen hatte, sich von da an allein und als Single dem Showbiz zu stellen, fingierten wir unsere Trennung.« Ein trauriges Lachen perlte Dakota über die Lippen. »Welch Ironie, dass Vince jetzt schon zum zweiten Mal wegen des Showbiz verlassen wurde, obwohl er dieses Leben nie gewollt hat.«

Ich biss mir auf die Lippe, um die neuerliche Flut Tränen, die aus ihrem Wimperngefängnis zu entkommen drohte, unter Kontrolle zu halten. Zwar erleichterte es mich in unbeschreiblichem Maße, dass Vincent und Dakota nicht miteinander geschlafen hatten, dennoch änderte es nichts an der Tatsache, dass er gegangen war. Dass er mich und die anderen im Stich gelassen hatte.

»Vince hat mir nicht alle Details eurer Trennung verraten«, sprach Dakota weiter, als hätte sie meine Gedanken gelesen, und streckte mir ihre Hand über die Kiste hinweg entgegen. Als ich nicht zurückzuckte, legte sie ihre Finger auf meine. »Und bei Gott, du hast keine Vorstellung, wie sehr ich mir wünschte, mehr als nur verschwommene Erinnerungen an den gestrigen Abend zu besitzen. Aber auch wenn ich nicht weiß, wieso Vince nach Los Angeles geflogen ist, und ich den Blödmann dafür verfluche, dass er sein Handy vergessen hat, kenne ich ihn. Er ist bis in die Haarspitzen loyal und würde niemals jemanden, der ihm so viel bedeutet, wie du es tust, im Stich lassen. So schwer es dir im Moment auch fallen mag, bitte ich dich, ihm zu vertrauen. Welchen Grund Vince für seine Abreise auch hatte, es muss etwas wirklich Wichtiges gewesen sein.«

Ich erwiderte Dakotas Lächeln, auch wenn es mir unmöglich war, ihre Zuversicht zu teilen. Vor sechs Jahren hatten Vincent und ich uns in einer ähnlichen Position befunden. Damals hatte er sich, getrieben von Liebeskummer, für die Musik entschieden. Wieso sollte es dieses Mal anders ablaufen?

Hallelujah

Kate Voegele

MACKENZIE

Dieser Sommer wird anders!

Das hatte Granny bei unserer Ankunft im Camp gesagt, erinnerte ich mich, als ich mich nach meinem Gespräch mit Dakota auf den Weg machte, um meine Grandma zu suchen. Die Aussprache mit meiner ehemaligen Hüttenmitbewohnerin hatte mir vor Augen geführt, wie sehr mich die Kluft zwischen Granny und mir belastete.

Ich fand sie gemeinsam mit Sadie vor dem Eingang ihrer Schlafhütte, wo sie die Köpfe über einem Blatt Papier zusammensteckten und sich angeregt unterhielten.

»Störe ich?«, fragte ich und warf einen neugierigen Blick auf den Bogen.

»Nicht, wenn du eine Lösung für unser Problem hast.« Sadie reichte mir das Papier. Es war die Reihenfolge der Camper, die später auf der Bühne stehen würden. »Mr Calister hat vorhin angerufen und gesagt, dass Layla bereits heute Abend abreisen muss. Irgendein familiärer Notfall. Er will aber nicht, dass sie ihren Auftritt beim Final Jam verpasst.«

»Dann tauscht ihren Slot doch einfach mit dem von Shawn. Er ist der erste nach …« Ich stockte. Auf dem Ablaufplan stand noch immer Vincents Name.

»Das geht nicht.« Sadie seufzte, verstummte jedoch, als sie meine verkniffene Mimik bemerkte. Sofort riss sie mir das Blatt aus der Hand und versteckte es hinter ihrem Rücken. »Nicht so wichtig«, flötete sie übertrieben unbekümmert und grinste mich an. »Uns fällt schon was ein. Und wegen des Eröffnungsslots haben wir ebenfalls eine Alternative gefunden. Tomy und Luisa haben angeboten, das Loch zu füllen. Sie kennen noch irgendeine Choreografie aus ihrer Studienzeit und sind bereits dabei, sie zu proben.«

Ich nickte mit einem gezwungenen Lächeln, war jedoch nicht ganz bei der Sache. Natürlich war ich meinen Campkollegen dankbar, dass sie eine Lösung für mein bisher größtes Problem gefunden hatten. Dennoch schmerzte es mich, dass sie Vincents Auftritt ersetzen wollten, anstatt ihn einfach zu streichen. Das weckte in mir den Eindruck, als wollten sie sich an ihm rächen.

Um zu vermeiden, dass Sadie mir mein Gefühlschaos an der Nasenspitze ablas und unangenehme Fragen stellte – ich würde ihr ein anderes Mal von meiner Unterhaltung mit Dakota erzählen –, wandte ich mich meiner Grandma zu.

»Granny, können wir reden?«

»Natürlich!« Sie wirkte mindestens ebenso überrascht wie nervös, als sie Sadie mit einem Nicken zu verstehen gab, dass sie ihre Unterhaltung später fortführen würden. »Willst du reingehen oder lieber einen Spaziergang machen?«

Da ich wusste, dass Granny, wenn sie angespannt war, ebenso schwer still sitzen konnte wie ich, deutete ich mit einem Kopfnicken in Richtung See.

»Lass uns ein paar Schritte gehen.«

Sie nickte erleichtert und wir machten uns auf den Weg.

Einige Zeit liefen wir schweigend nebeneinander her, jeder seinen eigenen Gedanken nachhängend. Dabei bemerkte ich, wie Granny an ihren Nägeln knibbelte. Sie hasste unangenehme Stille. Ein weiterer Charakterzug, den wir miteinander teilten. Doch da ich um diese Unterhaltung gebeten hatte, oblag mir der Gesprächseinstieg.

Leider hatte ich keinen blassen Schimmer, wie ich ihn gestalten sollte. Aus diesem Grund platzte ich irgendwann mit den erstbesten Worten heraus, die mir in den Sinn kamen.

»Wie lange läuft das schon zwischen dir und George?«

Granny drehte sich zu mir, die Augenbrauen nachdenklich zusammengezogen. Vermutlich fragte sie sich, welche Antwort ich lieber hören wollte. Dass die beiden erst vor Kurzem zueinandergefunden hatten und ihre Beziehung nicht mehr als eine unverbindliche Sommeraffäre war oder dass es hier um aufrichtige Gefühle ging.

»George und ich haben uns von Anfang an sehr gut verstanden«, antwortete sie und widmete sich dem vor uns liegenden See. Die Sonnenstrahlen brachten die Oerfläche zum Glitzern und erinnerten mich damit unweigerlich an meinen Bootsausflug mit Vincent. Sofort verkrampfte sich mein Herz und meine Kehle schnürte sich zu.

»Wir teilen denselben Schmerz«, sprach Granny weiter. »Nicht nur ich habe einen geliebten Menschen verloren, auch George weiß, wie sich der Verlust eines Ehepartners anfühlt. Vor elf Jahren musste er seine Frau Anna zu Grabe tragen, nachdem sie ihren Kampf gegen den Krebs verloren hat.«

Mit großen Augen und zu einem O geformtem Mund wandte ich mich ihr zu. »Das habe ich nicht gewusst.«

»Natürlich nicht. Woher auch? Es ist keine Information, die man einer anderen Person einfach so anvertraut.« Granny schenkte mir ein sanftes Lächeln. »Aber diese Neuigkeit dürfte für dich sowieso keine Rolle spielen. Denn sosehr eine solche Erfahrung einen Menschen auch prägt, sie macht ihn nicht aus. George ist noch immer derselbe warmherzige, loyale und herzensgute Mensch, den du diesen Sommer kennengelernt hast.«

Ich erwiderte Grannys Lächeln, auch wenn es sich traurig anfühlte. Ihre Worte waren ebenso tröstlich wie schmerzhaft, weil sie mich daran erinnerten, dass sich mein Bild von Vincent nach seiner Sextape-Beichte auch nicht verändert hatte.

»Wir haben nicht geplant, uns ineinander zu verlieben, MacKenzie«, sagte Granny in einfühlsamem Ton. »Ebenso wie ich mich die letzten Jahre aus Liebe, Respekt und Trauer keinem Mann genähert habe, hat sich auch George während seiner Witwerzeit zu keiner Frau hingezogen gefühlt. Doch als uns klar wurde, dass unsere Zuneigung über Kollegialität hinausgeht, haben wir uns nicht gegen unsere Gefühle gewehrt.« Ein leises Lachen entfloh ihren Lippen und ihre gesamte Mimik erstrahlte. »Es mag abgedroschen klingen, aber wenn das Herz eine Entscheidung getroffen hat, kämpft der Verstand auf verlorenem Posten.«

»Ach ja?«, würgte ich hervor. Die Gesprächsrichtung, die Granny so offenkundig einzuschlagen versuchte, war ein gefährliches Minenfeld. Und mit ihrem letzten Satz hatte sie eindeutig einen falschen Schritt gesetzt. »Dann ist das also wirklich etwas Ernstes zwischen euch?«

Meine Stimme klang mit einem Mal hart und Tränen fluteten meine Sicht. Wut, Neid, Angst und Trauer durchfuhren mich wie eine Lawine und begruben jeden Anflug der Freude, die ich für Granny und George empfinden wollte. Es war ein Fehler gewesen war, dieses Gespräch heute mit ihr zu führen. Dennoch war ich machtlos, mein Mundwerk davon abzuhalten, weiterzureden.

»Dann sollte ich wohl gratulieren. Und wisst ihr beiden schon, wie es in Zukunft mit euch weitergehen wird? Ziehst du nach Los Angeles und führst das Camp außerhalb der Saison von dort aus? Oder wird es in Zukunft gar kein Camp mehr geben, das es zu leiten gibt? Hat dich deine neue Liebe zu dem Entschluss geführt, dass es vielleicht doch besser ist, sich von dem Ballast der Vergangenheit zu trennen? Wenn das der Fall ist, wäre es reizend, wenn du mir rechtzeitig Bescheid geben würdest. Ich möchte meine Kraft und Energie nicht länger in ein Projekt investieren, das ohnehin keine Zukunft hat!«

Granny zuckte nicht einmal mit der Wimper. Als sie dann das Wort ergriff, klang ihre Stimme fest, ruhig und unerträglich sanft und liebevoll.

»Ich habe deinen Großvater sehr geliebt, MacKenzie. Wir waren fast vierzig Jahre lang glücklich verheiratet und ich vermisse ihn jeden Tag. Niemand, nicht einmal George, wird seinen Platz in meinem Herzen jemals einnehmen können. Das bedeutet jedoch nicht, dass ich für den Rest meines Lebens allein bleiben muss. Das will ich ebenso wenig, wie dein Großvater es gewollt hätte – oder wie ich es von ihm erwartet hätte, wären unsere vom Schicksal verteilten Rollen anders. Denn in einem Punkt waren dein Großvater und ich uns stets einig: Jeder Tag ist ein Geschenk. Ein Geschenk, das die Chance auf wahres Glück bereithält, wenn man den Mut findet, seine tiefsten und dunkelsten Ängste zu überwinden.«

Mit tränenfeuchten Augen ergriff sie meine Hände. Ihre Haut war warm und weich, dennoch spürte ich ein zartes Zittern von ihren Fingern ausgehen. »Ich weiß, dass du deinen Großvater schrecklich vermisst und dass dich sein Tod stark getroffen hat. Aus diesem Grund habe ich dir Zeit gegeben, in Ruhe zu trauern. Aber mit jedem Tag, der verstrichen ist, ist meine Sorge um dich gewachsen, MacKenzie. Deswegen kann ich nicht länger schweigen. Ich habe bereits deinen Großvater verloren, ohne dass ich etwas dagegen unternehmen konnte. Ich bin aber nicht bereit, auch dich gehen zu lassen, mein Kind.«

Verdutzt öffnete ich den Mund, aber meine Grandma ließ mich nicht zu Wort kommen.

»Pops und ich waren stets voller Stolz, wenn es um dich ging. Dabei war es uns egal, ob du Musik gemacht hast oder mit deinen Freunden auf Bäumen herumgeklettert bist. Selbst als du Scott McLeod die Nase gebrochen hast, weil er dich vor der gesamten Klasse ohne dein Einverständnis geküsst hat, sind wir vor Glück fast geplatzt, weil wir eine derart selbstbewusste und mutige Enkelin hatten. Denn deine Leidenschaft, mit der du durchs Leben gegangen bist und Dinge angepackt hast, war immer etwas ganz Besonderes. Doch Pops' Tod hat dich nicht nur aus der Bahn geworfen, er hat dir auch deine Leidenschaft geraubt.«

Grannys Stimme begann zu beben und ein belegter Klang mischte sich unter ihre Silben. »Jedes Mal, wenn wir darüber gesprochen haben, was mit dem Camp passieren soll, wenn es uns nicht mehr gibt, kamen wir zu dem Entschuss, dass es nur eine Person gibt, die unser Vermächtnis mit derselben Liebe und Hingabe fortführen wird, wie wir es getan haben. Doch in den letzten Jahren musste ich immer wieder aufs Neue mit ansehen, wie du dich trotz aller Versuche und Bemühungen meinerseits immer tiefer und tiefer in deinen Kokon aus Einsamkeit, emotionaler Distanziertheit und Trauer zurückgezogen hast, bis ich am Ende einsehen musste, dass ich nicht stark genug war, um dir zu helfen. Aus diesem Grund sah ich mich gezwungen, das Camp zu verkaufen. Nicht, weil ich Pops' Tod überwunden habe oder mir unser gemeinsames Lebenswerk nichts mehr bedeutet. Die Gewissheit, dass ich versagt hatte, dass ich sowohl das Camp als auch dich nicht retten konnte, hat mir keinen anderen Ausweg gelassen.«

Sie verstärkte den Druck ihrer Finger um meine Hände. »Deshalb bin ich damals auch so unsicher gewesen, was ich von deinem und Sadies Plan zur Aufrechterhaltung des Camps halten sollte. Abgesehen davon, dass ich bis zu diesem Moment nicht einmal zu hoffen gewagt hätte, dass du das Camp überhaupt retten *wollen* würdest, hatte ich auch große Angst, erneut von mir selbst enttäuscht zu werden. Doch dann fingst du an, über die Details eures Plans zu reden, und da spürte ich zum ersten Mal seit Jahren wieder diese Leidenschaft von dir ausgehen. Als du dann auch noch Vincent erwähnt hast, stand für mich fest, dass es an der Zeit war, einen letzten Versuch zu starten.«

Sprachlos klappte mein Mund auf. »Granny, ich … ich hatte ja keine Ahnung! O mein Gott! Es tut mir so leid! Wieso hast du nie ein Wort gesagt? Ich wusste ja nicht …« Kopfschüttelnd drückte ich ihre Finger. »Ich wollte dir niemals wehtun. Wirklich nicht. Ich ertrage es nur nicht, dass alle so weitermachen, als wäre Pops noch unter uns oder als hätte er nie existiert. Ich kann das einfach nicht.

Denn wie soll ich Musik machen oder singen, wenn mich jeder Ton, jede Note daran erinnert, was ich verloren habe?«

Auf Grannys Zügen breitete sich jenes liebevolle und gleichzeitig weise Lächeln aus, das eigens für Großmütter erschaffen worden ist. »Niemand tut so, als hätte es deinen Großvater nicht gegeben, Liebling. Und es erwartet auch niemand, dass du das so handhabst. Aber wenn du noch länger die Warnsignale deines eigenen Herzens ignorierst, wirst du am Ende ebenso tot sein wie dein Großvater – auch wenn du dann noch auf der Erde weilen magst.« Sie zwinkerte mir zu, wurde jedoch gleich wieder ernst.

»Du musst weder heute noch nächste Woche eine Entscheidung treffen, MacKenzie. Und du hast recht, wir hätten dieses Gespräch bereits sehr viel früher führen müssen. Dadurch wäre uns beiden sicherlich viel Leid und Kummer erspart geblieben. Aber wenn ich durch George eine Sache gelernt habe, dann, dass es niemals zu spät ist. Weder für ein Gespräch noch für einen Neuanfang. Deswegen möchte ich, dass du eins weißt und niemals vergisst: Den Leuten, denen du wichtig bist, ist es egal, worin du dein Glück findest. Sie wollen nur, dass du zufrieden bist und in vielen Jahren, wenn du auf dein Leben zurückblickst, aus tiefstem Herzen sagen kannst, dass du nichts bereust.«

Grannys Lächeln kehrte zurück und vertiefte sich. »Zwar weiß ich nicht, ob dir *mein* Weg hilft, aber ich kann dir sagen, dass ich gelernt habe, aus meiner Trauer Kraft zu gewinnen, indem ich mir immer wieder vor Augen führe, dass dein Großvater niemals so richtig stirbt, solange er hier«, sie legte sich eine Hand auf die Brust, »weiterlebt. Deswegen liebe ich es, mit anderen am Lagerfeuer zu sitzen und meine Erinnerungen an Pops zu teilen. Auch ist es immer wieder schön, mir zu vergegenwärtigen, dass jeder Zentimeter dieses Camps seinen Fußabdruck trägt und dass es Leute gibt, die ebenjene Fußabdrücke mit derselben Hingabe und Liebe füllen, wie Pops es früher getan hat.«

Granny beugte sich vor und hauchte mir einen Kuss auf die Wange. »Ich weiß, dass es ein weiter und schmerzhafter Weg ist, Mac-Kenzie. Und ich selbst bin auch noch nicht am Ziel angekommen – sofern man das überhaupt jemals schafft. Aber ich weiß auch, dass sich die Mühen lohnen. Denn nicht einmal der Tod besitzt die Macht, die Verbindung zwischen uns und deinem Großvater zu trennen.«

Ich erwiderte ihren Blick und ein mir bisher völlig unbekanntes Gefühl ergriff von mir Besitz. Mit einem Mal fühlte ich mich freier. Fast schon erlöst. Als hätten Grannys Worte das Schloss zu jenem Käfig geöffnet, in dem ich die letzten sechs Jahre gesessen hatte, ohne es selbst zu wissen.

Blieb nur die Frage, ob ich den Mut finden würde, die Sicherheit meiner vertrauten Umgebung zu verlassen und mich dem Ungewissen zu stellen, obwohl mir die vergangenen Erlebnisse mit Vincent bewiesen hatten, wie schmerzhaft es sein konnte, meine Schutzmauern fallen zu lassen.

Journey

MACKENZIE

»Wir atmen jetzt gemeinsam tief ein«, befahl Sadie mit sanfter Strenge und holte übertrieben Luft. Dabei hob sie mit geschlossenen Augen die aneinandergelegten Handflächen auf Brusthöhe. Mit dieser Pose, den schwarz-violett gesträhnten Haaren, die ihr heute in großen Locken ums Gesicht fielen, und dem schwarzen Spitzenkleid samt Biker Boots hätte meine Freundin perfekt in ein Neunzigerjahre-Madonna-Musikvideo gepasst.

»Und jetzt atmen wir langsam und gleichmäßig wieder aus.« Wie bei einem Luftballon, der seinen Inhalt durch ein kleines Loch im Gummi verlor, atmete Sadie geräuschvoll aus.

Ohne auf sie zu achten, sah ich mich, von einem Bein auf das andere tretend, um.

Granny würde den Abend erst in zehn Minuten offiziell eröffnen, aber ich stand bereits jetzt kurz vor einem Herzinfarkt. Das lag daran, dass in der letzten Stunde sämtliche geladenen Gäste – inklusive Vincents Freund Hendrik, der offenbar nicht mitbekommen hatte, dass sein Kumpel den Bundesstaat verlassen hatte – eingetroffen waren, sodass die laue Sommerabendluft von köstlichen Grill- und

Essensgerüchen, leise im Hintergrund laufender Musik und freudigen Wiedersehensrufen, Gelächter und Unterhaltungen erfüllt war.

»MacKenzie!«, fuhr mich Sadie an, nachdem sie bemerkt hatte, dass ich ihre Atemübungen nicht mitmachte. »Für wen mache ich das hier?«

Ich sah von den mit Lichterketten behangenen Bäumen zu ihr und zuckte mit den Schultern. Die Mühe, die die Camper in den letzten Wochen in die Gestaltung der Hütten gesteckt hatten, hatten sich auf jeden Fall gelohnt. Die wunderschönen Kunstwerke erstrahlten im Schein des sanft-warmen Lichtes der elektronischen Gartenfackeln, bunten Lampions und zusätzlichen Bodenscheinwerfern, die rund um den Showbereich installiert worden waren.

Meine Freundin rollte mit den Augen. »Ich hol dir jetzt einen Drink! Das ist ja nicht mehr auszuhalten, wie fahrig deine Gedanken sind!« Sie wollte sich auf den Weg machen, doch ich ergriff ihre Hand.

»Bist du verrückt?« Hektisch sah ich mich um. Ich hatte in der letzten Stunde Unmengen an Händen geschüttelt, glückliche Camper und ihre Eltern gesprochen und gemeinsam mit Granny im Namen aller Campmitarbeiter Lobeshymnen für einen außergewöhnlichen und über alle Maßen beeindruckenden Sommer in Empfang nehmen dürfen. Vor allem meine eigenen Eltern hatten sich vor Stolz bezüglich meiner Arbeit fast überschlagen und immer wieder erwähnt, als wie wertvoll sich diese Erfahrung für mein Studium und meine spätere Berufswahl erweisen würde.

In dieser Zeit hatte ich so viel gelächelt und mich überschwänglich für die freundlichen Worte bedankt, dass meine Gesichtsmuskeln noch immer schmerzten und mein Mund ausgedörrt war.

»Du kannst mich jetzt auf keinen Fall allein lassen!«

»Schön, ich bleibe hier.« Sadie hakte sich bei mir unter. »Aber nur weil ich Angst habe, dass du dich vor Schreck einnässt, wenn es noch jemand wagt, dich anzusprechen. Außerdem bringt sich das Fernsehteam gerade in Position. Granny wird also bald ihre Eröffnungsrede starten, und die will ich auf keinen Fall verpassen.«

Ich nickte dankbar, obwohl ich mit meinen Gedanken längst wieder weitergezogen war. Ich wurde einfach das nagende Gefühl nicht los, dass wir trotz meiner detaillierten Planung auf eine unvorhergesehene Wendung zusteuerten.

Um die hoffentlich ungerechtfertigten Ängste und Sorgen aus meinem Kopf zu verbannen, zwang ich meinen Fokus ein weiteres Mal durch die Menge. Mike stand gemeinsam mit Tomy hinter zwei Grills, während der Rest der Küchencrew mit einigen extra für heute engagierten Helfern dreckiges Geschirr einsammelte oder die leeren Buffetplatten durch neue ersetzte. Luisa, Granny und Rebekka befanden sich auf der anderen Seite der Bühne bei Carmen, wo sie angeregt miteinander tuschelten und sich immer wieder verstohlen umsahen.

Ein tiefes Lachen ertönte und riss mich aus meinen Überlegungen. Ich drehte mich um und entdeckte George, der sich mit Matildas Eltern unterhielt.

Was machte Vincents Bodyguard denn noch hier? Hatte er ebenfalls die Nachricht verpasst, dass sich sein Schützling nicht länger im Camp aufhielt? Das war schwer zu glauben. Viel wahrscheinlicher war es, dass George hier war, weil …

Schnell sah ich weg. Jetzt war der mit Abstand schlechteste Zeitpunkt, um über die Beziehung zwischen ihm und meiner Grandma nachzudenken.

Ich wandte mich Sadie zu, um mich mit irgendeinem belanglosen Thema abzulenken, als tosender Applaus aufbrandete und ich automatisch in Richtung Bühne schaute. Doch es war nicht Granny, die ich hinter dem Standmikrofon entdeckte, sondern …

Was zur heiligen Gesangsnote …?! Das ist unmöglich! Was macht er denn hier?

»Hallo, Camp Melody«, begrüßte Vincent das Publikum und strahlte in vertrauter Manier in die Runde.

Er trug eine verknitterte Jeans, ein Shirt, das ebenfalls ziemlich mitgenommen wirkte, und seine geliebte Lederjacke. Seine Haare waren unter der Beanie versteckt, die ich ihm geschenkt hatte, und an seinem rechten Handgelenk entdeckte ich das breite Lederarmband, das er seit dem Morgen nach der ABBA-Mottoshow, als er es sich von George zurückgeholt und angelegt hatte, nicht mehr abgenommen hatte. In Kombination mit seiner überaus erschöpft wirkenden Miene, den tiefen Augenringen und dem deutlich erkennbaren Bartschatten auf seinen Wangen sah er aus wie ein verdammter Rockgott.

»Wie geht es euch? Seid ihr gut drauf?«

Erneut schwappte eine Welle Jubelrufe und Klatschgeräusche über das Campgelände hinweg und verstärkte Vincents Lächeln, während ich stocksteif dastand und nicht realisieren konnte, was ich da sah.

»Das werte ich mal als Ja.« Er zwinkerte in die Runde. »Erst einmal möchte ich mich für mein Aussehen und meine Verspätung entschuldigen. Ich habe den Großteil des heutigen Tages an Flughäfen und in Flugzeugsitzen verbracht und nicht einmal genug Zeit gehabt, mich umzuziehen. Denn ihr müsst wissen, dass ich, so gern ich den letzten Camptag mit euch verbracht hätte, etwas sehr Wichtiges zu erledigen hatte.«

Er nahm das Mikrofon aus dem Ständer und begann, beim Reden über die Bühne zu laufen. Dabei kniff er die Augen wegen des grellen Scheinwerferlichts immer wieder zusammen.

»Bevor ich euch jedoch den Grund für meine Abwesenheit näher erläutere, möchte ich die Gelegenheit nutzen und mich bei einigen Leuten bedanken. Zuallererst einmal die Camper: Ihr habt mir den grandiosesten Sommer aller Zeiten beschert! Das werde ich euch niemals vergessen. Danke! Ihr seid einfach die Besten!«

Eine weitere Kakofonie von Jubelschreien donnerte los und mein Trommelfell begann zu vibrieren. Gleichzeitig drehte sich mein Magen mehrfach um die eigene Achse, sodass ich kurz in Versuchung geriet, Sadies Atemübungen doch einmal auszutesten.

»Als Nächstes«, sprach Vincent weiter, »möchte ich mich, auch im Namen von George, meinem Bodyguard, bei den Angestellten des Camps bedanken. Ihr habt uns so herzlich in eurer Mitte willkommen geheißen, dass wir stets das Gefühl hatten, Teil eurer Familie zu sein. Besonders Tomy und Luisa haben die Zeit hier für uns zu einem wahren Erlebnis gemacht. Und das nicht nur, weil sie es mir nicht krummnehmen, dass ich gerade ihren Zeitslot klaue und ihnen dadurch die Gelegenheit raube, im Fernsehen aufzutreten.«

»Dafür schuldest du uns was!«, rief Tomy lachend dazwischen und auch Vincents Mundwinkel zuckten.

»Geht klar, mein Freund«, erwiderte er, wurde dann aber wieder ernst. »Mein größter Dank gilt jedoch Elisabeth Groover, die alles dafür getan hat, das Geheimnis meiner Rückkehr für sich zu behalten, bis ich sicher sein konnte, dass ich es tatsächlich rechtzeitig zurückschaffen würde. Ich weiß, wie schwer es dir gefallen sein muss, niemandem etwas zu verraten. Dass du mir diesen Gefallen dennoch getan hast, werde ich dir nie vergessen, Granny!« Er lächelte erneut in Richtung meiner Grandma, die die Geste mit seligem Gesichtsausdruck erwiderte.

Sprachlos vor Unglauben flog mein Blick wie bei einem Pingpong-Spiel zwischen der Bühne und ihr hin und her. Ich wollte lieber nicht wissen, wie lange sie schon von Vincents Rückkehr gewusst hatte. Die Vorstellung, dass sie dieses Geheimnis bereits während unseres Gesprächs mit sich herumgetragen und kein Wort zu mir gesagt hatte, hätte mir ansonsten endgültig den Boden unter den Füßen weggezogen.

»Nun fragen sich sicherlich einige von euch, warum ich letzte Nacht überhaupt so überstürzt aufgebrochen bin«, führte Vincent seine Rede fort. Das Fernsehteam, das in der ersten Reihe stand, fing jede seiner Bewegungen ein und ich war mir sicher, dass sie innerlich vor Glück über diese Aufzeichnung übersprudelten. Dies war einer jener Momente, die mit absoluter Sicherheit binnen kürzester Zeit im Internet viral gehen würden.

»Ich habe lange überlegt, ob ich mich zu diesem Thema äußern möchte, und habe mich schließlich dafür entschieden. Mein PR-Team kriegt vermutlich gerade die Krise, aber ich möchte wenigstens *ein* Mal die Chance haben, mein Handeln zu erklären, ehe sich morgen früh sämtliche Medien das Maul über mich zerreißen. Denn die Wahrheit ist, dass ich eigentlich genau jetzt in einem Klub in Los Angeles ein Konzert geben sollte. Das Problem ist nur, dass dieser Gig ohne mein Wissen und ohne meine Zustimmung arrangiert wurde. Denn für mich hat zu jeder Zeit festgestanden, dass ich heute Abend hier und nirgendwo sonst stehen würde.«

Erneute Jubelschreie und Pfiffe unterbrachen Vincents Ansprache, doch er ließ sich davon nicht aus der Ruhe bringen und führte seine flammende Rede ungerührt fort.

»Natürlich verstehe ich, dass meine Entscheidung, zurück nach Montana zu kommen, viele Leute enttäuscht. Und das tut mir ehrlich leid. Aber ich verspreche euch, dieses Konzert ist nur verschoben. Ich weiß noch nicht, wie, wann oder wo es nachgeholt wird, aber ich werde alles dafür tun, euch zu entschädigen. Großes Vincent-Kennedy-Ehrenwort.«

Am liebsten hätte ich mir bei dem schrillen Applaus die Hände gegen die Ohren gepresst. Doch ich konnte mich nicht rühren.

Jede von Vincents Silben zog die unsichtbaren Fesseln um meinen Körper enger, bis es mir unmöglich war, auch nur den kleinen Finger zu bewegen.

»Nun sollte ich an dieser Stelle eigentlich einen Song zur Eröffnung des heutigen Abends performen«, sagte er mit nachdenklichem Ton. »Aber während meines ausgiebigen Reisemarathons hatte ich viel Zeit zum Nachdenken. Und ich bin zu dem Entschluss gekommen, dass ich nicht das Recht habe, diese Ehre für mich zu beanspruchen. Denn vor sechs Jahren habe ich während meines letzten Final Jam einen schrecklichen Fehler begangen und bisher keinen Versuch gestartet, mein unentschuldbares Handeln wiedergutzumachen. Aber wie sagt George immer so schön? Besser spät als nie. Aus diesem Grund möchte ich jene Person zu mir auf die Bühne bitten, die es mehr als jede andere verdient hat, hier vor euch zu stehen.«

Vincent streckte seine freie Hand in Richtung Publikum aus. »MacKenzie Jordan. Ich weiß, keine Worte dieser Welt können das ungeschehen machen, was ich dir angetan habe. Trotzdem bitte ich dich, meine von Herzen kommende Entschuldigung anzunehmen und zu mir auf die Bühne zu kommen, damit ich der ganzen Welt jene wundervolle, talentierte und bildschöne Frau zeigen kann, der nicht nur mein Herz gehört, sondern die auch vor sechs Jahren gemeinsam mit mir die Lyrics zu *Wish to Be a Part of You* verfasst hat und eigentlich das Recht besessen hätte, mit mir aufzutreten.«

Ein Raunen ging durch die Menge, während sich alle Anwesenden verdutzt anschauten, ehe sie sich suchend umsahen und dadurch eine Stille verursachten, die in meinen Ohren lauter klingelte als jeder vorherige Applaus.

»O. Mein. Gott«, hauchte Sadie neben mir und grub ihre Finger tief in meinen Oberarm.

Ich nickte bloß, zu mehr war ich nicht in der Lage. Ich konnte nicht einmal fluchtartig aus dem Scheinwerferlicht springen, das soeben auf uns gerichtet wurde und damit sämtliche Aufmerksamkeit auf uns lenkte. Ich stand einfach da wie das sprichtwörtliche Reh und lauschte meinem viel zu schnell und viel zu laut schlagenden Herzen, während ich Vincents Blick erwiderte.

»Los! Worauf wartest du noch? Nun geh schon!« Sadie zog mich sanft am Arm und ich stolperte einen Schritt nach vorne. Meine Knie waren weich wie Wackelpudding und ich drohte jeden Moment in Tränen auszubrechen, weil ich die Intensität meiner Emotionen kaum noch aushalten konnte.

»Los, MacKenzie!«, rief Tomy plötzlich von der Seite und wurde prompt von Luisa unterstützt.

»Ja, MacKenzie! Zeig dich!«

»Los, MacKenzie!«

»Trau dich!«

»Wir wollen MacKenzie sehen!«

»Mac-Ken-zie! Mac-Ken-zie! Mac-Ken-zie!«

Die Rufe schwollen immer weiter an, bis der Eindruck entstand, dass jede Person im Camp meinen Namen nannte.

Ich hatte keine Ahnung, was hier los war oder wie die Situation so rasant ein Eigenleben hatte entwickeln können, aber mein Körper schien die Seiten gewechselt zu haben, denn ich setzte mich ohne bewusstes Handeln in Bewegung und stand kurz darauf neben Vincent auf der Bühne. Das grelle Licht brannte auf meiner Haut und blendete mich so stark, dass ich kaum noch das Publikum vor der Bühne erkennen konnte. So war es mir zumindest möglich, mir einzureden, dass Vincent und ich völlig allein auf der Welt waren.

»Was machst du hier?«, hörte ich mich fragen, die Stimme geschwängert mit Emotionen, die so mannigfaltig waren, dass ich sie selbst nicht alle auseinanderhalten konnte. »Wieso bist du zurückgekommen? Was ist mit dem Konzert und deiner Karriere? Und warum hast du das mit unserem Song gesagt? Damit hast du dich nur zur Zielscheibe gemacht.«

»Das ist mir egal«, dröhnte seine Antwort von Lautsprechern verstärkt über das Campgelände. Entweder nahm er nicht wahr, dass er noch immer vor dem eingeschalteten Mikrofon stand, oder es war ihm schlichtweg gleichgültig. »Es ist mir egal, was die Medien in Zukunft über mich berichten werden oder wie sich meine Beichte auf meine Karriere auswirkt. Es war an der Zeit, die Wahrheit zu sagen – das hätte ich bereits vor sechs Jahren tun müssen. Ebenso wie ich bereits damals zu meinen Gefühlen für dich hätte stehen müssen, MacKenzie. Denn ich war als Teenager in dich verliebt und ich liebe dich auch heute.«

Ein weiteres Raunen erfüllte den Bereich vor der Bühne und ich war mir sicher, dass nicht nur mein Kiefer aufklappte.

»Du *liebst* mich?«, hauchte ich und meine Augen weiteten sich.

»Ja, ich liebe dich, MacKenzie Jordan. Und das darf ruhig die ganze Welt wissen. Denn ich werde dich nicht aufgeben. Nicht noch einmal. Lieber verzichte ich auf ein Leben im Rampenlicht und säubere für den Rest meines Lebens Tierställe, als noch einen Tag länger ohne dich leben zu müssen.«

Ein synchrones Aufseufzen unterbrach die Stille, wurde jedoch umgehend von einem ungehaltenen Laut der Enttäuschung abgelöst, als Vincent das Mikrofon ausschaltete und auf mich zukam. Er ergriff meine Hände und diese vertraute Berührung ließ mir einen wohligen Schauer den Rücken hinablaufen.

»Ich weiß, ich überrumple dich gerade«, sagte Vincent in einer Lautstärke, die nur ich hören konnte. »Deswegen erwarte ich auch keine Erwiderung oder Entscheidung. Du solltest nur wissen, dass mir die letzten Wochen die Augen geöffnet und mir klargemacht haben, was im Leben zählt und wie wichtig es ist, um das zu kämpfen, was man wirklich will.«

»Vince …« Tränen der Rührung stiegen mir in die Augen und ich musste mir auf die Lippe beißen, um nicht aufzuschluchzen. Die Freude über diese Worte wurde von der Erkenntnis getrübt, dass diese wunderschöne Liebeserklärung nichts an der verfahrenen Situation zwischen uns ändern würde. Morgen früh wäre der Campsommer offiziell zu Ende. Und dann? Wie sollte es zwischen uns weitergehen? Vincent konnte doch unmöglich ernsthaft in Erwägung ziehen, sein Leben als Rockstar aufzugeben. Meinetwegen! Das konnte und wollte ich nicht zulassen.

»Du hättest nicht zurückkommen sollen«, wisperte ich, während salziges Nass sich aus seinem Wimperngefängnis stahl und mir die Wangen hinabbrann. Das Verlangen, mich ein letztes Mal in seine Arme zu schmiegen, mich ein letztes Mal sicher und geborgen zu fühlen, bereitete mir unerträgliche Qualen. »Du weißt selbst, dass das mit uns keine Zukunft hat. Dafür leben wir in zwei viel zu unterschiedlichen Welten.«

»Das stimmt nicht.« Er lächelte sanft. »Unsere Lebensmittelpunkte mögen in zwei verschiedenen Staaten liegen. Aber das bedeutet gar nichts, MacKenzie. Nicht, solange wir beide uns weigern, der Entfernung eine Bedeutung beizumessen. Und ich meine jede Silbe ernst. Ich habe die letzten Tage sehr gründlich über deine Worte nachgedacht. Wenn du nicht mit einem Rockstar zusammen sein willst, dann will ich kein Rockstar mehr sein. Denn du allein bist alles, was ich will.«

Der Wunsch, Vincent und seinen Worten einfach so glauben zu können, flammte lichterloh in mir auf und drohte mich zu versengen, sollte ich nicht umgehend die Notbremse ziehen.

»Lass … lass uns morgen nach dem Frühstück weiterreden«, bat ich. Ich brauchte dringend etwas Zeit, um meine Gedanken und Emotionen zu sortieren.

»Okay, wir reden morgen weiter.« Er verstärkte seinen Griff um meine Finger, als spürte er, dass ich kurz davorstand, von der Bühne flüchten. »Aber du kannst trotzdem nicht einfach abhauen.« Ein schelmisches Funkeln trat in seine Augen und seine Lippen verzogen sich zu jenem Grübchen-Lächeln, das mich schon früher völlig um den Verstand gebracht hatte. »Dein Publikum wartet auf dich.«

»*Mein* Publikum?« Ich stieß ein leises Lachen aus. »Vergiss es! Du weißt sehr genau, dass ich nicht singe! Außerdem sind die Leute hier, um dich und die Kids zu hören.«

»Mir geht es nicht um die Leute, MacKenzie. Mir geht es um *dich*. Vor sechs Jahren hättest du auf dieser Bühne stehen und die Welt mit deiner Stimme verzaubern sollen.« Sein Gesicht näherte sich meinem, was den intensiven Ausdruck in seinen Augen zusätzlich betonte. »Sing nicht für die anderen, MacKenzie. Sing, weil es das ist, was du *willst*. Weil du dich tief in deinem Herzen danach sehnst!«

Unweigerlich musste ich an mein Gespräch mit Granny denken. Ich wusste nicht, ob es Zufall war, dass Vincent und sie ausgerechnet heute beide von diesem Thema anfingen, oder ob sie sich womöglich darüber ausgetauscht hatten.

Doch spielte es eine Rolle?

Ich hatte die letzten Jahre so viel Kraft und Energie darauf verschwendet, mich aus den falschen Gründen von der Musik fernzuhalten. Dabei, so war mir inzwischen klar geworden, war sie der Schlüssel zu meinem Glück.

Granny hat recht. Pops kann nicht sterben, wenn er in meinem Herzen weiterlebt.

Anstatt Vincent zu antworten, drehte ich mich zu dem Bereich hinter der Bühne, wo das Technikpult aufgebaut stand und Sam und Enrico auf das Startsignal zur musikalischen Eröffnung des Final Jam warteten.

»Jungs? Können wir bitte einmal *Wish to Be a Part of You* haben?«

Vincent grinste mich an, wie ich aus den Augenwinkeln bemerkte, und ich erwiderte die Geste voller Zuneigung. Als die ersten zarten Töne unseres Songs erklangen, kehrten meine Gedanken sofort an jenen sommerlichen Vormittag zurück, als ich gemeinsam mit Vincent auf einer Picknickdecke im Wald gesessen und er mir zum ersten Mal auf seiner Gitarre seine Komposition zu unseren Lyrics vorgespielt hatte. Damals waren die Schmetterlinge in meinem Bauch schier ausgerastet. Und auch jetzt spürte ich ein unleugbar warmes Gefühl in der Magengegend, das mich mit all dem Licht erfüllte, das ich die letzten Jahre aus Dummheit und Furcht ausgesperrt hatte.

Ich hatte geglaubt, dass Pops' Tod und Vincents Verrat mir alles genommen hatten. Dabei war ich diejenige gewesen, die einen Teil ihrer selbst verleugnet hatte.

Meine Lippen teilten sich, um die erste Strophe zu singen, während ich Vincent dabei tief in die Augen sah.

»*Time is running out, but I'm in no hurry. I love to waste my life, seeing the world getting blurry. Spring? Summer? Autumn? Winter? Never mind, I let it flow. Cause all that matters to me is that you get to know ...*«

Vincents Lächeln war bei jeder Zeile ein Stück breiter geworden und er drückte sanft meine Finger, als er gemeinsam mit mir in den Refrain einstieg und sich unsere Stimmen miteinander vereinten, wie sie es bereits vor sechs Jahren hätten tun sollen.

»When you look at me like you never did before, I swear, my heart starts racing, I can't take it anymore. Your smile, your voice, your shiny eyes so blue, why don't you see, I wish to be a part of you.«

Epilog

Wish to Be a Part of You

Vincent Kennedy & MacKenzie Jordan

BEL AIR, KALIFORNIEN, USA
SECHS MONATE SPÄTER

VINCENT

Das Leben war perfekt.

Diese Erkenntnis hatte mich in den letzten Monaten immer wieder aufs Neue überkommen, wenn ich MacKenzie ansah, ihre Stimme hörte oder einfach eine Nachricht von ihr las. Klar, nicht jeder Tag war einfach und es gab immer wieder Hürden zu überwinden und Probleme zu lösen. Doch jede dieser Widrigkeiten war es wert, gemeistert zu werden, denn sie führten uns an den Punkt, an dem wir gerade waren, und machten mir auch heute noch jedes Mal bewusst, wie viel Glück ich eigentlich hatte. Schließlich hatte es eine Zeit lang nicht danach ausgesehen, als würden MacKenzie und ich unser verdientes Happy End erhalten.

Insbesondere nach unserem gemeinsamen Nachmittag in der Waldhütte, als sich MacKenzie plötzlich von mir distanziert hatte und mir nicht einmal mehr hatte in die Augen sehen können, war ich mir sicher gewesen, sie mit meiner Sextape-Beichte verloren zu haben. Doch sosehr es mich auch mit Schmerz erfüllt hatte, ich hatte deshalb nicht einmal sauer sein können. Als sich hinterher jedoch herausstellte, dass der wahre Grund für ihren Wunsch nach einer Trennung ein anderer gewesen war, hatte ich mich in einem niemals enden wollenden freien Fall wiedergefunden.

Die Tage danach war ich kein funktionierender Mensch mehr gewesen, sondern nur noch eine leere Hülle. Dies hatte sich auch in meiner Musik widergespiegelt, die mir mit einem Mal keinerlei Freude oder Trost mehr spendete. Ohne MacKenzie an meiner Seite, die mir zuvor gezeigt hatte, was aufrichtiges Glück bedeutete, waren Noten und Lyrics plötzlich nicht mehr als bloßes Gekritzel auf einem Blatt Papier gewesen.

Als mich am Abend vor dem großen Final Jam ein paar Kids beim Lagerfeuer darum gebeten hatten, ihnen etwas vorzuspielen, war ich bereits so tief in das schwarze Loch meines Leids versunken gewesen, dass ich, ohne nachzudenken, einfach drauflosgespielt hatte. Ich wusste selbst nicht mehr genau, was ich da eigentlich sang, aber für einen winzigen Moment hatte ich den Eindruck gehabt, als würde es mir vielleicht irgendwann wieder besser gehen können.

Diese Empfindung hatte jedoch nur genau so lange angehalten, bis MacKenzie, von der ich keine Ahnung hatte, dass sie sich in Grannys Schlafhütte aufgehalten hatte, mit tränenüberströmtem Gesicht an uns vorbeigestürmt war.

In dieser Sekunde war mein Herz – sofern das möglich war – noch einmal gebrochen und ich hatte eine Entscheidung getroffen, die mein ganzes Leben unwiderruflich verändern würde. Für MacKenzie würde ich mein Rockstar-Dasein aufgeben.

Wie ferngesteuert war ich damals aufgesprungen und ihr nachgeeilt. Ich hatte sie erreicht, nachdem sie in ihre Hütte geflüchtet war und die Tür mit einem so lautstarken Knall hinter sich zugeworfen hatte, dass ihr Wunsch, allein zu sein, außer Frage stand. Doch so einfach hatte ich nicht aufgeben wollen. Ich war in meine Hütte gerannt, um Hendrik anzurufen und ihn in mein Vorhaben einzuweihen.

Leider – wobei ich inzwischen von Glück reden musste – hatte ich Georges Firmenhandy nicht in der Kommode gefunden, weshalb mir nichts anders übrig geblieben war, als mein eigenes Telefon einzuschalten. Nach der langen Zeit, die es ausgeschaltet gewesen war, hatte mich nach der PIN-Eingabe eine ganze Flut an Benachrichtigungen über verpasste Anrufe, E-Mails und Google-Alert-Meldungen bezüglich meiner Person überkommen. Ich hatte sie alle ungelesen gelöscht und stattdessen erfolglos versucht, meinen Kumpel zu erreichen.

Dann, als ich gerade vor Frust mein Telefon gegen eine Wand hatte werfen wollen, war mir Dakotas Name in meiner Kontaktliste ins Auge gesprungen. Vor unserem Telefonat knapp drei Wochen zuvor hatten wir fast ein Jahr lang keinen Kontakt gehabt, doch seitdem schrieben wir uns alle paar Tage, um unsere Verbindung nicht erneut so stark zu vernachlässigen.

Einem spontanen Einfall folgend hatte ich ihre Nummer angewählt, und im Gegensatz zu Hendrik war sie umgehend rangegangen. Ohne den üblichen Small Talk abzuhalten, war ich sogleich zum Grund meines Anrufs gekommen und hatte ihr von meinem Plan berichtet, meine Musikerkarriere zugunsten meiner Liebe für MacKenzie an den Nagel zu hängen. Wenn jemand diese Entscheidung verstanden hätte, dann Dakota.

Und tatsächlich hatte sie mich weder für verrückt noch für bescheuert gehalten. Sie hatte nur gemeint, dass mein Konzert am nächsten Abend dann wohl mein Abschied werden würde und wie schade sie es fände, dass sie gerade mit ihrer Freundin auf einen Besuch bei ihren Eltern in Billings war und es nicht rechtzeitig nach Los Angeles schaffen würde, um vorbeizuschauen. Ich hatte keine

Ahnung gehabt, was sie damit meinte. Die größte Stadt des US-Bundesstaats Montana lag nur knapp zwei Stunden Fahrzeit vom Camp entfernt. Wenn Dakota mich am nächsten Tag auf der Stage of Melody hätte sehen wollen, hätte sie einfach vorbeikommen können. Doch als ich ihr das mitteilte, erzählte mir meine »Ex« von dem YouTube-Video meines Plattenlabels.

Mit Dakota weiterhin in der Leitung hatte ich mir das Video angesehen und eine derartige Schimpftirade vom Stapel gelassen, dass sie sofort gewusst hatte, dass etwas nicht stimmte. Sie hatte mir befohlen, dort zu bleiben, wo ich war, weil sie sich umgehend auf den Weg zu mir machen würde.

Nach ihrer Ankunft – sie hatte die Strecke in unter neunzig Minuten geschafft und sogar Wein mitgebracht – hatte sie sich in aller Ruhe angehört, was ich mir so dringend von der Seele reden musste. Als wir anschließend erneut auf das Konzert in Los Angeles zu sprechen gekommen waren, war ich noch immer nicht in der Lage gewesen, meine Gedanken und Emotionen in Worte zu fassen. Stattdessen hatte ich wie in Trance ein Flugticket nach Los Angeles gebucht und mich anschließend von einem Taxi abholen lassen. Klar, ich hätte Morgan einfach anrufen können, um die Sache zu klären. Aber nach den emotionsgeladenen Wochen, die hinter mir lagen, und der Gewissheit, dass mir meine Agentin noch die ein oder andere Erklärung aus der Vergangenheit schuldig war, hatte ich einfach eine Face-to-Face-Konfrontation gebraucht.

In Los Angeles angekommen, war ich dann auf direktem Weg zu Morgans Agentur gefahren und hatte – ohne auf Candice' Rufe zu achten – das Büro meiner Agentin gestürmt.

Mit einem bitteren Geschmack auf der Zunge erinnerte ich mich an die Begegnung.

»Vincent?« Morgan sah mich mit großen Augen und offenkundiger Überraschung im Blick von ihrem Platz hinter dem Schreibtisch aus an. »Was machst du denn hier? Ist etwas passiert?«

Sie stand auf und kam auf mich zugeeilt. Aufrichtige Sorge zeichnete ihr Gesicht. »Du bist ja völlig durch den Wind. Komm, setz dich erst mal.« Sie legte mir eine Hand auf den Rücken und wollte mich zu dem weißen Ledersofa führen, das Teil einer gemütlichen Sitzecke am Rand des Raumes war. »Candice, bitte bring Vincent ein Wasser.«

»Natürlich«, hörte ich ihre Assistentin fiepen, ehe sich hastige Schritte entfernten. Ich hatte nicht mitbekommen, dass mir Candice gefolgt war.

»Komm, mein Lieber.« Morgan startete einen weiteren Versuch, mich zur Seite zu führen. Doch ich bewegte mich keinen Zentimeter. Stattdessen hielt ich meine Agentin fest im Blick.

»Wieso setzt du ein Konzert an, ohne es vorher mit mir abzusprechen oder mich wenigstens davon in Kenntnis zu setzen?«, platzten die Worte, die mir seit Stunden auf der Zunge brannten, aus mir heraus. »Was dachtest du, wie das laufen würde? Ich sehe das Video und komme sofort nach L.A., wie ein gut dressierter Welpe?« Dass genau dieser Umstand eingetroffen war, schürte meine Wut – vor allem auf mich selbst. MacKenzie hatte recht. Ich ließ mich viel zu leicht manipulieren. Aber damit würde hier und heute ein für alle Mal Schluss sein.

»Du bist jetzt erst nach Los Angeles geflogen?« Morgans Augen weiteten sich und aufrichtig wirkende Irritation blitzte in ihren Iriden auf. »Wie kann das sein? Ich dachte, du wüsstest über das Konzert Bescheid und wärst schon vor Tagen zurückgekommen. Schließlich meinte Fox, dass dieser Gig deine eigene Idee war.«

»Was?« Diese unvorhergesehene Wendung raubte mir kurzzeitig die Sprache. Fox hatte das Konzert in die Wege geleitet?

Sämtliche Wut, die mich die letzten Stunden aufrecht gehalten hatte, erlosch mit einem Schlag und meine Schultern sackten herab. Mit einem Mal fühlte ich mich schrecklich müde und erschöpft.

»Warum hast du mich nicht darauf angesprochen? Seit wann nimmst du solche Termine einfach zur Kenntnis?«

»Warum sollte ich mich zu irgendetwas äußern, wenn dir meine Meinung ohnehin nicht wichtig zu sein scheint?« Ein verletzter Ausdruck trat in Morgans Blick. »Du cancelst gegen meinen ausdrücklichen Rat die Zusammenarbeit mit Big Dee, schwänzt die Festivalsaison, und jetzt, da du endlich wieder neue Musik zu bieten hast, bin ich gerade gut genug, um einen Videocall zwischen dir und Fox zu vereinbaren.«

Sie verschränkte die schmalen Arme vor der Brust und ihre Augen wurden verräterisch feucht. »Außerdem ist es ja nicht so, als hätte ich viele Möglichkeiten gehabt, dich zu kontaktieren. Du hast mir sehr deutlich klargemacht, dass ich dich und George während eures kleinen Campingausflugs nicht stören soll.«

Betroffen klappte mein Mund auf und meine Wangen wurden warm. Mir war gar nicht bewusst gewesen, wie stiefmütterlich ich meine Agentin in den letzten Wochen behandelt hatte. »Tut mir leid«, sagte ich kleinlaut.

»Schon gut. Und jetzt komm, mein Junge.« Sie deutete mit einer Handbewegung auf die Couch und dieses Mal folgte ich ihrer Aufforderung. In meinem Kopf drehte sich alles und mein Innerstes glich einem Kriegsgebiet. Es war ein Fehler gewesen, Montana so überstürzt zu verlassen. Was hatte ich mir nur dabei gedacht?

»Erzähl mir erst einmal, was genau geschehen ist.« Morgan setzte sich gemeinsam mit mir auf das leise knarzende Sofa und legte mir eine Hand auf den Oberschenkel. Diese tröstliche Geste raubte mir den letzten Funken Haltung und ich sackte wie ein nasser Mehlsack in mich zusammen. Seufzend fuhr ich mir mit beiden Händen über das Gesicht.

»Ich habe weder mit Fox noch mit sonst jemandem über ein Konzert gesprochen«, versuchte ich meine Gedanken zu sortieren, indem ich sie laut aussprach. Die lange Wachzeit in Kombination mit dem Wein und der anstrengenden Reise zeigte ihre Wirkung. Mein Verstand reagierte nur träge und meine Zunge lag bleischwer in meinem Mund. Jede Silbe kostete mich Unmengen an Mühe.

»Denn ich kann unmöglich in L.A. bleiben. Ich werde in Montana gebraucht.«

Ich hob den Kopf und sah Candice mit einem Glas Wasser in der Hand vor mir stehen. Dankbar nahm ich es entgegen und leerte den Inhalt in einem Zug.

»Wie bitte?« Morgans Stimme schnellte eine Oktave höher. »Du willst zurück nach Montana fliegen und das Konzert absagen? Bist du verrückt geworden? Hast du eigentlich eine Vorstellung davon, wie viel Geld und Arbeit in dieser Aktion stecken?!«

»Nein, das habe ich nicht«, gab ich zu. »Aber ich habe mein Wort gegeben, dass ich heute Abend beim Final Jam da sein werde. Ich kann die Kids und die Camp-Angestellten nicht im Stich lassen.« Ich wollte mir gar nicht vorstellen, wie enttäuscht alle sein mussten, wenn sie beim Frühstück bemerkten, dass ich nicht anwesend war.

Morgan stieß ein abfälliges Schnauben aus. »Du willst die Kids«, sie sprach das Wort wie ein Schimpfwort aus, »nicht enttäuschen? Und was ist mit deiner Fangemeinde, die dieses Konzert kaum erwarten kann? Seit sich die Medien wegen deiner Festival-Absagen das Maul zerreißen, arbeiten wir auf Hochtouren daran, den durch dich entstandenen Imageschaden abzufedern und es so zu drehen, als wäre die ganze Sache von Anfang an geplant gewesen.

Dafür haben wir die Aktion ›One Hot Summer With Vincent Kennedy‹ ins Leben gerufen, bei der deine Fans weltweit auf sämtlichen Social-Media-Kanälen Fotos und Videos von dir posten sollten. Auf diese Weise konnten sie Lose sammeln, um ihre Chance auf ein exklusives Meet-and-Greet-Wochenende mit dir zu erhöhen. Der glückliche Gewinner oder die glückliche Gewinnerin wird nach Los Angeles eingeflogen und darf drei Tage lang mit dir die Stadt erkunden – auf unsere Kosten. Den Abschluss dieser Aktion bildet das heutige Konzert. Als Fox vor ein paar Tagen meinte, dass du neue Songs auf Lager hast und darauf bestehst, noch vor dem Ende des Sommers einen Gig zu geben, haben wir deinen Wunsch in unsere Gewinnspielkampagne eingebaut. Wenn du das Konzert absagst, sabotierst du die gesamte Aktion und damit schlussendlich deine eigene Karriere.«

Ein Teil von mir war gerührt, dass sich mein Team in den letzten Wochen derart viel Mühe gegeben hatte. Doch meine Schuldgefühle überwogen. Ich hatte den Leuten im Camp mein Wort gegeben und daran würde ich mich halten. Koste es, was es wolle, ich würde heute Abend im Camp Melody sein.

»Es tut mir leid, Morgan«, sagte ich, stellte das leere Wasserglas vor mir auf dem Tisch ab und erhob mich vom Sofa. Mein Rückflug ging in etwa fünf Stunden. Mir blieb also noch Zeit, in mein Loft zu fahren, mich ein wenig hinzulegen, zu duschen und mich umzuziehen – nicht zwangsläufig in dieser Reihenfolge. Auch würde ich unbedingt George kontaktieren müssen. Er drehte sicherlich bereits durch, weil ich einfach verschwunden war.

Morgans Mundwinkel sackten, wie von einer unsichtbaren Macht angezogen, nach unten und ein erbostes Funkeln blitzte in ihren Augen auf.

»Es tut dir leid?!«, keifte sie und sprang ebenfalls auf die Beine. Ihre Hände waren zu Fäusten geballt und ihre Augenbrauen so fest zusammengezogen, dass selbst das regelmäßig injizierte Botox keine Chance gegen ihre Gesichtsmimik hatte. »Du undankbarer Bengel! Hast du eigentlich eine Ahnung, was du mit deinem kindischen Trotz anrichtest? Deine Karriere steht so haarscharf vor dem Abgrund, dass jedes falsche Wort deinen Untergang bedeuten kann! Du kannst dir dein ›Es tut mir leid‹ also in die Haare schmieren! Du wirst heute Abend im Club Aphrodite stehen und dir für die zweihundert Leute, die ein Ticket für die Show gewonnen haben, die Seele aus dem Leib performen. Hast du mich verstanden?! Ich bin es leid, mich für deine Karriere aufzuopfern, nur damit du meine Bemühungen mit Füßen trittst!«

»Du opferst dich für meine Karriere auf?«, höhnte ich mit einem vor Sarkasmus triefenden Lachen. Morgans plötzlicher und bisher völlig ungekannter Stimmungsumschwung hatte den dünnen Faden, an dem meine Selbstbeherrschung gehangen hatte, reißen lassen. »Ich kann mir bildlich vorstellen, wie schwer es für dich gewesen sein muss, mir eine falsche Handynummer auszuhändigen und zu behaupten, dass es MacKenzies sei, damit ich sie nach dem Tod ihres Großvaters nicht erreichen konnte.«

Morgans Miene gefror zu Eis und ein ertappter Ausdruck trat in ihre Augen. Noch bevor sie mich mit einem schalen »Ich weiß nicht, wovon du redest« abzuservieren versuchte, wusste ich, dass ich ins Schwarze getroffen hatte.

»Ach nein? Und was ist mit deiner Behauptung, dass MacKenzie nichts mit mir und unserem Song zu tun haben will?«, wirkte ich weiter auf meine Agentin ein und ballte ebenfalls die Fäuste.

Morgan hatte mit ihrem Ausbruch, den sie inzwischen sicherlich bereute, einen Stein ins Rollen gebracht, der nicht mehr aufzuhalten war. Meine Emotionen hatten die Kontrolle über mein Mundwerk übernommen, und sämtliche bisher zurückgedrängte Wut über das fragwürdige Verhalten meiner Agentin kehrte mit Lichtgeschwindigkeit an die Oberfläche meines Bewusstseins zurück.

»Du hast gesagt, dass MacKenzie die Rechte an den Lyrics abgetreten habe, weil sie nichts mit dem ganzen Rummel zu tun haben wolle. Aber das stimmt nicht, oder? MacKenzie hat niemals etwas unterschrieben, weil es keine Beweise dafür gab, dass der Text zum Teil von ihr stammt. Aus demselben Grund hat sie auch niemals Anspruch darauf erhoben. Sie wusste, dass sie vor Gericht keine Chance haben würde.«

Morgan hielt an ihrer stoischen Miene fest, doch ein verräterisches Flackern war für den Bruchteil einer Sekunde in ihren Augen zu sehen gewesen. Gerade lange genug, um mir zu bestätigen, dass es stimmte.

»Wie konntest du mir das nur antun?«, zischte ich schäumend vor Wut, Scham und Enttäuschung. »War deine Sorge so groß, dass die Welt, sollte sie erfahren, dass MacKenzie das wahre Talent hinter dem Song war, sie haben wollte anstatt mich? Hast du deswegen alles dafür getan, den Kontakt zwischen uns zu kappen? War das womöglich sogar der wahre Grund, wieso du nicht wolltest, dass ich zurück ins Camp fahre? Weil du wusstest, dass ich die Wahrheit erfahren würde?«

»Du hast doch keine Ahnung«, fauchte Morgan. »Du bist ein dummer, naiver Grünschnabel, der keinen blassen Schimmer hat, wie das Showbiz funktioniert. Welche Opfer man bringen muss, um Erfolg zu haben! Ansonsten würdest du wegen dieser Göre nicht so ein Fass aufmachen. Oder glaubst du ernsthaft, dass deine ach so geliebte MacKenzie mit ihren fünfzehn Jahren und nach dem Tod ihres Großvaters in der Lage gewesen wäre, eurem Song die nötige Aufmerksamkeit zu schenken? Erinnere dich mal an all die Auftritte, Interviews und Signierstunden, die du und Dakota allein in den ersten Monaten abgehalten habt. Ihr wart rund um die Uhr unterwegs. Glaubst du wirklich, MacKenzie hätte das durchgestanden? Niemals! Sie hätte binnen einer Woche die Segel gestrichen und damit ihre eigene und auch deine Karriere beendet, noch bevor sie überhaupt eine Chance auf Wachstum gehabt hätte.«

Morgan trat einen Schritt auf mich zu, die Augen vor Zorn lodernd. »Ich habe dich vor dem Schicksal der Unbedeutsamkeit gerettet und aus dir eine wichtige Persönlichkeit – eine Marke – gemacht! Und wie dankst du es mir?« Sie schüttelte den Kopf. »Ich habe stets zu deinem Besten gehandelt, Vincent. Ganz gleich, ob du mir glaubst oder nicht. Es ist die Wahrheit.«

»Zu seinem Besten?« Candice stieß ein höhnisches Schnauben aus und rief sich dadurch nicht nur mir, sondern auch Morgan ins Gedächtnis. Ich war offensichtlich nicht der Einzige, der die Anwesenheit des sonst so stillen Mädchens vergessen hatte. »So nennen Sie es also, wenn Sie Mr Kennedy wie einem Zuchtbullen vorgaukeln, dass er sich für sein eigenes Glück abstrampelt, während aber in Wahrheit Sie die Einzige sind, die von seinen Bemühungen profitiert?«

»Wie bitte?« Meine Mundwinkel zuckten bei diesem Vergleich, auch wenn mir Candice' panischer Gesichtsausdruck ein mulmiges Gefühl bescherte. »Was meinst du damit?«

»Das wüsste ich auch gern«, kam es scharf gezischt von Morgan, die ihre zu Schlitzen verengten Augen auf ihre Assistentin richtete. »Noch viel lieber würde ich aber erfahren, warum du nicht an deinem Arbeitsplatz bist, Candice.«

Diese sah mit schreckgeweiteten Augen zwischen Morgan und mir hin und her, sichtlich von sich selbst überrascht, dass sie sich eingemischt hatte.

»Es tut mir leid«, wisperte sie mit gesenktem Kopf und wollte sich bereits davonmachen. Doch ich stellte mich ihr in den Weg.

»Candice?«, beschwor ich sie mit eindringlichem Blick. Wie hatte die ganze Situation nur derart eskalieren können? »Was wolltest du sagen? Was weißt du?«

»Ich ...«, begann sie zögerlich und hob den Kopf. In ihren braunen Augen spiegelte sich deutlich ihr innerer Zwiespalt wider, ob sie dem Drang, sich mir anzuvertrauen, nachkommen sollte oder nicht.

»Bitte, Candice«, flehte ich sie an. »Ich verstehe, dass du Angst hast, deinen Job zu verlieren. Aber du musst mir sagen, was hier los ist. Bitte!«

Sie sah mich schweigend an, dann sprudelten die Worte wie bei einem Wasserfall aus ihrem Mund. »Ms Johnson zwingt mich dazu, jede Woche einen Teil Ihrer Termine an Ihre Fan-Community und ein paar Paparazzi zu leaken, damit man Sie in der Öffentlichkeit antreffen kann. Es tut mir so leid! Ich wusste nicht, was ich damit anrichte! Erst als ich ein Gespräch zwischen Ihnen und George mitbekommen habe, ist mir klar geworden, welch enormen Stress Ihnen das jedes Mal zugemutet hat. Aber weil ich bei meinem Dienstantritt eine Geheimhaltungsvereinbarung unterzeichnen musste, durfte ich nichts sagen.« Sie verbarg das Gesicht hinter den Händen. »Bitte verzeihen Sie mir, Mr Kennedy.«

»Verschwinde aus meinem Büro, Candice«, fauchte Morgan. »Geh und pack deine Sachen. Du bist so was von gefeuert! Und glaube ja nicht, dass dein Verrat ohne Konsequenzen bleiben wird! Du wirst von unseren Anwälten hören!«

Candice ließ quiekend die Hände sinken und sah Morgan mit tränenüberströmtem Gesicht an. Dann wandte sie sich Hilfe suchend an mich, doch die jüngsten Offenbarungen raubten mir die Sprache. Als Morgans Assistentin erkannte, dass sie ihre Worte nicht zurücknehmen oder die Situation auf andere Weise retten konnte, lief sie schluchzend aus dem Büro.

»Warum, Morgan?« Meine Stimme klang so erschöpft und kraftlos, wie ich mich fühlte. »Warum tust du das alles? Für mich? Damit ich Erfolg habe? Oder ist es, wie Candice sagt? Strample ich mich ab, damit du mit mir vor deinen Partnern angeben kannst?«

Sie seufzte ebenfalls geschlagen. »Macht es einen Unterschied? Wir profitieren doch beide von meinen zugegebenermaßen ungewöhnlichen Arbeitsweisen. Oder denkst du ernsthaft, Big Dee hätte auch nur eine Sekunde darüber nachgedacht, einen Song mit dir aufzunehmen, wenn ich seinen Manager nicht zuvor monatelang bearbeitet hätte? Dein einziger Superhit war sechs Jahre alt, und du drohtest in Vergessenheit zu geraten. Ich musste etwas unternehmen – und das bedeutet manchmal eben auch, sich die Finger schmutzig zu machen.«

Sie warf mir einen vielsagenden Blick zu, der dafür sorgte, dass sich mein Magen mehrfach um die eigene Achse drehte. Ich wollte lieber nicht allzu gründlich darüber nachdenken, was sie mit ihrer wenig subtilen Andeutung meinte.

»Megastars fallen nicht einfach vom Himmel, Vincent. Sie werden erschaffen! Und dich hätte das ebenfalls erwartet, wenn du dich nach deinem Beziehungs-Aus mit Dakota nicht von einem verdammten Party-Gott in ein heulendes Baby verwandelt hättest, das bei dem kleinsten Skandälchen gleich einen Zusammenbruch erleidet.«

»Wie bitte?« Entsetzt über die Richtung, in die Morgan unser Gespräch lenkte, starrte ich mein Gegenüber an. »Willst du mir damit etwa sagen, dass du ...?« Ich brachte es nicht fertig, den Gedanken zu beenden. Trotz allem, was ich bisher von ihr und über sie erfahren hatte, weigerte ich mich zu glauben, dass Morgan etwas mit dem Video zu tun hatte. Diese Grenze würde sie nicht überschreiten.

Oder?

»Jetzt red keinen Unsinn, Vincent.« Morgan begab sich in Richtung ihres Schreibtisches. Ich war ihr dankbar für die Distanz, die sie dadurch zwischen uns schaffte. »Natürlich habe ich nichts mit dem Sextape zu tun. Aber nachdem das Kind in den Brunnen gefallen war, wäre es Verschwendung gewesen, eine solche Publicity nicht zu nutzen. Immerhin kann sich solch ein Video – oder auch nur das Gerücht darüber – zur richtigen Zeit sehr förderlich auf eine Karriere auswirken.« Sie zuckte mit den Schultern. »Big Dee ist dafür das beste Beispiel.«

»Du hast ...« Mein Mund klappte auf und meine Hand fuhr wie von selbst in meinen Nacken. Wie konnte es sein, dass ich die letzten sechs Jahre derart intensiv mit dieser Frau zusammengearbeitet hatte, ohne auch nur zu ahnen, wer sie in Wirklichkeit war?

»Du hast nicht nur meine Beziehung zu MacKenzie zerstört und meine gesamte Karriere auf einer gigantischen Lüge erbaut, du hast auch aus dem Trauma, das mir selbst vier Jahre später noch Albträume bereitet und wegen dem ich bei größeren Ansammlungen weiblicher Fans noch immer in Panik gerate, Profit geschlagen? Wie? Indem du das Video selbst ins Internet gestellt hast?« Ich schüttelte den Kopf und hob die Hand. »Nein, warte, das will ich lieber gar nicht wissen.«

Als ich wieder aufsah, wusste ich nicht, was ich sagen sollte. »Wofür das Ganze, Morgan? Um etwas aus mir zu machen, was ich weder jemals sein wollte, noch, dass es für mich vorherbestimmt gewesen wäre?« Ich wandte mich in Richtung Bürotür. Ich musste hier raus, ehe ich etwas sagte oder tat, was ich hinterher bereuen würde. »Es sollte sich zwar von selbst erklären, aber unsere Zusammenarbeit ist ab sofort beendet. Ich kann dir zwar nicht die Position als Tante kündigen, aber als Agentin bist du so was von gefeuert!«, äffte ich ihre letzten Worte an Candice nach.

»Was?« Morgan richtete sich auf, wie ich aus den Augenwinkeln bemerkte. »Das kannst du nicht machen! Du brauchst mich! Ohne meine Unterstützung bist du ein Nichts! Niemand hat jemals so sehr an dich geglaubt wie ich! Nicht einmal deine Eltern wollten dein Potenzial erkennen.«

»Lass meine Eltern aus dem Spiel«, knurrte ich, was Morgan ein Hyänengrinsen entlockte und mich ungewollt auf der Schwelle zum Flur innehalten ließ.

»Wieso? Hast du Angst, die Wahrheit zu erfahren? Wenn wir schon alle Karten auf den Tisch legen, solltest du auch erfahren, wieso sich deine geliebten Eltern seit Jahren weigern, mit dir zu reden!« Hohn schwang in jeder ihrer Silben mit, was mir einen kalten Schauder den Rücken hinabjagte.

»Oh, du hättest sie sehen müssen, Vincent. Wie deine Mutter geweint hat, als sie und dein Vater dich im Krankenhaus besucht haben, wo ich ihnen aber klargemacht habe, dass du sie nicht sehen willst. Ihr kleines Herz ist gebrochen, als ich ihr sagte, dass du dich für die beiden schämst und sie dafür hasst, dass sie dich niemals unterstützt und dir nur Schuldgefühle wegen deines Erfolges eingeredet haben.«

Die Zähne fest aufeinandergebissen, erwiderte ich Morgans vor Hetze glühenden Blick. Sie wollte mich verletzen, das wusste ich. Und obwohl ihr Plan voll aufing und jede Faser meines Körpers mich dazu drängte, meiner grenzenlosen Enttäuschung und Wut Luft zu machen, zwang ich mich dazu, mich wortlos umzudrehen und das Büro zu verlassen. Nach diesem Gespräch war das Kapitel Morgan Johnson offiziell für mich beendet. Und auch wenn ich nicht wusste, wie sich meine Zukunft ohne Agentin gestalten *würde, konnte sie im Vergleich zu den letzten Jahren nur besser werden.*

Draußen vor dem Eingang des Gebäudes stieß ich auf Candice. Sie stand auf dem Bürgersteig, den Karton mit ihren Habseligkeiten im Arm, und wirkte so grenzenlos verloren und ratlos, wie ich mich insgeheim selbst fühlte. Trotzdem verspürte ich ein schlechtes Gewissen in mir aufkeimen. Obwohl Candice froh sein sollte, nicht mehr für jemanden wie Morgan arbeiten zu müssen, hätte ihr die Wahl zugestanden, ob, wann und wie sie ihren Job kündigte.

Aus diesem Grund gab ich ihr mit den Worten, dass sie sich jederzeit bei mir melden sollte, wenn sie Hilfe dabei brauchte, einen neuen Job zu finden, meine Handynummer. Ich hatte in den letzten Jahren vielleicht nicht mehr so viel Musik auf den Markt gebracht wie früher, aber ich besaß noch immer einen guten Ruf in der Branche und einige Kontakte. Es würde sicherlich nicht schwer sein, Candice eine geeignete Stelle zu vermitteln.

»Vince!« MacKenzies Stimme drang ungeduldig durch die geschlossene Badezimmertür und riss mich aus meinen Erinnerungen. »Jetzt beeil dich bitte! Deine Eltern können jeden Moment da sein, und ich will sie nicht in Unterwäsche in unserer Wohnung begrüßen.«

Meine Mundwinkel kräuselten sich bei der Vorstellung, während ich mir mit einem Handtuch die Reste des Rasierschaums vom Gesicht wischte. MacKenzie und ich wohnten seit einem Monat zusammen und ich konnte mich nicht an dem Klang der Worte *unsere Wohnung* satthören – vor allem, weil auch dieser Aspekt meines Lebens zu Beginn nicht nach einem Happy End ausgesehen hatte.

Nach dem Final Jam waren George und ich zurück nach Los Angeles geflogen, um einige Dinge zu klären. George hatte seinen Job sowie seine Wohnung gekündigt und seinen Umzug nach Montana geplant, weil er und Granny sich eine gemeinsame Zukunft in Bozeman aufbauen wollten.

Ich hingegen …

Am liebsten wäre ich sofort zurück nach Montana gereist und hätte jede freie Sekunde mit MacKenzie verbracht. Aber sie hatte darauf bestanden, dass ich in Kalifornien blieb, während sie in Montana ihr BWL-Studium fortführte. Sie wollte, dass wir uns beide in Ruhe und ohne Druck oder Einflussnahme des jeweils anderen Gedanken machten, wie wir unser Leben in Zukunft gestalten wollten.

Anfangs hatte ich diese Zwangstrennung für die dümmste Idee aller Zeiten gehalten. Doch schließlich hatte ich einsehen müssen, dass MacKenzie recht gehabt hatte. Der Sommer im Camp, meine Gespräche mit ihr und meine letzte Begegnung mit Morgan hatten mir klargemacht, dass ich unmöglich in mein altes Leben zurückkehren konnte oder wollte.

Es war an der Zeit gewesen, etwas zu ändern.

Als Erstes hatte ich die Zusammenarbeit mit meinem Management und meinem Plattenlabel gekündigt. Es hatte sich bestätigt, dass tatsächlich Fox – und zwar gemeinsam mit Morgan – hinter dem kurzfristig anberaumten Konzert gesteckt hatte.

Als Nächstes hatte ich meine Eltern angerufen. Wir hatten lange miteinander telefoniert, Mom hatte viel geweint, Dad geschwiegen und ich gesprochen. Es war … anstrengend gewesen, aber auch gut. Wir hatten uns vieles, was sich über die Jahre angestaut hatte, von der Seele geredet und beschlossen, uns bald einmal zu treffen. Da ich ohnehin vorgehabt hatte, eine Weile Urlaub zu machen, war ich zurück nach Montana geflogen, wo ich mir in der Nähe meiner Eltern ein kleines Häuschen gemietet hatte. Ich hatte meine Heimatstadt seit sechs Jahren nicht mehr besucht, dennoch hatte mich dieser Ort umgehend geerdet und es mir ermöglicht, mich ganz auf mich und meine Musik zu fokussieren.

Leider war mein Heimatbesuch trotzdem keine Lösung für mein Distanzproblem mit MacKenzie gewesen. Uns hatten auch weiterhin viele Meilen und fast vier Stunden Fahrzeit voneinander getrennt, weshalb uns nichts anderes übrig geblieben war, als regelmäßig miteinander zu telefonieren. Außerdem hatte ich ab und an ihre Anweisung ignoriert und war heimlich nach Bozeman gefahren, um sie zu überraschen.

Doch auf Dauer war mir das nicht genug gewesen. Ich hatte mit MacKenzie zusammen sein wollen. Richtig. Und mit allem, was dazugehörte. Also hatte ich begonnen, mich in Montana nach einer Immobilie umzusehen. Die Musikbranche war dort zwar in deutlich kleinerem Ausmaß vertreten als in Kalifornien, aber trotzdem gab es Agenten und Plattenlabels. Und selbst wenn mich keiner von ihnen hätte haben wollen, wäre ich damit klargekommen. Solange ich MacKenzie an meiner Seite hatte und weiterhin Musik machen durfte, war es mir egal, ob ich ein weltbekannter Rockstar oder ein Garagenmusiker war, der ab und an auf Dorffesten auftrat. Letzteres hätte mir vielleicht sogar die Gelegenheit geboten, meine neu entdeckte Leidenschaft, das Musizieren mit Kindern, irgendwie in mein Leben zu integrieren.

Aber natürlich hatte MacKenzie meine Freundin-Haus-Garten-Hund-Fantasie durchkreuzen müssen, als sie davon erfahren hatte. Denn gerade als ich den Kaufvertrag für ein kleines Häuschen samt weitläufigem Grundstück hatte unterschreiben und MacKenzie damit überraschen wollen, hatte sie verkündet, dass sie für das nächste Sommersemester einen Studienplatz am LACM, dem *Los Angeles College of Music*, erhalten hatte. Dort würde sie ab März Songwriting und Gesang studieren.

Ich hängte das Handtuch auf den Ständer und schlüpfte in ein schwarzes Shirt. Das braune Lederarmband, das mir MacKenzie geschenkt hatte, war vom Duschen noch feucht, aber ich weigerte mich, es abzunehmen.

Am Badezimmer angekommen, öffnete ich grinsend die Tür.

»Ist es schon zu spät, meinen Eltern für heute Abend abzusagen?«, erwiderte ich und schlang meine Arme um MacKenzies Hüften, die von schwarzer Spitzenunterwäsche verdeckt wurden. »Ich wüsste da nämlich etwas, das ich viel lieber tun würde, als mit meinen Eltern essen zu gehen.«

Sie schmiegte sich tief in meine Arme. »Da verbringst du schon so viel Zeit im Bad und dir stehen deine dreckigen Fantasien immer noch viel zu deutlich auf die Stirn geschrieben.« Grienend stellte sie sich auf die Zehenspitzen und hauchte mir einen sanften Kuss auf die Lippen. Dann entwand sie sich meiner Umarmung und trippelte ins Badezimmer. »Außerdem bleiben deine Eltern nur ein paar Tage.«

Sie stieg in ein schwarzes Cocktailkleid, das über dem Badewannenrand gelegen hatte. Ich nutzte die Gelegenheit, um mich in das angrenzende Schlafzimmer zu stehlen, um etwas aus meinem Schrank zu holen, das ich vor einiger Zeit für MacKenzie besorgt hatte.

»Du solltest froh sein, dass sie überhaupt herkommen und wir ihnen die Stadt zeigen können«, sprach sie weiter, gerade als ich mich wieder in den Türrahmen des Badezimmers stellte, meine Überraschung hinter meinem Rücken verborgen.

MacKenzie kam mit dem geöffneten Kleid auf mich zu und positionierte sich mit dem Rücken zu mir vor mich. Ihre offenen Haare strich sie sich aus dem Nacken, damit ich den Reißverschluss schließen konnte. »Mein Dad weigert sich auch weiterhin, uns zu besuchen.«

»Natürlich tut er das«, erwiderte ich und bedeckte ihre nackte Haut mit sanften Küssen, anstatt mich um ihr Kleid zu kümmern. Die schmale Goldkette, die sie einst von ihren Eltern bekommen hatte, schimmerte im Licht der Deckenlampe. »Wenn wir deine Eltern besuchen, hat dein Vater jedes Recht, mich ins Gästezimmer zu verbannen und vor der geschlossenen Tür mit einem Gewehr Wache zu schieben. Wenn er uns jedoch in *unserer* Wohnung besucht, muss er damit klarkommen, dass sein kleines Mädchen mit einem Rockstar in Sünde lebt.«

»So habe ich das noch gar nicht betrachtet«, erwiderte MacKenzie schnurrend und ließ ihren Kopf nach vorne fallen, was ich als Zeichen wertete, dass ich mit meiner süßen Folter weitermachen sollte.

Vielleicht konnte ich sie doch noch davon überzeugen, das Essen mit meinen Eltern zu verschieben.

Einige Sekunden verharrten wir in dieser Pose, und je länger ich die Frau meines Herzens liebkosen durfte, umso intensiver drängten sich mir neue Textzeilen auf. In den letzten Monaten hatte ich meine Musikerkarriere sträflich vernachlässigt, doch seit ich vor ein paar Wochen begonnen hatte, mit einem jungen Indie-Label ins Gespräch zu kommen, das sich nicht nur für mich und meine Songs interessierte, sondern auch MacKenzie für sich zu gewinnen versuchte, war es mir unmöglich gewesen, das Drängen in meinem Inneren länger zu ignorieren. Meine Seele sehnte sich nach der Musik wie mein Herz nach MacKenzie.

Das war auch einer der Gründe, wieso ich glaubte, dass *Free Bird Records* das Richtige für meine Rückkehr ins Musikgeschäft waren. Das Team besaßen zwar nicht so viel Erfahrung wie *Red Roses Records*, aber ihr Gespür für gute Songs war erstaunlich, wie sich an ihrem bisherigen Portfolio zeigte. Vor allem jedoch respektierten sie die Wünsche ihrer Geschäftspartner und hatten kein Problem damit, dass MacKenzie nur nebenberuflich Songs schreiben und aufnehmen wollte, weil sie darauf bestand, erst ihr Studium zu absolvieren, ehe sie sich gemeinsam mit mir ins Showbiz wagte.

»Also«, unternahm ich einen weiteren Versuch, MacKenzie zu verführen, »worauf haben wir uns geeinigt? Du gehst zurück ins Bad und ziehst das Kleid wieder aus und ich rufe meine Mom an und sage ihr, dass wir das Essen verschieben müssen?«

Sie stieß ein glockenhelles Lachen aus, das mich tief im Herzen berührte und mein Inneres wie eine angezupfte Gitarrensaite vibrieren ließ.

Dieser Klang war der mit Abstand schönste, den ich jemals gehört hatte.

»Du bist ein Schwerenöter!«, erwiderte MacKenzie und drehte sich zu mir herum. Genau jetzt holte ich mein Geschenk hinter dem Rücken hervor und hielt es zwischen uns.

»Was ist das?«, fragte sie erstaunt und nahm mir die weißen Chucks aus den Händen, die ich eigenhändig mit verschiedenfarbigen Stiften bemalt hatte. Neben Musiknoten und -schlüsseln, Gitarren und Textzeilen unseres gemeinsamen Songs prangte auch mein Name auf den Schuhen.

»Ich habe es dir nie erzählt, aber ich war damals zutiefst gekränkt, dass du fast jeden im Camp auf deinen Schuhen hast unterschreiben lassen, nur mich nicht.« Grinsend zuckte ich mit den Schultern. »Also habe ich beschlossen, für Gerechtigkeit zu sorgen.«

MacKenzies wunderschöne große Augen weiteten sich und machten unübersehbar, dass meine Überraschung sie gleichermaßen erfreute und rührte.

Sie klemmte sich die Schuhe unter den Arm und legte ihre Hände an meine Wangen. »Du bist wirklich ein Schwerenöter«, sagte sie voller Zuneigung. »Aber du bist *mein* Schwerenöter, Vincent Kennedy. Und ich liebe dich dafür.« Sie stellte sich auf die Zehenspitzen und küsste mich erneut. Dieses Mal nicht nur flüchtig und zart, sondern voller Hingabe, Leidenschaft und Liebe.

Prompt korrigierte ich meinen vorherigen Gedanken.

MacKenzies an mich gerichtetes »Ich liebe dich« war eindeutig der schönste Klang der Welt.

Danksagung

Wow.

Dass ich heute tatsächlich diese Danksagung schreiben darf, ist für mich ein kleines Wunder. Nicht nur, dass ich die Idee für diese Geschichte bereits seit 2018 mit mir herumtrage und lange Zeit nicht wusste, ob ich sie jemals zu Papier bringen könnte, sie ist auch mein Debüt im CARLSEN Verlag. Dem Geburtshaus vom deutschsprachigen Harry Potter.

Damit ist ein waschechter Autorentraum für mich in Erfüllung gegangen.

Aber nicht nur das. Ich verbinde mit dieser Geschichte so viele emotionale Aufs und Abs, dass ich vermutlich noch in fünfzig Jahren daran zurückdenken und lächeln werde. Leider sagt mir meine vorgegebene Seitenbegrenzung, dass ich nicht ins Detail gehen kann. Aber zumindest kann ich all jenen Personen danken, die dazu beigetragen haben, dass dieses Schmuckstück sowohl optisch als auch inhaltlich erstrahlt.

Zuerst einmal Nicole Boske. Sie hat mir nicht nur diesen Schritt ermöglicht, sie verdient allein schon dafür einen Orden, dass sie seit inzwischen fast sechs Jahren mit mir zusammenarbeitet und bisher noch nicht mit dem Gedanken gespielt hat, zu kündigen – hoffe ich zumindest. XD

Ein weiterer Dank gilt Annika Harmel und Stefanie Liske, die mich so herzlich bei CARLSEN aufgenommen haben. Schade, dass unsere gemeinsame Zeit nur so kurz gewährt hat.

Pia Cailleau, Ann-Sophie Ritter und alle anderen wundervollen Mitarbeiterinnen bei Impress. Es gibt unzählige Gründe, euch zu danken. Leider fehlt mir der Platz, daher muss ich mich einigermaßen grob halten: Ich danke euch, dass ihr es jeden Tag aufs Neue schafft, einen mit euren Überraschungen zum Lächeln zu bringen.

Aber der wohl allerwichtigste Dank gilt meiner wundervollen Lektorin Larissa Bendl, die nicht nur für den traumhaften Titel und das unbeschreiblich schöne Cover verantwortlich ist. Nein, ihr habe ich es auch zu verdanken, dass die Geschichte nach extrem intensiven Wochen der Zusammenarbeit wie ein aufpolierter Diamant funkelt. Larissa, deine Kommentare, Anmerkungen und Begeisterungsrufe für Vincent und MacKenzie haben mich nicht nur motiviert und zu Höchstleistungen getrieben, sie haben mir auch gezeigt, dass ich alles schaffen kann, was ich will. Selbst sexy Liebesszenen und englische Songtexte, die sich reimen.

Und zum Schluss schicke ich an alle, die bis hierhin durchgehalten haben, ebenfalls ein dickes Dankeschön heraus. Dass du diese Geschichte gekauft, gelesen und (hoffentlich) geliebt hast, bedeutet mir unheimlich viel! Deine Begeisterung ist der Grund, wieso ich immer weiterschreiben werde.

Solltest du jetzt noch immer nicht genug von mir haben, kannst du mich gern auf Social Media stalken. Auf Instagram findest du mich unter: lana.rotaru.autorin

Hoffentlich lesen wir uns ganz bald wieder – und zwar in einer anderen Danksagung meiner Geschichten ;o)

Xoxo
Lana

NEW ADULT ROMANCE

Lana Rotaru
**CRUSHED-TRUST-REIHE 1:
KISS ME NEVER**
Softcover
246 Seiten
ISBN 978-3-551-30278-6
Auch als E-Book erhältlich

ANDREW STARB VOR SECHS MONATEN bei einer Fahrt mit seinem Motorrad. Alle glauben an einen Unfall. Nur seine Schwester Amanda ist sich sicher: Es war Mord. Ganz oben auf ihrer Liste der Verdächtigen steht der selbstverliebte, arrogante Frauenheld Dante. Auf der Suche nach Beweisen versucht sie in den Kreis der Zetas zu gelangen, der Studentenverbindung ihres Bruders. Doch dabei kommt sie dem attraktiven Dante gefährlich nahe …

WWW.IMPRESSBOOKS.DE

MIT VOLLGAS
RICHTUNG LIEBE!

Nica Stevens
ROAD PRINCESS
Klappenbroschur
432 Seiten
ISBN 978-3-551-55518-2
Auch als E-Book erhältlich

TARA UND JAY leben in derselben Stadt und trotzdem in unterschiedlichen Welten. Sie ist die Tochter des Bürgermeisters von Boston, er gehört den Road Kings an, einer berüchtigten Motorradgang. Von klein auf wurde den beiden eingebläut, sich voneinander fernzuhalten. Als sich ihre Wege auf dem College kreuzen, spürt Tara eine Anziehung, der sie nicht widerstehen kann. Sie will Jay kennenlernen, ihm nahe sein. Doch dann findet sie heraus, was damals zwischen ihren Familien vorgefallen ist. Ihr wird klar, warum Jay sie auf Abstand hält – und weshalb ihr Vater den Kontakt zu ihm niemals dulden wird ...

© der Originalausgabe by CARLSEN Verlag GmbH, Hamburg 2022
Text © Lana Rotaru, 2022
Lektorat: Larissa Bendl
Umschlagbilder: shutterstock.com / © PremiumArt / © strizh
Umschlaggestaltung: Formlabor
Satz: Pinkuin Satz und Datentechnik, Berlin
Herstellung: Gunta Lauck
Litho: Margit Dittes, Hamburg
ISBN 978-3-551-58479-3